U0940615

重庆出版集团 重庆出版社

目录

目录

下班回到家，看到犹如三七年时被敌人扫荡过的客厅，李子睿再一次想起孙培东说过的话。

他说，李子睿，别看你在外面是挺“man”的一个男人，到颜希晓面前，马上就基因突变成一名光荣的三八红旗手。

当时还抻着脖子为自己辩解，可是现在才发现，孙培东说过的岂止是实话，简直就是真理。

想到这里，李子睿“啪”地扔下车钥匙，对着卧室喊:“颜希晓！”

过了两秒钟，颜希晓便出现在他的面前，像是刚睡醒似的揉着眼睛：“怎么了，子睿？”

那声子睿叫得极其绵软，而她的表情也是单纯无辜。就在李子睿的男人心又快由钢铁化为绕指柔的时候，他看到了她微挺的小腹，压抑已久的怒火迅速蔓延：“颜希晓，你不认为该给我个解释？你真的打算生下这个孩子？”

“李子睿，我就是想生下这个孩子，这又和你有什么关系？”她也高声。

“怎么没关系？”李子睿恨声道，“我和他是法律上的父子，可我不想为野男人养这么个野货！颜希晓，我不愿意！”

这一个又一个的“野”字如同尖刀一般刺入颜希晓的心。李子睿只觉得左颊一痛，继而眼前金星无数。而希晓突然回到卧室，再次回身时，手里多了个透明资料袋。那一瞬间，李子睿已然知晓一切。

果真，她狠狠地将资料袋甩在他身上，气道:“李子睿，你老实说，这一切是我强迫你的吗？”

“当初是谁拿着这些让我合作，是谁说用婚姻做幌子，交上点钱便可以拿到J市户口？而我如你所愿，让你顺利成为J市一员，怎么到了今天，你尝到了甜头，倒觉得自己委屈了？”

“你可以说我贪财好利，没关系，李子睿，”她恨恨地看着他，“你当初不就是看上我这点了吗？怎么到了今天，你又后悔了？我告诉你，你得偿所愿，也要付出代价！”

“希晓，你说，会是什么代价？”面对她的暴怒，李子睿反而平

静下来，唇角微勾，竟是一弯凄楚。他从资料袋中掏出合同，伸手递给她，“你如此义愤填膺，就给我定个罪名。”

冷冽的声音自唇齿间残酷挤出，颜希晓看也不看地伸手一拂，那几页纸就轻飘飘地落在了地上：“第七项第三小条，无故干涉他人私人感情者，无条件搬出房间。三年后，自动放弃房款的40%。”

李子睿微微苦笑，她背得如此熟练，可见对他早已反感入骨，说不定早就盼着今天。想起老一辈人说的话可真是有道理，不可拿婚姻做儿戏，他明知故犯，也活该有今天的惩罚。

他走进卧室，拖出行李箱，将日用品和衣服胡乱塞进去，准备离开。

拉开门把手的时候，她猛然出现在他的身后：“李子睿，你真的要走？”

似是疑问却更像是挽留，他用力吸气，强迫自己将后一层意义自心底剥去。再一次开门却没开动，回头一看，竟被颜希晓用力拽住，“我刚才话说得重了……”她支支吾吾地低头，“你没犯第七条，也没那么罪大恶极，也……不用这么老实认罪。”

看着她难得一见的局促不安，李子睿拉下她的手，迈至门外与她面对：“希晓……这一场游戏，我即使没犯第七条，也有了比这一条更严重的罪过。”他微微一笑，眸内却有了几分酸楚，“我走了。”

电梯声滴滴响起，已经到了他们所在的楼层。李子睿反身拉起行李箱，迅速走进电梯。却在电梯门即将关闭的时候，看到了她的眼睛。

她用手挡着电梯，黑亮眸瞳满是执拗：“李子睿，你告诉我，你犯了哪一条？要是不严重，本姑娘就饶了你，你不用这么自觉离开。”

“你不会饶我。颜希晓。”他看着她一笑，“第二十一条，我罪孽深重呀！”

趁着她睖睁的工夫，电梯门再次关上。他与她的世界，第一次隔绝。

颜希晓回到房间，第一件事就是打开合同，找到第二十一条之后，整个人便像是被抽去活力一样，跌在沙发之上。

第二十一条，为保合同所阐述的权益，甲乙双方不得产生感情。若有一方违逆，离婚后房产无条件归另外一方所有。

拼婚

1 婚姻，20 分钟直达

颜希晓从不知道，定下她的人生大事，只需要20分钟。

现在与她并肩笑迎宾客的便是她的丈夫，楚阳广告市场副总监李子睿。

颜希晓与李子睿，只花了20分钟便将他们的关系由同事发展至未婚夫妻；又花了不到一天时间，去民政局为这样的关系取得了法律认可；最后用了不到5天时间，在J市的桃源居酒店热热闹闹地办了婚宴。

这样的速度，就连一向自诩时髦的廖晶都觉得难以置信。

趁着李子睿与老战友觥筹交错的工夫，闺密廖晶扯了扯颜希晓簇新的旗袍："希晓，这个男人……怎么从没听你说过？"

看着李子睿敬酒的侧影，颜希晓端着酒杯微笑："以后听说就行了。"

一场闹闹哄哄的酒宴总算结束，回到家时，已经到了9点。大概是喝得难受了，看李子睿慢慢揉着眉心，颜希晓问他："是你先洗澡还是我先洗澡？"

"你吧。"

颜希晓也不客气，从卧室抱起睡衣和换洗衣服就进了浴室。洗浴完毕后，却见李子睿还维持着她洗澡前的坐姿，仿佛睡着了。她想了想，终是忍不住说了一句："该你了。"

那双被手遮挡的眸子倏然绽开，或许是因为酒精的关系，还带着些微红颜色。李子睿看着一身长衫长裤睡衣的颜希晓，唇角慢慢扬起弧度："我不急，你先过来。"

她在他对面的沙发上坐下，便看见他慢慢起身，将一份大约有五六页厚的文件从茶几上移至她的方向："我想过了，基于我们的特殊关系，总要有个约法三章才能保护彼此的合法权益，所以，为了不让你吃亏不让我占便宜，我拟订了这个。至于合不合适，你先看看。"

颜希晓一看，竟是一份协议书，唇角便也随之上扬。

他将她的表情收入眸中，又加了一句：“如果不合适，现在就可以提。”

“好。”颜希晓自第一页仔细看起，这是一份很详细的协议书，她刚才大体翻了一下，大大小小的条例竟有三十条，而且，每一条都总结得精准周密，简直有法务人员的专业水准。

“这上面规定说一年之后，每人每周可有一次携侣至家的机会。这个携侣至家具体指的是什么？”

“成人活动。”大概没料到她会以这个问题入手，李子睿眸光闪过一丝异样，但很快便回归坦然，“我们都是成年人，这点也是从实际考虑的。至于一年之期，是因为如果一年之内你我便随便带人回家乱来，被别人看到了，难免有些异议。”

“那一年之后，我们就可以自由活动了？”仿佛觉得这个问题可笑，颜希晓的眼睛眯成了半月状看他。

“没有办法，我们在盛世花苑的同事太多，一旦让他们知道我们是协议婚姻，对你我都不好。”

“嗯，那一旦有违反呢？”

“违反？”经过她这一提醒，李子睿这才发现自己纠结了整日的权益问题，竟没有整理出惩罚的方式，不觉有些懊恼，“这个我忘记了，你说吧。这个房子，你是付了一半资金的，所以也有这个权利。”

“那好，我觉得，只要是协议规定，总要严厉些。”颜希晓拿起笔，刷刷地在协议的空白处写下一行字：“视情节严重惩罚不同，违反其中一条者，处以当月全额水电费罚款；违反其中两条者，要负责家中一个月的家务劳作；违反其中三条者，三年之后卖房时，将无条件将房款的70%付给对方。”

她写完，抬眸看他：“怎么样？”

平心而论，李子睿是觉得这个条例严厉了些。但是想到此刻提出异议必有为自己开脱罪名的嫌疑，便还是笑脸回道：“很好。”

“没有异议的话，明天我打印两份。签字之后，我们就照此执行。”

不管是什么性质的婚姻，可以确定的是，颜希晓以一种很强势的姿态闯入了他的生活，犹如她的作品风格，总是有一种张扬到极致的风骨。

这是尚在沉睡中的李子睿被厨房声响惊醒后的第一感觉。他揉着眼睛打开房间，抬眸便撞入颜希晓笑意萌生的瞳子：“李副总，您洗漱一下，早餐

可以了。"

餐桌上摆着两份套餐，每份都有鸡蛋饼、豆腐皮凉拌菜、皮蛋瘦肉粥以及若干油条，看起来十分丰富。颜希晓盛起一碗粥递给他："李副总，我不知道您喜欢什么口味，您先凑合着吃些。"

李子睿端起粥喝了一口："不错。"

颜希晓如释重负："那就好。"

"颜希晓，我觉得咱们的称谓应该作些改变。"李子睿喝了两口粥，专注地看着她，"我们虽然可以不像平常夫妻那样老公老婆的亲昵，但是这样副总来副总去的也别扭，从今天起，咱们就直呼名字吧，你喊我子睿。如果你不介意，我就喊你希晓。"

"子睿？"

"对。"他点点头，"这样称呼的话，也不会让人怀疑。"

"那好，子睿。"由于职业关系，颜希晓对新鲜事物的接受能力一向强，"接下来的婚假，怎么安排？"

按照公司的规定，他们共有一周婚假。李子睿原本并不想休这么多天，因为他现在在公司的位置极其敏感。楚阳的人员编制原本是一名市场总监，一名副总监。但两个月前，总部突然以调研为名派来了一名海归，做了两年项目客服主管便升至他如今的位置，据说下一步有可能直升总监。

李子睿原来的目标是想在今年年底爬到市场总监的位置，可是突然来了这么一个竞争对象，还是亲皇派。要知道实业派与亲皇派的斗争，一般都是亲皇派笑到最后。每想到此，李子睿便开始头疼。

所以，他想利用婚假时间在公司加班工作，在领导面前树立一个以公司为家的伟大形象。说不定，还可在劣势的基础上扳回一局。

可是颜希晓不同意，这个婚姻原本做戏的成分就很大，要是连婚假都不休，更会惹人怀疑。李子睿想了半天，也有点道理。

"回 C 市吧。"他将一勺粥送入嘴里，"坐火车的话需要 7 小时，要不，咱们坐飞机？"

颜希晓眉开眼笑，共处几天来，这是他们再一次在重大问题上达成一致。她在问他之前，也想的是回 C 市。至于交通方式，也想的是飞机。

"哎，我问你。"心情好了，颜希晓话便有些多，"你从什么时候知道我想要J市户口的？”

“你刚来公司的那时候吧。”

“怎么看出来的？”

“有一次员工档案汇总，我发现你在户籍一栏填的是J市，而非C市。一个人只有在对某个问题渴望至极的时候，才会撒谎。”

颜希晓不再说话，低头闷吃鸡蛋饼，异样的气氛在两人间渐渐弥漫开来。

能让她由碌碌无为的职业女在瞬间完成向恨嫁女的转变，这都是J市新户口政策的功劳。

去年7月，波及全球的经济危机开始席卷国内，首当其冲受影响的，便是房产业。作为国家第三产业的龙头，房产矛盾的表现愈加突出。拿颜希晓所代理的盛世花苑为例，虽然这基本是在J市地段最好的小区，但每月也只能维持至多三套的销售量。

所以，J市推出政策，凡是在J市市区购买房子的人，可以享受在本市落户的待遇。前提有三：第一，房子必须在120平方米以上；第二，必须是一次性付款，不可银行分期；第三，所落户口必须三人以下，多人不可。

J市是国内能列在前几位的重要城市，风景秀美，经济前沿，是南方乃至整个国家的经济中心。也因为这个原因，来J市的务工队伍越来越大，每个来过J市的人几乎都会做成为J市人的梦，李子睿如此，颜希晓也未能免俗。

见惯了太多J市人面对外来群体时莫名其妙的自我优越感，颜希晓想落户J市的愿望就此萌芽成长起来，以至于长到今日，这已经成为她继高考成功后的唯一目标。所以，在李子睿说可以用特殊手段帮她达成心愿时，那时的心理天平就已经倾斜。

于是，在李子睿说我们合伙买房子的时候，她说，好。

于是，在李子睿说为保障两人权益，需要通过结婚手段来达成目的的时候，她仅用了两秒钟时间考虑，便重重点头。

看她总是点头，李子睿突然觉得自己有拐骗良妇的嫌疑，便和蔼地说了一句，颜希晓，你别老是点头，可以提些要求。

颜希晓刚想继续点头，觉得不对又仔细想了想：“李副总，我就想知道，您为什么选中我？”

李子睿微微倾身，桃花般的眸子漫出一抹独特的妖冶：“你以为我是白

让公司那些流言飞语风行这么久的？”

“第一，你和我一样，对J市户口渴望至极，且祖籍都位于C市，最能了解情况。第二，从没看见你与异性来往，平日里总是清心寡欲的，要是合作的话会少很多麻烦。至于第三，你手上应该有不少钱，足够担负另一半的房款。”他眯起眼睛笑，“如果我没算错的话，你手上至少有这个数。”他伸出5个手指，又笑，“加上我的70万元，足够在J市落户安家。”

“你怎么知道的？”颜希晓大惊，自己平日里都是谨言慎行的，怎么那点私房账目到了他这里，反倒像是政府的公开账目？

李子睿后倾身子，悠悠地说道：“现在支撑楚阳广告的大单子有两个，嘉泰房产和天宸房产，听说嘉泰房产便是你在半年前拉过来的，如果我没猜错，孙总给你的好处费，应该不低于30万元。”

“至于那20万元，是你金鹊杯广告大赛冠军所得的20万奖金，众人皆知。”

颜希晓看着他，心里不知道是什么滋味，早在一个多月前，有关于李子睿追求她的消息便在同事间不胫而走。她长这么大，自觉最大的好处便是知道自己的分量，李子睿虽然长得不符合她心里的美男标准，但也算是男人中的中上之姿。所以，她这么个一无所有的“剩女”，犯不着去做丑小鸭高攀天鹅的梦。

到今天才知道，那些李子睿对于她总是异常关注的传闻，竟是半真半假：真的是他处心积虑了解了自己的情况；假的便是，他竟是怀着这样的目的。

“您说我可以提一个要求，那么我现在就提一个。”她深吸一口气，“您看上的那套房子是120万，原本您打算的是您70万我50万，可是我想五五……”

李子睿狭长的眼风蓦然流出精光，那神态分明就是说，你有这么多钱？

颜希晓更加自信一笑：“您60我60，对等投入对等权益，最是公平合理。”

他们的事情就以这样的方式定了下来，为了达成在J市落户的意愿，两人合力买房，用婚姻作为约束手段，同时为体现弱者优先原则，房产证上写的应是颜希晓的名字，等到三年后两人离婚，这处房子将被卖掉，款额两人均分。

也就是说，李子睿与颜希晓，用三年婚姻代价，达成在J市安家落户的意愿。这事情看来荒诞不经，可对于在跌宕房产形势下沉浮的两个人而言，不失为一个最实际的手段。

一个愿打，一个愿挨。走出李子睿办公室的时候，颜希晓看了看壁表，她竟然用十八分半的时间，定下了自己的终身大事。

坐飞机去 C 市的话只需要一个多小时，可颜希晓却在登机前到杂志报亭那儿磨蹭了半天，李子睿无奈地站在不远处看她挑挑拣拣，果然，颜希晓心满意足地买了三份报纸两本杂志。

“希晓同志，我们是回 C 市而不是要飞北极，你一个多小时看得了这么多吗？”李子睿挑挑眉毛，显然是对她的举动十分无奈。

“当然。”希晓跟上他，“我在路上不喜欢说话。”

登机之后，四周的乘客都是两人一组三人一群地说话，唯有他们这对夫妻不言一语。希晓看书很快，大约 40 分钟就把杂志和报纸都翻了一遍。等所有的书都看完，正准备向空姐借几本杂志打发剩余时间的时候，她的手突然被另一双手按住。李子睿微笑地看她：“希晓，别学习了，咱们说说话吧。”

颜希晓一怔：“啊？说些什么？”

这样的夫妻关系，说白了就是用婚姻做租金同租了一个房子同居，想来想去，似乎没有什么好说的。

而李子睿不减兴致：“什么都好。”

他很快便找到了一个话题：“希晓，你和我讲讲你的家吧。”

颜希晓挑眉：“这个你没调研过？你们市场部的不最善于调研跟踪然后制定方针吗？”

“对，但是我们的调研要讲究范围。”李子睿笑，“你在 J 市 9 年，从没听你提起过 C 城，足可见你对父母没什么感情。所以，C 城的一切事情，就不属于我的调查对象。”

“哦。”颜希晓微微拧眉，“我两年半没回来了。”

“你和你父母感情不好？”

“我无父无母。”颜希晓抬头，“17 岁的时候，我父母就去世了。算起来，今年正好是 10 年。正好这一次回去把 10 年坟上了。”

中国人最忌讳旅途说些哀词儿，特别是李子睿这样做市场调研的人，对这样“死”啊“坟”啊的更觉晦气。他想要阻止颜希晓将这个话题拓展下去，可为时已晚，希晓仍浑然不觉：“你知道我爸妈是怎么死的吗？”

李子睿摇头。

“唉，攒了一年的工资外出旅游，回家的时候，车祸。”颜希晓看看外面，惆怅道，“真快，一晃10年过去了。”

她仍在这儿空余恨，同行的旅客却不答应了。李子睿觉得异样，果真，众人的目光都向他们这边看来。

“呸呸呸，你这小姑娘怎么说话的……”

“童言无忌，童言无忌……”李子睿赶忙打圆场。

“哎，你们是两口子吧？”后排的大妈捣了捣李子睿，“你也不说说你媳妇儿，也不小的人了，出一趟远门，怎么也不说个吉利话？自个儿晦气不说，害得大家一路上都乌烟瘴气的。”

李子睿连连称是，情急之下揽过颜希晓的肩头交代了几句，她这才知道自己的错误，嘴却依然委屈道：“我说的是车祸，又没说是空难……”

看又有目光杀过来，李子睿伸手捂住希晓的嘴巴，急道：“姑奶奶，你别说了行不行？”

“好吧，我就不该说话。”颜希晓看看大家都已经回过头，又看看李子睿之后便拿起报纸，“我再看一遍报纸吧……我不说了。”

“不行。”他抽去她的报纸，“注意些就行了，因噎废食可不是个好习惯。”

“唉，其实我说的都是实话。”

“实话也得分场合说，这么简单的常识你都不懂？”李子睿无奈地看着她，懊恼道，“得了，我真庆幸你不在我们市场部。”说完又想起来，“对了，你嘴这么笨，当初是怎么把嘉泰的案子拉过来的？”

“啊？”颜希晓有一秒钟的愣神，“没什么了，人情。”

“人情？”

“嘴笨的人运气一般都非常好。”颜希晓低下头去，似是无聊地翻了翻看过的杂志，“拿命抵的人情，运气更得上乘。”

因为希晓家在C市市区，下了飞机，两人首先去了希晓的外公家。颜希晓父母早逝，全靠做医生的外公把她养大。而希晓早已在电话中和外公说过李子睿，当然不是说协约婚姻为的只是办理户口，只是简单地说在外面碰到一个情投意合的男人，觉得自己年龄不小了，恰逢J市有买房落户的政策所以才匆匆购房结婚。外公本来就惦记着她的终身大事，一看李子睿气度不凡，总算了却一桩心愿，自然笑逐颜开。

在外公家待了一晚上，原以为第二天便要随着李子睿回家，却不料他竟然摇头："刚才接到孙总电话，公司有事情，咱们提前回去吧。"

"提前回去？"颜希晓有些不可思议，"别呀，好不容易回 C 市一次，总得去你家看看吧？奎扬区离这里也不远。"

李子睿说过的，他家在奎扬区，离现在所处的兰山区并不远。

李子睿却一脸坚决，拦了出租车便报上飞机场三个字。颜希晓依然觉得不妥："真的就这样回去？"

"怎么？你真想实践丑媳妇见公婆的原则？"希晓一愣，却在后视镜中看到李子睿唇角上扬，眸中一派玩味，"就这么迫不及待想要见我家长了啊？"

"滚！"颜希晓啐他，两颊微红，不争气地留下恼羞痕迹。她匆忙看向窗外，不敢去看李子睿的脸。在公司的时候，怎么也想不到李子睿竟会是这样一个人，也会说笑话，也会恶意打趣，还会无奈恼急，她印象里的李子睿，只像是一个机器，面对大客户的时候笑靥如花，面对下属的时候冷如冰霜。

这样的人，似乎每面对一个人，都有一个该配备的表情。

可是面对她，竟完全是另一个模样。

历经两个多小时的旅途才到 J 市的家，看李子睿坐在茶几边喝完水，颜希晓忙凑过去摊手："给钱。"

"什么钱？"

"在 C 城的时候是在代售点订的票，每张票的手续费 80 元，是我交的。"

看她一本正经的样子，李子睿哭笑不得地从钱包里掏出一张 100 元的人民币："给你。"后又摆手，"不用找了。"

"我没打算找。"颜希晓将钱塞到包里，"在 C 市给我外公买的水果，一共花了 60，按照协议所说的 AA 制原则，你还需要给我 10 块。但考虑到是给我外公买的，那 10 块就不用给了。"

完全是公事公办的论调，就像他们在公司时的工作氛围。看着这个在公司总对自己低眉顺眼的女人，李子睿叹道："颜策划，需不需要我先签个呈批，证明交款成功？"

颜希晓愣了一下，随即认真看他："李副总，不管我们是以什么目的结婚，

落户口的目的虽然达到了，但是剩下的，还有混人耳目的三年时光。所以，我认为我们必须要账目明晰，这样才好为以后的和睦相处铺展局面。”

李子睿点头，抿唇道：“颜策划，你这一点提案很好。通过。”

颜希晓扑哧一笑，继而伸出手去：“合作愉快。”

拼婚

2 关系，小三或是弃妇

第二天去上班，公司老总孙培东见了他们竟然很惊讶：“怎么这么快就回来了？”

“您不是……”颜希晓话还没说完，就觉得手背一痛，李子睿用力地拧了她一下，自己却笑如春风：“孙总，原本希晓还想在老家待几天的，但是想到公司还有一些事儿没处理好，再过几天没法和客户交代，便和我一起早赶了回来。”

一番顾大局的话说得让孙培东脸上的褶子此起彼伏，当着其他员工的面大赞他们以公司为家的举动。面对老板的褒奖和下属的崇羡，李子睿始终保持着谦然的君子气度，唇角习惯性地上扬，微笑的同时却又有一种不可触及的冰冽。在公司，李子睿一向给人这样的感觉，这也是不少不明真相的下属迷他的原因。

表扬会散场之后，大家各归各位工作。希晓坐在自己的办公桌前，想起自己原本还打算以婚假之名多休息几日，不由长叹一声。却见策划助理林然凑过头来：“颜姐长吁短叹什么呢？蜜月这么短，该不会没尽兴吧？”

希晓扯起嘴角，不自然道：“哪儿有？”

“颜姐，李副总在家里什么样儿啊？”看她无精打采回应的模样，林然却越发有了八卦精神，“不过话说回来，你和李副总这是什么时候对上的眼啊？以前还是八竿子打不着自己的模样，一夜之间，竟然结婚。”

“林然同志，”希晓回头，大眼睛郑重地看着她，“作为策划部的一名精英助理，你知道本公司策划十二招中，对受众影响最大的一招是什么吗？”

“欲……欲擒故纵。”

“答对！”颜希晓潇洒地转了个身，迅速摊开手中未做完的SWOT分析数据，“林大助理，现在就请实践你的欲擒故纵战略，为你的事业与人生努力奋斗吧！”

身为广告行内人大概都知道，业内早就有业务部人员为猪，客服部人员为狗，而文案策划部人员猪狗不如的精辟说法。很不幸，颜希晓便属于猪狗不如的一类。而经济危机让房产行业受到重创，这原本是大环境的问题，谁都无可阻挡。可这些房产老板们却总爱在他们策划创意上较真，固执地认为销售业绩不好，只是因为他们的工作做得不到位。

对于这点偏执，整个策划部的人都欲哭无泪。尤其是他们第二大客户天宸也有这个想法，简直让策划部对天宸御苑这个项目的整个把控都举步维艰。楚阳首席策划罗冬晨的提案已经递上去了两次，每次都被天宸的姚总批得一无是处。

面对这样的情况，孙培东通知，市场部与策划部骨干于会议室开会。颜希晓作为策划部第三策划师，自然也在所谓的“骨干”人员之列。而作为市场副总监的李子睿，毫无疑问也在会场。

这是婚后他们首次同时郑重地出现在会场，虽然两人彼此知道婚姻实质，可是面对同事们有些打趣的目光，希晓还是有些别扭。

孙培东示意秘书打开幕布，有关天宸项目的幻灯片便出现在大家面前。自地理分析至市场定位，再到项目前景与宣传预算，每一步，孙培东都让大家看了个清楚。

最后，他抛给大家一个问题：“这就是现在我们关于御苑的项目的整体分析，罗冬晨，你先大体说一下，姚总对哪些地方不满意。大家集体想一下办法。”

“好，那我就说一下。”罗冬晨站起身，走到幻灯片面前指示道，“因为此项目沿河，我们第一个提案便主要以‘水’为诉求点，以‘水’为目标展开所有定位与需求，主打广告语为‘在水一方’，目标客户群定位在城市白领及政府相关人员，为此，我们想让销售部人员去政府及各大单位着重开展团购事宜，看看有无意向塑造这样的住宅文化。可是，这个思路被姚总驳回。”

罗冬晨无奈一笑，又打开第二组幻灯片：“这便是我们的第二个提案，也是我刚刚交过去的那个。与那个天然诉求点不同，这个思路保守，引申‘地段’为第一要素的策划原则，将区位作为主策划点。认真分析，御苑项目地理优势主要有以下几点……”画面上出现一张区位图，“距离汽车总站不足

200 米，位于新大桥北端，东部还有新建的卫生城作为配套。这种种，都可为受众提供后期保障。”

“但是结果大家都知道了，仍是没有通过。”罗冬晨摊手，无奈地坐回座位，“各位同事，这便是我们的工作现状。”

见罗冬晨说完，孙培东总结：“老话有再一再二不再三的说法，我们已经投过去两个提案都不被认可，要是这样的情况再产生第三次，我相信会有两种情况。第一，放弃天宸项目，从此与姚总老死不相往来，彻底放弃楚阳建立至今的基业；第二，就是策划部与市场部解散，大家回去喝西北风。所以……”孙培东深深吸气，“都为了自己的后路，想想这个案子该怎么操作，怎么执行，怎么堵住自己在楚阳碌碌无为的那张嘴。”

话说到这里已经十分严厉，虽然孙培东脸上还挂着笑容，但这样的形象显然更加震撼在座人员的心。颜希晓低着头一声不吭，心里却将罗冬晨的案子反驳了千万遍，在她看来，那两个诉求点若是能博得客户好感，那纯粹是天宸想毁自己的名头。

可是，这样的话不能说。颜希晓从不做锋芒毕露的事情，尤其是在罗冬晨这个公司第一策划面前。搞不好，自己方案没让别人承认，反而被扣上无视前辈的恶名。

她正自我斗争中，与会众人已经讨论起来。颜希晓认真听着其他人的意见，有意无意地在笔记本上做着笔记，总之是认真听课的好学生模样。耳边还不时响起李子睿的声音，冷冽清晰地作出有关项目的各项分析，仍是他的风格，果断、狠厉，批判罗冬晨提案的时候，极少给他留面子。

颜希晓不自觉勾勒出项目的大体概况，正打算将闷葫芦做到底的时候，突然有人唤她的名字：“颜策划，不知道你有什么看法？”

她抬头，正是李子睿。

这下，所有人的目光都向她看来。

“我的想法？”她微微侧头，试图掩饰过去，“比起罗首席来，还很不成熟。”

“没关系，不成熟的意见往往是最质朴和打动人心的。”

“那好吧，希望大家不要介意。”看孙培东的目光也向她投来，希晓不得不放弃乌龟战略，说出自己的想法，“我觉得，以‘水’和‘地段’作为诉求点，过于流俗。”

“大家都知道，我们所指的‘水’就是清河，清河作为J市母亲河，河岸狭长，这就决定了沿河住宅必会不止我们一座。这样说来，与其他同沿河住宅相比，我们体现不出丝毫优越性。以地段作为诉求点，看起来传统却也冒险，容易使效果极端。”

“什么意思？”罗冬晨问她。

“若是商人，也许会很看重地段因素，必定交通决定效率，而且可以以此进化为金钱。可是对于事业机关单位的人而言，未必如此。交通枢纽虽然四通八达，但必定也多喧闹，因此，并不适合人居。”

她简要地说了这么多，虽然语气温和，但已经把罗冬晨案子的主要弊病给点了出来。而此时的罗冬晨虽然依旧儒雅有礼，脸色已不太好看。颜希晓正考虑是不是该继续说下去，孙培东的声音传了过来：“小颜说了这么多，不知道现在有没有成型的提案点？”

“只是初步构想，还未形成体系。”颜希晓谦虚颔首，眼风有意无意地瞥向李子睿，却见他微蹙眉头看向手中的资料，神态认真，仿佛并没有注意到她的话。

“李子睿，对于这件事情，你有什么看法？”孙培东将视线转向岳潼，这个与李子睿一样都挂职市场副总监的海归男人，“你现在接手的虽然是嘉泰，但是作为楚阳的一员，也要参与到天宸里面。”

只见李子睿抬头一笑，皓齿微启中竟有几分儒雅：“我觉得，这案子是时候换一个人做了。”

“什么意思？”

“罗策划是公司水平最高的策划人员，做出的案子都被客户返回来两次，所以我认为这问题并不是出在个人水平上面，应该是思路出现了偏差。”他微微侧头，“孙总，我建议将案子转交给另一个策划师，换一个角度试试。”

“那换谁？”

“颜希晓。”

这三个字蹦出来的瞬间，所有人都看向颜希晓，而她则瞪大眼睛看向李子睿，直接想问他将这个烫手山芋抛给自己的原因，却见他唇角微扬，平日向来寒冽的眸子竟有了几分宠溺与温度：“希晓，有问题吗？”

仿佛是一个体贴的丈夫在给妻子信心，他的声音竟有几分蛊惑与温暖，

颜希晓努力让自己回归清醒："问题当然有……"

"嗯？"语气淡淡上扬，李子睿的眸瞳习惯性半眯。

颜希晓咬牙，粲然一笑："但是不大，还是有信心完成的。"

"那岳副总，您认为呢？"孙培东又将视线转向岳潼，这便是那个传说中的亲皇派，李子睿一直将其视为总监之路主要竞争对手的海归男人。

却没料到岳潼竟然也看着希晓一笑："颜策划刚才的发言很好，仅从那几句话看，我也认为她能够胜任此次工作。"

"那好，颜策划，"孙培东合上自己的笔记本，"这个事情就这样定了，希望你能给我们一个好的结果。"

会毕，所有人都用"自求多福"的眼光看向颜希晓，毕竟，在职场中，临危受命的结果往往不是建立丰功伟绩，反而更多的是吃力不讨好。希晓也深知这一点，所以散会之后直接去了李子睿办公室。

看到她来，正在喝黑咖啡的李子睿挑了挑眉，却依然是惬意享受地猛喝一口咖啡："怎么了？"

希晓走到他办公桌前坐下，鼻尖立时飘进咖啡香味，醇厚浓郁。不知道为什么，她虽说以前就不喜欢咖啡这些小资情调的东西，但也并不反感，只是近日，触及这样的味道，竟有些反胃起来。

她努力咽了一口唾沫，才强制自己压下这样恼人的反胃。李子睿却察觉到她的异样，淡然道："不舒服？"

"没有。"感觉到好了一些，她定定地看着他，"李副总，您为什么要让我负责这个案子？"

"那是你表现好，所以我才引荐了一下。你也看到了，岳总没意见，孙总没意见，你们策划部的池总正在出差，估计意见也会不大。所以……"他眼睛半眯，笑意竟有些高深莫测，"颜策划，你今天是众望所归。"

"可罗首席不做了还有陈策划呢，第三个才是我。"颜希晓有些懊恼，"您这样做，不是让我狂妄自大，逾越于前辈之上吗？"

"颜策划，为什么第三个是你？公司规章制度上有这么个排名吗？"

"这……"

"既然什么都没有，那就好好去做，总是个机会。"李子睿低头，"你不老想证明自己吗？现在机会来了，没理由不去拼命。"

“可这样的情况太凶险，一旦三次提案不过，策划部就会以工作不力为由，将策划师无条件辞退。”颜希晓看他轻描淡写的样子，越发觉得恼急，“李副总，你这样做实在是欠考虑，在同事面前做了一场公私不明的戏，大家还以为你是基于婚姻关系才朝家里拉案子；而对于我呢，80% 我会被你坑进去了。”

“颜策划，畏首畏尾不是工作应有的态度。”忍受不住她的聒噪，李子睿终于抬头。

“我胸无大志，所以就想故步自封。”希晓固执地看着他，“李副总，风险与收获成对比这样的话是对您这样的事业型人才而言的。我只想知道，一旦事情有误，我连饭都吃不上了，您确定您不是成心害我？”

“颜策划，你的意思是说我故意给你使绊子吗？”李子睿拧眉，眼睛突然闪过一抹凌厉，但只是几秒钟的工夫，便又和着水雾漫上眸瞳，“你不用考虑这么多了，去做就是……”

希晓惊异于他的情绪突变，身后响起脚步声，竟是孙培东走了进来。李子睿随即起身示意，笑道：“孙总，希晓怕完不成任务，正在这儿发愁呢。”

“是吗？”孙培东别有意味地看着颜希晓，“年轻人，有压力才会有动力的。”

看着他们一派和睦的轻松模样，希晓心里却像是堵住了什么东西，讪讪笑了两声，回到自己办公室工作。

夜已弥漫，希晓却仍在办公室加班。临时接手御苑的案子，看起来罗冬晨已经将所有数据都归整好了给她，可想到有同行是冤家一说，希晓还是仔仔细细地将数据都核对了一遍。

这一核对完，就已经到了 9 点钟。希晓收拾着包在心里诅咒李子睿，提前结束婚假回来，他倒是赚了个一心为公的清高美名，也在领导面前出足了风头，却害得她加班到现在。原本李子睿还说要等她下班的，起码要做足恩爱夫妻的戏份，可是等到 7 点多，突然有电话说孙培东让他去陪客户吃饭，他便提前出了公司。

希晓摸摸自己的肚子，想到自己还饿得难受他却觥筹交错，越来越觉得不平。正要锁上公司大门离开，楼上突然出现一声“慢”，她抬头看去，竟是岳潼提着包走了下来。

“岳副总也加班啊？”等他出门，两人一同踏上电梯，希晓问道。

“是啊。”岳潼回以微笑，“刚才看你加班，原本想招呼一声的，但看你那么认真，就不好意思打扰。”

“哦，”希晓不好意思地笑，“我不知道您也在加班。”

跨出写字楼，远远地看见有出租车驶来，希晓刚要伸手拦下，却被岳潼按下。他的笑容在朦胧夜色中竟有一种不合时宜的璀璨与明媚，“颜策划，我想你也没吃饭，请你吃个饭可好？”

岳潼特地找了一家距离盛世花苑很近的菜馆就餐，以方便希晓步行回去。希晓饱尝美味的同时，不得不赞叹眼前这个男人的细心，面对她这么个毫无淑女风范，长相也极为一般的女人，竟也能做到如此绅士风度，实属不易。她一边享受岳潼的细致入微，一边幸灾乐祸地想，如果李子睿知道她今天晚上是和岳潼吃饭，不知道会是什么反应。

虽然两人在公众场合是一副再好不过的同事样子，可是谁能看不出来，以岳潼的身份与背景，绝对是李子睿通向总监之路的最大竞争对手。

有时候这个世界会流行“实力验证一切”的说法，可是那往往是对目无一切虚妄派的警讯。如果面前有一个背景、身份，就连容貌都无可挑剔的男人，那么，那微微高过一筹的资历，根本算不上取胜的资本。

很不幸，李子睿在努力实现目标权力的时候，仕途上竟出现了这么个拦路石，简直就是天不容他。

她想着想着，竟不自觉地笑出声来，岳潼觉得奇怪，微笑着看她，“有什么高兴的事儿吗？”

“没有，没有。”希晓摇头，笑道，“就算是四天后要上断头台，今天也要做撑死鬼嘛。”

“对御苑项目没有信心？”岳潼敏感地洞悉出她的无奈，扬眉看她，“当时在会上，你说得不是挺好的吗。”

“您知道我是属什么的吗？”希晓眼睛一眯，专注看他。

“什么？”

“鸭子。”

“胡说！”岳潼拍桌子，“你别欺负我刚从国外回来，十二属相还是知道的，哪儿有鸭子这个属相？”

“真的，我是属鸭子的。”希晓夹起凉菜放入口中，一本正经道，“所谓赶鸭子上架，我是那只最会被赶着上架的鸭子。”

岳潼扑哧一笑，但只笑了几秒钟便眉头微蹙，一副天要塌下来的样子，“不好了。”

“什么不好了？”

“你刚才说你属的是鸭子。你看看，这餐厅里所有人的眼睛都看向你了……”岳潼强忍住笑意，小声说道，“颜希晓，你再说一遍你的属相，估计真会招特殊职业的人来。”

希晓再一次体会到祸从口出，讪笑着低下头。岳潼也不忍继续打趣她，看服务员朝他们走过来，下意识岔开话题，“颜策划，这可是这个饭馆最有名的菜，名字叫做推波助澜。其实生意人吃的，就是这个好名头。”

希晓“嗯”了一声，看服务员将沙锅小心地放在桌子中间，仔细分辨了一下，原来就是一条大鱼置身在滚烫的红油之中，下面铺着几块据说是药石的碎石块。她闷闷一笑，刚想说还不如叫火上浇油更加贴切，却没料到话还未说出口，胃里又一阵恶心。颜希晓捂住嘴巴，侧头干呕了起来。

“颜策划？颜策划没事儿吧？”看她这样子，岳潼忙凑上前来捶背递杯子，“胃不舒服？”

虽然没吐出来，可眼睛已被催出泪花。希晓泪眼模糊地看着岳潼，捂胸摆手道，“没事，这几天忙了些，大概胃不舒服。”

“嗯。”岳潼若有所思地应了一句，突然问道，“颜策划，你和李副总不会是奉子成婚吧？”

“奉子成婚？”

颜希晓和李子睿只是同住一所房子，平时只有吃早饭的时候能在一块儿，根本不可能有孩子。可是她与另一个人呢？那夜的迷乱与懵然，他们之间，难道真的留下了什么？

想到这里，颜希晓心里不由一阵揪痛，只是一瞬间的工夫，眼睛便有些涨痛。她拼命吸气，强迫自己逼散这些伤感和酸楚，努力告诉自己，已然过去，一切都成为了过去。

再撕心裂肺的痛楚，也终究化成了离别。

一味沉迷下去，现在的伤心便成为最无聊的戏谑和笑话。

而她，不愿意让别人再窥探自己的脆弱。

希晓走得很慢，走到家的时候已接近 10 点。她习惯性地掏出钥匙开门，却发现门竟是虚掩着的，轻轻走进去，客厅传来陌生女人的声音："李子睿，这就是你所说的……忠贞？"

"若珊，是你先放的手。"李子睿平日清寒的声音竟有几分沙哑，像是疲累至极，"你当时走得决绝，就没资格要求我为这份感情守贞。"

这大概是李子睿和他的前女友在理感情账吧？希晓扯起嘴角苦笑，直觉认为自己偷听两人隐私不太道德，刚想退出房间，又反念一想，合同明明规定一年之后才能带异性住宿的，现在才过了两天，李子睿这不是明知故犯吗？反正又不是自己理亏，凭什么还要为他与前女友的苟且之事行方便？

抱着这样的想法，希晓轻轻地走进客厅。看见她，那个陌生女人倏然瞪大眼睛，过了两秒钟才勉力扯起嘴角："你好。"

希晓伸过手去："你好，我是颜希晓。"说完之后又看向一旁的李子睿，微笑，"子睿，是你的妹妹吗？"

这一问让李子睿与那女人都是一呆，气氛停滞两秒钟，李子睿首先打破沉闷："希晓，这是我前女友冉若珊。"

"哦，你好。"希晓绽放粲然笑容，这个尴尬的身份仿佛并没有让她感到任何不适，反而是越发明媚地看向李子睿，"子睿，冉小姐要在我们家住下吗？那我去收拾一下客房。"

说罢，她转身便走。

胳膊被人拽住，李子睿看她，黑眸瞬间掠过几分无奈和痛楚："不用了，我送若珊下楼，你等我。"

说完，他便强拽着冉若珊自她面前走过，自始至终，除了那声你好，冉若珊再也没有说过一句话，但是她的眼睛，却如烙印一般刻在了希晓的眸子里。

那是一种不得不服输的无奈与苦楚，只那一眼，希晓便知道冉若珊还深深爱着她应该称为"丈夫"的这个男人，那种嵌入骨髓的爱意与痛苦，毫不掩饰地绽于她的眸中，仿佛只要瞬间工夫，便可以彻底燎原将她焚灭。但最为可笑的是，她竟发现李子睿亦对这个女人有情，那么，这么难舍难分的有情人，到底是因为什么而踏上的这么一条不归路？

这世界不可能所有的恋人都像她与那个人一样倒霉，相爱与分手都是必须与决绝的吧？

那句“你等我”让颜希晓安稳地坐在沙发上等李子睿，他既然那样说了，必然就是有话要和她说。她打开电视，J市台放的正是《我的名字叫金三顺》，虽然她从不喜欢看这样的电视剧，但是今天，却看入了心里。突然发现，这个金三顺，竟还有很多与她相似的地方。

同样是“剩女”，同样是契约形式开展了一段感情，不过，金三顺还是比她好过得多的，人家起码在最后收获到了与白马王子的幸福，而自己呢？希晓可不对这一段婚姻抱任何期望，而且，她承认自己是“剩女”，却不承认李子睿是白马王子。

对于她来说，李子睿只能是一头只会干活的犟驴子。说话时不讲人情，工作起来不顾一切，训人的时候面无表情，一副整个世界都欠他的欠揍样子。

可是，一集金三顺都放完了，那头犟驴竟然还没回来。

颜希晓有些难受，她歪在沙发一侧，狠狠地揪着抱枕上的毛绒线，说不清楚那股憋闷自何而来，隐隐地竟有种被背叛的感觉，但是背叛这个字眼一在她脑海里出现便被迅速抹了去，背叛吗？她和李子睿这样的关系，怕还是用不上这么情深意重的词儿来形容的。

其实，放到法律层面上而言，李子睿这样的举动或许能算得上是“婚内背叛”的。

希晓越想越烦乱，干脆自抽屉里掏出他们订立的那个协议，一条一条地以此评判李子睿今日的罪过。正当她认真地为李子睿的举动找个罪名的时候，那个男人已经出现在了她的面前，微微牵扯嘴角，却再也不是笑如春风，反而有那么浓重的苦涩：“怎么？忙着给我定罪？”

太过专注了，竟没有听见开门的声音。希晓有些懊恼地咬唇，继而抬头看他：“没有。我只是在想，你要不要给我个解释？”

“结果呢？你要不要我给你个解释？”在她面前的沙发坐了下来，李子睿不答反问，“你要不要解释？”

希晓摇头苦笑，将手中的协议摇得哗啦呼啦响：“不用。这上面说了，我没有追究你隐私的权利。你能告诉我她是你前女友，已经是仁至义尽。”

她还想说：对于你的那些缠绵浪漫我也不感兴趣。但是想到说出来总有些小女人醋性大发的嫌疑，还是忍了下去。

他们这样的关系，实在不适合说那么亲密暧昧的话题。

“是吗？”李子睿笑笑，“那你呢？今儿晚上为什么这么晚回来？”

“加班。”颜希晓迅速给了两个字，并不想跟他说和岳潼在一起吃饭的事情。他与岳潼关系那么尴尬，如果今天提了，惹得他的心情更糟，让她成日面对这么张苦脸，反而不合算。

“加班这么久，肯定是很累了。”他站起身，似是不耐地扯颈间的领带，“吃饭了吗？我怕你没吃，叫了外卖在厨房里。”

“吃了，谢谢。”感动于他突然的关心，希晓摆出一个笑容看他，忽然又收敛了下去，“对了，李子睿，你前女友知道我们的事儿吗？”

“不知道，不用管她。”他语气里突然透着些烦躁，脱了西装扔在沙发上，便径直走向卧室，颜希晓不知道他突如其来的情绪来源于哪里，正有些委屈，却见他在即将踏进卧室的时候倏然转身：“颜希晓，你觉不觉得我们的合同需要做些改动？”

“啊？改动？”

“对，我想，对方是不是也可以……在不伤及对方的感情下，探听一下彼此的隐私感情？”他定定地看着她，黑眸在灯光的照射下竟有些神采奕奕，“你觉得呢？当然，我这是本着彼此负责的原则才提出这个观点，你要是不同意，完全可以质疑。”

希晓微笑着看着他，碎钻般闪亮的瞳眸一点点加深颜色：“不必，”她深吸一口气，语气里竟全是坚决，“李子睿，我想，我们完全不要探听彼此感情私事。你与冉小姐的事情，我没兴趣打听。而我的前段感情，也不打算与你提及，我们就这样，各自守着自己的乌龟壳，相安无事。”

听完她的话，李子睿唇角微勾，勾勒出若有若无的讥嘲：“好。”

第二天上班，他们仍是一同打车去公司，人前一副恩爱夫妻形象。颜希晓觉得这样的状态便很好，比起从前，除了中午的时候多了个吃饭的伴儿，还和以前无异。

吃完午饭，看时间还很早，想起这几天无端呕吐的事情，颜希晓便和李子睿打了个招呼，打车去往医院。大中午的病人并不是很多，医生问了她大体症状，最后笑眯眯地抛出一个问题：“结婚没？”

“结了。”

虽然没搞明白胃难受与结婚有什么关系，希晓还是老实地给了医生答案，随即便见医生脸上的褶子泛起慈爱的波浪："那好，恭喜你，我想你是怀孕了。"

"怀孕了？"希晓猛然自凳子上站了起来，"这怎么可能？"

"可能不可能，最好去妇科看看。"医生笑如菊花，"姑娘，盼孩子盼了很久了吧？恭喜你心想事成。"

竟将她的惊惧理解成了惊喜，希晓几乎是手足无措地去了妇科。结果一如内科医生预告的那般劲爆，在妇科医生问她上次月经是几号的时候她就已然手脚冰凉。

上次行经，还是三个月前。

那一次性事，她记得清清楚楚。

事后明明采取了避孕措施，那么现在，这个孩子又从何谈起？

希晓不知道怎么踏出去的医院，每走一步几乎都像是煎熬。炽烈的太阳普照大地，可她却觉得深入脊髓的寒意。

她竟然有了孩子！

因为知晓自己的身体条件，在与前男友亲热的时候也是小心翼翼，又怎么会出现的孩子？

"颜希晓！"她正麻木地行于街口，耳边突然响起熟悉的声音，蓦然抬头，只见李子睿快走而来，往日寒冽清澈的眸瞳竟多了几分焦灼，不顾周围人的侧目，一把将她拽到一旁的电话亭里停住，"你干什么去了？"

"去医院了。"希晓大大的眼睛看着他，眸中却是茫然一片，连笑容亦是空泛的，"你怎么来了？"

李子睿掏出手机摊给她看："你看看，现在都2点45了，3点去天宸总部见姚总，你难道忘了？"

经他一提醒，希晓猛地一敲脑袋，伸手就欲拦出租车，急躁道："反正天宸离我们很近，现在去的话还来得及！咱们快走。"

"颜希晓！"她的手刚伸出去就被他紧紧握在手里，李子睿眼睛紧紧地盯着她，"颜希晓，你老实告诉我，你怎么了？哪儿不舒服？还是出什么事情了？"

"没出什么事情啊。"不想去碰触他眼里的关切，希晓将视线闪躲到一边，"不是说去找姚总的吗？咱们现在快去。"

“颜希晓，你魂不守舍的为什么？！”李子睿看她明显是心中有事的样子，狠狠地拽住她的手腕，“现在还没回公司拿文件，你拿什么去给姚总说明你的活动创意？你好好说说，你到底遇到什么事情了？”

被李子睿这么一吼，颜希晓这才彻底恢复清醒。她恍然一笑，再度看向李子睿的时候，已经恢复了平日里的清醒理智：“没什么事情啦，只是有点累了，走，咱们快去姚总那里。”

看她走到前面的样子，李子睿微扯嘴角无奈，只能跟了上去。

生活上或许糊涂了些，但颜希晓在工作问题上向来主张公私分明，因此即便心里有着再大的事儿，工作问题还是不会耽误。而以姚总的面色看，对颜希晓这几天没日没夜地工作，还是给予了一定程度的肯定。只是提了几个小意见，回去让她加以修缮。

原本就与姚总沟通得晚，等交流完毕，已到了晚饭时间。姚总提出要请他们吃饭，李子睿还未回答，就已被颜希晓婉转回绝。回到家中，李子睿看着她走进洗手间的影子叹气：“也不知道你今天是怎么了，如果答应和姚总吃这一顿饭，或许案子就会好做很多。”

只听见洗手间内“哗哗”的水声，李子睿无奈地扯扯嘴角，也不知道自己的这句感叹她有没有听见。正要打开电视的时候，手机却突然响起，打开一看，是冉若珊的号码。

思索良久，还是决定接通电话。

而颜希晓走出洗手间的时候，便看见李子睿弥漫在烟雾中的黯然表情。她从未见到过他吸烟，而这一次，也是将烟放到嘴边猛吸了两口便放了下来。剧烈的咳嗽让整个客厅蒙上尴尬的病态，一下子便让颜希晓想起了今日医院的情景。

脚步不由自主地挪过去，当她在沙发上坐定的时候，沉浸在烟雾中的李子睿倏然抬头，黑钻般的眸瞳仿若被蒙上尘灰，连声音都是低哑微涩的：“希晓，她怀孕了。”

希晓身子一凛，听觉在碰触“怀孕”两个字的时候已然失去判断力。她愣愣地看着眼前这个有些心灰意懒的男人，想了一会儿才讪讪笑道：“谁怀孕了？”

“若珊。”李子睿紧握着手机，骨节因用力而泛出苍白的颜色，他紧紧咬唇，忽而抬头看她一笑，“颜希晓，你告诉我，你们女人，到底有几句话是可以信的？”

她还未给他答案，李子睿的控诉已在唇齿间绵延而出：“昨日还告诉我她心有不甘，她还做着与我重修旧好的梦，今天就打电话说自己有了三个半月的身孕，颜希晓，你告诉我，你是女人，懂得这到底是什么意思？”

“三个月啊……”他突然一声哧笑，猛地靠在沙发上自嘲地勾起唇角，“与我分手四个月，现在就已经有了三个月身孕。颜希晓，你说，我该对这个女人说些什么？我又能对她说些什么？”

颜希晓咬咬唇，过了一会儿才抬眸看他：“你该感谢她，分手四个月，在三个多月的时候才有了孩子。这就说明她和你在一起的时候，并没有作出背叛的实质性举动。”

李子睿一愣，显然是没料到她会如此答复，过了一会儿才苦笑着起身：“你说的对，我该感谢她。没了她的放手，我哪能这么快成为J市市民，哪能住上这么好的房子，哪能生活得这么好！”

看着李子睿有些摇晃地跌进卧室的背影，颜希晓紧紧攥拳，心中说不出是什么滋味。

她万万没有想到，在她得知自己有三个月身孕的同时，李子睿的前女友冉若珊，也传来了有身孕的消息。

看得出来，李子睿对他前女友仍然余情未消，以至于刚才得到消息时那副样子，根本不像那个在市场决策上叱咤风云的佼佼者，整个人反而像是被卸了重要零件一般，失魂落魄。

如果是得知她怀孕的消息呢？希晓脑海里突然蹦出这个念头，凭着他们现在的关系与身份，如果她有了身孕，李子睿将会给予这样的事情什么定位？

背叛吗？以他们用协议来束缚的关系，这个太具有感情力度的词儿，怕是衬不起的。颜希晓叹了口气，将头狠狠埋在被子里，眼前却不断回映出刚才李子睿黯然至极的表情，直到深夜，仍是驱之不去。

半夜，她清晰地听到了卧室的门响，李子睿脚步虽放得极轻，却还是一步步砸在了她的心上。希晓下床，悄悄打开门，原想只看一眼李子睿便回去睡觉，却没料到房间门“吱呀”的一声响，他已经抬起头来。

左手执烟，仍是不吸，好像是故意将自己置身于烟雾的缭绕中。看到她有些不好意思地投过目光，他唇角轻弯："吵醒你了？"

"没有没有。"颜希晓连连摇头，脸却莫名地红了起来。仿佛眼前男子越表现出漫不经心，自己好像就越会被看穿那点心事，待了一会儿，看李子睿并无与她继续沟通之意，便只能咳了两声，刻意淡化自己的关切心思，"你不舒服吗？"

"没有，只是睡不着。"李子睿微叹一声，用力将烟蒂按于烟灰缸熄灭，仿佛怕死灰复燃，再干脆地倒上一点茶水，专注地看着烟蒂在面前失去生息，他低声道，"我只是心里犯堵。"

那个在职场上干净狠厉的男人彻底成为她脑中的幻象，颜希晓从没想到自己可以看到李子睿如此情绪化的一面。她盯着他，像是怕击碎他的心事，连呼吸都不敢放大声音。就在她忍耐不住遮掩更尴尬的气氛想要离开时，李子睿却像是洞悉了她的心事，突然抬眸："希晓，你能不能陪我坐一会儿？"

颜希晓一怔，随即听话地走到他身边坐下。接下来的心事沟通，便顺其自然。

他问她，你有没有过男朋友？

她笑，当然有。

进行到哪个地步了？

顿了一顿，希晓没法在这个受伤的男人面前装出贞洁，老实答道："该做的都做了。年少轻狂，不考虑后果。"

话还未尽，希晓便暗自苦笑。刻骨铭心的五年恋情，从来没想到会用"一时情热"来简略概括。每对恋人在承受感情蒸烤的时候都觉得自己是天之骄子，但若有一日分离，便会觉得，自己所经历的一切，只值得缅怀与铭记。

忽然想起一句话：我和你，在不对的时间不对的地点错误地相遇，然后，倾尽一生气力，忘记。

她打算用最大气力忘记那段过去，可是上天不容她如此薄情，用最狠厉的方式，惩罚她用生命记住那个男人。

说起这些话的时候，颜希晓并不知道自己到底流露出了怎样的无奈与伤感，亦不知晓这样的表情会带给李子睿多大的触动与震撼，这样沉寂的深夜，对于他们而言，感情两个字已是雷区。当初决定在一起的时候便已经明文说明两人不得触及彼此感情，可是今天，两个原本互不相干的人，却妄图依靠在别人身上取暖。

“那你为什么分手了？”随手拿起牙签挑着腻湿的烟蒂，李子睿扬眉，“可以说吗？”

“是我开导你，所以你要先回答这样的问题。”希晓侧头，刚刚萌生的忧虑一点点在眉间解散，又变成平日里没心没肺的模样，“你要是可以透露，我便毫不隐瞒。”

“这个有什么不好说的。”李子睿微微坐正，眼睛又开始半眯起来，“我和若珊，分手的原因就是四个字——嫌贫爱富。”

“嫌贫爱富？”颜希晓惊诧，“你不贫啊。”

虽说不是什么百万亿万富翁，但是凭借自己本事能有70万的存款，还是很厉害的。

“我不贫吗？”李子睿轻哧，“凭我个人本事，根本不能满足她在J市立足的愿望。这一百多万的房子，必须要和你合作才能买得起。而且，还用这么卑劣的手段让自己在J市落户，颜希晓，你说我怎么不贫？”

“若珊跟了那男人的第一个星期，那男人便为她买了一套160平米的房子，水到渠成的，户口问题解决，住房问题解决。这样的效率，哪是我这个打工族能达到的？”

“就为这个分手？”颜希晓依然觉得不可思议，“这也太荒唐了吧？”

“这有什么荒唐？”李子睿叹气，“你我都在外拼搏，都知道户口与房子的重要性。想要真正融入这个城市，让自己的孩子在以后入学结婚的时候户籍都能填下那个J市，就必须得付出代价！何况，你不是也因为这个，才一口答应与我结婚的吗？”

这一番逼问让颜希晓彻底无质疑余力，两秒钟后讪讪一笑：“对。我也是贪图户口的人。”

“人的欲望有时候就是个大口子，刚来J市的时候，我想的是只要在J市能混上吃喝，温饱无忧就行。到后来做了主管，便想到在J市能不能买个小房子，最好能安个家；后来成为市场总监，见识的人多了，欲望又产生了质变，而这个质变，是很多J市人别有意味的目光变成的。

“你不做市场大概没这么深的体验，很多时候，J市人都会在寒暄的时候若有若无地问一句你的户籍。起初会将这句话定性成客套的询问，可是到了

后来，便会是最犀利的鄙视。去买早餐的时候，你的口音戴了外地人的帽子，仅凭这点，价都讲不下来。别说我们做市场了，一出手就是几十万的单子。很多J市公司知道你是外地人，草草一句你对市场判断力有误的话，便会让你话都说不出口。

“所以，从那时候起，我便想成为J市人。即便是我这代不行，可我下一代必须说出纯正的J市话，因为我知道，J市方言就是孩子将来自我优越感的最好证明。而此后不久，我遇到了同在J市打拼的若珊，并在她父母前许下落户J市的意愿。只是没想到，在奔向理想的过程中，女人的忍耐性竟只有那么一点点。”

他的声音始终饱含颓废气息，可是措辞却让人觉得偏激与犀利。特别是最后一句关于女人忍耐性的结论，终于让希晓忍不住低声驳斥：“我倒是觉得，在这个问题上，男人不比女人持久多少。”

对她的质疑不置可否，李子睿挑眉：“那你呢？你既然持久度够强，又为什么和他分手？”

“我……”希晓皱眉思索，随即慢慢溢出苦笑，“也是嫌贫爱富吧。”

“哦？”

“他们家家境要好一些，我自觉高攀不起，于是分开。”自牙签盒里抽出一根牙签，希晓漫不经心地将它折成一段一段，“所以，没什么好说的。”

李子睿不自觉叹气，直觉认为这个女孩有故事，想要知道却不知如何开口，颜希晓在他眼中一向是大大咧咧的，这也是他当初选择她进行这个游戏的主要原因。没心没肺的人牵挂少，比较好打发，等到三年之后，能最少程度减少遗留问题发生的可能性。

可是今天他却对她有了新的看法：这个女人看似是迷糊的，却对自己有着理智的自我审视观念；在工作上看似是不与争锋的，却有对策划任务完美到苛刻的工作风格；在感情上看似是心不在焉的，可骨子里却有着让人无法忽视的坚强与倔犟。

想到这里，他忽而一笑：“没什么好说的就不说，你只要哪天别和若珊似的，突如其来地给我个打击便成。”

颜希晓猛地抬头，却见他戏谑地勾起唇角：“我只是开个玩笑而已，用不着瞪那么大眼睛。”

“你虽然看起来现代时尚，但距离现在社会上那些开放女还是有着距离。”继续维持轻笑弧度，他站起拍她的肩膀，“不用感动，基于你今晚上听我发牢骚，本人给你这些同志的信任。好了，颜希晓，现在我的苦水也倒完了，晚安。”

李子睿说起那句“晚安”的时候唇弧若灿，眸中带着微微迷离的色彩。颜希晓想，如果办公室那群色女看到他这副模样，必定又会长吁短叹地垂涎三尺。可是她这个最近美色者，却被这两个字撩拨得一夜未能安眠。

前女友的身怀有孕让他如此失态是由于余情未了，可是若是有一天知道她也有孕，他会用什么样的态度来定性这件事情呢？

一整夜，这个问题翻来覆去在希晓脑海里折腾，直到第二天，看到了同样有着血丝的李子睿的眼。

与昨晚上短暂的交心不同，李子睿只是看了她一眼，目光一闪而过，迅疾得甚至不等她分析其中意味。而因为一夜未睡，精神疲倦的颜希晓也顾不得这些，看李子睿已经准备妥当，匆匆拿了牛奶之后便冲出门口。

“希晓！”刚走到电梯口，李子睿突然唤她。希晓倏然回头，原以为是他看见自己如此惨相表示抚慰歉意，却没想到李子睿竟一个箭步凑到她面前，眉尖微蹙，“希晓，我昨天说的那些话，你……”

“李副总放心，我记性本来就不好。”希晓粲然一笑，未等他进入，转身离开。

拼婚

阴谋，谁牵累谁

两人坐在出租车上，像是将话都在昨夜说尽了一样，一路无语。

颜希晓将头看向窗外，却逃避不了李子睿身上散发的淡淡剃须水香气，仿佛有意在挑逗自己的情绪，每呼吸一次，她心里都有些犯堵。再次回想起今天临出门时他的表情，那是什么意思啊？趾高气扬的，难道她只是个专职的苦水收揽器，他一声令下倒苦水的时候她就要满怀欢喜等待，等一切结束的时候，就可以毫无人性地格式化删除？

什么逻辑？下了车，颜希晓有些怒气地将高跟鞋踩得清脆响，一反平日两人并肩走向公司的情势，她加快脚步，不一会儿便将李子睿抛到了后面。

总是尴尬的关系，见她如此，李子睿也不说话，只是默默在后面跟随。看见他们一前一后踏入公司，周围同事均投来异样眼神关注。等到李子睿将副总监办公室的门关闭，林然就凑过身子来："怎么了，颜姐？看你和你家那口子不大对劲啊。"

"大人的事情，小孩多听无益。"颜希晓努力压制自己的情绪，掏出资料来猛砸林然额头，"工作！"

"别呀，颜姐。"林然仍然嬉皮笑脸，"我是真的关心你，瞧你和你家那口子精神不佳，作为同事，我不得不关心一下！"

"那好，多谢林大助理的关心。"颜希晓忽然低头媚笑，示意林然凑近一些，"林助理，作为成年女人，你总该知道男女精神不佳，除却身体因素之外，还会有一个重要原因吧？"

林然一怔，脸颊随即蒙上羞红颜色。

颜希晓哧哧一笑，不经意抬眸间，如愿看到了周围同事快速回归正常神色的脸。当初刚进来的时候，所有人可都是怀着静观好戏的心理，那一双双眸子中透出来的态度，分明就是幸灾乐祸。

家丑不可外扬。颜希晓抿唇浅笑，与李子睿的矛盾总是人民内部问题，回家之后自可慢慢规整，可是在公司，一举一动都是面子工程。

见她一副暧昧不明笑意，周围人的异样眼光也渐渐平静下来。希晓拿着天宸御苑的案子，翻来覆去地计算着上次姚总希望明确的预算数据。不知道哪里出现了差错，分项目数据整合起来总是少于预定数额。

算了很多次之后，答案仍然对不起来。希晓无奈地揉着眉心，只能将这一切都归咎于自己的数学太差。正要吩咐林然重新核对数据的时候，办公桌上的电话突然响了起来，接起来一听，竟是岳潼："颜希晓，到我办公室一趟。"

颜希晓一怔，过了两秒钟才应了声好。挂下电话依然寻思，这岳潼虽说是市场副总监，但负责的是楚阳的散项目，与她现在接手的天宸御苑项目并无交集，那么，喊她到办公室做什么？

市场部领导的办公室在二楼，走过楼梯的第一个房间是岳潼办公室，隔壁便是李子睿。行至岳潼房间，希晓不由得向李子睿办公室看了一眼，这才敲开岳潼房间的门。

看她进来，岳潼神采飞扬："颜策划。"那神情竟像是与她几十年交情的好友。

颜希晓礼貌性地微笑，内心却在打鼓岳潼为什么突然对自己如此热情。只见岳潼招了招手，示意她凑近一些，笑道："预算是不是出问题了？"

"岳总是怎么知道的？"希晓一怔，强自压住惊讶。

"你愁眉苦脸地端着预算本算了一天了，傻子也能看出来你有什么难处。"岳潼轻笑，"说吧，是超了还是少了？"

"这好像和您没什么关系。"因市场部是按照各业绩量分算奖金，因此就算是同一个公司，各分筹项目部也有着自己的保密原则。所以此时岳潼的笑容，突然就有了些猫哭耗子假慈悲的味道。

"是和我没什么关系。"岳潼了然一笑，漫不经心地翻开手中的资料夹，"可是颜策划，预算作为这个策划案最新增加的一部分，是姚总最重视的内容。如果你这点通不过，那在会上立下的军令状可就……"

眼前的岳潼显然有挑衅的意味，希晓勾起唇角："那您的意思是……"

"瞧你那样子。"看她那副临场警惕的样子，岳潼反而软下声音，仿佛刚才的谈话只是一场逗弄。他走到她身边，颇有些义气地轻拍她的肩膀，"颜

策划，你是不是曾被人拐卖过，警惕性这么强盛？”

“我没有想窃取你们信息的意思，只是想要提醒你一下，你的预算数据，是不是比开发商所报上来的要求数据多出一些？”

尽管仍在纳闷他的未卜先知，颜希晓还是点头：“相反，预算数据要比开发商数据少几个百分点。”

“少？”

“对。”

岳潼突然拧眉，仿若思索地转过头去，就在他“啊”的一声想要说些什么的时候，门外突然响起“李副总好”的问好声。颜希晓身子一僵，回眸便看到李子睿的脸。

他只是极快地看了她一眼，然后便看着岳潼微笑：“岳副总，孙总让我们俩过去商量点事儿。”

颜希晓原以为李子睿所说的事情只是看她与岳潼在一起的托词，后来才知道，所谓的事情，对于他来说竟是生死攸关。经过半年多的艰苦努力，李子睿终于由人们眼中的千年老二，爬到了如今的市场总监位置，只不过前面还扣了个帽子，代理市场总监。

代理市场总监的意思就是，若是在两个月内不犯严重错误，就可以变代为正了。

消息传来，市场部一片轰动。与市场部同时澎湃的，还有希晓所在的策划部。众同事纷纷过来祝贺，大赞希晓家的男人有出息。而希晓则强扯着嘴角迎合夸奖，虚迎着运气好领导看得起之类的客气话。眼睛不经意地看向市场部，正好看见李子睿与岳潼并肩走来。

李子睿托着个咖啡杯，大概是和岳潼说着什么，唇弧勾起浅然笑意，走至洗手间那儿，岳潼笑着拐了进去。希晓原以为李子睿也会进去，却没料到他竟然径直向自己走来。随着两人距离的渐近，黑咖啡飘向鼻尖的一瞬间，希晓再次感到恶心，迅速反身拿起杯子猛喝了两口水，才渐渐觉得好受了些。

耳边响起周围同事对李子睿连绵不绝的恭维声，希晓原以为他是特意随和策划部的同事。却感觉手腕一疼，她竟被他拉了起来。不顾所有同事的侧目，李子睿低头看她：“希晓，今天的事儿算是我错了。”

声音虽然放得很低，但是在蓦然安静的环境中还是显得尤为刺耳。希晓一愣，只能茫然地看着他深邃的瞳眸。直到同事们有意隐忍的暧昧低笑声在周围弥漫散开，她这才慌忙别过头去，嗔道："去去去，有什么可笑的？"

这样一副姿态，在众人眼里显然有了小女人撒娇的意味。同事们的目光越发别有深意起来，林然甚至还不知死活地凑到她的耳边："颜姐，快原谅姐夫吧。你要是再不依不饶下去，估计全公司人都不答应。"

颜希晓愤恼地瞪了她一眼，看她嬉皮笑脸地转身工作这才回头，正撞入李子睿澄澈深幽的眼睛。他的唇角似勾非勾，恰如其分地表现出对妻子应有的亲昵与怜爱。想起刚才同事们钦羡暧昧的眼光，颜希晓在瞬间明白一切。她浅哼一声，面无表情地说了一句"好"，自他身边向洗手间走去。

自从婚后，两人一般都是一起去吃午饭，可是今天，李子睿突然接到客户电话，临时决定出去应酬。

希晓原本打算在公司餐厅吃些便餐，但经历早上的风波，实在是受不了同事们对李子睿逢迎的恭维和对她别有深意的目光。另外心中一直惦记着怀孕的事儿，看时间还早，希晓打车直接奔向医院。

事情已走到今天这个地步，不论如何，这个孩子如果留下只能牵绊她的手脚。想到这里，希晓不自觉摸摸手腕的细痕，虽然时间过了很久，现在却仍有凸起的痕迹，恍惚中，记忆又回到了那一日，她试图用割腕的方式断结生命，到头来却只是告别了一段爱情。

流掉孩子的意愿是如此迫切，颜希晓到了医院，便直问导医流产手术怎么进行。大概鲜少见女孩如她这般直接的样子，导医一愣，呆了两秒钟才带她到了妇科。听惯了广告上形形色色"无痛流产"的宣传，颜希晓原以为只要她愿意，流产手术很快便可进行。可是没想到，竟要提前预约。

看到预约登记簿上长长的一串人名，颜希晓简直有夺路而逃的冲动。怪不得有一句话说，没经过流产的女人不是完整的女人，依照现在情况来看，这世界上的女人几乎没有几个不是支离破碎的。按照她的年龄推算，仿佛自己完整的年龄还比较晚。

算了算时间，只有这周六有空闲，颜希晓预定了时间，跟着医生去做了相关检查，这才走出妇科。

随手拿起导医台上关于新药的宣传广告，希晓心不在焉地边看边走。就在快要下楼梯的时候，手机突然大作，她瞄了一眼，是个不认识的号码："喂，你好。"

明明已经接通电话，话筒那边却无人应答。颜希晓喂了几声，刚要扣下电话，肩膀却被人轻拍了一下，她蓦然转头，遭遇的竟是岳潼微眯的眼睛。他仿佛心情大好的样子看着她："颜策划，好巧！"

最近怎么老和这个人有着联系，颜希晓看他微笑，心里却在质疑三番五次与他相遇的原因。自从和李子睿结婚，这个与自己原本无关的男人竟一次次出现在了她的世界中，这不得不让她怀疑他的本质。

"岳总也不舒服吗？"她笑，挥挥手中的宣传单子，"现在医院人少，看病倒是比以前方便。"

"拿了点感冒药。"岳潼摇了摇手中的袋子，上下打量她，"你不舒服？"

见他这样问，希晓脑中突然掠过一个想法，难道是岳潼有意跟踪她？可是抬眸看去，眼前的男子一脸开朗笑意，眸光澄澈，丝毫不像有那种猥琐想法的样子。再说，她没钱没色，单是跟踪，成本上根本划不来。

觉得自己的想法有些狭隘，颜希晓连忙笑答："没什么不舒服，来看一个朋友。"

"哦。"

两人一并向前走，医院离公司原本不远，看时间还早，他们干脆没有打车，步行回去。闻着他身上淡淡的薄荷香气，颜希晓突然想起李子睿来，不由问道："你们市场部不是有应酬吗？怎么，你没跟着去？"

"我没有。"岳潼浅笑道，"主要是嘉泰分项目负责人的，不归我负责。"

"哦。"

"颜策划，你想过你的预算数据是哪里出现问题了吗？"岳潼突然拧眉，侧头看她，"预算数据少于开发商所提报数据，你分析出原因来了吗？"

问到了业务问题，颜希晓的警惕性再一次提了上来，看向岳潼，她强装安定："没有，依照岳总的意思是……"

"颜策划，我并不是想得知你所谓的商业机密。"岳潼却看出了她的意思，一双锐眸紧紧地盯向她，"说实话，我已猜到了几分缘由。但现在告诉你原因也不是单纯为帮你，我也有我的私人考虑。"

"如今你老公李总主要负责嘉泰项目，你也知道，嘉泰项目几乎占我们公司业务的40%比重，而天宸则占20%，其余的比重则是那些散业务小公司。"岳潼深深叹气，"如今你老公成了总监，说实话我服服帖帖，甘愿在他领导之下，可是你知道吗？总公司又要派人来，如果我拿不下天宸项目，现在的副总监职务可能都会被丢掉。颜策划，那样的话，我心有不甘。”

“岳总，我不大明白你的意思。”

“我的意思很好明白，”岳潼顿了顿方才说道，“现在看来，你的提案最大问题便是预算问题，如果此关通过，御苑项目便会无忧。而我，需要掌握天宸项目来稳固自己在公司的地位。也就是说，现在的我和你，是一条绳上的蚂蚱。”

“你不用担心，这对你老公也没什么伤害。”大概看着颜希晓仍有些顾虑，岳潼继续说道，“你在楚阳这么长时间，不会不知道市场部的体制，嘉泰、天宸这样的客户向来都是分人负责，就算是市场总监，也不可能包揽所有项目。而我，说不好听的，只是想在你老公的羽翼下讨一碗饭吃而已。”

听完这话，颜希晓抬头看他，不得不说，岳潼的话还是有几分诚意的。李子睿一向是负责嘉泰项目，单从此点来看，在市场部的地位已然不可撼动。所以，岳潼若是为自保想要获取天宸的份额，也是情理当中。

“好吧。”希晓看着他，笑道，“您对此事有何见解，还请指教。”

“指教倒谈不上，愚见反倒是有一个。”岳潼眼睛一亮，继而扬起唇角，“按照正常的数据，预算应该比开发商数据多才会不同意，而如今少了，那就说明一个原因，开发商希望加资！”

“其实这样的成本完全可以，御苑并不是一个特别高档的住宅项目，衬不起那么高的策划投入。可开发商却偏偏拨出这么大的预算收入，仿佛给一个小孩儿戴上千万钻石，实在是有些匪夷所思。”

“预算大约低出多少？”

“12 万元。”

岳潼眯起眼睛看向远方，突然低呼：“这就对了！”

“其实从 146 万元的宣传费用来看，这 12 万元并不是多大的数目。”岳潼抿唇，淡笑道，“你将这 12 万元分摊到其他项目活动费用里，但是实施活动策划案子的时候不要付诸实践。”看颜希晓有些不解的样子，岳潼只能继续解释，“说白了，就是把这 12 万元费用挪出来。”

“你让我……”颜希晓这才了悟，不由低呼，“这不是……”

“对。”看到她蓦然瞪大眼睛的样子，岳潼反而勾唇一笑，“罗冬晨的提

案为什么屡屡被打回来？我想也就是因为这个预算的问题，颜策划，工作不仅是业务水准的较量，更重要的是，要善解风情。”

“开发商明摆着是要我们以工作之名为他们的私欲行些方便，如果这样能让两者合作长远继续，我们何乐而不为？再说了，这12万元的开价估计就是姚总一个人的胃口。反正是用他天宸的钱去满足他的胃口，又对我们楚阳没有半分损害，我们就不如遂了他的心意，巧设个名目……”

颜希晓一向是本分工作的主儿，只知道用巧妙构思与勤奋设计换取客户满意，哪儿还懂得这些勾当。经过岳潼这么一分析，已然有些方寸微乱：“这样不太好吧……我回去和子睿商量一下……”

“如果你觉得这样不太好，大可以不做。”岳潼别过目光看向前方，“策划部有规矩，策划师三次未拿下项目者，自动辞职。虽然前两次的失误是罗冬晨造成的，可是规章制度可不认这个，他们只会拿第三次策划失败的人开刀。到时候颜策划，你可就……”

他故意没将种种可怕的假设进行下去，因为自颜希晓脸上，他已经看到了足够让他满意的结果。果真，颜希晓点头：“好吧，反正要求的是今天交上提案，下午的时候，我便把案子呈上去。”

回到公司，颜希晓便开始重新整理数据，她左等右等，原想等李子睿回来与他商量一下再呈交提案，可没想到，自从中午出去，李子睿就没再回来。

办公桌上的电话已经响了第二次，姚总的秘书再次强调要将提案今日呈交至天宸那里。看着李子睿的办公室门依然紧闭，希晓终于忍耐不住，拨通李子睿的手机，嘟嘟两声响后，里面传来李子睿有些沙哑的嗓音：“喂，希晓？”

“是我，你什么时候回公司？”颜希晓竭力低下声音，避掉周围同事好事的眼眸，原以为李子睿会很快地给她一个明确答案，谁知话筒里面竟传来一个女性声音：“子睿，要不然，你先回去吧。”

“不用。”颜希晓尚未反应过来，李子睿已经给了她答案，“希晓，我下午可能不会去公司了，你有事儿？”

希晓这才想起那似曾相识的女声是谁，心里一紧，意识还没到达，话已脱口而出：“没事儿了，你先忙。”

挂上电话，颜希晓又看了看手中的提案汇总，再三思索后，在提案尾页签上字便走出了办公室。原本的提案大点都已经通过，现在需要改的，只是这预算问题，而孙培东早就说过，因时间太紧，考虑到工作沟通效率问题，可不经他的允许，直接递交提案给客户方。

打车到了天宸，似乎姚总早就预料到她会来，接过提案就马上进入了工作状态。在详细问过几个提案大点之后，他逐渐翻到尾页的预算部分。颜希晓屏住呼吸观察他的表情，生怕他再次皱眉，轻易地给她一个否定的答案。要知道，姚总如果这次再摇头，他只是扭扭脖子，而可怜的她失去的可是维持生计的饭碗。

两分钟难熬地静谧过去，就在她将要失去信心，开始考虑以后路在何方的时候，姚总抬眸，满是菊花褶子的脸绽放出倾倒众生的微笑。那一刻，颜希晓简直有拜倒在他西服裤下的冲动，因为她听见他说："小姑娘，悟性挺高嘛。"

这一句话将颜希晓担忧了几日的心猛地解放，姚总抬头看她一眼，目光充满着颜希晓所不能洞察的复杂意味："提案点做得很好，预算也过了，颜策划，罗冬晨若是像你这么变通，我们也不会用这么长时间磨合。"

"谢谢姚总夸赞，"颜希晓连连点头，"那现在我们……"

"提案呈批带过来了吗？"姚总拿起笔，"签字，细化执行！"

连日来积郁在她心头的愁闷终于在姚总龙飞凤舞的字体中得到疏解，拿到呈批单，她愉悦地回到公司，准备着手于提案的细化工作。刚刚坐定不久，短信声音响起，希晓低头一看，竟是岳潼的短信：

"怎么样，事情办成了吧？"

希晓心情大好，迅速地回了个笑脸："一切顺利，谢谢你。"

"别先急着谢，以后有你谢我的地方。"他回短信的速度倒是很快，如同一切都设置好了一样，不到一分钟便发了过来。

盯着手机屏幕上的信息，颜希晓不知道怎么回事，心里竟慢慢腾涌起异样感觉，明明事情超乎寻常的顺利，可又感觉这样的顺利来得太过突然。她正沉浸在这样的莫名情愫中，肩膀突然被人猛地一敲："颜姐，想什么呢？"

又是林然。

希晓惊得脸色一白："干什么呢？吓了我一跳。"一边拍胸口一边瞪她，"没干什么，我发会儿呆不行？"

林然笑嘻嘻地凑过身子："颜姐，有心事吧？"

“我能有什么心事？”颜希晓一边躲一边拿书砸她，“别一天到晚神神道道的，有琢磨这些的工夫，还不如早把策划证考出来。”

“颜姐别岔话题啊。”林然不像平日那般的就此罢手，反而又像鲶鱼似的凑了过来，“颜姐，我都看到了……”

“你看到什么了？”希晓心中一紧，瞪大眼睛看她。想自己总不会如此倒霉，刚刚在预算上做完手脚就被林然这个大喇叭盯上，便又半训斥地加了一句，“林然，不该说的话别说。”

“我知道。”林然挤挤眉，“只不过那个女人到底是谁啊？我看他们关系好像不一般的样子……”

“什么女人？”颜希晓这才察觉到林然表达的仿佛与她所担心的并不是一回事儿，不由诧异，“他们？”

“颜姐你还不知道？”

“废话少说，他们是谁？什么女人？”

“呃……”林然看她着实迷茫的样子，顿了一顿似是琢磨措辞，支吾道，“我与成姐中午在解放路思宁盒饭店吃饭的时候，看到李总与一个女人在肯德基坐着……不过，也许是我看错了，人那么多，再加之忙，也许是样子像而已。”

看林然那欲言又止的表情，颜希晓就知道，林然绝对没有看错。

李子睿竟以公务为名，与女人待了一下午。颜希晓眉毛一皱，忽然想起刚才给他打过的电话来，虽然寥寥几句，但清晰地听到了女人的声音，而且那声音，似曾相识。

脑子在飞速地旋转，不到几秒钟就给了她答案，想起来了，那甜腻的声音，正是李子睿的前女友，冉若珊。

或许是看到她有些异样的脸色，一向对她没心没肺的林然，竟也识趣地转过头去。希晓想要解释，无意中看到对面成姐成灵满含同情的目光，到嘴的分辩也吞咽下肚。还说些什么？现在就算是舌灿莲花，也会被人当成怨妇可怜的自尊同情而已。

NND，她不由恨恨地诅咒，怎么也没想到，结婚不到半月，李子睿便能给她扣上弃妇恶名。

接下来的时间便是在同事们异样的眼光中度过，在这个社会中，效率最高的便是信息传播，比信息传播还要惨无人道的，便是小道信息的传播。作为传媒一员的颜希晓，这天下午，深深感受到了信息的巨大杀伤力。那若有若无的公众关注度仿佛幻化成了一柄利剑，逼得她下班的时候几乎是落荒而逃。

回到家，原以为李子睿应该早回来了，可没想到环顾一圈儿，依然是毫无人迹。颜希晓打开冰箱，里面空空如也，翻了半天只找出两包方便面。看了看表，也懒得打开天然气煮了，便坐在沙发上，一边看电视一边干吃起方便面来。

时针指到7点20分的时候，耳边响起了开门声。颜希晓知道是李子睿回来，心里无端涌上怨气，故意僵直着脖子，机械地掰着方便面看电视，目光斜也不斜。

感受到那双眼睛向自己看来，她更是抿紧唇，几乎将方便面嚼出恨之入骨的气势，原以为李子睿会说些话，可他却只是看了她一眼，便迅速闪进卧室，整个过程，一言不发。

听闻那声轻轻闭门声，希晓竟感觉莫名委屈，顺手将遥控器一摔，完全没了食欲。她长叹一声，泄恨似的将方便面在手心碾碎，恶毒地想象成这便是李子睿那张欠揍的脸。正沉浸在这样的恶毒心理中时，身后竟响起李子睿温和却又有些低哑的声音："吃饭了吗？"

希晓一惊，手中被捏得碎碎的方便面砰然落地，散落一地狼藉。

她低声说："没吃。"声音倾吐的同时，表情已恢复漠然和冷静。回头时，鼻尖突然飘来饭菜香气。只见李子睿左手提着个袋子，微微朝她晃了晃，"我在外面买了些东西，你没吃的话就吃些。"

"嗯。"希晓站起身，自他手中接过袋子放在桌上，鲜明的KFC标志映于眼帘。她微微勾唇，忽然想起下午林然说的话，拿起汉堡便毫无淑女形象地吃了起来。

对面坐着的是李子睿，一言不语，那双寒潭似的眼睛却像是蒙了尘灰，固执地看着她。希晓却不在乎这些，头也不抬，反而吃得越发卖力。沙拉酱狼狈地沾到嘴角，希晓刚欲转身去找抽纸，便听"嗯"的一声轻扬，李子睿将纸巾递了过来。

希晓一怔，低头道了声谢谢，擦了一下嘴又埋头苦吃，仍不去看他的眼睛。

"今天中午应酬完后遇到若珊，她好像是有点儿酒精过敏，又不想回家，

就陪着她在肯德基坐了一会儿。可是没想到，她的过敏症状竟越发严重，没办法，这才去了医院。”李子睿竟下意识解释，“你给我打电话那会儿，正在医院打着去敏针。”

“李子睿,你这是在解释吗？”希晓抬眸微笑,“没必要的。你忘记上次了？咱们并没有改合同，没必要向彼此报告今日行踪。”

李子睿一怔，微勾唇角似是苦笑又像讥嘲，下一句话竟异常坦白：“我觉得有些抱歉，你下午给我打电话，肯定是遇到了什么事情。”

“现在没了。”

“是什么事儿？工作？”他继续追问，“天宸的案子进行到哪步了？”

“最后一步，”希晓抬头，刻意作出冰冷的眸中生起炫耀璀璨，她颇为自得地扬起眉角，“我大功告成。”

“大功告成？”似是无法相信一般,李子睿倾身眯起眼睛,“提案通过了？”

“对，甲方审批完毕，明天细化提案。”

“这么快？那以前的问题出现在哪里？”李子睿吸气，“只是因为创意点不对？还是因为其他问题？”

一方面惊讶于他的敏感，另一方面却感觉李子睿这样的再三逼问实在是对自己的能力不信任。颜希晓下面的回答更没有好气：“是预算出了问题，我当初打电话给你的时候就想问问你的意见。但是你那时正一心一意照顾情人，根本无暇顾及我这个名义之妻。幸好天无绝人之路，我总算有惊无险。”

“预算出了问题？”没时间分析她话里的刻薄，李子睿心中突然涌起不祥预感，“是谁帮你解决的？”

“岳副总。”想起岳潼，颜希晓不由叹道，“我以前觉得他挺冰冷，可没想到真的是个热心人啊。”

原本还想继续将岳潼的雪中送炭与李子睿的麻木不仁作对比，这样的想法终在李子睿突然拧起的眉毛中拦腰截断。他忽然加重语气，一眨不眨地看着她的眼睛，急道：“你好好说说，预算怎么了？他出的什么主意？”

“解决了，不劳您再费心思。”突觉他的这副样子实在有些作秀似的讨厌，希晓收拾起桌上的残渣便欲起身，胳膊却被他牢牢攥住：“希晓，你将事情的来龙去脉，以及岳潼对你说的话都仔仔细细和我说一遍。重点内容，一点不要遗漏。”

又是那种在公司时的霸道口气，可笑的是希晓在反应过来这是在家里的时候，已经将事情的过程说了大半。李子睿的眉毛越拧越紧，到了最后的时候，俨然成了个疙瘩：“说完了？”

颜希晓点头，不明白他的表情来源于哪里，莫名道：“怎么了？”

“我觉得有些不对。”李子睿突然转身，像是被踩住尾巴似的又掉过头来看她，道，“岳潼和你一向没什么往来，怎么会突然对你示好？”

“李子睿，你注意些措辞。”希晓有些气极，不由道，“这个世界还有乐于助人一词儿呢，人家帮了我，怎么在你嘴里就成了别有意图？”

李子睿张张嘴，想要辩驳却终是欲言又止，他只是深深地看向颜希晓，将满腹不祥化成最重的一声嘘叹：“希晓，不是我心胸狭隘。这个世界上，若不是掺杂了利益关系，有多少人热衷于雪中送炭这样的义举呢？”

“我没有奢求雪中送炭，”希晓很不满意他将自己当作傻子似的担忧，“这件事情，岳总是与我有了利益交叉点。他需要我拿下御苑项目挽留天宸客户。在楚阳，嘉泰是你的，而他想要保住自己的副总监位子，只有牢牢把握住天宸。”

“李子睿，也就是说，”她仰头看向那双寒潭冷眸，缓缓勾扬唇角，“我现在把握住了天宸，也就是为他的官路铺平道路。”

听完这些，李子睿眉毛却越拧越紧。看了一眼颜希晓，他突然瘫坐在沙发之上，低沉的声音在四周渐渐晕开：“恐怕，没那么简单。”

但愿一切都是他多想，但愿他是杞人忧天，以小人之心度了他岳潼的君子之腹。李子睿不由看向颜希晓的眼睛，圆圆的眸子一片澄澈，正用一种三分委屈七分赌气的表情看着他。四目接触间，他心里努力隐忍的不安却再次萌起，只能攥起拳头，努力不让自己将这样的假设进行下去。

事实证明，李子睿的担忧并不是空穴来风。

预算书报上去之后，颜希晓只过了两天的平安生活。到了第三天，孙培东便将李子睿在众目睽睽之下叫到办公室。声音冷厉，面上也是刻意隐忍的暴怒表情。一看便是山雨欲来的恐怖气象。

周围同事都在对此小声议论，颜希晓更是忐忑不安到了极点。原本以为以这样的关系，李子睿与自己除了合作关系，其他都是毫无关联的。可是今天，这才发现自己竟不知不觉在心理上与他有了“休戚相关”的奇特依赖。自他

进去，她便心神不宁地盯着那扇紧闭的房门。好歹同事们都将她的这种行动当成了夫妻恩爱的证明，在这样严肃的气氛下，也不再像平常那样多说什么。

直到那扇门“吱呀”一声打开，颜希晓倏然抬头，这才发现情况似乎比想象中的还要紧张难料。李子睿紧抿着唇角，微低着头，甚至还未等她看清他的表情，便迅速闪进了自己办公室。希晓心里一紧，将手中资料猛然一扔，不由得跟了上去。

办公室里的李子睿紧锁眉头看着一份文件，淡黄色的皮儿，突然让颜希晓有几分熟悉。慢慢靠近，她这才发现这竟是那份预算书副本，心中不由一惊。再看李子睿，紧抿着唇，仿佛丝毫没注意到她的临近，那双眸子凝结起最暗沉的郁色，似乎要将所有的力气都贯穿于那份文件之上。颜希晓突然觉得紧张，不由低沉出声：“李子睿，怎么了？”

手中的文件慢慢放下，李子睿抬头，眸中的锐气竟一分一分消退，他苦笑一声，带着几分无奈看着她的眼睛：“颜希晓，你知道我有一个特异功能吗？”

颜希晓摇头，茫然看他。

“我从小就是说好事儿从来不准，却有极强的预测坏事的能力。”他摊开预算本，往桌上轻轻一扔，轻哧，“瞧，应验了吧。”

“什么意思？”

“姚总被人举报收受合作方贿赂，而这个贿赂者，便是你，颜希晓。”李子睿看着她，语气却波澜不惊到消极，“以提案通过为由，向姚总贿赂12万元整，而且这笔费用不是出于个人存资，用的是开发商的宣传费用。”

听闻这话，颜希晓彻底惊呆，血液像是自脚底回流至头顶一般，只觉全身冰凉。她猛地拿起预算书，连连翻动几页后仍是不敢置信：“这怎么可能？”

“怎么不可能？”李子睿冷哼，“人证物证皆在，你和姚总的签名白纸黑字地显着呢，现在想要推翻，怕都不容易。”

“我没想到是这样……”面对如此局面，颜希晓已经没了措辞冷静面对，想起那日岳潼的脸，虽然闪着世故圆滑精光，但也不至于阴险欺瞒，便有些无措地抬眸看他，“那该怎么办？”

“你先回去吧，走一步看一步。”李子睿头疼似的揉着眉心，“明天晚上我去找开发商的杨董，看看能不能摆平，怎么摆平……至于事情结果，大概是凶多吉少，你自己要有心理准备。”

颜希晓从没料到事情会是如此，看到李子睿愁眉紧锁，反而不知道说些什么，只能讷讷地退出他的办公室。在开门的瞬间，李子睿的声音自身后响起："出去之后，不要去找岳潼。"

回眸看到他疲累的样子，希晓"嗯"了一声，自他的视线中局促逃离。

丈夫黯然，妻子回来的时候满脸淡漠，同事们见颜希晓与李子睿都是如此，不由更多几分猜测。而希晓则顾不得周围人异样目光，她满心思想的，都是岳潼为什么会害她。这个男人，无缘无故地示好，难道真的只是因为别有所图？

自己一个小策划没有值得他一个副总监觊觎的地方，想起事情的前后来源，颜希晓突然想起，岳潼处心积虑算计的，难道是李子睿的市场总监位子？直接下手太过明显，所以才以她为突破口，趁李子睿不备之机，贸然实行阴谋？如果事情真的是如此，那么，这个人的用心也太过毒辣了！

没想到自己的一时愚傻，竟让李子睿受了这么大连累！看着那紧闭的办公室门，希晓后悔不迭，她紧紧地盯着手里细化的策划案子，再三思索这事儿的挽救之策。正愁眉不展时，身后却突然响起孙培东的声音："罗策划，御苑项目你重新把持，记住，一次过关！这可是我争取到的最后机会！"

也不知道是受宠若惊还是太过惊讶，罗冬晨迭迭应声，一句句"孙总放心"的话听起来犀利刺耳。希晓不由回过头去，正好撞入孙培东的目光，他迅速地看了她一眼，低斥道："这个案子再不过，整个策划部全员辞退，大家都回家找老公养孩子去吧！"

希晓觉得孙培东这话就是说给自己听的，原本难过的心更加不甘委屈。再加之周围同事受了这一句话的刺激，纷纷都过来问希晓是怎么回事，明明昨天才宣布的通过提案，今天怎么又被打了回来。面对大家的疑问，希晓只能苦笑置之，有口难言。倒是旁边罗冬晨的阴阳怪气解了她的围困："预算出了问题呗……咱们的颜策划啊，善解人意的优点这次用错了地方。"

一句话说得原本就憋屈的颜希晓腾身而起，直觉便想怒而反击。启唇的瞬间，她看到了刚出办公室的李子睿的脸，与刚才的黯然情绪不同，现在看来，虽仍是凝肃的，却反而多了几分淡漠宁和。像是预知颜希晓要做什么事情，他只是极快地瞥了正欲厉辩的她一眼，她便迅速地低下头去，像是个犯了错误的孩子一样，垂颓不语。

除了各自有着应酬，颜希晓第一次没有和李子睿一同回家。她窝在沙发里等到 10 点 30 分，李子睿却依然没有回来。眼看时间越来越晚，希晓只能回到卧室躺下，原本还是要再等一会儿的，却没料到精神一乏，不知道什么时候竟然睡了过去。

第二天醒来，是被手机声音吵醒的。希晓迷迷糊糊地将手机放到耳边，只听到一个陌生女声十分公式化地说道："你好，颜小姐。您预定的具体手术时间为 7 月 4 日 14 点 20 分，为更好地了解您的身体状况，请提前 40 分钟到我院妇科进行相关检查，切勿推延。"

挂断电话空了两秒钟，希晓这才想起自己还身怀有孕的事情。周六是手术日期，这样算来，后天便是了！

被这样的心思刺激得浑身一激灵，希晓猛然自床上坐起，为要进行流产的事情懊恼不已的同时，忽然想起昨晚上等李子睿的事情。就这样迷迷糊糊地睡过去了，也没听到开门的声音，还不知道他回来了没有。想到这里，她迅速翻下床，胡乱整理了一下头发便走出卧室。伸头一看李子睿的卧室房间是虚掩着的，仿佛是没回来，心里不知道怎么突然一揪，推开门便走了进去。

这一推门不要紧，触目便是男人坚实的古铜色裸背，半遮半掩在乳白色床单中，在阳光的照射下显现着纯洁而又诱惑的光华。希晓怔怔地看着他的背影，不知道怎么就呈现出目不转睛的贪婪状态。直到睡梦中的男人翻过身子，用惺忪的眼睛来观察着她这个衣衫不整的梦境入侵者，希晓这才像是反应过来一样，脸腾地红了起来，边低头边退道："对不起对不起，我看你门没关上，以为你没回来呢。"

她没敢看李子睿的表情，却听到他轻轻地哼了一声，似是自嘲却又像冷笑，心里更加羞恼无比。想自己的那副花痴样子必定是落在了他的眼里，难道这是因为太长时间没了男人的缘故才控制不住自己的本能欲望？正在沙发中丧气地后悔着，李子睿推门走了出来，并没像她料到的那般尽情欣赏她的尴尬，依然是如同往日径直走到了洗漱间。希晓看他不在乎，自个儿也到了卧室准备好，到了自己那边的洗手间洗漱准备。

早餐时候，介于早晨的事情，希晓虽然有许多问题堵在嗓子眼儿，但还是没好意思出口。仿佛是想用食欲来塞住自己的情绪，她吃得出奇的专注和用力。可李子睿的声音却突然响起，犹如晴空突然出现闪电般突兀与犀利："我凌晨 1 点 20 分才回来，怕吵醒你，便没关上门。”

他们的房间锁是自动的，一关必然会产生很大声响。听着李子睿解释却又像调侃的语句，希晓理理心思，微红着脸看他："你……没事儿吧？"

"我能有什么事儿？"他愣了一下，看到她眸里毫不掩饰的愧疚与关心，了然一笑，"这事儿原本就是冲我来的，你不用这么小心翼翼，和你没关系。"

"怎么和我没关系？"他这样说，希晓更加愧疚难当，"我不知道岳潼真的存了那份心思，他当时说帮我的时候，一个个理由义正词严，全都是为自个儿着想。我没想到他……"

"就算是没有这件事情他也会寻事滋扰。"李子睿拧眉，"这事情的必然性是摆在那里的，至于什么时候来，只是时机问题。我只是没有想到，他会从你身上入手，千防万防，这点倒是我的疏忽。"

"这个事情容易解决吗？那么大个罪名。"现在追究谁的责任已是无益。对于这件事的解决办法，希晓忧心忡忡，"12 万元的贿赂款啊，他们肯定会以为是你和我一块儿做的。我倒是无所谓，如果连累你把这个罪名坐实了，你的前途不就葬在我的手里了？"

李子睿低头："事情总会有解决办法的。"

话虽然说得坚决，可是颜希晓还是自他的表情中捕捉到无力与愤懑的气息。一大清早，他的身上便透出浓浊的香烟的味道，和着飘忽的酒精味儿，竟有些呛人与窒闷。希晓虽然不问，但也是知道他昨晚那么晚回来必定是去寻找问题的"解决之道"，可看他这个样子，这个解决办法，大概仍是死路一条。

见惯了李子睿在公司的神采飞扬，这么一心灰意懒，越发让颜希晓觉得抱歉："事情是我惹起来的，要不，我去想办法吧。"

她这句话说得底气十足，李子睿倏然抬头看她，唇角笑意浅露苦涩："怎么个办法？"

"你不是说要从杨董身上下手吗？最好让他出一个理由，撤销孙培东对此事的处理态度。那么，我就从杨董身上做工作好了。"

"怎么个做工作法？"想起杨董杨林昨天的态度，李子睿恨不得一个脑袋八个大。他做市场多年，见过的有钱人多的是，但还没见过像杨董这般腰缠万贯又还斤斤计较的主子。冷嘲热讽不说，暗示的"和口"解决办法就高达一个惊人的数字。折腾了一晚上，除了染了一身臭味儿，什么情报也没拿着。

“杨董是不是男人？”

“是。”惊讶于她没头没脑问出的问题，李子睿微微一怔，“做什么？”

“是男人就好办了。”希晓勉力一笑，“不是说解决全世界的男人只要有两种方法，第一是钱，第二是女人吗？”

“你要干什么？”

希晓自身后拿出包，在钱包里翻了半天才找出银行卡，“啪”地在茶几上一拍：“我去送钱！这样的话，女人和钱两个要素，全都有了。”

“你这是跟谁学的下三滥的招数？”李子睿皱眉瞪她，不悦道，“就你那点工资钱，还不够杨董吃一顿饭的；至于你所谓的女人姿色，就你这样的，出了大门朝西拐，一抓一大把。”

颜希晓没想到好不容易积攒的自告奋勇能被他这么无情地打击，原本还存着的那么一星半点愧疚心思，彻底变成对李子睿不识好歹的申诉。用力扒了两口饭，希晓安慰自己，反正她已经把抱歉的意图传达给他了，李子睿不领情，是他自个儿没良心，再说了，还不一定是谁连累着谁呢。如果没有李子睿，这岳潼犯不着在她身上做文章。这下可好，原本到手的业绩拱手送到了对头手里去，想想昨天罗冬晨的表情，她就觉得心里犯堵。

颜希晓没有料到，这次犯堵只是一时的，更大的堵还在后头。

4 防备，谁是过错方

刚刚到公司坐定，颜希晓便接到总经理助理电话，让她去总经理办公室一趟。希晓还以为终于要还她清白，却没料到孙培东不在，只是助理扔给她一张表："颜策划，这是孙总临走时交代好的，你先填了吧。"

看到助理有些阴阳的笑容，希晓颇为狐疑地接过表，随即大惊，"员工辞退登记"几个偌大的字跃然于上。她转过头，不敢置信地问助理："辞退？要辞退我？凭什么？"

"颜策划，这是孙总的决定，也是策划部的工作管理要求。"助理笑得春风满面，"策划部规定，三次提案未过者，将无条件离开公司。"

"可要是被陷害的呢？"想到好不容易熟悉的工作将要付诸东流，希晓心里一阵惊慌，"再说了，我的提案整体上是没有问题的。没理由就将我这么一棍子打死。"

"对不起，颜策划。"助理笑容依旧，"这些理由，您可以向孙总提起。我只是传达他的意见。"

希晓恼怒不迭："那好，我给孙总打电话。"

孙培东却仿佛料到了她会打来电话，听她一通义愤填膺的申诉，也不解释，只是轻描淡写地说道："你们两口子的事情，你们自己商量。"

就这样没头没尾地扣了电话，颜希晓只觉得自己的满腔怒火仿佛遭遇了千年冰雪，实在是有些不明不白。助理没眼力见儿地还拿着那个什么辞退表在她眼前乱晃，颜希晓心里一烦，突然想起刚才孙培东说过的话，腾地一下冲出办公室。

正在研究图纸的李子睿看到希晓杀气腾腾地闯进来，已经知道发生了什么事情。他剑眉一挑，只是看她一眼便又垂下眸去，依然是平日那般淡漠疏离。看到他如此，希晓更加怒火中烧，她一把夺下他手中的文件，愤怒地看向他：

"李子睿，是你让孙总辞退我的？"

他极淡地掠了她一眼，并没回答，目光却是不置可否。

"李子睿，你疯了吗？你凭什么安排我的事情？"颜希晓将文件狠狠地甩到一旁，气不可耐，"你给我个解释！"

"孙总说，我们两个人只能留一个在楚阳。"他抬头，一双锐眸紧紧盯着她，"颜希晓，你不是问我解决的办法吗？这就是我昨夜辛苦了大半夜，得出的方案。"

"如果你不走，那么我们的结果只能是全都离开。"他深吸一口气，眸中透出浓郁的无奈气息，"所以，必须是你。"

"凭什么必须是我？"希晓撇撇嘴，满腹委屈与不甘，"你呢？你怎么不离开公司？"

"颜希晓，你仔细想想，这事儿是谁惹的？是谁一时疏忽所犯的错误？是谁轻信他人才导致我们受控于人？事情已然到了这个地步，你难道就不想着承担一下过错？"

"李子睿，我想了，我很仔细地想了。"看到李子睿完全是一副指责她的态度，希晓勉强维持情绪，冷冷反驳，"要不是你权高位重，那些人犯得上对我一个小蚂蚁下手？"她轻蔑地笑，"你明知道目的是你，还让我承担后果，李子睿，你未免太过自私了！"

"即便目的是我，但是颜希晓，你的疏忽却把我也砸了进去！"李子睿努力压低声音，眸光却是冰冷寒冽的，"我告诉过你，不能和岳潼太过亲密地交往，你都把这些话听到哪里去了？现在成了这个局面，所有人都以为是我指使你贿赂甲方，颜希晓，你到底还有什么资格在这里叫嚷？"

他的话音刚落，只听"砰"的一声，颜希晓摔门而去。

那双怨懑的眸瞳似乎还在眼前生动闪烁，李子睿将头埋在胳膊里，耳边却不断响起颜希晓刚才的话。他知道自己这样做对她很不公平，她说得对，这事儿表面上看来是她做错了，其实根本原因还是自己升职遭人忌恨。可是这又能怎么办？

早上刚来到办公室，孙培东就把他叫到办公室宣布了决定，他与颜希晓，两人不能同在一个公司。孙培东说，出了这个事情，原本该两人都辞退的，可是念在他跟在他身后多年的分儿上，再加之此事也是有一点隐情，只辞退

一个人去向开发商象征性地作些交代。

毫无意外，那个被辞退的人，只能是颜希晓。

他爬了八年才到了如今的位置，无论如何，不能舍却。

晚上下班回到家，李子睿进门就看到颜希晓盘坐在地毯上看电视。四周摊开着各色零食，什么薯片虾条摆了一地。李子睿不相信她不知道自己进来，故意弄出大动静吸引她的注意，可是那双墨色瞳眸却依然紧锁电视，看也不看他一眼。

他没了办法，知道这是她不高兴而故意使的性子，想想自己终是有些对不起她，便主动搭腔："吃些东西吧，我带了点儿回来。"

"谢谢,我吃饱了。"希晓自地上爬起,拖着那一大袋子零食起身步入卧室。途经李子睿那块儿时，突然被他拽住胳膊："吃一点儿有营养的东西，那些是垃圾食品，没好处。"

"垃圾人不就得吃垃圾食品吗？"希晓扬眉轻笑，"李副总，我可不是您，有工资可以买那些高营养的东西吃，像我这样的失业人员，只衬得起这样的垃圾食品填饱肚子！"

"颜希晓，你什么意思？"

"我没什么意思！"挣了半天没有挣脱，希晓干脆扭过头去瞪他，"我只是在说一个事实，可不是吗？我明天就失业了，到时候，指不定连这些垃圾食品都吃不上呢！"说完又一声冷笑，"还是现在就要开展巴结您的活动，指望您能在我以后的苦日子里随时赏口饭吃？"

李子睿踏入社会至今，不是没见过冷嘲热讽，但是被一个女人当着面指指点点还是从未有过的事情。其实他原本也为这件事头疼，表面上看他实在是没有受到什么影响，可是天知道，他的日子也不比颜希晓好过多少。李子睿深吸一口气，强迫自己冷静面对希晓的讥嘲："好，希晓。那你希望怎么解决这个问题？"

他说得诚心，是一副想要尽心处理问题的老实态度。可是这样的表情到了希晓眼里，却更加充当了她怒火中烧的催化剂："李子睿，你不是一向英明睿智狡猾阴险吗？关于问题的解决办法，又怎么来问我？"

李子睿这算是明白了，不管他如何平心静气，这个女人就是成心和他过不去，不由也怒道："我是想和你解决问题，你别这么一副街道泼皮相！"

“你都把我打入死牢了，还要我笑脸相迎谄媚承欢？李子睿，你把我当成什么人了？”

“既然话说到这分儿上了，咱们就索性分析个清楚。”李子睿“啪”地扔下还冒着热气的餐盒，一把将她按到沙发上坐下，“你要不是和岳潼不明不白，怎么就会让人钻了空子？”

“呵，真是占了便宜还卖乖！”希晓轻笑，一双圆眸怒瞪着他，“你要不是市场总监，他犯得着拿我下手吗？”

“你要是警惕心强，他就是有那个心也没有机会！颜希晓，是你自个儿没有防备，就别怪别人太精明！”

“李子睿，要不是你，我犯得着防备别人吗？！”

李子睿彻底没气，兜兜转转几个回合，他这才发现自己与颜希晓进入了一个是先有鸡还是先有蛋的怪圈。这样发展下去多说无益，李子睿拼命用破财免灾的道理来说服自己，掏出钱包咬牙看她：“好，就算是我欠了你的！”

狠心从里面掏出了一张银行卡，“啪”地拍到希晓那边，“我破财免灾，你一个月工资是 3600 元不是？这里面有 4 万块钱，算是对你的安置费用了。”

印象中的女子遇到这种场合应该是将这张银行卡甩到他脸上来，然后摆出一副被羞辱的样子，说出“你怎么用钱收买我”或者“难道我就是认钱”之类的话。同样的，李子睿倒是也想以这样的剧情发展，他甚至已经做好了挨摔银行卡的心理准备，毕竟，里面有他 4 万块钱，他宁愿颜希晓有这骨气。

可是，他不知道，颜希晓这个平时看起来循规蹈矩的女人其实最擅长的就是不按常规出牌的策略，只见她抬起头，刚才因愤怒而泪意烁闪的瞳眸依然闪着波光，竟然说道：“密码是多少？”

强忍住自己扇她耳光的冲动，将“061226”几个字吐出之后，李子睿愤然迈入卧室，只觉得再和她同处一秒钟，自己便会因愤怒窒息。

盛怒中，李子睿终于相信了那句老话——人不可貌相，当初就是看颜希晓相貌单纯，为人豪爽才选定与她进行这次合作，早知道这个女人存了这么个险恶心思，他们之间，原本就不该有这次交易！

李子睿和颜希晓终于结束了婚前协商的友好局面，进入了第一次冷战期。

这一次战争开始得莫名其妙，尽管希晓此前有了不和的思想准备，毕竟他们从前是毫无关联的陌生人，一旦以功利性目的在同一个屋檐下呼吸，难

免有些不和谐的争吵。可是她怎么也没料到，这样糟糕的局面，竟会是以“陷害”的名义开始。

她窝在被子里半睁眼睛，直到那一声关门声传来才起床。其实，自从李子睿推开卧室的门，她便已经醒了个彻底，到后来，他在洗手间洗漱的声音，打开冰箱时微微的叹息声，甚至是吞咽开水时喉咙的声音，她都隐隐听得见。

下床后希晓第一个反应便是冲进厨房，按照她的想法，冰箱里的东西仿佛都被她昨天吃没了，唯一剩下的，还是三天前自楼下商店买的四片吐司。打开冰箱一看，果真，连吐司都没了。她盯着空荡的冰箱突然想起李子睿昨晚的表情，那种寒冽深幽的眸子仿佛恨不得将她吞之殆尽，尤其是在她问到他密码的时候，连那微勾的唇角，都极其可爱生动地彰显了不可思议的信息。

是的，他肯定是以为她会很有气节地将卡摔给他。可是利益在前，气节算什么？何况，她的工作，原本就是因为他才丢的。这一份赔偿，就该心安理得。

反正今天闲着也没事，想到明天就是预定的手术时间，希晓便决定趁手术前身体还好的工夫，出去买些东西，也好为今后的生活行个方便。同时为了展现从头开始的生活新气象，她还特地去了“蓝屋”发廊做了头发，将一直维持的直发烫成大波浪的陶瓷烫样式，原本就是典型的娃娃脸，这么一改变，乍一看，更显得年轻了许多。

将所有的东西都配备齐全，希晓穿梭于各大超市间，等到一切购买妥当的时候，已经到了傍晚。走在回家的路上，恰巧遇到一个自动取款机，希晓心中一动，掏出李子睿昨天甩给她的银行卡过去试了试，果真还有 4 万块钱存款。想到李子睿昨日欲言又止的尴尬样子，希晓忍不住勾起唇角，慢慢轻笑。

到家的时候已经是 7 点多，进入客厅便闻到一股呛鼻的泡面味儿。李子睿正趴在茶几上，专注地看着电视吃面，看到她回来，迅速地扫了一眼，目光惊诧，显然是注意到了她的发型。但只是短短一瞬，便又继续投入到吃面的斗争中。希晓眼睛一扫，此时的他将领带扯松了挂在脖间，上衣是上好的笔挺白色衬衫，原本还可称得上几分俊逸的人就这么浸泡在方便面腾起的蒸汽里，这么一幅景象，在颜希晓看来，还真有那么几分落泊与寒酸。

她轻哧一声，转身走进卧室，换上睡衣半卧在床上。而李子睿却仿佛是故意的，硬将他们的 29 寸电视折腾成家庭影院的效果，就这么到了 11 点，颜希晓还是没有睡着。她不止一次下床，甚至都已经走到了门口，却还是不情不愿地折了回来。心想这大概是李子睿逼迫她的计谋，用这个逼她先和他说话呢。

她可不能上了贼人的当。颜希晓将脑袋捂在被子里，好不容易才有了困意，临睡时打开手机，已经是凌晨。大概是因为太累，一晚上竟都没有睡安稳。等到第二天疲惫不堪睁开眼睛的时候，跃入眼眸的，竟是李子睿放大的脸。

颜希晓先是一怔，随即便是“啊”的一声，低头看着被子里的自己衣衫还算齐整，便紧紧地揪起被子，警惕地瞪着眼前的男人：“李子睿，你怎么进来的？”

那个男人嚣张地晃着手里的钥匙，脸上是一副鄙夷的欠揍表情：“开门进来的。”似乎也没睡醒，边说边打了个呵欠。

“你到我屋里来干什么？”希晓一边揪着被子一边伸腿踢他，“你这个流氓，大早上起来就想图谋不轨啊你？”

却见李子睿不屑地一挑眉，墨黑瞳眸缓缓流出厌恶情绪：“颜希晓，你以为我愿意到你房间里来？大早上起来你鬼哭狼嚎些什么？好不容易挨个周末，竟然也睡不安稳！”

“我鬼哭狼嚎？”

“当然！”李子睿恨恨地咬着雪白牙齿，“像是有人要追杀你似的，声音又高又闹，我还以为是楼下出事了，听了半天，才知道是你的动静。”

希晓脸色一青，刚才还飞扬的眼睛突然暗淡，她勾勾唇，如同可怜孩子一样抬眸看他，声音似轻若无：“李子睿，我喊什么了？”

“好像是什么晨。”李子睿皱眉，突然一拍大腿，“对，是祈晨！”

听到这两个字的刹那，颜希晓似乎听到了她心里某个角落坍塌的声音。她无力地咬唇，心想，原来时隔这么长时间，那个人，仍有本事让她剧痛。

“颜希晓，这不会是抛弃你的那个男人的名字吧？”李子睿没有发现她的情绪异样，“或者，是你暗恋的哪个男人的名字？”

仍是没有声音。面对他的讥嘲，面前这个信奉“以牙还牙”的女人难得地没有和他针锋相对。李子睿忽然觉得有些不对，试探性地喊了声她的名字：“希晓？颜希晓？”

颜希晓这才抬起头："对不起啊，我做了噩梦。"她微眯起眼冲着他笑，笑容竟是无力和苍白的，仿佛真的被那个噩梦摄去了魂魄。李子睿没想到她会这个样子，原本准备与她吵闹的词儿一时堵在嗓子眼，一向伶牙俐齿的他，竟不知道该怎么说下去。

直到那一声"我没事，你走吧"的声音传来，李子睿恍然"嗯"了一声，这才步出房间。原本并没有和她有什么过节，可他竟像是心虚似的，逃一般地回到自己卧室。坐在床上，他眼前仍然不断浮现出颜希晓刚才的表情，墨色瞳眸仿佛被攫取了精神，尽显迷茫空洞，而那向来绚烂到没心没肺的笑容，也像是被漂去了颜色，苍白得让人心疼。

想着想着，脑海里蓦然跳出那个"祈晨"，虽然颜希晓没有明说，可是自她的表情可以看出，这个祈晨，对她有着别样的意义。何况这个早晨，她用那么凄厉的声音唤着这两个字，自他听来，简直有了几分撕心裂肺的痛楚味道。

意识犹在这样的悬案中分析辩证，只过了一会儿，耳边便响起开门的声音。李子睿直觉想冲出去问她去哪里，可是想想这几天两人冷战处境，再加之今天早晨又闹出了这么个尴尬事情，还是将自己的想法吞咽回肚。他走到窗台边，看着她拦了辆出租车渐渐消失在他的视线，心里突然涌起一个想法，她该不会去找那个祈晨了吧？

想法冒出的瞬间又忍不住骂自己荒唐，颜希晓只是自己的名义妻子，她爱去找谁就去找谁，和自己又有什么关系？

看来自己真是属狗的了，所以才做拿耗子这样的无聊事。"刷"的一声，李子睿狠狠拉下窗帘，继续回到床上补眠。

一觉醒来，11 点多，颜希晓未归。

吃了点方便面充饥，李子睿觉得无聊，又回到卧室睡过去，再次醒来的时候，壁钟显示 3 点 20 分，颜希晓依然未归。

自早上 8 点多出去，李子睿简单一算，颜希晓已经出去了 8 小时的时间。推了推希晓的卧室门，确定她没回来，李子睿心里不禁浮上一丝担忧，以颜希晓昨晚的噩梦加之早上的反常，她不会杀气腾腾地去找那个"祈晨"算账去了吧？

万一……

假设还未在脑海里彻底展开，李子睿便惊叹于自己的多管闲事能力，将那个不祥想法彻底掐灭在萌芽里。看看时间，已经快要接近4点，昏昏沉沉地睡了一天，李子睿打开电视，窝在沙发里欣赏节目。

时间一分一秒地流过，尽管他并不想专注于颜希晓的行踪，可是意识却还是毫无自制地去关注有关她的一切。李子睿拿着遥控器心不在焉地换台，明明是热闹非凡的节目，可是反映到他脑海里却只有茫然。他一边吃东西一边换台，正充分地体验“漫不经心”是什么滋味儿，门铃突然响起，微微一怔之后，跳下沙发跑去开门。

原以为是颜希晓的身影，他甚至已经准备好了表情去迎接这个一天毫无讯息的可恨女人。没想到打开门，撞入眼眸的竟是那个曾经在生命里光灿的女人——冉若珊。

李子睿刚刚勾起的唇弧，就那样尴尬地凝结在了唇角，犹如春水遭遇到冰冻，他甚至可以在那双曾经熟悉的眸瞳里看到自己的表情，愣了一会儿，他才又笑道：“你怎么来了？”

“我怎么就不能来？”冉若珊看着他，似笑非笑，“李子睿，你不是那么小气的人吧？真的是恋人不成，连朋友也做不了？”

“若珊。”李子睿冷冷看她，“我觉得我们的事情，上次已经说得很清楚了。”

“如果我是来道谢的呢？”冉若珊扬眉，勾勒出他曾经熟悉心动的妩媚，“再说了，你真就不打算让我进你家门儿？这样一副样子，让你的邻居同事看到，恐怕会更不好吧？”

说罢，还未等李子睿回应，她便挺身迈进了房间。李子睿“哎”了一声，刚要拽她说话，身后突然响起了开门声，回身一看，邻居正有些八卦地看向这里。

总不能让别人看笑话，李子睿反身一踢，将门重重关上。

“找我有什么事情？”李子睿看着冉若珊，语气冷淡，“如果真的是道谢什么的话，那就不用了。上次的事情，只是举手之劳。”

可冉若珊非但不回答他的问题，反而还有些放肆地扫视了一圈儿客厅，最后将视线定格在一堆方便面渣的茶几上，轻笑：“你周末一个人在家？”

“冉若珊，这和你有什么关系？”李子睿抱肩，眸光寒冽，“如果你是来说谢谢，那么好。我说不用谢，你现在是不是就可以离开我家了？”

“子睿，你现在生活得很不好。”冉若珊敛起笑意，可目光却依然是轻飘的，“你上次和我说，你和你的妻子很相爱，可是没有一个妻子，会在周末的时候将老公一个人留在家里，还有这个。”她指指那些方便面袋子，“以前和我在一起的时候，你最讨厌的，便是这泡面的滋味儿。”

“那是和你在一起的时候。”李子睿勾起唇角，似讥非讥，“冉若珊，第一，我生活得很好。第二，我生活得好坏与否，也和你没什么关系。你有这关心我的工夫，还不如去体贴一下你家老骆。”他轻笑出声，“那个男人，如今比我更有资格去让你关心。”

“子睿，你没必要这么刻薄。”

“我只是觉得你在选择了那一条路走下去之后，又重回旧途寻找前一个男人，难免有点不明智的意思。”李子睿退后几步做出“请”的姿势，“若珊，我是有家室的人，即便你来我这里你家老骆不在乎，可是我们家颜希晓，却不是那么大度。”

“所以，希望你离开。”他的笑容慢慢加深，“冉若珊，我们两两成家，已经没什么关系。何况，”他的目光落在她微微隆起的小腹之上，“你还怀了别人的孩子。”

冉若珊眸光突灿：“李子睿，你竟是介意这个……”

“你多想了。”看若珊仍是不动，李子睿干脆先走到门边，“我在乎的，只是我的名声。一个怀孕的女人与男人同处这么久，而且还是前恋人的关系，传出去，总是不太好。”

冉若珊凝视他良久，眼中突然浮现出一抹笑意，那抹笑意苍白得似是透明，闪耀在他曾经爱极的眸子里，竟让他的心再一次揪紧起来。李子睿这才悲哀地发现，原来不管想让自己多么坚强，只要触摸到关于往昔的点滴回忆，似乎还是很容易感伤。

这便是他的软肋。

可能是被他一番冷言冷语真的触动了，冉若珊没说什么，果真起身欲要离开。李子睿深吸一口气，刚想拉起门闩，门铃突然大作。

意识到可能会是颜希晓，李子睿微微一怔。可没等他反应过来，冉若珊近前一步，突然将门拉开，下一秒映入眼眸的，便是颜希晓倏然瞪大的眼。

似是不敢相信眼前的情形，颜希晓的眸中划过几分错愕，但只是过了几秒钟，她便浮上笑意："冉小姐。"她微微将头靠在门框，眼睛却看向一旁的李子睿，"我没记错吧？"

"颜希晓。"与希晓有些疲惫的状态不同，若珊则表现得落落大方。她伸出手，欲要与希晓相握，却被希晓不动声色地一挥，轻易挡了过去："子睿，冉小姐要走了吗？"

提了提肩上的包，希晓自他们之间走进客厅："我累得不行了，你就去送送她吧。"

李子睿看陷入沙发里的她一眼，微微地叹了口气："好，我很快回来。"

将若珊送到楼下他便回家，自始至终，李子睿也没明白她这次找他的用意。在家里的时候还有几分纠葛不清的味道，但是到了该走的时候，分手反而异常利索。对于这个前女友，李子睿是越来越有说不清道不明的感觉。

可是他没余力揣摩若珊的来意和他们以后关系的发展走向，家里的那个女人，似乎更让他感到担心。

与其说他刚才对颜希晓与若珊的再一次相见有些局促，不如说，颜希晓刚才的样子，更让他无措震惊。

他从没见过她如此，第一次在公司见面，颜希晓便给他留下了特殊的印象。因为他是总部直调的副总监，其他人对他难免有几分敬畏态度，唯独这个颜希晓，性格总有些大条，大有他是市场部她在策划部，井水不犯河水的意思。后来她说，她的直接上司并不是他，所以她也用不着对他卑躬屈膝。

再后来，他发现这个女人最擅长的就是蜗牛战术。一旦公司有个风险度超过40%的事情，她便会信奉自保的信条，不介入任何事情中。所以，在公司这么长时间，她虽然能力突出，但是业绩却总维持在一般水平。这样的人，说好听的是淡然，不争于世，说得刻薄点，简直就是固步自封，不思进取。

可是，不得不承认，这也是他选择她进行这个游戏的主要原因。实际的颜希晓，对户口渴望至极的颜希晓，面对这样的事情，必然会牢牢封口，而那样保守的性格，也会让此事办得稳妥得当。

再到最后便是现在了，与颜希晓结婚，他这才发现女人真的都是两面动物，颜希晓在公司看来淡然超脱，其实内心里却是个极其较真的女人。尤其是涉及实际利益，更是一点儿也不松口。可是到了现在，他也没那个立场说她，她虽说是斤斤计较，但也并不是毫无理智可言；虽说是性格有时候强了些，但也并不是无理找碴儿的类型；虽说是有时候过于迷糊了些，但这也总比那些善于耍弄心机的人要好。

所以，总结颜希晓这个人，还是优点大于劣势。得出结论：继续共处！

可是这个女人，到底是怎么了？怎么出去了一趟，像是被蒸干了一样，脸色都是最黯然的青灰色？

慢步走到客厅，原本以为会在沙发中看到她的身影，却没料到颜希晓竟然不在。回头一看，她的卧室门是虚掩着的，李子睿刚要走过去问个究竟，只见她换好睡衣，抱着杯子走了出来。两人视线遭遇的刹那，颜希晓微微一怔，继而扬起唇角："她走了？"

"嗯。"李子睿回身在沙发上坐下，"本来也没什么事情，她说，今天来是为上次的过敏道谢的。"

"哦。"低低应了一声，颜希晓到饮水机旁接了杯水便要转身回到卧室，再无回答。

虽然以前的颜希晓也是待在自己卧室的时候多，可是今天的她，似乎总有一些不对劲儿。看她又要折回卧室，李子睿终于忍不住对着她的背影，喊道："希晓。"

希晓搭在门闩的手一停，转身看他，目光竟有一丝迷茫："啊？"

"你怎么了？"他蹙眉问道，"好像有点儿不对劲。"

"哦，我没怎么。"她扯起唇角笑，"可能有些累了。"

说完，她便要再次转入房间，而李子睿却再次将她唤住，他顿了一顿，方才开口："希晓，冉若珊来，我也并不知情。"

背影一滞，她并不回身："哦。"等他再次启唇想要说些什么的时候，她已经将自己关进了卧室，只留下"砰"的一声在他耳边回响。

这副态度，难道是对若珊来到家中的事情不高兴吗？

看着紧闭的卧室门，李子睿短叹一声，心乱如麻。

而希晓却无暇顾及他的情绪，作为市场部精英的李子睿确实有察言观色的本领，但是他有一点猜错了，她的确是状态不对，但却不是因为他。

今天去医院，原本是想做流产手术，将肚子里的孩子做掉，一了百了。可是正当自己已做好心理准备承受那些割舍痛楚的时候，术前检查显示，她子宫壁天生过薄，并不适合人工流产，一旦贸然进行，很容易造成子宫损伤，导致今后不孕。

颜希晓不知道自己到底做了什么天理不容的事，竟被命运再一次逼到了死角。这一次同样是不由她选择，她就像是没有生命力的木雕傻子，只有承受，被迫承受。

天下没有一个女人不希望有孩子，即便是现在不想有孩子，那也是因为时机不对。可是若要掐断以后母子同乐的机会，那会是再残忍不过的耻辱。

颜希晓没有选择。

她只有将这个孩子生下来，即使与孩子的父亲再也不可能回归过去，她也只有这一条路可以走下去。可是，面对现在这种复杂的局面，即使孩子安然降生，她又该给孩子一个什么样的身份？绝不能让孩子与亲生父亲见面，可是，就忍心让孩子沦为私生子？

恍然间，她听到了客厅里李子睿的脚步声，一声一声，稳重而又规律。颜希晓坐直身子，猛然想起自己与那个男人奇怪的关系定位，他是她的丈夫，那么她肚子里的孩子，亦和他有了“父子”的关联。只不过李子睿如果知道了她有了身孕的事实，到底会如何反应？

错综复杂的关系仿佛结成了个疙瘩，以一种异常纠结的姿态出现在颜希晓的脑海里。她还尚未在这样的局面里彻底清醒，耳边突然响起敲门声，李子睿隔门唤她：“希晓，方便吗？咱们能不能谈一谈？”

希晓一愣，道了声“好”，起身走出去。

客厅里的电视已经关闭，李子睿坐在沙发上，右手执笔，微蹙着眉头看她。尽管已经不属于楚阳人员，与李子睿也无任何同事关系，可是看到他一副正襟危坐的样子，颜希晓还是本能地觉察到公司氛围中那种习以为常的压抑。她在他对面的沙发上坐下，微笑地望进他深邃眸瞳：“怎么了？”

李子睿微一抿唇，深深看她一眼之后竟然短叹：“颜希晓，不管你接不接受，我都要先说声抱歉。”

希晓一怔，以为是他在就前天的事情做事后评点，看他如此君子风度，自己也有些不好意思：“没事儿，前天的事情，我也有不对。”说罢就转身欲要掏出钱包，“那个卡……”

原本就是那天看到他一副义愤填膺的派头才气不过收他的钱，也想当个惩戒。如今他姿态一下子降了下来，自己再咬牙不饶人难免有些泼妇情态。

何况，关于她的有孕，不知道怎么说，也有些愧对于眼前这个男人。

可她的手还未触及到包带，李子睿便拦了下来："希晓，"他看着她的眼睛，似勾非勾地掀起唇角，"我说的不是那个事情。"

"我说的，是若珊。"他扫了一眼茶几，颜希晓这才发现他们的合同正摆在上面，"虽然合同上说不能带异性来家里过夜，没说白天也必须执行此项制约。可是，凭照刚才的情境，我突然觉得有些对不起你……"

"没什么对不起的。"见他提起这事儿，希晓微眯起眼睛，想起刚才三人相见的表情。那一刻，冉若珊眼睛中分明显示出别样深意，如此的探究与专注，显然已经将她视作了假想敌人。希晓轻轻一笑，"我无所谓，不过你对不起的，应该是冉小姐。"

"我没有什么对不起她的地方，一切都是过去。"李子睿轻叹一声，"倒是你，合同签订之后，你与你的前男友无丝毫关系，而我却与前恋人藕断丝连，纠葛不清。颜希晓，想到这块儿，确实有些对不住你。"

李子睿不知道，颜希晓是典型的吃软不吃硬的女人。若是与她针锋相对，他们之间的战争必然会升级成法西斯的态势。而如果是今天这般和颜悦色，她便会现出小女人的几分羞态，颇有些局促地掖掖耳边的头发："其实，我也没朝心里去。"

她是真没往心里去，因为在那个时候，她满脑子都是怀孕的事情，根本无暇顾及李子睿与冉若珊的表情，没想到这么一副为他事而忧的表情，却被李子睿认为，是因他所致。

颜希晓有些心思难安，原以为市场部出身的李子睿是除了钱六亲不认的那种人，可是没想到竟也有体贴的一面，便越发底气不足："我真的没想那么多。"

"我想过了。为了体现咱们的利益，合同可以改一改……"李子睿抽出合同，拿笔指着一处，"这儿，是不是加上一条？合同一年之内，一月不得带异性归家超过一次，对于特殊关系，括号，前男女朋友，应更加慎重执行。如果有特殊情况必须回家商谈，必须经过对方许可。未经许可而带异性归家，不仅要处以人民币 500 元的罚款，而且要向对方解释情况。"

他哗哗啦啦地说了这么多，一副在谈判桌上与客户谈判的气势，不免让颜希晓无所适从。她茫然地看着他，仿佛又见到了那个在事业上意气风发的男人，直到那声轻扬的“嗯”慢慢传来，颜希晓这才恍然回神。李子睿深幽的眸子烁然生灿，仿佛一眼便可以看到她的心里，希晓蓦然一怔，脑海里突然出现另一个男人的样子。

那个曾经与她无比亲密，却又再也不会重逢的男人。那个有着他的血肉，却再也不会冠以她丈夫名号的男人。

“希晓？”

听到李子睿轻呼，希晓强迫自己自记忆中苏醒，茫然看他：“啊，怎么？”

她神游太虚的症状是如此明显，李子睿简直哭笑不得：“没听明白？那好，我再说一遍。”

“啊，不用了。”颜希晓慌忙按住他执笔的手，不好意思地笑道，“我听你的，都按照你说的做吧。”

“真不用听了？”李子睿突绽笑容，竟有几分顽皮戏谑，“你就不怕我坑了你？”

“不怕，你人在这儿呢。”她也顺着他的心思打哈哈，“有人做担保，我怕什么。”

“嗯，好。”李子睿应了一声，俯身将刚才新加的一条附于旁边空白处。还未落笔，头顶突然传来颜希晓的声音：“李子睿，对冉小姐有孕这件事情，你什么感觉？”

李子睿执笔的手一停，却并不抬头：“我没感觉，我想现在有感觉的，应该是她的丈夫。”微微一顿之后，他突然看她微笑，“或许现在要是你怀孕，我会感觉更加明显。”

颜希晓一怔，继而嬉笑地看他：“我要是真怀孕了，你会怎么做？”

“没想过。”李子睿舒服地靠上沙发，慵懒地眯起眼睛，“不可能发生的事情，我向来不去想，与其成天乱七八糟地陷于无谓联想中，还不如保存实力，想想明天怎么赚钱。”

希晓心中一涩，只能干巴巴地维持笑意：“果真是个拜金分子。”

“是啊，也不全是拜金。只是利益在前，而这社会总是太过实际。”李子睿犹如饱经沧桑的老者一般叹息，“自从确定在J市落户的目标，这便成了我唯一的追求。其余的事情，我无暇想也没力气想。”

想要再说些什么，可终究怕触碰到他的底线，颜希晓附和着笑了几声，

还是将那些话都吞咽到肚子里。她勉强自己在他的话中寻出些乐观因素，或许有朝一日知道她有身孕，李子睿也不会反应超常。毕竟他们只是名义上的夫妻，她即便是有了别人的孩子，也不是对他的情感背叛。而且他视金至上，或许对她的肚子里到底是谁的孩子，根本不会去关心和在乎。

晚上，颜希晓又去下厨做了晚饭。这一场冷战以近乎诡异的结果宣告结束。前日的针锋相对和怒目相视，在和颜悦色的两个人面前似乎从未发生。李子睿大赞希晓厨艺好，却只字不提那日的冲突。到后来还是希晓忍不住，自包中掏出银行卡："给你。"

"你不要？"李子睿微微皱眉，"我想了想，你说的倒也对，没有我，你确实不会有丢工作的危险。"

既然他体现出了大度体贴的一面，希晓遂也充当君子："不过你说的也有道理，如果我不粗心，你也不会受人威胁。"

"那……"

"不会让你一点责任也没有的。"希晓笑着将卡塞到他手里，侧头做出思考状："这样吧，你一个月给我1800元就好了，半年为期。如果我半年还找不到工作，那就不是你的责任了，如何？"

李子睿眸中掠过一丝光芒："你这样能行吗？"

"没什么不可以的。这就当是你对我的最低生活补助。"颜希晓站起来收拾碗筷，"假设有一天吵架，我可不想被你说成是讹你钱财。"

"好吧。"听她这样说，他也点头，却像突然想起了什么事情，一把扯住她的胳膊，"我突然想起来了，你要是想回楚阳，或许也不是不可能的事情。"

"怎么说？"

"你虽然是在策划部工作，但却是整个市场部甚至是楚阳的功臣。"李子睿皱眉道，"这次事情是在天宸出的，我想，凭你的资历与私人经验，要是在嘉泰肯定就不会有这个事情发生。希晓，我找个空和你找一下孙培东，以嘉泰的业务为筹码，说服他将你重新召回公司，怎么样？"

希晓愣了一下，突然苦笑道："谢谢你，恐怕我，不会是那么重要的。"

"不重要怎么会在当时拿下这么大个单子？"李子睿越说越觉得此事具有可行性，眸中甚至因此泛起了精光，"虽然我不知道你与嘉泰是什么关系，但是如果你向孙培东说明与嘉泰的利益因素，他怎么敢于拿嘉泰冒险？或许，你还可以找找嘉泰的老总，据我所知，这几年，他们的高层人事变动并不是很大。你以前认识的人，现在还应该有一部分官居要职，让他们为你说几句话，以以后的业务为担保，应该不是难事。”

希晓没有停下收拾碗筷的手，仍是回以浅笑：“这件事情以后再说吧。”

“希晓，这件事最好要趁快进行。”看她漫不经心的样子，李子睿不由急道，“一旦真有人彻底接手了嘉泰的业务，你那时候的角色便会是可有可无，便对孙培东起不了威胁了。”

“我也不太想回去。”希晓突然侧头，定定地看向他，“以前我也觉得楚阳很好，工资待遇什么的都不错，不失为一个好公司，可昨天我突然想明白了，我难过的，不是因为丢了楚阳这份工作，而是‘辞退’这两个字的定性，我长这么大第一次被人赶了出来，而且是如此莫名其妙，毫无尊严。”

“可是，你知道被束缚的滋味儿吗？”

看着她眸子里透出的决绝，李子睿茫然摇头。

“就是被人绑着，老觉得今天所有的一切都是别人的恩赐。”希晓慢慢勾起唇角，竟是一弯极其苍凉的苦笑，“所以，今天有个刑满释放的机会，对我而言，未必不是好事。”

李子睿并不明白她的意思，想要继续问她时，她只给了他单薄的背影作为答案。他恍然若思地看着整洁的桌面，心里突然腾涌起莫名伤感的感觉，原来他对历经那么长时间调查研究的颜希晓，却仍是只知道一些皮毛。

拼婚

5 过去，注定已惘然

大概今天就是一个注定要与过去挂牵的一天。经历了怀孕事件的颜希晓，在李子睿的点拨下，再一次想起那个人来。

她心不在焉地刷碗，脑海里却不争气地回放出往日那些美好镜头。终究是因此而流过太多的泪，到了现在才发现，不管是如何尽力想起，眼眶竟总是干涩一片。她终于由那个不谙世故的傻丫头，变成了如今这个无坚不摧的狠心人。

大概还是有点可恨的心有灵犀吧，所以才在她决定要打掉他孩子的前一夜，他幻化成诅咒摧残了她的梦境。

于是，今天“不能流产”的结论，便成为对她最狠厉的禁锢与惩罚。

第二天，颜希晓照样是早起，习惯性地为李子睿做好早餐。可看着李子睿享受似的吃着早餐，她却忍不住头一低一低地在对面打起瞌睡来，眼看着就要触到桌子，只听李子睿唤道：“希晓？”

“啊？”希晓茫然抬头，瞌睡虫还没有完全被驱除出她的梦境，所以就连声音都带着一种浓倦的困意，“怎么？”

“你要是没睡够，就不用给我做早餐了。”李子睿眸光流出一抹怜惜，“看你大早上困得涕泪横流的样子，我实在是不忍心。”

“我也不知道怎么，突然觉得睡不醒。”希晓不好意思地挠挠头，“没事儿，等你出去了，我再补觉。”

看着李子睿出了房门，希晓简单地收拾了一下就爬到床上，其实经过这么一番折腾，困意确实少了几分。自己原本并不是嗜睡的人，难道是……

眼前突然闪过一个念头，难道这就是孕期的反应？

匆忙在网上查了查关于孕期的一些资料，果真，嗜睡一点占在头条，又查了关于“子宫壁过薄”的一些事情，见识倒是长了不少，可是比见识长得更快的，还有她越发烦躁的情绪。查完这些，颜希晓越发觉得以后生活无望，她气恼地将笔记本一盖，滑入被子欲要再次跌入睡眠。

这一觉睡得消极而又迷糊，李子睿中间来了个电话，大概是觉得她早上状态不好，嘘寒问暖一通。沉沦在梦境中的颜希晓嗯嗯呀呀地应答着，再次陷入睡眠中的最后一个意识是，李子睿这个家伙，就连问候都带着一种关怀下属的高傲与客套。

再一次不甘心醒来，是因为渐渐迭起的敲门声。

想起李子睿在电话里说了一句有时间就回来看她的话，希晓将头侧了一侧，直觉以为是李子睿回家。原以为他敲两声就会掏出钥匙开门，可没想到敲门声犹厉。希晓不甘心地起床，赤脚就走出去开门，耷拉脑袋迷糊道："你又没带钥匙啊……"

话音刚落，耳边便传出一个熟悉的声音："晓晓！"

这一句呼唤立时将颜希晓所有的瞌睡虫都驱散干净，倏然抬头，眼前的人似曾相识。许是看到她一派茫然，来人竟毫不客气地拧她的腮："晓晓，我是你小舅妈。"

"小舅妈？"

希晓的妈妈在家中排行老二，上面有一大八岁的姐，下面有小一岁的弟弟。希晓小时候就没见过大姨，据说是因为肺癌抢救无效去世。而那一场突如其来的车祸，又将希晓的父母双双带走。一时间，希晓的抚养便成为一个棘手问题。

希晓爸爸是独生子，老家在另一个城市，显然是指望不上。此时，抚养她的任务理所当然地就派送到了希晓小舅的身上。可她只在舅舅舅妈家待了两年，某年的一天，舅舅突然将她送到了外公家，说自己工作忙，无暇顾及。

而她，偶尔回到 C 市的时候也是只看外公。这些舅妈舅舅之类的人，自此不见。

所以，今天见到这个像是从梦中突然蹦出的舅妈，希晓的本能反应便是现在这个模样。侧歪在门上瞪大眼睛，一副大白天见到了鬼的样子。

直到小舅妈再一次想要伸手拧她，希晓这才恍而一笑道："小舅妈，是什么风儿把你吹来了？"

“看你这话说得……”舅妈嗔怪地瞪她，“你是我亲外甥女，这舅妈来你这里串门走动，难道还是要先经过法律批准的？”

“当然不是……”希晓嘻嘻傻笑。

“不是就让舅妈进去。”舅妈一抓她的手，连扯带拽地也将她拉到房间，忽而看到了她的光脚，立即扬声起来，“晓晓，你都这么大人了，怎么还光脚出来？”

“啊，舅妈，我这就去换。”趁机脱离舅妈那黏糊糊的手，希晓飞也似的跑进卧室。

看到镜子里的自己，希晓仍然不敢相信自己的眼睛，这失踪了好几年的小舅妈，怎么突然间就跳出来了？

她犹在种种假设中艰难攀爬，客厅外敞亮的呼唤声立即将她拽了过去。舅妈将带来的行礼堆在茶几上，对着一样样土特产如数家珍：“这是蓉果儿，你外公说你最喜欢吃的，让我带了两包……”

“这个是春饼，也是咱们的土特产，电视上说，别的地儿都买不到的。所以舅妈给你带了些来……”

……

只一会儿，茶几周围便被摆了个满满当当。希晓惊讶地看着一堆吃的，实在怀疑舅妈将C市的土特产店都运了过来，只见舅妈突然一拍大腿，又是高声：“对了，你外公还让我带来这个……”她自另个包里掏出抱枕，炫耀似的哗哗抖了两下，“你外公说你上次来还说家里的枕头睡得香，便让人新做了一个，让我带来。”

左一句“外公”又一句“外公”，舅妈难道是外公专门派来的探望使者？看她丝毫没有说明来意的样子，希晓只能一边翻东西一边试探性地问道：“那舅妈……您这次来是要忙工作吗？”

舅妈抬头，笑靥如花：“不是，就为了看我的外甥女。”

突如其来的亲热称呼让希晓忍不住一颤：“舅妈……”

“你这个丫头，结婚了竟然也不和家里说一声，非要打个突然战役。要不是你外公说你带了男人回来，我们都还蒙在鼓里。”舅妈累极，将屁股挪在沙发上慢慢舒展身体，斜眼看她，“你外公想你了……”

“哦。”

“晓晓，你老公是做什么的？这么有钱？”面对她不咸不淡的应答，舅妈眼睛却豁然生亮，“能买得起这么大个房子，听说，还给你解决了户口问题？”

“是。”

“没想到你这丫头还挺有本事，小时候看傻儿吧唧的，倒挺有眼力看男人。”舅妈突然倾身，斜眼睨她，“晓晓，你老公这么大本事，不如以后帮灿灿也落户J城吧？”

“灿灿？”希晓诧异，“她不才上高二吗？”

“是啊，明年就考大学了啊，打算考J城师大。”舅妈喝了一口水，继续说道，“这J城是个好地方，谁不愿意来到这儿？不过以前人还能靠考大学在J市安家，不是现在国家兴了个政策，还能迁户了吗？”

左一句右一句的户口让希晓脑子突然一亮，看着舅妈连连夸赞李子睿的模样，难道说今天来，就是为了打听这落户问题的？

她心中的警铃刚刚响起，只觉得胳膊一痛，抬眸看到舅妈笑得更加欢欣：“哎呀，晓晓，害怕了吧？”她嗔怪地比画了一下，“你又不是不知道舅妈心直口快，只是随口提了一下事情，你不用放在心上。舅妈这次，真的只是来看你的。”

她这样一说，仿佛以小人之心度了君子之腹，倒让颜希晓极不好意思：“舅妈哪来的话，您来我高兴还来不及，这样吧，我先去外面买些吃的东西。”

家里存粮不多，蔬菜水果都所剩无几，所以颜希晓的这次购物，便成了实实在在的巨大工程。

等到把所有东西都购买妥当，希晓瞅瞅时间，已经到了11点。她马不停蹄地打车回家，气喘吁吁地刚要掏出钥匙，门却突然打开，希晓抬头，正撞入李子睿幽深的瞳眸。

“你怎么回来了？”她瞬时怔住，任由他接过她手中巨大的购物袋，又看了看腕表，“还回来得这么早。”

“你早上不是迷糊嗜睡吗，我不放心你。刚才打了个电话，又没人接，干脆赶了回来。”李子睿没好气地斜她一眼，一样一样将她购买的东西归置入橱，“进来可好，我差点以为这是别人家！”

希晓不好意思地伸伸舌头，不自觉凑上前解释：“对不起啦，我也不知

道舅妈会搞突然袭击……”

“你就不会事先打个电话？”李子睿拧眉，拿下毛巾擦擦手，怨道，“要手机是干什么用的？就是为方便才放在身边。你下次再不带手机试试……”

“不敢不敢。”希晓从不知道李子睿可以如此啰唆，只能争取个积极承认错误的态度避免被他声讨下去，“对了，你下午还上班吗？”

“当然上。”李子睿点头，掏出手机看看表，“孙总的车在下面等着呢，我要不是等着你，早回公司了。”

看他也的确是为自己好，颜希晓心中一阵感激，从超市买来的饼干中掏出两包塞到他手里：“刚买的，下午要是饿了，垫垫肚子。”

李子睿“嗯”了一声，倒是不客气，临走前还到客厅与舅妈打了个招呼：“舅妈，我下午还有工作，先走了，您多玩一会儿。”

“走吧走吧。”看到李子睿亲来告别，舅妈自是笑逐颜开，连连夸赞着送他出门。直到李子睿的身影彻底在窗户前消失不见，舅妈仍然啧啧出声：“晓晓，你眼光果真是不错。舅妈原想有钱人多长得丑呢，可你老公，帅得竟和那电视上的演员似的……”

纵然与李子睿并不是真正夫妻，可是听到舅妈毫不掩饰的夸赞，希晓心中还是升腾起了一种名为虚荣的情愫。她一边切菜，一边陪笑道：“舅妈这是哪儿的话啊，只不过是一般人罢了。”

似乎是对李子睿特别钟意，舅妈整整一顿饭都在喋喋不休地说着李子睿的种种好处，知书达理，风度翩翩。所有的好词儿，似乎都恨不得用在这个外甥女婿身上。就在颜希晓那点可怜的虚荣心膨胀到极点的时候，舅妈突然给了她重重的一炮：“晓晓，你家房间很多啊……我看了看好像有两个卧室，那么哪一间是客房？”

“客房？”

“是啊。舅妈可不做雀占凤巢的生意。”舅妈突然起身，像是寻找似的推推看看。在游移到李子睿房间的时候，颜希晓原以为是锁着的，没想到只轻轻一推便彻底打开，舅妈探了探头讶异道，“这个好像是主卧吧？”

“是，主卧，主卧。”希晓顿觉不妙，看舅妈作势要朝自己房间走，想要阻拦的时候已然来不及。舅妈十分不拿自己做外人地推开她的房门，叹道：“啊？这儿也有人住？”

卧室对面挂着的是希晓的大头照，一眼便能看出这是她的闺房。果真，舅妈走进去看了一会儿便瞪大眼睛："晓晓，你在这儿住？"

"舅妈……我……"

接下来的话更让希晓喷鼻："你竟然不和子睿同床？"

虽然已经体验过有关于成人的一切活动，可乍一听到"同床"这个词，再加之刚才满心思溢满了对于李子睿的夸赞，希晓的脸还是不由红了起来："舅妈，你说什么呢，当然……当然是一床的。"

这句艰涩无比的话搭配希晓红扑扑的脸，自然引发了舅妈更大的八卦欲望，她原本不大的眼睛灼灼发光，一眨不眨地盯着这个久未谋面的外甥女："那舅妈怎么觉得你还住在这儿？"

希晓尴尬不已，想了半天也不能说出实话。这要是传到外公耳朵里，不说拆了她，恐怕也要让她不得回归家门。她傻笑了一会儿，脑子突然掠过一个想法："舅妈，你不知道现在有个分居族吗？"

"我们80后的人，为了不让夫妻间产生审美疲劳，所以有条件的一般采取这样的方式。"希晓眯起眼睛笑，"距离产生美，这就是我们贯彻这点，维持爱情鲜度的方式。"

"就这样分居就美了？"舅妈仍感到不可思议，"这是要出大事的！"

"又不是老分！"希晓侧头，想要尽快结束这个话题，"很多时候还是住在一起的，只是多给对方一些空间而已。"

舅妈仍在身后嘟嘟囔囔地评说年轻人另类的生活方式，显然是不能理解颜希晓话里的内容。希晓快步走在前面，忽然想起舅妈刚才说过的"住哪儿"的问题，连忙转身："舅妈，你要住在我这里？"

"哟，你这孩子还舍不得我在这儿住啊？"听闻她这样问，舅妈微微拧起了眉毛，"这C市距离J市这么远，光坐车就得这么长时间，我总得在这儿待待才回去。"

"不是，舅妈，我不是那个意思。"看见舅妈误解她心中所想，希晓忙摇头，撒娇道，"我盼您来还来不及呢，哪儿能不希望你在这儿住？只是……"

"只是什么？"

"只是小舅一个人在家不会着急？"

"他急什么，我出来一次最高兴的就是他了。"舅妈在沙发上坐下，扬眉道，

“我估计他现在得瑟着呢，家里肯定一群狐朋狗友。”

再说下去难免要引发更大问题，希晓心中纠结不已，表面却要维持体贴风度：“那就好……不是看您没出过门吗，我就怕小舅担心。只要是小舅那关过了，您在这儿放心住下最好。”

“这还差不多。”舅妈闻言挑挑眉毛，满意道，“我就说呢，再不济我们也养了你两年多，这点感情还是有的，哪儿能不让住……不过，”她话锋突然一转，“不过，晓晓，你怎么没上班啊？你外公说，你和子睿一个公司的。”

希晓心中一滞，借掖头发的姿势掩饰不安情绪：“哦，刚辞职了。”

“为什么辞职啊？现在找个工作多不容易。”舅妈啧啧叹息，突然眼睛一烁，“晓晓，你不会是有好事了吧？”

“好事？”

“看子睿刚才担心你的样子，还因为你没接手机专门回家一趟，是不是你有好消息了？”舅妈越分析越觉得确凿，“我觉得你比几年前胖了许多呢，刚才吃饭，也见你老吃辣东西……”

“舅妈，你说什么呢！”被人戳中心事的希晓一慌，情急之下竟站起身子，无力辩驳道，“我哪儿有。”

将她的反应视作了小女儿的娇羞，舅妈笑呵呵地再次打趣：“真的没有？”

“没有！”

“有也不是个坏事。这么急做什么，你这孩子。”舅妈伸手将她扯到身边，“晓晓，我倒是觉得，你这么大了，有些事情，就该顺其自然。”

希晓只觉得短短的几分钟心仿佛就经历了一场战役，舅妈随便的几句话竟撩拨出了她现在最大的困境与危机。她刻意装作不在乎的样子，半打闹半正经地嘱咐舅妈：“您可别提孩子的事儿哈，子睿现在逼着我要孩子呢。”

“我懂，我懂。”舅妈笑得暧昧，“你们小年轻的事情，我老太婆掺和什么。”

希晓觉得对舅妈说到如此，足可免了以后的祸患。可是现在的棘手问题是，这舅妈非要在家里住下，如果不让住，难免又有多事之嫌。希晓愁眉苦脸地想了半天，最终决定给李子睿打个电话：“子睿……”

看来他很忙，话筒不时传来嘈杂之音，喂了两声，李子睿的声音才传于耳畔："什么事？"

公事公办的语气，显然是在与客户沟通。

希晓顿了一顿，觉得这样的"床笫"之事实在不适合与他在这样的氛围中商谈，支支吾吾了两声，见他隐隐生出不耐烦之意，一句"没事"做结尾之后，终是挂断电话。

接下来的时间都是在与舅妈心不在焉的聊天中度过，希晓一直在惦记着晚上该怎么睡的事儿，愁思万千中就到了六点多钟。李子睿如往常那般回来，进门就向厨房里忙于焖饭的她解释："今天下午太忙了，你打个电话又什么也不说。所以可能语气就生硬了些。对了，你有什么事儿吗？"

希晓做出哭丧状，她用勺子指指客厅，示意人还在。李子睿尚在迷茫状态的时候，身后已经响起了舅妈的声音："子睿回来了啊。"

李子睿倏然转头，呆愣了几秒钟后才勉力勾扬唇角："舅妈……"

还未等舅妈搭话，他便再次转身看向希晓，眸光中充满了不确定和惊诧，仿佛是在等希晓告诉她原因。无奈希晓一手拿勺，趁舅妈不注意的工夫，才迅速做出了一个心灰意懒的表情。四目接触的瞬间，李子睿舒缓的眉毛再次拧紧，却遭逢舅妈再次的和颜搭讪，只能敛起心事，回过头去。

一次美好的晚饭就在几人的各怀心事中告终。趁着刷碗的工夫，李子睿将希晓拖进自己卧室，低呼道："她怎么没走？"

"我怎么知道她打的是留下来住的主意。"希晓有些委屈，"下午的时候，突然说要在这儿住。"

"那你怎么不给我说？"

"我给你打电话了，可你忙。再说了，这样的事儿怎么好大庭广众之下商量啊？"

看她那无奈的模样，李子睿只能叹气。她说得对，他们俩这样的婚姻，确实不适合在公众面前大力宣扬："那她说住几天了吗？"

"我……没问。"希晓的声音怯生生起来。

"你……"李子睿"你"了半天，终是急躁地败在她手里。而憋了一下午的希晓，原本是指望他回来给个主意，却见他一直都是转着圈儿踱步，也不由心急："你倒是想个办法，现在又不是跳华尔兹的时候！"

"那你说怎么办？"李子睿见她还有心情与自己使用比喻方式来挖苦人，

不由苦笑道，“我现在想的，是晚上怎么睡的问题。”

“那你快想，我想了一下午了。”事情戳到了要害，颜希晓看着他，认真分析道，“要有一个理由，让咱们俩还分床睡，但又不被舅妈怀疑。”

“你想得这么全面，那你想出来了？”李子睿斜她一眼，俊秀的眉毛聚起刻意隐忍的烦躁之气，“如果你舅妈不在乎我们之间的事情，而你呢，也不介意向你舅妈坦白我们的婚姻实质。双方坦诚相待，你的目标就不难达到。”

“废话！如果我不介意她不反对，我还费尽心思想这些干什么？”颜希晓看李子睿仿佛满不在乎的态度，更加着急道，“舅妈下午进了我的卧室，偏偏你的也没锁。她一下子便看出问题来了，然后一本正经问我是不是和你分床睡，我想了半天，终于找了个理由搪塞她。可是晚上呢，晚上怎么办？咱们家就两个卧室，舅妈已经将东西搬到我卧室去了，那我晚上上哪儿去啊？”

“希晓。”李子睿突然低头，墨瞳不同于刚才的无奈自嘲，反而透着一种郁结的凝重气息，“只有一个办法，你做不做？”

希晓被他突如其来的严肃惊得一怔，傻子般点头。

“晚上，你到我房间来，咱们一起睡。”

“一起睡”三个字在希晓耳畔绽放的瞬间，这个女人隐忍了一下午的低声语气终于冲锋成尖利的质疑：“你开玩笑吧，李子睿！”

男人耸肩，无奈地扯了扯嘴角。正要继续说出缘由，门“啪”的一声，舅妈半抻个脑袋进来，冲希晓训道：“希晓，女人就要有女人的样子，一惊一乍咋呼些什么？”

颜希晓忘记了，她这个舅妈是一名光荣的人民教师，最擅长的便是言传身教，讲道理摆事实，动之以情晓之以理。

她无奈地接受着舅妈不明不白的训斥，舅妈仿佛特意要在李子睿面前证明自己的长辈权威似的。舅妈充分展示了她的育人力度。最后，大概是李子睿也看不下去了，赔笑了两句便招呼着舅妈到了客厅。三个人又开始围坐在一起看电视，一同诠释了“其乐融融”这个词汇的含义。其间，李子睿陪着舅妈谈笑风生，越发弄得舅妈对其赞不绝口。只有颜希晓不时看着挂钟，一副心神不安的模样。

终于，这样的异样被舅妈发现："希晓。"她别有深意地冲她眨眨眼睛，"是不是等不及要休息啦？"

"没……"没想到舅妈从另一个角度诠释了她坐立不安的含义，希晓顿觉局促，只能连连摆手，"舅妈说哪儿的话……"

"好了，就算你不累，舅妈也累了。"舅妈起身，又暧昧笑道，"你们也都早点睡吧。"

擅长察言观色的李子睿，早就将舅妈眼里的特殊含义看在眼里，可他与希晓一样，不能反驳辩解，唯有哭笑不得。在卧室方凳上坐了半天，李子睿左等右等都没看到希晓，眼看着时钟已经显示到了11点，他刚要起身去问，却见她抱着个维尼枕头，木头桩子似的僵直走来。

远远地看去，一副心不甘情不愿的样子。

李子睿站在原处不动，就那样静静地看着希晓慢慢走来。她整个人完全缩入了大大的维尼抱枕里，乍看上去，像是个因头大失重的可爱玩偶。步子放得极慢，走起来竟没有一点声音。直到快要走入他的卧室，希晓才无意识地抬起头。大概没有料到他会站在这儿看她，四目接触间，眸光竟生出了极其妖冶的娇羞神色。而她那白皙的脸颊，也在暗黄色灯光的映衬下晕出淡淡的柔美光彩。

那一瞬间，李子睿的心突然跳了一下。

这样的情景，宛若从前。

仍是有些不好意思，颜希晓下意识地将枕头抱紧了些，低声道："我的被子都在我房间，要是拖出来的话太假了，会被舅妈看出来的，所以……"

话还没说完，就见李子睿从柜子里拖出一床丝绒被，猛地扔在床上："这个是新的，别人没盖过。你先凑合一下吧。"

"谢谢。"颜希晓看了一圈，再次皱眉，"我睡哪儿？"

"床上。"

"那你睡哪儿？"

"当然也是床上。"李子睿用力坐下，拍拍旁边的位置，示意她坐下，继而扬眉，"你觉得这个房间，除了这儿之外，还能有睡人的地方吗？"

这一番义正词严的话再次让颜希晓瞪大眼睛："咱们俩睡一块儿？"

"颜策划，我明白你是什么意思。"看着她一副防狼的样子，李子睿不由叹气，

“无非就是怕我心怀不轨，乘人之危而毁了你的清白。可是，我不是饿狼。毫不客气地说，我三天前刚吃了一顿饱羊，现在很饱，根本不需要再另行开胃。”

“你也知道欲望这样的东西，定期满足一次即可，做多伤身。”看到她脸色已经由红变青再转换成现在的白，李子睿扯起被子，突然跳上床的一边，“我说这些就是想告诉你，你大胆放心地睡觉，我保证会君子一夜。”

希晓“嗯”了一声，看他已经闭上眼睛缩在了软绵绵的被子里，这才小心翼翼地走到床的另一侧。可是良久，却没感觉到她在他身边躺下，身后反而响起窸窸窣窣的声音。李子睿终于忍不住回头，看见她正将一床毛毯铺在床单上：“床单也是换了的。你还嫌我脏？”

“不是。”希晓无辜地抬眸辩解，“我来了大姨妈，每次都要弄到床上……这次在你这儿，更要做好准备工作。”

听闻“大姨妈”，李子睿刚想责怨她亲戚众多，猛地一想，这才知道这个“大姨妈”是什么含义，唇角竟慢慢勾出一弧浅弯，反身低斥道：“快睡。”

说完，还不等她前期准备就绪，他便扭灭了床头灯。在世界陷入黑暗的那瞬间，他如愿以偿地听到了小女人低呼的声响，没过多久，终于回归静谧。

现在正值初秋，李子睿开着卧室的一扇窗户通风。清风徐来，淡蓝色的窗帘随之摇曳舞动，微微夹带着海风的些许腥味，有种使人迷醉的惬意。白天忙了一天，李子睿累得自然能很快入睡，可颜希晓不同，她属于认床的人，一旦换了个地方，便需要很长时间才能适应。

摸摸微微隆起的小腹，不知道已经到了几点，希晓不仅毫无困意，反而越来越清醒。反过身，窗帘在风的戏弄下突然轻拂面颊，像是在故意撩拨她的记忆。这样一幅场景，以前她与另一个人也曾经共同经历。希晓深深吸气，努力逼退自己眼睛中将要涌起的潮润，迫使自己不要一味沉浸在旧日的酸苦，如今她要想的，更应是今后的生活。

漂泊了这么久，她在J市苦苦打拼，原本也以为自己一个人过下去就好，有吃有喝，这就是最好的日子。可是没想到度过了这么长时间有名无实的婚姻生活，她竟也贪恋于这样两个人的温暖，而此时李子睿在身旁安睡的气息，竟也渐渐让她有了种尘埃落定的期盼。

颜希晓甚至开始想，要不要告诉李子睿实情……

可是这个念头一在脑海中爆发便被随即而来的理智浇熄，自己应如何告诉他实情？而又期许他对此事抱什么态度呢？他们拥有这社会上最实际特殊的关系，似乎有一点儿感情化的举动，都会让这件事情向异常的方向发展。

她这样愁眉苦脸地想着今后的走向，不自觉就翻了翻身，没想到身子一动，便听到身后男人呼吸低沉嘶哑的呓语："姗姗，别动。"

只是这两个简单的字，便像最冷的冰冻一般，彻底将希晓残存的温热情绪凝结。她唇角半勾，在黑暗中哼出一声轻笑，他心中有别的女人，而她肚子里有其他人的孩子。所以，这一场合作，仍是谁也不欠谁的，很公平。

第二天颜希晓是被身旁的动静惊醒的，她昨晚睡得晚，现在还正处于迷糊状态，还以为睡的是自己那张公主床，便大大咧咧地一翻，想要再次入睡。却没料想只是一伸腿，便触到了一处温热，恍惚抬眸，迷蒙中便看到李子睿看着她，一派哭笑不得的样子。

所有的记忆都在他的笑意中迅速苏醒，希晓微一低眸，豁然发现自己的腿竟搭在他的腿上，随即腾地一下起身，讷讷道："啊，不好意思。"

"我忘记这不是我的房间了。"理理头发掩饰自己的尴尬，希晓迅速地滑下床，"你稍等会儿，我去做饭。"

看着她逃一般地跑出卧室的情景，李子睿轻扬唇角，小心地动了动酸痛的胳膊，也开始起床。想想希晓刚才的惊人速度，又不由得轻笑。这个女人只知道她最后一个动作让人遐思，却不知道她大半个晚上，都是用这样的姿势与他豪迈而眠。尤其是到了后头，那简直就是垂死挣扎的八爪鱼，几乎将整个身体都贴到了他的身上。

他不是柳下惠，当然面对那样恬然的睡颜，不会毫无知觉。

何况，她还要小聪明地谎报自己来了什么"大姨妈"，无非就是怕他对她乱来。可是，他自己没长眼睛吗？到了洗手间看废纸篓，来没来那个亲戚，一看就能看到。

想到这里，李子睿又轻笑起来。

希晓以极快的速度做好了早餐，不到一会儿舅妈也起了床。吃饭的时候，她装作无意地给舅妈剥了个鸡蛋，问道："舅妈，您打算在J市待几天啊？"

"等会儿……"舅妈含糊其辞，低头又喝了一口粥，笑道，"晓晓，你是不是不想让舅妈在你这里待啊……"

“哪儿有哪儿有。”希晓忙摆手辩解，“舅妈肯来，我高兴还来不及呢。”

面上是再和煦不过的笑容，心里却是最干硬得无所适从。希晓下意识地看了李子睿一眼，却看他左手拿饼，右手端着豆汁，明明是在吃东西，却微蹙眉头，俨然是在思考的模样。

吃完早饭，李子睿照常去上班，留下颜希晓一个人与舅妈辛苦周旋。不是她没有亲戚概念，也不是她冷血得没有血缘伦常，只是这几天因怀孕，精神始终处于困倦状态，她实在没有精力与舅妈多说什么。

可舅妈却像是彻底换了个人，颜希晓一边赔笑一边琢磨，与舅妈在一起的时间虽说不长，但也或多或少地了解了她的脾气。记忆中的舅妈是个寡言少语的人，许是因为职业的缘故，就是说话也是极具威严，少说些打趣开心的话语。在两年的接触中，只记得舅舅有时候逗趣几句，一直到了她离开，舅妈一直都是一副苦大仇深的严肃表情。

所以，今天舅妈的反应，实在是超出她的想象。

希晓坚持着说了会儿话，但所有的话题似乎都在昨天说完了，不一会儿便昏昏欲睡。正当她快要沉坠梦境的时候，手机铃声突然大作。低头看了看号码，希晓脸色倏然变青。

竟是S市打来的。

希晓看看舅妈也已经睡着，想了半天才去了卧室。犹如经历了一场艰难抉择，她深吸口气才按下接听键。毫无意外地，传入耳朵的是那个久违了的声音：“希晓。”

“希晓，希晓。”

即使隔了这么长时间，他呼唤她的声音，依然是让人心意缱绻得百转千回。

希晓竭力控制自己悄然紊乱的呼吸，却觉得声音越发干涩：“祈晨。”她做出轻松表情，“最近好不好？”

“好。”他的声音回归正常温度，话语却简练得让人心冷：“我都好。”

只是说了几句，希晓便再也找不出话题。曾经亲密无间的恋人，直到以前暗中还有着最密切的联系，可是到了现在，却残酷到没有话说。终觉这样的情境太过尴尬，希晓问道：“你什么时候出来？”

“理论上还有两年半。”那边轻笑，“但是狱警说，我只要表现好，或许可以早出来。”

不等希晓回答，他突然又加了一句："那时，你会等我？"

"陆祈晨，我们说过这个问题。"希晓一愣，继而沉声道，"你说过，不要我等。"

"如果我后悔了呢？"

"你开玩笑吧？"希晓轻笑，努力向他传达最轻松的情绪，却不知道什么时候竟有泪水滑至嘴角，冰冰的，流窜至体内激起最晦涩的绝望："你说的，我们自那天起，两两不相干。"

沉寂已久的消极再次腾涌而起，希晓不知道，那段感情到了今日竟还能给自己这么大的冲击。却听话筒那边传来最轻一笑："我知道，希晓，我出去以后爸爸就会安排我与乔越的婚事。所以，你担心什么？"

"倒是你，在楚阳做得怎么样？"祈晨淡笑，"没亏待你吧？"

"我不在那儿做了。"希晓咬唇，"大约停职了两个星期。"

"为什么？"

只听话筒传来冰冷一声"时间到"，她甚至还没来得及告诉他答案，便被那一声声机械的"嘟嘟"声混淆了视听。良久，希晓才像是如梦初醒一般放下手机，而舅妈的声音已经在客厅回响，一遍一遍地喊着她的名字。

希晓应了一声，匆忙抹了抹脸之后才走了出去，可舅妈竟能一眼看穿她的异样，忙凑上来嘘寒问暖："晓晓，怎么哭了？"

希晓强扯出个笑容："没什么，舅妈，我大学有个很好的同学死了，心里有些难受。"

心底里的酸涩感觉又要逼至眼底，希晓吸气，忙推开舅妈："对不起舅妈，我有点儿难受，我先自己待一会儿。"说完，便迅速转进卧室。

将门锁上的那瞬间，希晓靠在门上，泪如雨下。

说不出自己心底是什么感觉，在静寂了这么长时间之后，她的生命里再次出现这个声音。像是被人抽取了力气，希晓慢慢顺滑落地，她将头埋在膝盖，明明眼前一片迷茫，可是却想起了那日的情景。

无比清晰的记忆，清晰到每想一次，都像是在自己心上划上一道刻痕。

颜希晓与陆祈晨，是在一场招聘会上认识的。

那时的颜希晓刚毕业，因为她学的是广告策划专业，专业性较其他文科类专业更强，所以，年轻气盛加上天资聪颖的双重优势，让她觉得自己有足

够的自信来到导师口里如梦似幻的J城闯荡。可是却没料到，这个国家一线的经济中心，会给人巨大的欲望，会给人奢华的理想，会给人光灿的前途，却微微吝惜给予的，是对新人的磨砺。

当时的颜希晓，逛了多次招聘会却发现人家根本不看文凭，在乎的只是实际运作能力。说白了，在前面的种种条件都像是为颜希晓量身打造的一样，而后面总有一条像是一个重磅炸弹，要求三年以上工作经验。

初出校门的颜希晓，看到这个条件，自然觉得社会暗淡无光。而正当她历经了一百次的黑暗，正想是不是就此回到C城时，身后突然传来一个男人的声音，这个声音的主人，便是她第一百零一次的光明引领者，陆祈晨。

他当时站在嘉泰的招聘牌前，对她的简历似乎别有兴趣。与同事一番探讨之后，给了她面试的机会。希晓原以为自己今后便有可能在这个城市首屈一指的嘉泰集团工作，可是几天之后，便传来了消息，嘉泰企划部没有纳新计划，她再一次被J市拒绝。

希晓黯然，终于下定决心离开。可是就在要购买回程车票的时候，陆祈晨突然给了她电话，告诉他在楚阳有熟人，可以介绍她去那儿工作。从此，成全了她在J市的立足。

日子一页页翻过，慢慢地，因为接触的增多，她对他的感情也由感激慢慢上升至爱情。他一直说他是嘉泰的普通一员，可是自他非凡的谈吐和气度上，她早已对他的身份产生了怀疑。然而恋爱中的女人都是蒙昧的动物，那样的一点点怀疑，在他三言两语的甜言中轻易化解。

若不是那一场变故，希晓曾经认为她的一生会就此尘埃落定，可是这个社会最喜欢给人的就是意外。一年前的某一天，她去陆祈晨的公寓时突然看到他与另一个女人缠绵恩爱，当时愤怒的她挥了他一拳，也从此断结掉了她以为会与他永远相守的爱情。

原来，陆祈晨是唐都房产老总陆鸣的儿子。

经济危机导致房地产市场遭受冰霜，大房产公司尚承受不住资金匮乏的压力，何况唐都这样的中型公司。而两年前，嘉泰承建了唐都的36号工程，协议工程款于两年内还清，可到了时间正遭逢经济危机，唐都项目太多，因政策不力资金链突然截断。面对嘉泰的催款，自然心急如焚却无力偿还。

而一向在嘉泰工作的陆祈晨，在日复一日的工作中竟被嘉泰集团董事长的千金乔越看上。后面的故事情节便出奇的残酷，乔越父亲以不追求还款为由，为成全千金心愿，要求他们结婚。

得知结婚消息的那天，颜希晓和陆祈晨，做了男女间最亲密的举动，事后，两人决定分开。颜希晓太清楚陆祈晨，他是个极有责任心的人，绝不会为了爱情让自己的家业垂颓落败而就此不管。

再缠绵缱绻的爱情，在利益现实面前，终究只是最奢华的玩具。

他们决定就此分手，再也不见。临走时，陆祈晨给了希晓一张卡，说这是他这么多年以来的积攒，全当是这么一场风花雪月的补偿。希晓爽快收下，她不是电视上演的那种气节女子，只依赖爱情就可以活下去的女人。她原本就是极现实的人，付出了那么深的感情，理当有个东西来填充自己心里无尽的空虚和痛苦。

所以她收下。她永远也忘不了陆祈晨那天的笑容，他对她说："希晓，你收下吧。这是我唯一能给你做的，如果你不想我下半生都含着愧疚过日子，如果你不想我下半生都在对不起一个女人的心思中沉迷度过，那么，你收下。"

他原本就不是一个多么崇高的人，金钱相诱，他选择了离开。而如今相同的事情摆在她面前，她乖乖地遵照他的旨意，做了与他相同的人，为了钱，也选择放弃爱情。

何况，他给她的报酬并不低，足以买他们的春风一夜。90万元的款额，哪个女人的初夜能卖得了这么个庞大数字？

所以，对其貌不扬的颜希晓来说，足矣。

颜希晓经常这么安慰自己，别人都习惯怀着美好的心愿过日子。只有她可劲儿地糟蹋自己，将自己十足想象成一个为钱而活的人物。唯有如此，她才能减轻自己对旧日爱情的缅怀与重温频度，才能在听闻陆祈晨入狱的消息后，依然维持淡然若水的行事风格。

分手后的第十二天，陆祈晨突然因资金问题入狱。颜希晓从没有想到，她与他只有一次的缠绵，竟会演变成这样悲哀的结局。

直到今天，他才突然给她信息，他依然维持着惜字如金的谈吐习惯，而她则还保持着淡定的待人作风。他曾经教过她，越面对局促的情况，越要保持冷静的姿态。颜希晓觉得，今天的这一场谈话，她已经足够冷静。

可是眼前却不断地重现出两人最美好的那些日子，那时她拉着他的手穿梭于大街小巷，那时她坐在他腿上承受着他生涩却又甘甜的吻，那时她在他身下娇羞满面，慢慢品尝着属于两人第一次亦是最后一次的缠绵。

突兀响起的手机让颜希晓倏然一震，那些久未提及的记忆仿佛被拦腰截断了，慢慢生出一种刻骨尖锐的痛楚，霎时麻痹了她的理智。过了一会儿，她才拿起手机，她慌忙抹去脸上的泪水，又拼命地深呼吸两次，打开一看，是李子睿。

"喂……"

"希晓，我今天想了想，你这舅妈是不是有事儿要我们做啊？"李子睿开门见山，"我越来越觉得不对劲儿，一个十多年没联系的亲戚，无缘无故地就跑到咱家来住，于情于理，说不通啊。"

"没什么说不通的。"希晓声音一滞，"外甥女结婚，舅妈来看纯属正常。"

"可是，你真没觉得有什么不对吗？"李子睿继续在那边苦口婆心，"你想想，这虽然入了秋，但是也还算是夏季。平常人家哪儿愿意在这个季节串门的？"

"李子睿，那是我舅妈。"颜希晓渐渐没有好语气，"外甥女结婚，来看总不违背常理吧？"

"希晓，我没说什么违背常理。不知道你发现没有，她有几次说话都是欲言又止……"

"李子睿，你够了没有？"看他还啰啰唆唆分析个没完，颜希晓苦忍多时的愤怨终于爆发，"我知道你善于察言观色，知道你善于与人交际分析他人心理意图。我知道这都是你的特长，可是你总得想想，你的那些职业特长，其实并不适合人的亲情伦理。我舅妈好长时间没有见我，有时候多说几句怎么了？"希晓没有忘记舅妈还在外面坐着，努力压低声音，"你总不能老将别人这样的心理，看成是图谋不轨另有所图吧？"

鲜少见颜希晓如此咄咄逼人，李子睿被她噎得半天没说出话来，良久，才挤出一句："你好自为之。"

五字落定之后，他便挂了电话。

李子睿十分想不通，怎么想好好地和颜希晓商量事情，到最后却变成这个结果。今天出门的时候那个丫头还是好好的，大早上起来下厨做饭，甚至有几分家庭主妇的做派。可是只说了几句，竟就变成了野蛮女友。

想到这里，李子睿颇有些烦躁地将资料扔到一边，眼前又浮现出那个舅妈的表情，凭借他观察人的本领，这舅妈必定是有事儿才来，至于那是什么事儿，让她欲言又止却又不得不说的，应该不是什么好事情。

管她呢，也不是自己的舅妈。李子睿浅哼一声，不觉嘲笑起自己竟不知不觉的代人角色来。毕竟不是真的夫妻，他干吗那么在乎她家人的反应？再说，晚上没地儿睡觉的是她，又不是自己。如果她一直想要将这样的情况维持下去，那么就伴随着那个莫名其妙的舅妈待着好了。

反正他白天要忙于工作，只是晚上那几小时需要伴着舅妈强颜欢笑，权当是陪着客户的专业演练就是。

下午回到家，颜希晓一如往常在厨房忙碌。虽然那通电话闹得不愉快，可是毕竟家里还有外人，不可闹得太过分。于是，李子睿便发扬大将作风，主动上前与择菜中的希晓搭讪："晚上吃什么？"

"油菜。"她转头回答，声音几乎淹没在那哗哗的水声里。李子睿"嗯"了一声，又凑过去闻了闻已经做好的饭菜，享受似的猛吸一口："啊，这么香，是什么啊？"

"海鲜豆腐羹。"希晓又是一句低语，她迅速地别过头去，用越加剧烈的动作来冲淡两人的尴尬。李子睿站在她身后半眯眼睛，勉力勾扬的弧度彻底冷僵在嘴角。希晓如此反应，连看都不看他一眼，即使有过短短的目光接触，也是有意闪躲到一边，这样的态度，深深地刺伤了李子睿的心。

他顾全大局的低姿态竟遭逢了她如此冷遇的对待。而他李子睿长到现在，最看不惯的就是大小姐脾气。平时若是其他人如此对待他也就罢了，顶多生顿闷气也再不来往。可是不知道为何，就是不想让颜希晓也这般对他。李子睿上前一步，猛地拉住颜希晓的胳膊，皱眉道："颜希晓，你什么意思？"

"我没有……"她倏然抬头，眸中似是流转出惊讶与慌乱，但只是一瞬间，便又迅速低了下去，声音几不可闻，"李子睿，我忙着呢，你放开我。"

"我不就是分析了一下……"想起舅妈仍在客厅，李子睿降低声音，看着她道，"都是为你好，你至于犯这么大脾气？"

"我……"颜希晓刚欲开口，身后便传来舅妈的声音。李子睿心一慌，

握着颜希晓胳膊的手断然挥下，忙回身笑道，“舅妈啊……”

“啊，子睿回来啦？”舅妈微笑地看着他，突然招手，“来，子睿。希晓忙着，你来这里帮我点忙。”

拼婚

6 前情，节哀顺变

李子睿的眉毛越皱越紧，他从没想到颜希晓还经历了这么一段故事。

“自从那个电话之后，晓晓就不大对劲儿。”舅妈拧眉叹气，“这孩子从小就犟，接完电话后就告诉我死了个同学心里难受，然后把自己憋在房间一下午。这不，若不是要给你做饭，我估计她都不会出来。”

“哦。”李子睿低低地应了一句，大概他下午打的那通电话，正好碰上了她刚逢悲伤的时候。

他现在才想起，当时颜希晓在电话中的情绪就很低落，可他忙于为她分析当前现状，以至于忽略了她的情绪凸显。

看到他抿唇不语，舅妈以为他已有悔意，越发唉声叹气地劝道：“晓晓这孩子肯定是遇到了很为难的事情，子睿，你不行就去劝劝她。”

果真，在吃饭的时候，李子睿终于发现颜希晓眼眶红肿，显然是哭过。不知道为什么，他心里竟微微一揪，夹起一块辣椒炒肉放到她碗里，低声道：“多吃一点。”

“嗯。”希晓一怔，继而点头将肉填入嘴里，像是在完成一件任务一样用力咀嚼，“谢谢。”

看到她这个样子，莫名地，他忽然想起曾经在她口里出现的那个名字，祈晨。

难道是……

他的种种假设还未在脑海中构想成局，突然看到舅妈看他：“子睿……听说你也是C市人？”

李子睿心中的警铃猛然敲响，多年的职业经验让他有着近乎神经质的敏感度，能从第一时间从对方的意思体会出更深的意境。既然说到了他的祖籍，他开始想，下一步，是不是应该问J市户口的问题了？

难道舅妈这一次，是以为他能够代办落户的?

事情真的如李子睿所想，在他点头之后，舅妈终于将来意说清："晓晓有个妹妹，以后要来J市上学，你们能不能帮着把户口落了？"

希晓倏然抬头："舅妈……落户不是那么简单的。"

"舅妈知道这事儿不简单，要是简单的话，全国人民不都到J市定居了？"舅妈笑眯眯地看着他们，"可是越难办的事情，越说明这件事儿的价值嘛。何况……"舅妈微微一顿，"这也显得你们有本事对不对？"

看着舅妈被希冀冲刷得晶亮的眸光，希晓想要回绝却不好意思，只能讷讷道："舅妈，真是不像你想象的那么简单。"

"不简单你们都办成了不是？"舅妈笑道，眸中已生出几分不满的锐利，"晓晓，小时候舅妈怎么待你的你别忘了……你都在这J市混了半辈子了，难道连这点门道都没有？"她一声轻笑，随即环顾整个房间，"瞧，这不还住着这么大房子吗，没有几点本事，哪会有现在的好生活？"

希晓欲哭无泪，她偷偷地看了李子睿一眼，却发现他垂眸吃菜，竟是无比认真。果真让他给料准了，久未见面的舅妈今日来，竟是为了女儿的户口问题。

想起与李子睿是牺牲了怎样的代价才落下户口，其实总结出来，无非就是一个字：钱。国家为拉动房产内需提供购房落户政策，正是因为房产市场资金链出现大幅度断损，而这些东西，都需要钱的保证。

想到这里，希晓的话脱口而出："舅妈，您要有120万元，这事儿就能办了。"

"这么贵？"舅妈"啪"地放下筷子，正色道，"希晓，你别拿钱来敷衍舅妈，真的是这样？"

"嗯，对。"李子睿看事情在希晓的解释下，实在是有恶性变化的趋势，便接过话题道，"舅妈，事情是这样的。我和希晓为什么这么快就结婚，就是因为那时候有个购房落户的政策，要不是那个政策，我们也不会在J市落户。关于户口问题，国家卡得很严。"

"原来是这样……"舅妈脸上浮起明显的黯然之色，苦笑道，"我还以为……"

"其实户口也没这么重要，在哪儿活都是活着。"希晓劝道，"舅妈，你别想那么多……"

大概是因为这个话题太过压抑的缘故，舅妈今日睡得很早，而希晓收拾完东西，又像昨天那般回到李子睿卧室。一眼便看到李子睿坐到床边，静静地看着她。

希晓抿抿唇，看了他一眼又垂下眸，径直走到床的另侧。刚要钻入被子，身前便伸来一只大手："给你。"

她低头一看，竟是块方帕，不由一怔。

却见李子睿黑眸中闪烁出异样光芒，只看了她一眼便又将目光转到手里的书上："你眼睛肿得跟桃儿似的，也不怕让人多想。"

"啊？"

他这才将注意力又收回来，眸光已不复刚才的尴尬羞怯，又是那种静如止水的样子，仿佛连声音都是轻飘的："今天舅妈和我说，要我多迁就你，不能惹你生气。"

"什么意思？"

李子睿视线突然落到她的小腹之上，希晓下意识护住自己的肚子，却听到他轻笑道："你舅妈说，你肚子比以前鼓了，食欲也不如以前好，应该是怀孕了。"

"胡说，我怀什么孕！"希晓捂住肚子，惊呼出声，"我又不是雌雄同体，我自个儿怎么怀孕？"

"你嚷什么？"李子睿一把将她的手按住，惊慌下她的眸瞳粲然分明，竟有一种灼人的妖冶光灿，原本白皙的皮肤被暗黄色的灯光浸出薄薄的淡晕，慢慢铺展出温馨浪漫的诱人气息。李子睿不由一怔，在希晓皱眉喊疼的时候才恍然清醒："你喊什么？你想让人家都知道我们是怎么回事是不是？"

颜希晓咬唇，在他的灼灼逼视下两颊竟不争气地布满红晕："我只是情急而已，"她讷讷道，"并不是想说那么多。"

静谧的夜里，原本就容易引起暧昧遐思。李子睿想自己真的是太长时间没有女人了，以至于现在看到颜希晓这个笨丫头呆傻羞窘的模样，心底竟会涌起暖暖的情愫。他轻咳一声，努力掩饰住自己这样的想法，不由问道："为什么哭？"

"没什么。"希晓低头，状似无所谓地拽着枕头上的绒线，"同学死了，有点难受。"

“死了？”李子睿扬声，看她那黯然神伤的样子，下一句话不经思索便脱口而出，“是那个祈晨？”

希晓倏然抬头，一双眼睛狠狠地看着他，那瞬间，似是悲愤与痛恨交加在眸中上演。咬唇，她自唇间生硬地挤出两个字：“你滚。”

“颜希晓，你知不知道自己在说什么？”原本想要安慰她的一腔热情竟然遭遇她的如此冷酷，李子睿深深吸气，一手用力攥着她的胳膊，气道，“再说，你让谁滚呢？”

“别碰我。”她扭动身子，努力挣脱他的禁锢，“就你，说的就是你！”

“凭什么我滚？”

她愤恨瞪他，吼道：“你以为你是谁啊……凭什么咒他死？”

“我没有……”他觉得她毫无理喻可言，“你别断章取义行不行？”

“你就有了，就有了！”

那瞬间的颜希晓毫无平日的样子，简直就是一只被戳到痛处的小兽，毫无原则地撕咬怒吼，李子睿只觉得胸前和胳膊等处一阵剧痛，还未反应过来，她的拳头又雨点般密布而下，那样的用力，仿佛他是她这辈子最大的仇人。

他从没有料到她有如此大的力气，平时看也就是那个柔柔弱弱的女孩儿，吃得也不多，但是攒聚起来，仿佛要把他揍成残废。无奈，当了半天沙包的李子睿决定反击，但只是轻轻一碰，许是因为颜希晓没想到他会推她，原本就坐在床沿儿上摇头晃脑生气的她一个重心不稳，猛地向后栽去。

只听“扑通”一声闷响，颜希晓便像是一个玩具布偶一样，斜着栽了下去。刹那间，李子睿忘记了刚才的冲突，慌忙蹲地俯身，只见颜希晓坐在地上，不再像刚才疯子般地愤怒，眸瞳粲然生光，竟有大颗大颗的眼泪滑了下来。

她像是个受伤小兽一直窝在墙角里哭，柔弱无助却没有声音，李子睿只觉得心中有个地方被狠狠揪紧：“希晓，你怎么了？希晓，希晓？”

依然是哭，希晓闭着眼睛坐在那里，任泪水汹涌而下，却不回答他的问话，李子睿急得没办法，问她伤到哪里又不说，只能自己动手查看她的伤情，小心翼翼地捏了捏她的胳膊，他抬头问她：“这儿疼不疼？”

摇头，不语。

“那这儿呢？”他的手游移到她的手腕处试探性地摇了摇，刚才那样子栽下来，实在是怕她本能地以手支撑，却伤到自己，“希晓，要是疼了，一

定要说话。”

她摇头，突然狠狠地抽泣两声，还是不说话。

李子睿顾虑重重地看着她，轻叹一声之后，继续查看她其他可能受伤的部位。正当他的手将要查看她的腿部有没有问题的时候，胳膊突然被人握住，还未反应过来，整个人已经被她抱住，那个刚才还像疯子一般对他的女人，此时却无助至极地在他胸膛中寻求庇护。

有一瞬间地睖睁，但是很快地，他便慢慢地拍着她的背，仿佛努力在抚慰她的伤感，每一下都渗透着柔情与耐心。胸膛很快就被她的泪水浸湿，可他的心里却仿佛是饱满的，有一种莫名情愫在心里迅速成长，而她的泪水则是这种情愫生长的催化剂。低头闻着她的发香，很快，他便被这样的情愫鼓胀得心中微痛。

可是他不敢动。

因为她是那样紧地抱着他，显然是将他视成了唯一的支撑与依赖。

不知道过了多久，颜希晓才自他身上慢慢起来，她天生的一双极其漂亮的双眼皮，平时看起来千好万好，但就是哭的时候，便会引发惨不忍睹的效果，而今天因哭得太过投入，她大大的眼睛只剩下一条缝儿。她抽了抽鼻子，半低着头："对不起。"

声音因哭泣更像是呜咽，刚才还肆无忌惮地打对方，此时竟然有些不好意思，李子睿微微一笑："没事儿，怎么，哪儿还疼？"

"有一点儿疼。"她还很配合地抽了口冷气。

这一声将李子睿的心再次提了起来："哪里？"

"屁股。"她伸手去揉揉自己的屁股，眸瞳依然有泪光闪烁，可唇角却已微微上扬，"从那么高的地方摔下来，屁股都摔成四瓣了。"

"呼。"李子睿松了一口气，起身将她拉起，轻笑道，"屁股撑摔，只要没伤到其他地方就好。"

出去拿了包牛奶，李子睿细心地将湿巾浸入牛奶，递给已经缩入被子里的希晓："用这个润一晚上眼睛，会肿得不那么厉害。"

颜希晓"嗯"了一声，听话地将牛奶布敷在红肿处。感觉天色变深，他的呼吸慢慢回归平稳，她突然开口："你说得没错。"

短短的几个字在静谧的夜里尤显清亮，李子睿原本正沉浸于对他们刚才情境的联想中，被她没头没尾的话一惊，只能答道："啊？"

"你说得对。"她微微叹息，尾音处尚有着浓浊的鼻塞感觉，"是他，是陆祈晨没有了。"

李子睿心中微微一揪，突然不知道该怎么说好，良久才挤出干巴巴的四个字："节哀顺变。"

"以前不会，现在会了。"颜希晓突然一声轻笑，"原本就是我太执著于以前的事情中，看开了的话，自然就可以活得很好。"

她这话明明充斥着坚强决然，可他却从里面琢磨到了让人心酸的苦楚味道。想要劝慰，无从开口。只有微微侧身安慰她："睡觉吧，什么也别多想。"

她"嗯"了一声，果真，两人就在这样的各有所思中渐沉睡眠。就像是勾勒了一场梦，若不是颜希晓眼眶还有红肿痕迹，仿佛不曾经过昨日那一场亲密与依赖的纠缠。第二天，仍然是她早起为他做早饭，状若眷侣。

见舅妈房门还未打开，希晓便先让李子睿吃完饭后上班，自己稍后再与舅妈一同吃。没想到李子睿刚吃完饭，舅妈卧室门便被打开，如同刚来那天一样，舅妈拎着个箱子站在他们面前："晓晓，子睿，舅妈今天回去。"

"回去？"希晓一怔，忙上前拿着舅妈的行李，"舅妈，不是说多待些日子吗？"

"家里也有些事情。"舅妈勉力勾起唇角，深色眸瞳却有些遮盖不住的劳累与黯然，"我回去。"

希晓迈前一步，正要继续相劝，却感觉衣角一紧，李子睿已不动声色地站在她旁边："舅妈，我还想休个班陪您几天呢，没想到您这么快就走。"

"晓晓，我去让秘书给舅妈订个机票怎么样？一会儿给送回来。"李子睿微笑，"C 市距离咱们这里太远了，坐火车很不舒服。"

"那就让你们破费了。"舅妈看着他，仍是淡笑，"子睿，看你这样子，是要上班去是不是？"

"对。"李子睿瞅瞅表，"马上就要走了。"

"那舅妈抓紧时间说个话儿，"舅妈突然拉起颜希晓的手，另一手执起李子睿的手与之相握，"说实在的，舅妈这次来也是仓促，没能陪你们多待些日子。子睿，晓晓从小便重感情，性子急，你有事儿多担待些。"

"一旦有孩子了，你们就是个家庭，别像昨天似的那么闹……"舅妈微微蹙眉，“这对孩子是最不好的。”

“舅妈，我没……”

“晓晓，你别嘴硬。”舅妈转头看她，“我虽然没看你检查，但是你知道我在C市一中有什么之称吗？人体B超机！一旦怀孕了，那脸色和平时习惯会和往常很不一样，别人看不出来，却是瞒不过我的！”

希晓被舅妈越说越心虚，只能一边推她一边打着哈哈：“好了好了，您既然这么准，干脆别当老师去开个诊所辨男女好了，那样足不出户便有丰厚利润。”

舅妈横了她一眼，又对李子睿说道：“按道理你们这年轻人的事儿我是不该管的，可这怀孕生孩子可是大事。子睿，你最好挑个时间带晓晓去医院看看。”

“舅妈……”

“知道了，舅妈。”比起颜希晓的娇羞恼急，李子睿倒显得从容淡定，“您放心吧，一有了消息，我们指定给您汇报。”

李子睿特定请了个两小时假，特地送舅妈到机场，看到舅妈安然登机，他突然爆出一声哧笑：“希晓，难道你长得就是个孕妇的样子？”

“我舅妈最大的特长便是多管闲事。”希晓唯恐多说几句戳透心事，便加快脚步，“她以前还没这毛病，怎么现在反而这么啰唆起来了。”

“有些人就是长得未老先衰，同样的道理……”李子睿眼中划过一丝戏谑，在骄阳的映衬下竟渗出几分俊逸，他勾起唇角，玩味地挑着眉毛，使劲在她胳膊上扭了一下，“你是少女具有孕妇相，别说，颜希晓，这还真是个性！”

知道他在打趣她，颜希晓一扭身，侧头有几分挑衅道：“万一我真怀孕了呢？”

他一怔，随即半眯起眼睛打量她：“你别说，看你现在胖这速度，还真有可能。”

“你说什么……”以为真的被他看出怀孕痕迹，希晓急道，“我……”

“你急什么，我还没说完，”李子睿扯过她，无比自然地拉着她的手向对面走去，边走边含笑道，“除非有两种可能，第一，是你功能和人家不一样，与植物一样是雌雄同体，单靠自己便可繁衍后代；第二……”他突然看她，眸中盛起粲然波光，“难道你特别敏感，一个拥抱就可以怀孕有孩子？”

他那样别有深意看着她笑，显然是想起了昨天她那般毫无理性的尊容。希晓一时羞恼，这才发现他竟然拉着她的手，刚要挣脱快步离去。只觉得手心一紧，他突然加大气力。而伴随着这个动作出现的，是前方娇俏的声音："李总监。"

抬头看去，竟是冉若珊，身依一个四五十岁模样的男人而立，一副亲昵无比的小鸟依人姿态："李总监，李太太……"她笑得愈加欢颜，"没想到会在这儿见面。"

"你好，骆先生。"李子睿抿唇向前，与那男人礼貌握手，"我是李子睿。"

说完又向冉若珊微微一笑，目光似有若无地飘过她隆起的小腹："骆太太，你也好。"

"姗姗，这是……"那个骆先生礼貌一笑，却一脸茫然地看着自己的妻子。

"楚阳广告市场总监李子睿。"冉若珊介绍道，"我和你说过的，你不记得了？"

那位骆先生微微有些歉意地点头，刚要说些什么，却听李子睿轻笑道："骆先生事务繁忙，而我李子睿只是个小小的市场总监，人微言轻，难怪您记不住。"

"这是我的名片，还请骆先生多多指教。"李子睿微微躬身将名片递前，重又拉紧颜希晓的手，"我和我太太还有急事，就先行一步了。以后有时间还望骆先生与骆太太赏光小聚。"

对方又寒暄几句之后，李子睿与颜希晓转身离开。

坐在出租车上，两人一反送机时的欢悦，久久不语。良久，李子睿才发出一声叹息："你是不是觉得我很……卑躬屈膝？"

心事猛地被揭起，颜希晓确实是那样想的，刚才李子睿见到冉若珊夫妻的反应，在颜希晓看来，确实是小人气节了点。除了最后告别的那一点还有些力度，整个谈话过程，没有一点平日中他那张扬的风骨。

她不回答，可是表情分明就是默认。李子睿轻笑："这世间任何事都是矛盾的，同样的，气节这个东西在不同人面前，更是具有两面性。强者愈强，弱者更弱便是这个道理。"

"你知道这个冉若珊的老公是什么人吗？"

颜希晓茫然摇头。

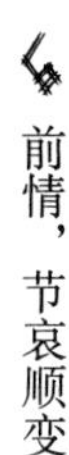

“是千池百货的老总。”看希晓茫然的样子，李子睿又说道，“你大概不知道这千池百货，那是因为他们一直致力于东南部的发展，并没有立足J市。可是这次我听说，千池在J市市中心要投资2亿元建立卖场，完全更改之前在J市本地企业夹缝中求生存的局面。这就说明，千池要下决心攻破J市市场。”

“而与此同来的，便是这其中巨大的商机。”李子睿顿了一顿，“如今房产市场委靡至此，足可见我们之前倡导的多元化战略多么重要。所以，我们不能只追求于做房产广告，那样，盛极极盛，衰时更衰。所以，也需让其他行业作为房产行业广告的补给。不改变我们主打房产广告的业务初衷，但是必须要寻找其他出路。”

“原来你早就有打算了……”希晓眸光中透着些许佩服，“未雨绸缪，我最不会这个。”

“不如说是被逼无奈。”李子睿苦涩一笑，“上次不管是我们疏忽也好，对方狡诈也罢，岳潼确实胜了我们。这商场之争，只讲究结果。一旦我有丝毫失足，现在的位置将会转手他人。颜希晓，我不想让我多年的努力毁于一旦，所以才如履薄冰。”

“话又说到今天的见面，任何人的情绪和位置都是相对而言。在公司里的我大多是什么样子？盛气凌人，不苟言笑。而在这样的人面前呢，我只有恭顺谦逊，最多表现一点不卑不亢的意思，但还不能言之过度。”说到这里，李子睿看了一眼希晓，笑道，“这是什么？按照马克思主义的话说，是经济基础决定上层建筑。结合现实而言，就是地位决定气节风骨。”

说这话的时候，他唇角凝出清浅一勾，似是无奈更像是自嘲。希晓不由得劝道：“这世界就是这个样子，改变不了，就得去适应。”

他倏然回头，端凝她良久。希晓被他盯得浑身发毛，不自在地晃了晃脑袋：“我怎么了？”

“认识你那么久，这是出现的第二句比较有道理的话。”李子睿轻笑，“第一句是关于摆平男人方法的理论，女人与金钱必备。第二句就是今天这句了，改不了，就得去适应。”

希晓愣了一下，这才领悟李子睿是在笑她。羞恼之下掐他的手背，两人一打一闪正热闹的时候，李子睿的手机突然响了起来，竟是孙培东电话：“你好，孙总。”

不知道孙培东对李子睿说了什么话，希晓只觉得他看了一眼自己：“好，我和她一块儿去。”

挂了电话，希晓问他：“怎么了？”

“孙总让你和我一块儿回公司。”李子睿拧眉，“我也不知道是什么事情。”

“不去！”希晓一怔，重重地坐回座位上，“我现在不是楚阳职员，没理由听他调遣。”

“去吧，万一有什么事情。”不由希晓反对，李子睿已经吩咐司机将车头转至去楚阳的方向，“孙总的声音听着不对，去看一看也少不了你一块肉对不对？”

希晓无奈，只能硬着头皮跟着李子睿去。

离开楚阳的理由是“辞退”，所以就凭这两个字的定性，注定颜希晓踏入楚阳不会风光。

她原本想低调地随在李子睿身后进去，可是一路上总遇到熟识的同事，看她一寸不离地黏在李子睿身后，纷纷上来打趣：“颜策划，做家庭主妇的感觉如何？我感觉你胖了啊！”

希晓微笑敷衍，走了很远还有人小声议论：“看人家小两口这样子，啧啧……”

“该不会有孩子了吧，希晓可是胖了不少……”

广告公司的人向来都有天马行空的想象力，正想着如何逃避这些思想摧残的方法，耳边响起孙培东的声音：“颜策划！”

希晓倏然抬头，只见孙培东满含笑意，那眼神饱含思念和殷切，仿佛她是他最亲近的人。她原以为孙培东喊她来是上次的阴谋有了序曲，或许，是又要承担一些什么责任和后果。所以见他像个笑面虎似的张牙舞爪，心里反而有点发毛。

“颜策划。”两人进入到孙总办公室，孙培东竟亲自给她倒了杯水。希晓忙起立，虽已离职，但对上司的敬畏感仍未彻底消除。她有些心虚地看了看李子睿，总觉得孙培东越这样越不对。

“孙总……”李子睿开口，“希晓做错了什么事情吗？您……”

“当然没有。”孙培东笑得更加灿烂，满脸的褶子堆积在一起，纠结成类

似于阿拉伯花纹似的形状，“颜策划，关于上次的那件事情，我们……”

原本就是个彻头彻尾的冤大头，希晓一听到“上次”两个字，马上站起，冷冷道：“孙总，上次那件事情您如果还觉得有什么不对的地方，你大可以找公安局的来调查，不过，您今天叫我来到公司，难道就是为了代他们传唤吗？”

“瞧颜策划说的。”看颜希晓激动成如此，孙培东笑得更像是赔罪。而李子睿也拉着她的手，勉强按她坐下，低声道，“你好好听孙总说说。”

“上次关于你的处理我决定代表公司给你致歉，”见颜希晓已生愤慨神情，孙培东终是决定不再兜转下去，“颜策划，你现在找到工作没有？”

“没有。”

“那好，再到楚阳来上班吧。”孙培东看着她，“明天入职。”

希晓一怔：“什么？”

“明天来上班。”孙培东又重复一遍，接下来的目光便别有深意，“颜策划，有些时候，太低调是不好的。”

“您什么意思？”

“嘉泰策划部打电话来说，希望你回归工作，你的策划创意比较合他们的胃口。”孙培东摊手，“我们在嘉泰已经投过了三个案子，现在基本是40%的成功率，所以颜策划，你……”

“对不起，孙总，我不愿意。”颜希晓突然起身，“我不会来上班的。”

她说完转身就走，李子睿只能上前一步猛地攥住她的手腕：“希晓！”

“颜策划，我希望你能考虑一下。”孙培东蹙眉，“你如果回职，将会是咱们策划部的经理。一旦做得好，直升总监。”

“条件真的很诱人。”希晓挣开李子睿的束缚，反身看向孙培东，笑道，“孙总，让我回来可以。但是前段时间，您可给我扣了一顶行贿甲方的帽子。我连喊冤的机会都没有，现在又说回来工作，难免有点行之不武，也不好给同事们交代。”

“所以，如果要我回来，我希望能还我一个清白。”她深吸一口气，“而不是这样只因为用得着我就呼之即来，挥之即去。”

她说完这些话，转身就走。

怯懦畏缩地进去，昂首阔步地出来，短短几分钟，颜希晓便好像历经了从奴隶到将军的转变。与刚来时相反，李子睿跟在她的后面，刻意压低的声音带着命令的逼迫："希晓，你站住！"

可是她却越走越快，像是赌气一般冲出楚阳大门。李子睿小跑两步，终于在她临上出租车时拽住她的胳膊，他呼呼地喘着气，瞪大眼睛看她："颜希晓！"

"干吗？"颜希晓斜他一眼，轻描淡写。

"你刚才怎么就这么跑了？"想起刚才对孙培东的态度，李子睿便不由气急，"你看看你那是什么态度？"

"我是什么态度？"希晓挑眉，"他现在又不是我老板，我也不是在他手下混饭吃，我能什么态度？"

"多好的机会！这就算是上天给你个台阶下了，你还不赶紧顺从？"李子睿看她一副漫不经心的样子，更加来气，"借着这个机会，他退一步，你退一步也就得了。还非得闹得不可开交你才开心？"

"对，我很开心。"希晓摇头，扭身迈入车里，只留给他两个字和一溜烟作回复，"再见！"

回到家，李子睿便看到颜希晓端坐在沙发上："子睿，饭都做好了，可是你先别吃。咱们先说些事情。"

随即眸光飘至前方的茶几，李子睿这才发现那竟是他给她的那张银行卡："这个给你。我一分钱也没动，"她将卡推至他的方向，扬眸看他，"李子睿，虽然我没钱，但是也不会去楚阳工作。咱们当时说好的，如果我能找到工作就把钱给你，现在也算是了，只是我没去做而已。"她勾起唇角，"所以，把卡还给你，你也别再劝我。"

她那么一副唯我独尊的样了让李子睿莫名窝火，联想到下午决然而去的情景更是有些怒不可遏，冲她离开的背影吼道："颜希晓，你别太自以为是了！"

"李子睿，我怎么自以为是了？"颜希晓倏然回头，唇角勾抹凌厉弧度，眸中光芒却是粲然闪烁的，"我要是现在像个哈巴狗似的再偎到他孙培东脚下，那就是不自以为是了？对不起，我虽然穷，但还不至于贱！"

觉察到她的反应很大，李子睿放低声音："我承认我过激了，但是我真的是为你好。"他慢慢走过去，"你想想，孙培东现在都给了你这么大面子，承诺让你升一级。你这么年轻，就能做到我七年才能做到的成就。而且，你

又不是不知道，在J市，求个饭碗不容易，何况是这么个好饭碗。”

“下面是不是就要说金融危机了？”颜希晓抬头看他，一双眸子竟生出逼人的光芒，直直地刺向他的眼睛，“是不是说，颜希晓，你要知足，金融危机下能有个工作就不错了，你还挑三拣四地说些什么？”

她这一番话将李子睿噎得顿时一愣，李子睿良久才咬牙道：“颜希晓，你……”

“因为嘉泰要我回去主导项目案子，而其他人做了几次都被打回来，你是怕因此与嘉泰的合作不保吧？”颜希晓冷笑，“谁不知道您李大总监就是因为牢牢把控嘉泰的项目才在市场部立于不败之地，才有了今日的成就。一旦嘉泰生变，那您可就岌岌可危了。”

“所以李子睿。”她半眯起眼睛退后一步，“你处处都是为自己想，就不用那么虚伪地拿我做幌子……”

心事就这样被狠狠地戳透，李子睿皱眉看她走到卧室，心中百味杂陈。不得不说，颜希晓刚才的话正是他要她回去上班的主要目的。看今天孙培东的态度，虽不是那么直言颜希晓的作用，但是明显地透出希望她回去的意思。能让孙培东这个不轻易低头的人如此，那么就是说，嘉泰给楚阳下了相当大的压力。

一旦颜希晓不回去，嘉泰项目生危，他的位置很有可能不保。而后面虎视眈眈的岳潼，必会看准时机逼他让位。这一切一切都像是个链子，牵一发而动全身，实在是太可怕了。

如果颜希晓回去，工作伙伴加上夫妻档，他的实力必然会增强很多，虽然与她不是真正夫妻，但是总是比朋友更好的关系，相信以颜希晓的为人，必会全力助他。

如果还能获得这个好处，那么这场婚姻开拓的就不仅是他的户口，而且还大大助长了他的事业与尊严。

可是，现在颜希晓犟得就像一头拉不动的驴子，一切假设都是白搭。

李子睿“扑通”一声在沙发上坐下，耳边不断响起的是颜希晓在卧室里收拾房间的声音，心里却有了种可笑的感觉。

颜希晓，似乎就是他命悬的那一线。

第二天上班，李子睿还没到自己办公室便接到孙培东电话：“来我办公室一趟。”

“颜策划没来？”劈头就是这个问题，李子睿不由一怔：“啊，没有。”

“怎么没来？”

“她不同意。”

“我昨天不是让你劝劝她吗？”孙培东皱起眉头，狠狠地抽了口香烟，“她是你老婆，你连你老婆的主都做不了？”

李子睿叫苦不迭，又不能直接向孙培东说出真实缘由，想起颜希晓昨天那样子，那哪儿能是他做主的样子，简直就是他的祖宗，便悻悻一笑：“我们家，一直都是不干涉彼此私事。”

“那依你看，她就不来上班了？”

“孙总，我估计难。”李子睿苦笑道，“我就算是她老公，但也不能绑着她来上班不是？我们家一向是各管各事，我昨天劝她来上班，她直接和我闹了一晚上别扭。”

随后，他说了一句真实却让人无比遐想的话：“不怕您笑话，昨天我们都是分床睡的。”

孙培东重重地吐了口烟圈儿，突然问他：“你们家的事儿，你真做不了主？”

“我们家彼此不干涉……”

“别和我说什么不干涉的鬼话。”孙培东重重地将未吸完的烟掐灭在烟灰缸，烦躁地皱眉，“现在国际上还兴个干涉内政的呢，你家老婆就不归你管了？我告诉你李子睿。”他腾地站起身，“你要是请不来颜希晓上班，你也不用来了！”

李子睿彻底怔住，他从没有料到，他竟然还与颜希晓有了这么个关系。

昨天只是分析自己有可能因她地位受到威胁，今天竟然演变到如此程度，直接将身家性命都栽在了她的手里。

“孙……”李子睿想要问孙培东急于召唤颜希晓的原因，据他所知嘉泰最近只有几个小案子交在她的手里，助理几乎就可胜任，完全没必要指定专人。但是话还没说出口，便见孙培东大步离去，李子睿无奈，只能黯然回到自己办公室。

中午，他决定约颜希晓吃饭。

怕她拒绝，采用了两种方式通知：第一，电话。第二，发短信。

李子睿很长时间没有发过短信了。作为生意人，他一向不喜欢短信这种既费时间又说不明白的方式。上学的时候没钱，买不起手机。工作了倒是有钱,又没时间。前女友冉若珊还曾经因为短信一事重重声讨他,说他太重利益,一点也不懂浪漫的传情方式。

浪漫吗？发短信诉情话就是浪漫？李子睿的反应只会是自嘲，如果他更实际一点，更重财一点，那么一场沧海桑田的事情，也许会有些转机。

这社会原本就不是滋生浪漫的场地，李子睿收起自己的神游想法，笨拙地按下一个个键。想起昨日颜希晓的表情，他颇花了一番心思去琢磨短信的措辞："中午出来吃个饭吧……"

好不容易按出这几个字又烦躁地删去，李子睿微微蹙眉，总觉得太过生硬了些。据他与颜希晓几次交手发现，这个女人就是吃软不吃硬的人。所以，对昨天的态度反思检讨，应该是个很好的沟通方式。想到这里，李子睿又笨拙地按道："昨天晚上是我不好，今天负荆请罪，中午请你吃个饭吧。"

下面是饭店的地址，为了体现人性关怀，还特地嘱咐她要打车赴约，不要在乎那几个钱挤公交到场。

再仔细读过两遍感觉无误，李子睿轻轻一按，将信息发了出去。

下面就是等待短信的时间，李子睿看着表，只能抿嘴苦笑。尽管一向信仰能屈能伸的大丈夫原则，可是对女人，仿佛还没有如此卑躬屈膝过。这一场名义婚姻，原以为是他兴起，因此他才能占绝对的主动权，可是没想到行至今日，仿佛很多时候都是他被另一个人牵着鼻子走。

罢了，罢了，反正英雄最识时务。其实他现在最想知道的，应该是孙培东急于召回颜希晓的真实原因。如果真的是因为嘉泰，那么嘉泰如此看重希晓的原因到底是什么呢？

她那么一个策划人员，虽然有几分才气，但也不至于如此。

正想着，一声清脆的手机声音打断了他的思路。李子睿打开手机，颜希晓只回了一个字："好。"

坐在餐厅里，李子睿劝了自己无数遍，见到颜希晓，态度一定要好，一定要秉持循循善诱，晓之以情动之以理的原则，不管她多么凉薄讥嘲，他都要回以善意的态度。

因为这关系着他的饭碗啊。

精神抚慰法对自己起了一定作用，所以在颜希晓来到的时候，李子睿确定自己笑得温顺善意："吃吧。"

颜希晓面无表情："嗯。"

"我今天请你吃饭是有两件事情，"李子睿为她倒好茶水，微笑道，"第一，自从我们俩在一起，你便负责了家里的早餐晚餐，倒是我成天好吃懒坐的，是个名副其实的'白吃'；第二，就是……"

他的尾音慢慢拉长，却见对面的她微眨眼睛，墨黑瞳眸流过一丝清浅戏谑："是昨天的事情吧？"

"对。"李子睿深一吸气，"你说得对，我昨天对你，是太过偏激和冲动了。"

"咱们是这样的关系，我确实没资格插手你的事情，而且，也的确有几分私心在那番话里头。"他举起茶杯，"这一切，我向你道歉。"

希晓揣摩了一路，原以为李子睿这次必定又是要想出什么花招来劝她复职，因此也想了无数策略来回击他的战术。可是没料到，遭逢的竟是他这样的温柔。

她眯眼看他，确定那深色眸子中流动的确实是再诚恳不过的目光，那微蹙的眉睫里攒聚的确实是中肯与专注，便以杯掩饰一下尴尬，淡笑道："没事儿，你不用这样。"

"今天临出门的时候遇到了岳潼，他还专门向我问起了你的事情。说你胖了，看来在家里待得不错。我实在忍不住就回了一句，托你的福气。"

"呵，"颜希晓挑挑眉毛，"他怎么说？"

"也没说什么。"李子睿给她夹菜，扬头，"你又不是不知道，他和我几乎是死对头。"

"嗯。"颜希晓喝了口茶，"岳潼这样的人，迟早会遭到报应，你信不信？"

"不信。"看到她眼睛里突然流出的自信与狡黠之光，李子睿第一个反应便是幼稚，"颜希晓，你还真是敢想。"

"这个世界上，我最不相信的就是'恶有恶报，善有善报'这句话。"他无奈地勾起唇角，"以前或许还是真的，可是现在，有太多能兑换恶行的东西了。比如诱惑、钱。"

"我也受过打击，但是岳潼这件事情，我确实相信'恶有恶报，善有善报'

这句话，只不过，”她勾唇一笑，“或许还不到时候。”

李子睿突然觉得颜希晓清澈的笑容中多了些玄机，看到她的眼睛，波澜不惊中还带着些晦明不定的光度，顿时有一种莫名感觉涌上心头。对于颜希晓，他一向觉得她简单，虽然有时候太过直率与执拗。但是白纸黑纸，只要没写字，总是一眼能看得清楚。而颜希晓在他心底，就是一辨即晓的空白纸一张。

可是，看着她刚才的神情，分明有一种狡黠和自信缓缓流动，这样的她，突然让他陌生。

李子睿挤出微笑：“那你的意思，什么时候是时候？”

“我还以为你这次又是来劝我上班的。”

搅拌清粥的手一停，李子睿抬头看她：“实不相瞒，我确实是这样想的。”

“那现在呢？”

“还是这样。”

“说说理由。”

“你答不答应？”

“你先说理由。”颜希晓抿唇，“咱们现在在公众场合，正好可以心平气和地将这事儿摊开了一说。就算是为了面子，也不会撕破脸皮发火。”

李子睿本来酝酿的腹稿就在她的笑颜里逐步铺展成为开诚布公：“好吧，我承认，你去上班的事情，我是存了很多私心。你也知道，你是关系着嘉泰项目案子的，而嘉泰又在我的手里。所以，一旦你回来，以我们夫妻的身份强强联合，咱们在楚阳的地位必定会更加稳固。”

“还有呢？”

“还有就是气节问题，”他微微吸气，皱眉看她，“希晓，我们都是历练社会已久的人。所以，在利益和风骨之前，都知道应该把自己如何定位。我的想法是，既然孙培东给了你如此条件，就说明你很重要，你不如趁此机会给他个面子，赚个友好合作的名声。”

“我不觉得我很重要。”希晓轻轻一笑，目光触到眼前的粥碗上停留，整个人竟有了几分飘忽的味道，“不过按照你的说法，孙培东既然急到如此地步必然是因为我很重要。那么，我就赌一个，看看这个重要性是不是唯一性如何？”

“你什么意思？”

“我是说，去上班可以。但不是现在。”她抿嘴一笑，“我赌一下自己的分量，抻上段时间再说。”

听到颜希晓答应去上班消息的时候，李子睿心中豁然一松，但是到了最后，就越来越有心冷的味道。他不知道颜希晓是以什么立场才冒出如此具有风险性的想法，一向信仰稳妥踏实策略的她，如何就会做上了这个什么赌注的游戏？

“我劝你不要做。”他看着她，语气凝练沉稳，“颜希晓，你现在有点给点阳光就灿烂的嫌疑。或许，你觉得你自个儿现在就很灿烂，但是有一点我要提醒你，这天气时好时坏，不可能老万里无云下去。到时候没了阳光，你哭都找不到地方。”

“那就等着那天的来临。”眼前的女人不为所动，只是轻笑。

她还真把自己当根葱了！看着她漫不经心的样子，李子睿恨不得一筷子敲醒她：“你这图什么？就是为个可怜的气节？颜希晓，这个世界上没有什么缺谁不能活的话，你最好趁现在孙培东还看上你的时候，知趣地上台。策划人才更新很快，也许明天，就会有更好的人替代你了，那时候你想回去都没有借口，反而白白地让人看笑话！”

“李子睿，你是怕我这样做误了你的前程吗？”颜希晓突然抬头，缓缓一笑道，“放心，我不会。”

一向大大咧咧的颜希晓突然变成了善读人心的精明女子，李子睿无奈听着，只觉得经历了一场再糊涂不过的事变。他不明白颜希晓怎么会突然有这么大的兴致，但是看她现在的状态，显然是多说无益。

她眼里透出来的自信，刹那间仿佛簇成一束火焰，几乎要将他灼伤。

李子睿端起茶杯，狠狠地喝了一口水，不再多言。

下午回到公司，孙培东还是将他叫上去仔细询问结果。想起颜希晓中午那几乎嚣张的话，李子睿简直觉得无言以对。

“还是不来上班？”孙培东在办公室转圈儿，后来又狠狠地坐到沙发上，气道，“李子睿，你这个老婆可真有本事啊！”

“孙总，如果在不耽误工作的前提下，能换个策划主创就换一个吧？”李子睿凑上前道，“希晓最近身体也不大好，再加上上次的事情……确实是有点

儿冤。她总觉得自己没脸见人，所以宁愿不赚钱养家，也不出来丢人现眼。”

“她是这样想的？”

摆出一副再肯定不过的表情，李子睿点头：“是。”

“上次的事儿她是怎么说的？”

“她说，是岳总让她那样做的，她只是受人蛊惑，交友不慎。”

听闻这些，孙培东的眉宇越凝越紧，良久才叹道：“李子睿，你务必要让你老婆回来工作。就说，如果她提一些不太过分的条件的话，我都答应。”

这简直就是现代社会的上方宝剑了。李子睿大惊，怎么也想不到颜希晓还有这般威力，能逼迫得这个以阴险见长的狐狸孙总说出这样的话。他“嗯”了一声，试探性地打探他的口风：“都怪她不懂事，让孙总费神了。”

孙培东哼了一声，明显不悦。

一个是突然嚣张，一个是突然软弱，对比两人的表现，李子睿越来越觉得整件事情还有隐情，便换了个角度去探孙培东的口风：“其实孙总，要不您另找一个策划？或者是自总部申请对调一个过来……我今天大体看了看嘉泰的近期安排，策划难度都不是特别高，只要我们做好普通的SOWT分析基本就OK了。没必要指准希晓一个。”

“你以为我没想？”孙培东倏然抬头，唇角勾出无奈苦笑，“你那个老婆，可是太上皇指定的合作人物！”

“啊？”

“你还不知道？”看到他一派讶异表情，孙培东突然一声哧笑，站起身来拍拍他的肩膀，“李子睿啊李子睿，枉你也是有头有脸的人物，可是却……”

孙培东没有说下去，可那脸上堆起的褶子却似乎在瞬间变成了小钩子，彻底勾起了李子睿的好奇：“孙总，您要说些什么？”他望向那双深邃狡猾的眼睛，抿起唇角：“我觉得在孙总面前，我是称不起头脸俩字的。”

“可是我老婆并不像你老婆这么……”

李子睿彻底厌烦孙培东这样欲说还休的拖沓，他深深吸气，迫使自己扬起唇角：“孙总，您能仔细说说，希晓怎么了吗？”

“她是不来上班，但那也是她的自主权问题，和我的头脸也没关系吧？”

感觉到眼前这个男人已经把持不住情绪，孙培东半眯眼睛笑道：“你知道是谁要求颜策划入职的吗？”

“您不是说嘉泰吗？”李子睿回答，“您说过，嘉泰比较喜欢她的创意风格。”

“是啊。”孙培东侧头，“我是说过，可是你不想知道是嘉泰谁的意思吗？”

“谁？”

“嘉泰董事长乔参正。”孙培东降低声音，做出神秘兮兮的样子，“李子睿，你是没见过这乔参正实际本人的吧？别说是你，我也没见过。平日里，只有在电视上才能看到这个大人物。可是你老婆呢，就有本事让这乔参正给楚阳下命令，唯她不可。”

“颜策划只是一个小策划，平时和嘉泰接触不过就是企划部的沟通交流，你想想，到底有什么……”他挑挑眉毛，暧昧不明地“嗯”了一声，“让这小小的策划，在为我们夺得嘉泰业务的同时，还能让她护住饭碗？”

这话说得虽不露骨，但是话里的意义实在是不堪入耳。李子睿只觉得无名火焰自心底蔓延，说不清楚是羞辱还是愤怒，只觉得再在这里待上一分钟，便会被熬煎致死。他强扯起笑容与孙培东寒暄几句，大踏步走向自己办公室。

李子睿拿起一旁的资料，想要看下去，却总是狠狠甩到一边。他打开网页，在搜索引擎上啪啪输上乔参正三个字，紧接着，大片大片的页面便出现了。

网上资料上说，乔参正，男，56岁，身为J市最大房地产集团所有者，身家虽厚，但因行事作风低调，能量财富不可估计。家有两男一女。因年事已高且身体微恙，现今嘉泰琐事多由其子处理。

下面还附着他仅有的几张公众照片，就是一个长相普通却气宇不凡的老头。大概是因为用脑过度，是个典型的“中央不长”，眼睛虽小，但却泛出逼人的英气，可惜鼻子却很塌。李子睿盯着照片看了许久，怎么看怎么觉得不是一个值得托付的人物。但是这又怎么说呢，女人依附于男人，未必是因为长相。

只听“啪”的一声，李子睿狠狠地将鼠标扔到一边。眼前不知不觉重现出颜希晓的样子：欢悦时高扬的唇角，生气时紧抿的嘴唇，还有痛哭时微红的眼眶，与他紧紧相偎时的无助依赖。一切的一切，都在李子睿眼前慢慢游移。

一再回忆的结果就是，他不相信颜希晓是这样的人。她虽然爱钱，但还不至于像是那种为钱什么都可以抛却的“欲女”。可这个念头在脑海中一闪而过的瞬间便被李子睿的苦笑淹没了下去，他凭什么可以断定颜希晓的人品？

一个在外艰难打拼的女人，一个毫无家世背景的女人，若不是有特殊手段，怎么可以一下拿出60万元的资金购房？

想到这里，李子睿的心突然狠狠抽痛。

他作为市场人员，最以洞悉人品与察言观色为生存本领，而且也自诩这项生存技能一向掌握得不错。可是这些日子，却越来越发现自己甚至看不清身边人的瞳眸。

那双澄澈的眸子背后，到底隐藏了多少不为人知的心事？一下午，自认为定性很强的李子睿心神不安，只是打了几个客户电话便敷衍了事。在颜希晓的阴影下，李子睿终于破了工作达人的魔咒，一下午的工作成效，接近于零。

拼婚

7 反击，晦暗不明

回到家，颜希晓已经备好饭菜，坐在沙发里看着电视等他。往日，他早就会被这样的温情场景融得心中一暖。可是今天，这样一幅和谐画面，却像是个钉子，伴着不断盘旋在他耳边的孙培东的戏谑的语气，变成无比刺目的表演。

她看出了他的不对，为他盛上米饭的时候便扬眸看他："怎么了？"

"没什么。"李子睿深深看她，怎么也不敢相信孙培东嘴里的暧昧能与眼前这个女人有所联系，"希晓，你难道是有什么把握可以回归楚阳吗？"

她一怔，唇角抿出微弯笑意："或许，有，怎么？"她唇间笑意加深，竟有几分高深莫测的味道，"孙培东又提起我上班的事儿了？"

"嗯。"憋了一下午，他再也不想憋屈下去，"他说，如果你不去上班，便要停我的职。"

只听"哐啷"一声，颜希晓手中的勺子砰然碰到碗壁，她蹙起眉头："凭什么？"

"或许是种威胁。"他微微苦笑，"希晓，有些把柄虽然可以制人短处，但是用在自己身上，却也不光彩。没准儿以后还会为人所用，成为威胁自己的祸害。"

"你什么意思？"

"我的意思就是，孙培东告诉了我一些理由。他说，你之所以不去楚阳上班，看不起楚阳开的一切条件，其实是因为背后有了棵大树倚靠……"想起下午的对话，李子睿顿了一顿，"他不知道我与你的真实关系，只是说，我自己辛苦养家，却任由老婆在外胡来……我的妻子颜希晓，与嘉泰董事长乔参正有着不可言说的暧昧关系。"

对面女人的脸刷白，李子睿注意到，那一向粲然闪烁的眸子也开始晦暗不明，心里已经凉了半分，仿佛冥冥之中已经有了答案，虽是无声，却伤人透顶。

他不说什么，只是微微勾起唇角，继续低头吃饭。

可她的声音却传了过来："你怎么不问我事情的究竟？"

"合同上说的，不得干涉个人隐私……"他仍不抬头，筷子在米饭里戳戳点点，"虽然上面还说这一年内要注意个人形象，不得出轨。可是我前段时间都因冉若珊……所以，个人不端，无法强求别人……"

他尽力将话说得冷静，面容也是冷峻不改。可是，她却没了声音。

良久，才低声传来一句："那，你相信吗？"

语气平静至极，可是他的心却飘忽不定。仍是不抬头，李子睿抬手夹起一块蒸糕放入嘴里："或许吧。"

三个字，是他给她的全部答案，是他一下午浮躁不安的结论。可是她却猛然起身，直直地走进了卧室里。

仍是她惯用的招数，"砰"的一声关门再也不见。伴随着那声门响，李子睿却觉得心中有个地方突然塌了一角，说不清楚的滋味蔓延全身。

深深叹了一口气，李子睿抄起茶几下面置放已久的香烟，转身也进入卧室。

他已经有几天没有吸过烟，并且也不大爱吸烟，曾经有一次，颜希晓半正经半玩笑地指着电视上那坏死的肺说："让你还吸烟，吸成这样的话，谁来管你。"有几秒钟他理所当然地以为是她来管他，毕竟他们是夫妻。而她用的也是最常用的温暖的家庭语气。而且很多时候，他的心也在因这样的家庭和谐氛围而填满，可直到今日，这才又发现，他们根本就没有走下去的那条路。

所谓交集，必定是建立在互相信任了解的基础之上。而她对他，他对她，知道太少，认识太少，了解太少。

可秘密却那么多。

将烟放至唇边，他并没有吸吮，只是看着烟雾在眼前袅袅升腾，勾勒出一圈又一圈缭乱的痕迹。默默看向窗外，与颜希晓婚姻的点滴片段都不断在眼前重演，在时间的推移中，仿佛已经有什么悄然发生变化。某些东西在升华，某些东西却在沦丧。一日又一日，李子睿只发现，这样的生活越来越远离当初的自己。

难道，自己在这样的生活中，已经动心？

心这个字眼儿跳出脑海的瞬间，仿佛有一把刀子抵住自己，竟让李子睿惊得一怔。烟灰猝然掉落，在他的腿上还不甘地释放着热度。那个刚刚迸出脑海的想法一经出现，便霸道地盘踞了他的整个脑海。

直到颜希晓的突然来访，才突兀地打破了这份思绪。

“李子睿。”她盯着他手里夹着的烟，语气轻软，“你想不想知道事情的究竟？”

他不答，只是看着最后那段烟缭绕至尽。想与不想，原本就纠葛不清。在刚才那个念头迸出以后，更是觉得难以答复。

可是颜希晓却没给他思考的机会，自己在一旁的凳子上坐了下来：“好，你愿听就听，不愿听就出去。”

“你说得对，他们让我回去工作有着其他理由。”她深吸一口气，清亮的眸子毫无顾忌地映射出他的影子，“至于你说的把柄，如果说以威胁性来定义把柄一词的话，也许可以算。”

“只不过不是乔参正。如果非要让我与那乔参正扯上点关系，那就只有一个，我是他未来女婿的前女友。”

“你不是很想知道那祈晨的来历吗？我告诉你。”她深吸一口气，唇角慢慢上扬，“祈晨原名陆祈晨，是我的前男友，如今是嘉泰千金乔越的未婚夫，至于我上次说他死了，就是不想再和他有任何关系。”

她平静地将他们三人的关系铺展清楚，直到对上李子睿惊诧幽深的瞳眸，才相信自己竟用寥寥几语便将这么多年来的苦痛辛酸梳理清晰：“还有，如你所料，我的存款，也是因为这件事才有的。”

“乔参正为了成全女儿的心愿，用钱使你离开陆先生？”

“不。”颜希晓苦笑摇头，“钱不是乔参正给的，是祈晨给的。”

“他给我钱，说不能与我好下去，没想到隔了几天就进了监狱。”颜希晓吸气，看着李子睿深幽的瞳眸，说道，“下面的话，我告诉你，希望你别说出去。”

李子睿点头。

“然后，陆祈晨给我打过一次电话，仿佛是嘉泰的财务出现了什么问题，为了偿还唐都的债务，挽救家族企业，他代人入狱。当然，这些东西都是他一家之言，至于真实情形，我也不清楚。”

“他们这些高门大户总有自己烦恼的地方，而我，也在这样的纠葛中认清了自己的方向。陆祈晨身上的责任太多，可我，不想成为别人的责任与羁绊。这个社会，现实得让人不得不看清楚自己的斤两，我这么个普通的女人，诚如你所言，出了大门往西拐一抓一大把，一撑不起他的家族，也比不起乔家的千金。”

那时候的玩笑之语被她在此刻拿起来调侃，不知道为什么，竟让李子睿觉得刺耳与犀利。想起上次他还对她说“节哀顺变”，李子睿尴尬一笑，试图用自己的遭遇来缓解她的痛苦：“我不也是？”

以前觉得冉若珊抛弃自己与一个半老头子结婚是痛苦不堪，可是现在才发觉，颜希晓的遭遇竟比自己还要坎坷。

他微微一笑，唇角弧度毫不犹豫地勾展出浓浊苦涩：“这个世界，能用钱买得起的东西实在是太多了。”

所以，很多时候，感情便变得不值一提。

所以，很多时候，人心才成为前途与未来最无情的羁绊。

颜希晓点头：“事情就是如此。”

“其实，孙培东当时让我回去上班的时候，我便想到了可能是陆祈晨在中间做的工作。后来，我接到了乔越的电话，或许她真的对祈晨深爱至极，或者是怕祈晨说出他们间的有些内幕，她竟然答应了这个条件。可是她不方便出手，便让乔参正说了那么句话。”

“我估计这就是让孙培东心惊胆战的缘由了。”颜希晓突然轻笑，“亏他还以为我与乔参正有什么关系，果真，居心不良的人，满脑子污秽思想。”

李子睿无言以对，刚才他那副样子，其实也是因为相信了孙培东的话。千想万想，却没料到是这样。

“所以，子睿。我将我最大的秘密都告诉你了，你可千万别说出去。”她蹙起眉毛，眸中划过一瞬焦虑担忧，“我与陆祈晨走到现在，从此桥归桥路归路。以后，也不想再牵扯出什么关系。你为了我，别将这事儿说出去，别害他。”

李子睿淡然一笑：“我不是那样无聊的人。”

“我们在J市才刚刚起步，因此不会去犯傻做胳膊拧大腿的傻事，他们嘉泰家大业大，给咱们口吃的就行，抗衡，我还不敢。”他深叹一口气，“我

终于知道你为什么自信满满的了，那么下一步，你想怎么做？”

“其实这一切都是我的猜测。陆祈晨从那次电话之后也没和我联系。但是看嘉泰动作这么快，肯定是有什么隐情在里面。而楚阳……”她眯起眼睛一笑，“比起嘉泰来说是太小的一块骨头了，如果真的会因为我而解除双方合作，我估计孙培东当场就会变成哭长城的孟姜女。”

“所以，我料定他不会意气到底。”她看着他微微一笑，眸中竟射出犀利亮色，“你想不想报当日之仇？”

李子睿眸光一闪：“你是说……”

“对！”颜希晓点头，唇角勾出粲然弧度，“我想知道，孙培东会选择嘉泰这么个大客户，还是会选择那个阳奉阴违的亲皇派。他越不想两头得罪，我就越想让他在两难中作出个取舍。”

李子睿深深看她，随即微微地叹息一声。看到过单纯的颜希晓，看到过与世无争的颜希晓，看到过肆无忌惮的颜希晓，唯独没有见过眼前这样的颜希晓：浑身上下透着一种自信决然的气质，仿佛一切都尽掌于手中，眸中透出别样的光彩，映照得整个人都生动起来。

这样的颜希晓，突然让他陌生得睁不开眼睛。

“好。”他抿唇一笑，“不过我觉得，还是不要太长。人可以威胁一时，但不能靠这个活一辈子。孙培东只是暂时有求于你，要是过了这段时间……”

“所以不拖了，明天就去。”颜希晓起身，看着他道，“孙培东都向你说了这样的理由来编派我，看来是着急到了极点。我还怕拖的时间长了彻底断了，所以明天来个了结。”

自从被辞退，每一次来楚阳，颜希晓都有新的感触。她只觉得自己的心理轨迹仿佛是条圆滑跌宕的抛物线，沿着低潮——微高——上扬——至高点的趋势发展。今天的她，便仿佛是站在了那个至高点上，昂头挺胸地站在李子睿的一侧进入楚阳办公厅，一边走，一边还忘不了对旧同事绽放如花笑靥。

孙培东早就恭候在了办公室，见到颜希晓来马上说：“希晓，我先将你的入职手续让人事部给办了。”

“孙总……”希晓上前一步说，“我有话说。”

“怎么？”

“我想我这样来楚阳有些不明不白，刚才大家都还问我为什么回来上班了呢，我都没理由回复。”希晓微微皱起眉头，“我走的理由是尽人皆知，可我回来……”

“你是想……”

“我是想让您给我个说法。关于上次那件事儿，总不能这样不明不白下去对不对？”

“可是颜策划，你说是岳总蓄意刁难，总得有几分证据。”孙培东皱眉，“咱就算是冤枉了你，但也不能不明不白地继续冤枉别人是不是？”

“我有证据。”她掏出手机，啪啪地翻出短信，“您看看……”

孙培东看了一会儿，抬眸道：“颜策划，不是我不给你说法，只是这几条短信，并没有明确说出那些贿赂内容。”

“孙总，您见过哪个犯罪分子明白地吆喝着我杀人的？您见过哪个小偷当街抢东西还说自己抢了多少的？”希晓突然一声冷斥，“都怪我当时傻，误打误撞进了这么个套子。临了，还差点为敌人唱赞歌。”

“不是，你看你的短信内容除了问好就是问好……”孙培东摊开手，“实在让人无法把握啊。”

“那您的意思是我与这岳总有着不为人知的暧昧感情？孙总，您不是不知道的，我负责的案子，一向与这岳总没关系。为什么他就突然示好了呢？”

“而且，还在那样一个时机。您是不是在将我辞退之后，便将天宸项目的主导权给了他？”

孙培东点头，但仍面有难色：“话虽是这样说，但……”

“您是想说，我与这岳总也有暧昧关系？正如您猜测的我与乔董事长？”颜希晓退后一步，看向身旁的李子睿笑道，“孙总，我老公还在这儿呢。昨天对我好一个盘问，非要让我交代事实。我倒想知道，您的那些乱七八糟的传言是从哪儿听说的？难道今天，又想勾勒出一个我与岳潼的版本？”

孙培东原以为颜希晓来是已经屈服，可是远没料到这个曾经三棍子都打不出声来的丫头片子突然这么能说，表情淡薄，唇间吐出的一个个字儿都像是生出了寒刃，尖刻犀利。古语说“士别三日当刮目相看”，孙培东觉得，实在是该给颜希晓颁发一个最佳口才奖。

他唇角上扬，勉力扯出一丝苦笑：“颜策划，我正在考虑，要不要把你安排到市场部。你这么好的口才，与子睿夫妻搭档得了。”

“既然孙总这么没诚意，那对不起。”她拿起手机，腾地转身，“我走。”

走到李子睿身边，他及时拽住她：“希晓！”

“放开！”

“希晓！”李子睿压低声音：“别闹得太大。”

希晓依然固执挣脱，正当李子睿感觉万分尴尬之时，身后响起孙培东沙哑无力的声音：“好吧，颜希晓，去人事部填入职手续。”

“按照此前承诺，直升策划部副经理。”

这场战争，颜希晓取得了决定性胜利。

孙培东为了体现她的重要地位，主张给她换个办公室。可希晓坚决不换，仍是坐回了原来位置。

她当时是被人陷害着走的，而今又踩在他人的肩膀上荣耀而归。这只能用两个字来形容这场变故：造化。

心不在焉地接受着同事们的恭贺，颜希晓眼前却出现了陆祈晨的瞳眸。那双温润的、总是含着怜惜柔和的瞳眸，作了如此决定，难道是为了偿还她吗？

她不是不为五斗米折腰的风骨人士，现实社会，她见识了太多的凄凉和残酷，所以，他给她的这点利益，是施舍也罢，是偿还也好，没必要拒绝。

想到这里，小腹突然动了一下。

在这场无硝烟的纠葛中，她忙于应付，疲于梳理自己的往昔与未来，甚至忘记了腹中胎儿的存在。

这是陆祈晨的孩子，是她与陆祈晨旧时记忆的所有挂牵。可是为什么在孩子踢她的那瞬间，眼前出现的却是李子睿的眼睛？

“颜姐……不，颜经理。”身后的林然一如之前那般鬼鬼祟祟地探过头来，“您这次回来，可是翻身农奴做主人了啊，咱得把歌唱。”

“嗨，巴扎黑！”

“啊？”林然纳闷道，“您说什么？”

“嗨，巴扎黑！”颜希晓瞥她一眼，理所当然地侧头应道，“你不是让我唱农奴翻身做主人吗，我唱完了。”

“完了？”

“那歌最后一句是什么？”

“巴扎黑……”

“那不就得了？”颜希晓扬眉，“还废话些什么，工作！”

颜希晓深刻地感受到了与之前的变化，以前的她只是小小策划师一个，虽然位列第三,但这楚阳一共只有五个策划师。也就是说,她虽然才气不输人，但也是倒数第三。人微言轻，自然没人听她的话。

可是现在不同，就连那个眼高于天的罗冬晨，都一声一声“颜经理”地称呼，成天像是叫魂似的一天恨不得喊八百遍。

晚上回到家，李子睿看到她瘫软在沙发上的样子，不由笑道：“怎么了？以前也没见到你上班累成这样啊。”

“废话，现在不同于往日。”颜希晓摆摆手，李子睿马上就给她递过水来。她喝了一大口，这才说道，“以前是干好自己的本职工作就好了，现在呢，是有 N 个人找你，是你的事儿，不是你的事儿，都过来晃悠。”

“那我采访一下颜经理。”李子睿将洗好的黄瓜伸到颜希晓面前，“请问，对于您这次的巨大升迁，您的感受是什么？”

“晕。”颜希晓猛地伸头，脆生生地咬了一口黄瓜。

“晕？”

“嗯。”希晓拉长声音，叹道，“没出息，没做过官儿，所以这次一有这么大权力……”她夸张地伸长胳膊，“就觉得仿佛一下子由地面弹到了九霄云外，晕得很。”

“没什么好感觉？”

“没。”希晓摇头，又贪婪地往沙发里面缩了缩身子，“就是感觉一下子刺激了许多，反而要好好生活。”

“要好好生活？”轻挑眉角,李子睿向她伸出胳膊。颜希晓“嗯”了一声，尚未明白怎么回事，已经被他用力拉起，一时间重心不稳，竟猛地栽倒在了他的怀中。

抚触到男人厚实的胸膛，许是因为惊魂未定，颜希晓自他怀里挣脱，满脸通红。

可李子睿却镇定自若:“不是找生活吗，那边。”他指指厨房方向，“去吧，那里才是你的抗争之地。”

仰天长叹，颜希晓又要坐回沙发：“没天理啊，我这么个事业型女强人，

回来还得屈尊浸身油烟。”

“女人操劳家务就是最大的天理！”身子还未彻底坠下，颜希晓又被李子睿用力拉起，“去吧去吧，女人上得厅堂下得厨房才是正道。”他连推带拉了她几把，笑道，“我这肚子还饿着呢，赶紧去厨房实现你的剩余价值。”

两人又嬉闹了半晌，希晓这才不甘不愿地去厨房：“李子睿，帮我剥几瓣蒜……”

“冰箱里的豆腐给我拿来……”

“去，把葱好好洗洗……”

……

被指使得晕头转向的李子睿终于在最后一次时忍不住反抗：“希晓，你能不能自己的事情自己做？”

“不能！”她高扬唇角，烟雾蒸腾中的眸子竟透出几分粲然光亮，颇有些挑衅地拿起勺子冲他比画，“反正我忙得很，你也不能消停……”

嘴里说着有损男人之风，可李子睿还是挽起袖子，以一副异常笨拙的姿态进入厨房。看着她挥舞着铲勺的娴熟与纯然，他心里突然涌起奇妙的感觉。

似乎，这样下去就很好。

似乎，就可以如此尘埃落定。

饭毕，两人坐在沙发上看电视。希晓嘴里嗑着干果，突然听李子睿开口：“听说关于岳潼的事处理了？”

咀嚼的动作微停：“嗯。”随即抛过手机，“打开收件箱，第一封短信就是他的。”

李子睿打开一看，就俩字：“谢谢。”

“你说他打下这两个字儿的时候是什么心情？”颜希晓反过头来看他，“欢呼雀跃？或是咬牙切齿？”

“他今天下午到我办公室了，”李子睿似是叹气一般地回应，“说不出来的感觉，与我对话的整个过程都是微笑的，可那些话，偏偏有几分耐人寻味的挑衅意味。”

“他不是被孙培东以借调之名申请调到 D 市分部吗？听说还是市场总监，虽然城市差了点，但也算是对得起他了。”颜希晓轻笑，“就这样，还有什么可挑衅不满足的？”

“不知道。”李子睿微微一怔，“反正他最后说了一句挺奇怪的话。”

“什么话？”

“他说，李子睿，夫人能为，后继有人，你可真是双喜临门。”

“什么意思？”

“我也不知道是什么意思。”李子睿扬眉，唇角已生出粲然弧度，“夫人我可以理解，说的就是你呗。可是这后继者是什么意思？难道说他走了之后，还会有另一个岳潼成天与我争锋？”

他是打趣的表情，显然是没将岳潼的话听到心里去。可是颜希晓心中却猛地一颤，眼前突然出现那日镜头。

记得那次在医院门口，她与岳潼上演了一场不期而遇，从此才陷入阴谋暗局。当时只觉得是偶然邂逅，可今日想来，难道是岳潼故意安排下的棋局？

那么，她有孕的事情，他是知道了？

太阳穴突突地跳了起来，显然岳潼知道这孩子不是她与李子睿所生。可是，这怀孕的事情被人知道，就如同导火索靠近了火源，无论如何都是一件危险的事情。

几日不见的同事都说她胖了，显然她身体已经产生了一定变化。尽管她越来越喜欢穿韩款衣服，尽管她越来越偏爱大版裙衫，但是小腹的成长却是无法掩盖的事实。纸包不住火，何况她试图包下的，是她腹中的孩子。

现在是四月，因她骨架原本就小，并未显出怀孕症状，可是到了六月，七月，那又该怎么是好？

颜希晓侧头，只见李子睿正半眯着眼睛歪在沙发一侧，显然已经有了困意。她不是一个有着侥幸心理的人，可是看到这般情境，不知道为什么，竟将刚刚泛起的勇气又打消了下去。

走一步算一步吧。颜希晓暗暗叹气。

以后路途多磨难，她却只屈从于现在的平静温暖。

可过了几日，颜希晓便深刻地体会到了一句话：侥幸度日，无异于自毁前途。

可惜这世界上有千般东西，却唯独有一种没被研发出来，那就是后悔药。

她这几天与李子睿关系很好，自从上次事情之后，与他慢慢有了新的相处之道。两人似乎越来越喜欢沉浸于这样微妙的家庭氛围中，比朋友更亲密，

比夫妻稍疏离，每日几乎都有暧昧地贴近于让人浮想联翩的经典言语。虽然这样的生活在外人看来是最白开水不过的夫妻法则，可是对他们而言，却是最新鲜的相处体验。

这样的生活，让颜希晓不由沉迷，让李子睿不由挂系。

在楚阳的工作越来越忙碌，地位高了，也就意味着承担的责任愈来愈多。只经历了两周这样的日子，颜希晓便有点承受不住。此外，一向很安静的小腹突然有了造反之势，这两天睡觉老觉得肚子踢腾得慌，所以，颜希晓打算午休时间抽个空去医院看看。

恰好李子睿当天中午有应酬，早早打来电话让她中午自己吃饭。颜希晓应了一声，抄起包便跨出公司大楼。因为有了上次和岳潼相撞的前车之鉴，她还特地四处观察确定无人跟踪之后才上了车，迅速检查完毕，医生给的结果就是，缺铁性贫血，需要补血。此外，孩子长得很健康。

她还第一次见到了自己孩子的模样，小小的一团儿，像是豌豆一样在她腹中寄居，可能是因为画质缘故，看得并不是太清楚，而且是只给了个屁股面对自己的母亲。医生说："以后要一个月过来检查一次，下次测糖筛。"

希晓迭迭答应，眼看着时间不多，抱着一大堆育儿资料便走出了医院。坐上出租车的时候想，总不能抱着这些东西去公司，便招呼司机师傅转向折回家里，打算送完资料再去公司。

物业通知这几天电梯出现故障，好歹希晓家层数不高，希晓便憋着口气一层一层地爬上去。

快要到自己家楼层的时候，手机铃声突然大作，希晓掏出手机，竟是物业的号码。

"喂，你好。"希晓上来就应道，"我们上个月的物业费交齐了，水电费也没拖欠，至于其他零散费用，更是预付的。"

"李太太您误会了，我们不是在说缴费问题。"听到她连珠炮似的抢白，物业人员不由好笑，"这儿有个大爷，现在就在我们的传达室里，说是去你们家的。"

"啊？"

接下来便听到话筒里传来陌生声音："我找子睿……"

乡音浓郁，竟是来自C市的口音。希晓不由一怔："您是哪位？"

电话又被物业接过去:“他说他是李先生的爸爸，也就是说，是您的公公。”

“可是李太太，你连你公公都没见过吗？”

“公公？”接触到这两个字儿的瞬间，希晓脑海中一片空白。她机械地踏上楼梯，任话筒喧扰如斯，自己却只能木然以“嗯啊”之类语气词回应。

终于，心不在焉造成了最大的恶果。忙于想着公公一词儿的颜希晓，一时没注意脚竟踏空，“啊”的一声，便歪倒在楼梯下面去了。

接连滚了好几个台阶，颜希晓才勉强控制住下滑的趋势。以手撑地，想慢慢站起。可是，钻心的痛楚却蔓延而来。

她一直以为是腿部扭伤所以才痛，但是体会了几秒钟，才发现痛苦来源竟是小腹。

刹那间，不祥的感觉腾涌至脑海。手机摔在一侧，仍发出喂喂的声响。颜希晓强忍住周身痛楚，艰难挪移过去拿起手机，只一声“喂”之后，便再也没有言语气力。

头脑一歪，漫天黑暗在眼前慢慢铺展，颜希晓如同坠入了一个可怕的深谷，任自己下沉，却没有自救能力。

最后映入眼眸的，竟是李子睿担忧的眼睛。

她勉强自己微笑回应，却看到了自己与他最黯然无光的前途。

拼婚

8 孩子，希望或是末路

再次醒来的时候，已经是第二天早上。

颜希晓眨眨眼睛，仿若有灵犀一般，一眼便看到了站在窗户边的颀长身影。清晨阳光淡薄似雾，李子睿斜靠在窗台边，仿佛已经没入尘烟，映在希晓眼中，竟有几分缭绕的不真实。

她想喊他，却不敢。

努力让自己勾起以前的思路，他们是协议夫妻，又不涉及真正的感情，犯不着对他如此介意敬畏。可是这样的感觉竟对自己现在的困境丝毫不起支撑作用，在突然遭遇到李子睿转动的瞳眸时，希晓还是不争气地垂下眼睑。

有一种难过叫做无颜相见，有一种愧疚叫做无言以对。

她屏住呼吸，仿佛刻意用太过静谧的存在来消除现在氛围的尴尬。却听“吱呀”一声门响，轻微的脚步声慢慢靠近：“子睿……我在外面买了粥……”

颜希晓听出来了，那是她“公公”的声音，来源于 C 市，味正音足。

“爸，不用小声了，她醒了。”李子睿接过保温壶，到距她不远的位置上坐下，“喝不喝？”

那一声像是自很遥远的地方发出，渗透着浓浊的寂寥和落寞。颜希晓轻轻摇头，话还没说出口，便见“公公”一下子走到她的面前，毫不客气地斜了李子睿一眼：“你这娃子别讨人厌，希晓如今可是我们李家的大功臣。肚子里可是我们李家的种，你在这儿咋还不冷不热的？”

说完，便将李子睿挤到一边，看着希晓堆起满脸微笑：“娃儿，我是你爸。当初你们俩结婚的时候这个孽种没给我说。”他又瞪了李子睿一眼，直到视线回归她身上时，才重现慈祥笑意，“你这娃也真是的，有孩子了也不和子睿说。男人都心粗手粗的，人家医生问子睿的时候他竟一问三不知。幸好苍天有眼哦，这次没丢了孩子……”

颜希晓只能维持尴尬笑意，应也不是，不应也不是。她用余光扫了李子睿几眼，只见他淡淡看向自己，明明是再熟悉不过的人，此时的目光却让人感觉疏离到寒酷。

刹那间，颜希晓心如刀割。

这个淳朴的公公一心还以为她是李家的功臣，一个劲儿地夸赞她种种好处。颜希晓干巴巴地笑听，只觉得子睿爸爸的每一次笑意，都像是一把轻刀细细划到她的心底。小腹痛楚虽缓，但痒痛感觉却犹在，再加之情势尴尬，希晓不自在地动了动身子，刚一活动，便听他低斥道："子睿，你媳妇儿要翻身呢，还不过来帮忙！"

"不用不用。"希晓猛然摇头，看李子睿走来，更是想要直身证明自己能自食其力。谁料想只是一动，膝盖却有钻心的痛感袭来，她猛然吸气，身子不由一歪，正想自己又要出丑的时候，耳边传来低沉嗓音："别动。"

倏然抬头，自己已经被整个包裹起来。李子睿一手扶她起身，另一手靠在她背后放好抱枕："你膝盖摔伤了，所以暂时不能动。"他低头看着她，"有什么事情，告诉我就行。"

希晓"嗯"了一声，不想去探究他深邃眸瞳中的含义。却见他转身，看向一旁仍喜笑颜开的子睿爸爸："爸，你先回家吧。我在这儿就行。"

子睿爸爸又嘱咐了几声，这才不甘地离去。

"砰"的一声门被关上，希晓只觉心中一颤，前所未有的紧张感觉竟袭涌上来。

原以为李子睿会在没有外人之后，怒而质问她这个孩子的来历，并且根据合同条款，一条条数落她的罪行，最终结果就是，给她定一个不可翻身的罪名，然后按照合同规定的最严厉的惩处处理。

她垂着头，毫无意识地绞着病房监色的被褥，弄成一个结儿，再拆开；再弄成个结，再拆开。如此反反复复，心中早已做好面对他暴风骤雨般训斥的准备。

有三种可能：

如果他不说出太难听的话，只是申明她此行有碍夫妻协议的执行，她便做个认错的样子，乖乖承受一切后果。

如果他说得稍微难听一些，但只要不威胁到她的自尊与人格，那她便当

是他心中怒火不平，给他一个撒气的机会，同样老实承受。

如果他说得无法听下去，那么她就与他一掰两分。好吧，鉴于她犯了这么大个错误，那些无法想象的恶果，她都自己承受下去。

颜希晓这才发现，在脑海中勾勒过这几种假设，都是在说自己罪不可恕，罪大恶极，罪证滔滔，罪无可忍。李子睿还未给自己定罪，自己已经把自己处以极刑。

她尚且把自己想成如此，他还不跟她闹上天去？

正在心底艰难地进行着思想斗争，耳边突然响起低沉声音："你吃不吃饭？"

鼻尖弥漫的全是粥香，颜希晓怎么也不会料到是这种情景，出事儿之前，李子睿都不曾如此待过她。而今日，他却要喂她吃饭。"我自己来就行。"她不好意思地低头，看了看正注射在右手的输液瓶，"左手吃饭也是可以的。"

"我来吧。"不经她抗议，他已经在她被子边铺上了一小块餐巾，又拿着勺子搅了搅粥，以手背试温之后皱眉，"我没喝，你要是觉得热了，就说一声。"

她应了一声，乖乖地吞咽下去他凑过来的一小勺，或许是因为半坐着吃饭不舒服，只吃了几口，唇边便有粥渍残留而下，希晓下意识伸手去抹。只是刚欲抬手，唇角便感觉到一丝清凉，李子睿竟用手指抹去她唇角的粥渍。

那一瞬间，难以形容的感觉自心底蔓延。

两人无言，喝粥反而成了缓解尴尬的唯一手段。直到粥碗见底，李子睿问她："还吃吗？"

很轻很轻的声音，甚至不及他平日说话的三分气力重。可希晓却觉得如钝刀一般划得难受，她摇头，终于艰涩启口："你没有什么要问的吗？"

"没有。"

"什么话都没有要说的？"

"没有。"

颜希晓轻笑，仿佛突然置身于两极一般，全身泛起难耐的冰寒。她直直地看向那个男人，不再愧疚，不再怯懦，不再敬畏，只是那般大胆地、坚决地看着他。反而是那个刚才还淡然自若的男人，充当了胆小的畏惧者。他低着头，收拾着刚用完的餐具，在餐具与塑料袋窸窸窣窣的碰撞声音中，并不看她一眼。

“我不会做饭，我爸爸做饭味道也一般。你要是想吃什么东西，下午发短信告诉我。”他依然是头也不抬，只是将所有的东西都归置到塑料袋里，提起转身，“还有，我向孙培东请假了，工作的事儿你不用担心。我先去上班去。”

说完，不等她回应，他便起身欲走。

“李子睿！”眼看着那个男人的身影要消失在她的视线，颜希晓终于忍不住低唤。

可是，那个男人只是脚步一滞，便再次离开。

头也不回。

在历经四天的医院生活之后，颜希晓终于回到家。一路上，李子睿终于不像他们两人待在一起时候那么冷酷，有时候还会对颜希晓的话答上几句，虽不像个尽职的丈夫，但也不至于面无表情。

坐在自己的卧室，颜希晓想起出院时的情境。医生在检测她各种体征都正常之后，突然板起脸来低斥李子睿：“做丈夫的都要有点担当，妻子怀孕这么久了也不知道……这是险中大幸，要不然以你妻子的体质，搞不好一辈子都怀不上了！”

而当时的李子睿只是点头，闷声不语。倒是公公表现得无比谦卑：“医生，医生，我们回去一定小心。”

虽然他们没有像以前那般大吵大闹，甚至连半分红脸迹象都没有出现，可是希晓却越来越有失落的感觉，仿佛心里某个地方被断然剥空，还泛着微酸的痛苦。

早就预料到了会有今天，也早就想到了千般结果来应付今天的纠葛。可是时至今天，颜希晓仍然发现自己走投无路。短短几日，她经历了与李子睿由最和睦关系到冰酷交往的温热锐减，这样的过程，渐渐让颜希晓感觉到前途未卜，生活无望。

仿佛只有苦笑能衬托起现在的心情，颜希晓微微摇头，唇角刚勾出一弯自嘲，耳边便响起敲门声音。她抬头，正看见李子睿站在她面前。

那双深邃眼睛仿佛身浸死水，原本澄澈的瞳眸没有一分光彩。他看着她，声音平静无奇，仿若只是在申明一个再普通不过的小事：“颜希晓，我爸爸来了，恐怕还得像上次你舅妈来一样，我们得……”

“我知道。”希晓并没有等他将话说完，便抱起枕头跳下床，“走吧……”

两人一前一后地到了客厅，子睿的爸爸正坐在那儿看电视，一见到希晓急忙招手：“希晓，过来坐。”

希晓应了一声，与李子睿并排坐到一起，便见他笑眯眯地看着他们：“听子睿说你们是一个公司的？”

“是。”

“你也是C城的？”见她回答简练，子睿爸爸却丝毫不减兴致，“哪个地方的？”

“兰山区。”

“哦，那离我们那里远着了……”子睿爸爸突然叹气，“你们那里是城市，是好地方。”

“不远吧？”想起李子睿曾经说过自己家在奎杨区，那么距离他们兰山区只有一小时不到的车程，又如何能称起“远”这个字？“你们奎……”

手背突然一痛，希晓刚欲脱口的话就这样堵在了嗓子眼里，她原本想说，奎杨区距离兰山区不远，只用一小时便可到达。可是看李子睿的举动，分明是不想让她说。

可子睿爸爸却不解风情：“咋个不远咧？”典型的C市口音且呈上升语调，他一本正经地解释，“我们家在呈邑，距离兰山要好几个……”

“爸爸！”李子睿突然打断他的话，“不早了，希晓身体不好，明天还得上班，我们先去睡了……”

说罢，他便一把拽起颜希晓，欲把她拉向卧室。

“子睿！”只走了两步便被身后的声音喝住，颜希晓回过头去，却见子睿爸爸紧紧蹙眉，不大的眼睛泛出锐利之光，也许是因为生气的缘故，他指向他们的手都在颤抖，“你给我站住！”

希晓觉察到情势不妙，秉着孝顺的原则，只能听话地站在原处。却听李子睿冷哼一声，抓着她手的手竟还用力了些：“走。”

“子睿，你给我站住！”

“你个孽种，还反了你了！”只听身后响起“哗啦”一声，子睿爸爸突然气极起身，拿起一个茶几上的纸巾盒就向他们摔去，“要不是看在我孙子的面子上，家里的账我还没有和你清完呢！”

被这一突如其来景象惊呆的颜希晓被李子睿护在身后，眼睁睁地看着子睿爸爸杀气腾腾地冲过来："你现在本事不小啊！不听老子的话不算，连老子的房子和林地也敢卖，老子还没找你算账呢，你现在可好，还找起老子的碴儿来了！"

"爸，这四周还住着邻居呢！你以为这是咱们的后坡店？"抓着希晓的手却逐渐加力，李子睿皱眉，低吼道，"只要稍微一高声，这儿的前前后后都能听见。您大老远来一趟，为儿子保留点面子行不行？"

"老子给你面子？谁给老子面子？"子睿爸爸气不可遏，骂道，"你娘的给老子想想，你做的是有面子的事儿吗？"他指着李子睿，眼睛却转向希晓："儿媳妇你来评评理，这孽种为了在J市出人头地，他娘的竟把李家的宅基地和林地都给悄悄卖了！你不在农村你不知道，这卖宅基地，就相当于抛家弃业的叛祖离宗啊！"

纵然颜希晓从小生长在城市，也不免知道祖宅一词对农民的含义。特别是对偏远山区的人而言，血缘伦常概念尤为浓重，而这宅基地，便是体现这一族底蕴的重要东西。

她不敢置信地看着紧牵她手的男人，只见他紧抿嘴唇，英挺的眉宇间拧起万般厉色，仿佛是想说些什么，唇角微微颤抖几分，终是降低语调："爸，这事儿以后说，您要是没房子住，我给您再添置一套。"

"你到底有钱还是没钱？"子睿爸爸不依不饶，"前段时间你到底是要去杀人还是要放火，需要那么多钱补贴进去？你在J市不是挺能赚的吗？怎么还得再另外搭上这么多钱？"

这一段话句句质问，听起来已经是十分噎人。希晓脑海中突然跳跃出一个想法，难道当时李子睿并不是想象中的那么宽裕，想要卖宅基地和林地才能买起房子？

而李子睿接下来的回答，足以验证她的答案。

他看着老人，眼眸中突然迸出火焰，如同压抑已久的困兽，连声音都充斥着无奈痛苦的色彩："爸，你以为这个城市是想来就来，想走就走的？你以为这个城市是谁人都能来，谁人都能留的？你以为这个城市是人人都会无忧安乐，像我们老家那样只会背靠太阳头顶天的？"

"要是我不努力，别说咱们李家的宅基地，就是半个后坡店的房子，都

抵不过这儿一个小小的厕所价值！”似乎说到激动处，李子睿扯起父亲，快步走到客用洗手间旁边，指着里面低吼道，“你知道这儿都值多少钱吗？光这点芝麻大的地方，就得八万元啊！何况是这么大的整个房子！”

“您从小就教我要出人头地，好，你以为这出人头地就是出去打拼就可以了吗？那只是逃荒，并不是真正的光宗耀祖！”李子睿深深吸气，“要成为堂堂正正的J市人，就要付出代价！”

这一顿泄愤似的话终于让两人彻底安静下来，李子睿呼吸粗重，看了父亲一眼，拽起希晓就进了自己卧室。“砰”的一声关上门，他拽起床上的枕头就扔到地上，压低的声音带着隐忍已久的浓浊痛苦：“你是不是想知道我为什么骗你？”

希晓一怔，想起这几天他的表情，微微苦笑：“你愿意说就说……”

他看了她一眼，慢慢到书桌边的椅子上坐下：“我不是奎杨区人，其实家住呈邑农村。”

“你自幼在城市里长大，怕是不知道呈邑这个地方吧？”李子睿微微牵扯嘴角，突然点燃香烟，“呈邑是C市最贫困的一个县，至今仍占着国家级贫困县的名额。而我自小开始，就被家里人灌输了浓浓的‘出外打拼’观念，因为在电视上看到J市的繁华，便心生羡慕，下定决心考到这个城市来。”

“后来的故事便不稀奇了。如愿考到J市，辛辛苦苦找到工作，希望在J市定居。再后来……”看了她一眼，李子睿弹一下手中烟灰，轻哼，“就和你结了婚。”

“至于为什么要骗你，并不是羞于展示我的家穷落魄。而是想，以我们这种关系，两个人能协调好便最好，又不是长久夫妻，何必牵扯双方家人？”李子睿微勾唇角，那弯清浅弧度竟如刀般犀利刺目，“可是，我想得太简单了。再玩笑的婚姻，一旦促成了，关乎的就是两个家庭。”

希晓突然觉得心凉。李子睿刚才那一番旧事回忆，与其说是在表述他在家乡一事上对她欺骗的原因，还不如说是重申他们这段婚姻的价值。他用最冠冕堂皇的一通说辞，表达了一个再好懂不过的道理：我之所以对你欺瞒我的家庭状况，其实不是因为我道德缺失，不是因为我嗜谎成性，而是你在我心中的位置，不足以担当我的全盘坦诚和嘱托。

所以，我骗你，我骗死你，都是你咎由自取，怨不得我。

“谢谢。”希晓抱起枕头，到床的另一边躺下，再也不发一语。

闭上眼睛，眼前却呈现出那日画面。她在他怀里哭，肆无忌惮，哭得汹涌澎湃。而他却充当了她一时的保护与依靠。当时，她在泪眼中真的在想，或许，这个胸膛，可以成全自己的一辈子。

现在看来，一切都只是奢求。

她与他，只是一对感情饥渴的人一起演绎一出再暧昧不过的戏码。因现实产生朦胧，却因更残酷的现实而将朦胧蜕变成清晰。

他和她，原来真的，只是一场现实造就的合作者。

在以“信息传播”为第一要素的广告界，将每一个可利用信息都把握得精准得当是广告从业人员最基本的职业素质。传播学有“意见领袖”一词儿，说的就是在一群人中，若是有一个诚信度比较高，认可度比较高的人将概念拿出去传播，获得的宣传效果，足可以事半功倍。

而在楚阳，显然，这个意见领袖便是林然这个大嘴巴。

“我说颜姐怎么胖了这么多呢，原来是怀孕了！”林然与一帮同事边收拾卫生边极有兴致地八卦，“你们说，这颜姐和李总监生的孩子，这以后长大了不就是祸害？”

希晓慢慢凑上前去，轻笑：“怎么说？”

一点没有觉察到危险就要来临的林然以为是一般同事的疑问，高兴地在那里答疑解惑，“这还用说吗，”她得意地将抹布一甩，“这李总监与颜姐的结合，简直就是强强联合啊。自古以来便有红颜祸水一词儿，照我的研究，男人长得好看了，反而祸得更厉害……”

“哦？”颜希晓轻哼，“这小林同志还研究《祸水学》？”

“我哪儿……”看到对面同事已经挤眉弄眼，林然这才后知后觉地转头。希晓面带笑意，可眸光却是寒冽的，“再在公司说这些没用的事情，罚加班一月！”

“知道了，颜经理。”林然吐了吐舌头，赶紧自希晓身边溜开，最后还拍了她肩头一下，嬉笑道，“颜姐别生气，伤了胎气就不值得了……”

“你！”颜希晓怒而转头，刚要训斥她几句，却在转眸的瞬间，看到了斜靠在办公室门旁的李子睿的身影。仿佛是若有所思，他一直在看向她，却在四目交接的刹那，转身离去。

两人还是如往常一般工作生活，在外人看来，他们没有任何的改变。其实都市生活原本就是滋生演员的温床，而且个个演技不俗。他们最擅长的，便是在背地里刻骨仇恨的同时，却依然在公共场合笑靥如花。

颜希晓自觉与李子睿虽然不复从前，但是总不至于恨之入骨。所以，在孙培东说有应酬最好他们夫妻一同出席的时候，还是与他并肩而去。

却没料到，这次应酬的对象，竟是嘉泰。

眼睛在看到乔越的瞬间，颜希晓便狠狠地将李子睿扯到楼梯阴暗拐角："你怎么没告诉我是他们？"

李子睿蹙眉，那双桃花般的眸子竟在摇摆不定的灯光下生出极妖冶的犀利："怪我？"他轻轻一笑，看着她的眼睛像是长出了角，直直刺入她的眸瞳，"颜希晓，你觉得我会那么无聊吗，在你还是我的妻子的时候，安排一出情敌相见分外眼红的好戏？"

"那你……"

"我只知道是嘉泰点名要我们参加，并不晓得竟是乔二小姐亲自邀请。"李子睿轻轻甩开颜希晓握着他的手，冷笑，"还是你有本事。我在这圈子里混了这么长时间都只见到乔二小姐四次，还没有与她有共餐的机会。你一来，非但把岳潼逼走，把孙培东搞平，竟还能让乔二小姐屈尊邀客。"他的眼睛习惯性半眯，狭长的眸隙中透出极寒戾气，"我是不是应该说，有妻如此，夫复何荣？"

"李子睿，你什么意思？"希晓从不知道这个男人嘴里还可说出如此尖刻的话，原本想要怒而反击，可一见来来回回的服务员都看向他们，只能压低怒火，蹙眉瞪他，"我只是为工作，你要是对我有意见，咱们回家谈。"

"洗耳恭听！"闻言，李子睿耸肩，将胳膊一弯，示意她挎上来。两人重现甜蜜夫妻形象，转身而去。

其实，颜希晓与乔越只见过两次。第一次是在大街上看到乔越与陆祈晨的时候，那时候陆祈晨对她的概念界定只是朋友，轻描淡写，也没让颜希晓记到心里去。

第二次就是最后分手的时候，她看到陆祈晨与她在一起缠绵拥吻，毫不犹豫地，上去就甩了陆祈晨一个巴掌。

或者是男人都有吃着碗里的，看着锅里的兼顾本能，在陆祈晨告诉她不得不分手的时候，希晓才知道他已与乔越有了很长时间的暧昧关联。她还记得那天她泪流满面地回忆着他们以前的甜蜜画面，怎么也不敢相信陆祈晨会在口口声声地说爱她的同时，又与另一个女人缠绵言欢。

她是一个有爱情洁癖的人，一旦爱了，就要绝对忠贞与维护。所以，不管陆祈晨对乔越是逢场作戏也好，假戏真做也罢，已经沾染了别的女人的痕迹，以后便只能分开。她不相信一个男人没有发乎情，就可以与另一个女人做出如此羡煞旁人的样子。直到后来，她才慢慢知道，男人和女人在这一点上是不一样的，男人的感情，似乎永远可以用理智衡量，该付出多少，该做到什么程度，都有严格的计量标准。

这一点，与女人大不相同。她便是最好的例子，那时候得知要与陆祈晨分手，她还一脸愤懑地为他们的爱情感到委屈。最后的一夜，她竟像是个傻子一般，坚决认为自己要为最爱的人留下最好的东西，或许，人这一辈子只能爱一次，所以，她要将她最好的东西给他。

如果知道那一次会造成现在的困境，她不知道还会不会那么义无反顾。

她站在李子睿旁边，笑靥如花，时不时地浅偎在他身旁表现出小鸟依人的甜腻。一切一切，都为了做给眼前那个女人看。因为一进门，她便感受到那如刀一般的眸光，像是被雷达锁定目标一样，直直向自己射来。

她不知道陆祈晨怎么和她解释他们曾经有过的一切，但唯一可以确定的是，即使陆祈晨不说，这个女人也必然会发现她的存在。相较于男人可以游刃有余地在花丛里纵横，女人的本领就是，不管男人们有多么谨慎，她们依然可以发现爱人身上的丝毫闪失。从一件性感内衣再到一根长发，每一个女人在和心上人相处的时候，都会有自傻子上升至神探福尔摩斯的绝佳本领。

恋爱中的女人是白痴，可爱深了的女人却是极聪明的动物。造物主是公平的，颜希晓不止一次这般想，或许这就是，一物降一物。

她对降住陆祈晨已无自信，但是可以确定的是，眼前这个女人仍被陆祈晨牢牢攥在手里。要不然，怎么会为了恋人将情敌解脱围困？

所以，颜希晓伸过手去礼貌浅笑："谢谢乔总赐我饭碗。"

这么一句粗俗却实际的话让乔越一愣，随即亦回以笑容："哪儿有，我佩服的是颜策划的实力。"

一场风波就在两人的互相寒暄中冲淡消散。行宴之时，她与李子睿分坐

在乔越的两边，以体现对甲方的绝对尊重。李子睿一向是在觥筹交错中寻找商机的人，因此喝多少东西，说多少话都自有分寸，可希晓却不同，她一向是策划部勤奋耕耘的主儿，所以一碰上这样的酒宴，自然有些不适应。

而且，面对的是乔越这样的对手。

“李总和颜策划是刚结婚？”乔越手执酒杯，微微侧头与李子睿一碰，含蓄笑道，“两位结婚应该告诉我的，我虽然与李总不认识，但是与颜策划……可是老相识。”

“是吗？”李子睿笑，浅抿一口酒应道，“希晓很少提起过。”

颜希晓不想让这样的话题继续进行下去，与乔越提及过往，就像是逼着两人在悬崖上行走，她颜希晓是个单细胞动物，虽然嘴皮子功夫向来自诩不输于别人，但是要是耍心眼儿，估计五个绑起来都不是眼前这个女人的对手。

同性相斥，何况是曾有过情敌历史的女人。虽然揭起那段往事对两人都没有好处，可是相信以乔越的实力，利用其他问题来打击她现有安宁生活的本事还是有的。

资本家的女儿，原本就不可低估。她颜希晓，本来就被这几天杂乱的生活搞得疲惫不堪，所以更不可去与人家斗智斗勇。

所以秉着息事宁人的原则，希晓凑过去，自认为圆滑地将话题避开：“乔小姐和我们不是一个层面，所以，我怕我说以前和你认识，会被当成是攀附权贵。我这样的小人物在社会底层苟且偷生就得了，不敢去希望你们上流人的生活，”希晓笑得大方恬然，“所以找个男人，安安心心地过日子最实际。”

相信以乔越的聪明，她肯定明白她话里的意思，阐明了自己不愿意掺入他们上流社会的生活，定可保自己吃个平静饭。却没料到，乔越有意无意地老向他们敬酒，李子睿还好说，可希晓却不行，只喝了两杯，便再也熬煎不住。

而在这种情况下，李子睿竟不看她一眼，仿佛她现在满脸通红，连连推说自己喝不下去的惨相与自己毫无关系，他的任务只是在那儿维持着良好的绅士风度，与乔越把酒言欢。

颜希晓不禁有些委屈，在乔越再一次将酒端来之后，终于忍不住将最不愿意使用的理由抛出来：“乔小姐，不好意思，我怀孕了……老喝酒怕是不好。”

“怀孕了？”乔越似乎是有些惊讶，“你与李总有孩子了？”

“这话问的。”李子睿突然轻笑道，“当然是我们的孩子。”

颜希晓虽然被酒精灌得迷糊，但是也注意到李子睿在说话时，特地在“我们的”三个字上加重了语气，不觉有些无奈。只听乔越笑声越发响起：“恭喜啊，你们结婚才两个月，这就有孩子了？”

很隐私的问题，隐私到颜希晓都没有合适答案来回应，而且听乔越这轻扬的语气，颜希晓竟有一种心虚的感觉。

那么在乎陆祈晨，必然会不时地关注他的行踪。希晓不知道他们最后那缱绻一夜，这个女人是不是知道。

如果知道，算日子推时间，很有可能推断出来。

这个念头一下占据了颜希晓的整个脑海，直到李子睿的轻笑声再次传来才恍然抬头，他看着她，眼中似有暧昧缱绻之意，很快便又看向了乔越：“乔总没听说过吗？我们广告界，最讲究的便是效率。”

“有些事情，必须要速战速决。”他礼貌地与乔越碰杯，看向颜希晓的眸光却多了几分酷寒与凌厉，即便声音依然轻巧，“孩子满月那天，还希望能够有幸邀您赴宴才好。”

这一番话说得滴水不漏，仿佛将他们三人原本尴尬的关系又推进几分。只见乔越点头：“那好，如果按日子推算，或许祈晨也能参加你们的满月宴的。”

那两个字在耳边绽放的瞬间，只听“砰”的一声，希晓手中的酒杯清脆落地，碎成一地狼藉。这下，刚才还友好洽谈的众人全都成了无声的鸦雀，被惊得无所适从的颜希晓只能扯起嘴角：“不好意思，手滑了……”

她有些局促地擦着裙摆上的残渍，脑海里却像是被格式化一样，茫茫然空泛一片。这时，耳边突然响起李子睿的声音，责问中似乎还带着几分怜惜：“怎么这么不小心？”

“没注意。”希晓勉力一笑，还未想出更合理的理由，只觉得眼前一黑，李子睿竟然半蹲着身子亲自擦起她裙角的红酒。这下，四周再次响起附和之声，纷纷赞叹李子睿的体贴举动，就连乔越都微笑应声：“李总如此关爱妻子，连我看着都忍不住要羡慕了。”

李子睿起身走回自己位置：“哪儿有，只是希晓有孕，弯腰俯身多有不便。”他端起酒杯，再次向大家魅惑一笑，“刚才我妻子闹出这么一出，大概让各位朋友受惊了，来，我替她向大家赔罪。下面三杯，先干为敬！”

话刚落定，一旁的酒瓶已然空荡无存。看着眼前男子依然风度翩然的样

子，不知道为什么，希晓心中竟泛起酸楚感觉。

这样的感觉，一直维持到宴尽人散。

以前人家说红酒劲儿大，她一直是不相信的。因为颜希晓多年前有一次酒精过敏症状，自此之后，她基本是滴酒不碰。若不是今天的事情涉及了尊严与钱包问题，她才不以身犯险。

可是这样的假设很快便被铺天盖地的后悔抵挡了下去。因这条路是步行街，要打车回家，还要走过一个路口。由于酒劲后发，希晓必须扶着墙才能艰难前行，此时的她无异于一只笨拙的企鹅，一步一步走得摇摆不止。

可是那个刚才在酒宴上还给过她贴心关怀的男人，却走得坚稳。

坚稳得甚至与她落下越来越大的距离。

颜希晓突然觉得如果这样走下去，她与他之间，只能有一个，慢慢地看不见。

夜风袭来，原本是让人感觉清爽，可颜希晓却只是觉得窒闷，仿佛有一口气堵在了嗓子眼，绵绵地压抑住她的呼吸。察觉到身体不适，她看了一下前方已经变成叹号的李子睿，慢慢挪到路边的石凳上休息。

原本以为这样的窒闷感觉会慢慢消退，可是伴随着呼吸的粗重，希晓竟觉得那种压抑的感觉越来越强烈。伸手本能地按抚胸口，颜希晓突然想起四个字：酒精过敏！

她生命中曾经有过两次酒精过敏。一次是小时候贪玩，跟着爸爸喝了两口白酒；另一次是高中毕业同学要四散离去的时候，她一时忍不住伤感，扯过啤酒瓶就喝了一瓶。这两次截然不同兴致的饮酒，得出的结论却是一样的，她被送到医院，打脱敏针，吸氧。

别人酒精过敏顶多起个疙瘩，可她却更高层次地牵连气管。因为曾受过这种折磨，颜希晓一向对酒比较小心，可是这也说不准，与陆祈晨分手的那天晚上，她一个人喝了 6 瓶啤酒，第二天还是精神昂然地去上班，一副精力过剩的派头。

所以这人要是不顺了，喝口凉水都得磣牙。

感叹自己坎坷命运的同时，颜希晓想起自己在酒宴上被乔越逼酒的情境。今天的她喝了应该不下 4 杯红酒吧，那么大的杯子，连嗜酒成性的男人们都要分三次才能喝完，何况是她？

她其实不想在乔越面前说出怀孕的事情，太敏感的话题，一旦说出容易为以后牵连出危险。拼酒期间，她几乎将希望全都寄托在了李子睿身上。她是李子睿的妻子，只要他为她挡一挡，她的日子便会好过得多。

可是，他没有。

任她难受如斯，为难如斯，痛苦如斯，他依然是在酒桌上挥洒着属于男人的气度，甚至，看都不看她一眼。

凉风吹得小腿肚上生起鸡皮疙瘩，希晓抬头，只觉得眼前蒙眬一片，竟不自觉落下眼泪来。想想其实也没什么事儿值得自己委屈，可就是莫名地，牵连出她如此酸楚难过。

她深深吸气，再次低下头去，努力憋回眼眶的泪水。可是，却有声音自头顶传了过来："怎么不走了？"

听闻是他的声音，希晓心中没来由地憋了一股气："酒喝得多了，有些不舒服。"

"知道自己喝酒不舒服还喝那么多？"清寒的声音混在这夜色中更显逼迫，像是在训斥一般，李子睿叹气道，"你自己怎么心里没数……"

希晓闻言，蓦然抬头，眼中悬而欲坠的泪水就那般印在了眸瞳之上，可她的唇角却是上扬的："我是没有心数！我要是知道你在旁边还任由我被那些人灌酒却一点不管，我才不会去那狗屎宴！"

她说完，努力压抑住自己越发粗重的呼吸，转身就走。

"你什么意思？"李子睿也生起气来，他一把抓起她的胳膊，迫使她面向自己，"你都多大的人了？自己要做什么自己都会要负责，今天你喝多了酒出了丑，反而还觉得受委屈了？"

"我喝多了酒自己难受，我出什么丑了？"希晓被他抓得胳膊生疼，更加气道，"我到底有哪儿让您李大总监下不来台了？"

"颜希晓！那你打碎酒杯是怎么回事？"

希晓蓦然想起宴上那一幕："那是我手滑，李子睿！我没让你帮我擦，你别当时装出一副怜香惜玉的样子骗大家眼睛，事后又拿出秋后算账的心态与我作对！我颜希晓虽然傻，但还犯不着受你讥讽！"

"你现在要发疯冲你的祈晨发去！"李子睿气得眯起眼睛，努力拽她离开，"别在这儿丢人现眼！"

“和陆祈晨有什么关系？”听到李子睿提起那个名字，希晓眼泪大颗大颗地掉下来，她拼命挣脱他的禁锢，恨道，“李子睿，你放开我！”

“不是陆祈晨你能失控成那样？不是陆祈晨你能小心翼翼地说出那些话来？不是陆祈晨你能在提起孩子的时候面若死灰？颜希晓，这世界不是都和你一样，直白得像个傻子！你肚子里的种是谁的，大家只是不说，并不代表大家心里不懂！”

“我肚子里的孩子就是我自己的，凭什么让人家懂？”口口声声提起的陆祈晨终于让颜希晓彻底失控，她强迫自己稳定呼吸，却还是觉得每喘一口气，都像是被刀子划过一般难受，“李子睿，这孩子和你也没关系，你别在这儿指手画脚！”

“你要是和我八竿子打不着关系我犯得着管你？”李子睿轻嗤道，“颜希晓，你觉得你是什么人啊？貌美如花还是沉鱼落雁？要不是你和我顶着夫妻之名，我管谁也不会管你！”

“李子睿，你给我滚！”颜希晓拼尽最后一点力气向他吼，话落之时，她已经闷得颓然坐地。泪水连绵不断地自眼眶涌出，混合着她粗重的喘息声，渐渐变成最痛苦的呜咽。李子睿平静下来，这才发现她似乎有什么不对。

“颜希晓！”他蹲下身来，戳戳她的胳膊，“颜希晓……希晓！”

希晓已经憋闷得无法言语，只是摆摆手示意他别再说话。看到她剧烈起伏的胸部，李子睿二话不说，抱起她便往路口走。

猛地起身让希晓一时眼晕，觉察到李子睿的拥抱，希晓下意识地掐他的胳膊想要下来，却听到他的猛然呵斥：“别动！”

他的呼吸含着责问的气息，断断续续地在希晓耳边回响：“酒精过敏你还敢喝酒？颜希晓，你怎么让人放心？”

似乎还有声音在耳边回旋，可是颜希晓却记住了那最后一句话。记忆中，曾有一人也表达过类似的情绪。还记得当时她万般委屈，可那个人却说，希晓，你最好让我一辈子也别放心。

他说，那样的话是怜惜，是疼爱，是最由衷的呵护与心疼。可是，当今天另一个男人也说出这样的话语，虽然不如以前的细语温软，甚至充满了一种狂躁的霸道与愤怒，可是却撞得她的心，狠狠地疼。

拼婚

4 克星，谁是谁的劫数

李子睿断定颜希晓是自己的克星。

除了遭受上司的训斥，他平生以来受到的两次他人教育，都是托他的妻子——颜希晓的福。一次是上次因为她的怀孕，再一次就是现在了。

此时的颜希晓正躺在床上吸氧，胳膊上注射着脱敏针剂。而可怜的他，则已经遭受医生训斥两次：“你这个老公是怎么做的？老婆酒精过敏还让她喝红酒？这么大的酒精味，要是再喝一点，直接抬太平间得了！”

要是按平时，凭借李子睿的口才早就出口反驳。可是现在，看看病床上的可怜女人，简直是奄奄一息的惨淡模样，所有的情绪全化作了叹息：“知道了医生，下次我一定注意。”

医生又嘱咐了两句这才出去，李子睿慢慢走到希晓床边，任由目光肆无忌惮地在她脸上游移。即使与这个女人同处一片屋檐，他也极少仔细看她的模样。他是男人，知道男人的软肋，若是对一个女人起了凝望的心思，只怕逃脱不了围困。而且，对于颜希晓……他确实有几分心意恍惚。

他喜欢这个女人，却对她所做的事情和未来的他们没有信心，她还有了其他男人的孩子，一想到这些，李子睿便觉得难以想下去。

何况，看她对那个祈晨的反应，那些看似决绝其实却伤感的话，足可以说明，她还没有对那个男人遗忘……

李子睿还在纠结于对希晓的感情中，只听到一声叹息传来。他不由一惊，却没听清楚：“啊？”

因为吸氧已经舒缓了许多的希晓睁开眼睛：“李子睿，”她看向他，唇角勾起弧度，“我向你道歉。”

“如果是因为孩子，我对不起你。”她唇角弧度加深，慢慢升起那么浓浊的心酸与无奈，“关于这个孩子，我不是想隐瞒你，但是我，不知道怎么说……”

“不说就别说了。”李子睿突然不愿提及这个问题，他起身，直直走向门外，“我先在门口抽根烟，要是你好了，就喊我。”

终是不愿意面对这个问题，希晓再次闭上眼睛。不得不说，李子睿刚才的态度，轻易地将她刚才聚集起来的勇气击得粉碎。想起在路上的争吵，她只能在心底叹气，以往再大的困难他顶多和她吵上几句便和好，可是这次，竟一点也不想听她为自己解释的声音。

这样的李子睿，更让她感到心悸寒冷。

回到家，老人家大概已经和李子睿通过电话，抓起颜希晓的手便开始嘘寒问暖，在表示关怀的同时，还不停地斥责自己的儿子："你也真是的，跟着老婆，还能让老婆出事儿！"

这一句又一句的“老婆”突然让颜希晓觉得憋闷，草草和他说了几句，便回到了卧室。——当然，是李子睿的卧室。

只要是有外人一天，他们的夫妻关系就要这么装扮下去。

将自己窝在被子里，不一会儿，便感到床一颤，李子睿也躺了下来。尽管是刚吸完氧，颜希晓的呼吸在两人的静谧中仍显刺耳粗重。良久，只听旁边传来轻笑似的一声："颜希晓，你想不想知道我是怎么想的？"

“我这几天一直在想，颜希晓，你是不是故意安排的这么一场戏？”他顿了一顿，即使是在刻意压低声音，却也像刀子一般在希晓耳边回旋，“依照你肚子里孩子的月份儿，咱们定这个协议的时候，你就应该知道了怀孕的消息……”

“而按照J市的落户原则，购房落户最多只适用于三个人。如此一来，你的孩子也会顺理成章地有J市户口了……”李子睿轻笑出声，“这样一想，就不难解释你当时为什么那么顺妥答应这件事情。即使户口再重要，很多女人也会觉得进行这样一场游戏太过不自重和侮辱。可是你，非但答应了，还要求多出钱。

“颜希晓，现在想想那时候，我还觉得自己是个坏男人坑害了你……所以以后的协议，我稍微有一点做出格的地方，我都会努力检讨，向你赔礼道歉。我想，女人总是柔弱的，而且这个主意是我出的，不管怎么说，对你总有些不公平。可是现在想想，倒是我天真了。

“时至今日，我这才明白，我原来一直是自导自演了一场‘关公面前耍

大刀’的好戏。我就是那个耍大刀的傻子，我就是那个被骗得死去活来却还一心挂牵对方的可怜虫，亏我察言观色了半辈子，却没料到，最后还是栽在了……”

他的话还没说完，耳边突然传来极其冷静的声音：“李子睿，你说完了没有？”

“要是没说完，就请出去说；要是说够了，那么麻烦睡觉。”颜希晓伸手，“啪”的一声关掉床头灯，“晚安。”

李子睿还没反应过来，整个人便已浸身在黑暗之中。他抻抻被子，猛然翻身向另一侧躺去，击起床一声闷响。

而伴随着那声床响出现的，是希晓再次失禁的泪水。深夜里的她紧紧咬住被子，不让自己发出一点声音。

仿佛，只要是流露出一点哭声，便会是最黯然的绝路。

因为子睿爸爸还在场，所以无论如何，他们都要装作什么事情都没发生的模样。颜希晓一如既往地做着自己的孝顺儿媳，她一边煎着鸡蛋一边想，大不了，这就当做是为树立自己的职业操守，反正，在昨天晚上，她的丈夫李子睿，已经给她扣上了那么严重的罪名。

都说女人是用感情分析问题，而男人却是用理智来处理问题。颜希晓苦涩一笑，心想这分析的确正确。李子睿夜里的那篇长篇大论，逻辑严谨，思维缜密，不仅分析出了她的初衷，还为她摆脱了她一向将自己视成物欲分子的所有罪名。她原本认为自己因为感情就草草地将自己的初婚交了出去，是十分不道德与不负责任的行为。可是经李子睿这么一点拨，反而该佩服自己有着未卜先知的头脑。

他不知道，若她真的有那份提前预知的本领，她绝不会与他共同行走这一段人生旅途。

临出门的那会儿，不知道李子睿与他爸爸说了些什么，颜希晓只听到卧室一阵争吵，自己干脆拿包先到楼下等候，过了很长时间，李子睿这才阴沉着脸下来，紧抿着唇，一言不发地走到前面。

又是一路无语，直到公司，两人才做出亲密模样。

大概是看到希晓脸色不对，很多人都向希晓问昨天的情况。匆忙应过几句之后，希晓转身走到孙培东的房间：“孙总，我来汇报一下昨天的情况。”

孙培东一摆手，笑得如同饱满的老菊花："刚才嘉泰打电话来说了，你们夫妻俩表现得不错。"

"嘉泰打电话说了？"希晓扬声，纳闷道，"说什么？"

仔细想来，虽然昨天的这一通饭吃得可谓是跌宕起伏，但是究其过程，却没有涉及什么重要问题。因此，更不需要甲方来主动汇报工作进展情况。

"没说什么，就是说乔总觉得与你投缘，她恰好负责企划方面工作，想让你全权代理他们嘉泰的所有业务。"孙培东笑容不减，"没想到啊颜希晓，你还真是咱们公司的福星！"

"那您答应了吗？"

"当然答应了。"孙培东有些不解地看她，理所当然道，"这是好事情啊。我倒是希望她和咱们能签个书面协议，以合同形式定下一个期限，保我们拉住嘉泰这个大单子无虞。你又不是不知道，嘉泰一年可以撑得起我们四分之一的利润份额啊！"

"可是我不同意。"颜希晓抿唇，双眸透出犀利光芒，她上前一步，定定地看着孙培东，"孙总，我不会代理嘉泰业务。"

"你……"

"何止我不代理嘉泰业务，以后我也不会在楚阳待下去。"颜希晓顿了一顿，缓缓说道，"孙总，我想辞职。"

"颜希晓！"孙培东的眼睛蓦然瞪大，"你开什么玩笑？！"

"我没开玩笑。"希晓微微勾唇，淡然一笑，"您应该知道，我怀孕了……而且，昨儿个因为喝酒，我又去了医院一次。人家医生嘱咐，若是再这样忙累下去，迟早会出问题。"

"我原本想提前休产假，可是咱们楚阳仿佛没有这个规矩……"希晓轻声一笑道，"记得以前策划部陈姐怀孕的时候，人家可不到我这个月份儿，才两个月您就以工作不力为理由辞退了她。所以，我可不想再被人事部下一次辞退指令，与其那样，不如识相点，现在就走。"

她这一番话让孙培东良久仍难以回神："颜希晓，你什么意思？这才工作了几天，你就不负责任地走？"

"可是我要是在岗位上丢了孩子，这个责任谁负？"希晓深深吸气，笑道，"孙总，您不用担心，关于嘉泰的业务，一向是我老公李子睿负责的。这次

我们与那边交谈得也蛮好，我刚才已经打电话说明了，嘉泰不会舍弃与我们的合作关系。”

“如果孙总不嫌弃，要是嘉泰案子以后有什么不合适的地方，我可以无条件辅助，只是，……”她无奈勾起唇角，“以我现在的体力，实在担不起这样重的责任。所以，只能辜负您的期望。”

孙培东看她一眼，继而蹙眉，约一分钟之后才看她：“你这是下定决心了？”

“嗯。”

“那现在几个月了？”

“五个月了。”

“好。我放你一年的假。”似是作出重大决定一般，孙培东重重呼气，“颜希晓，我可是把你看成咱们的柱子才破了例的。一年之后，我希望在咱们公司还能看到你。”

希晓没想到孙培东能如此宽宏大量，慢慢才露出笑容：“那好，”她主动伸过手去，“孙总，那明年楚阳再见！”

能让孙培东作出如此决策实属不易，希晓轻笑着走回办公桌前，不觉感慨命运造化。她这个两个月前还被楚阳踢出门外的可怜人，转眼间，竟成为这个公司不舍得放走的楷模。

甚至不用她去，早已有人事部人员将合同拟定好送过来：“颜经理，要是确定无误，麻烦您签字。”

希晓大体看了一遍内容，多是些公式化条款，并没有多少实际内容，哗哗地便签上字，八卦林然见人事部人走远，转过头问：“颜经理，又升迁了啊？”

“嗯，对。”

“那恭喜恭喜啊！”林然的声音倏然升高，“颜经理，这次是策划总监了吧？要请客吃饭！”

此语一落，策划部恭喜声音迭起，希晓扬眉：“升迁有什么困难的？你们要想升，也是很 Easy 的事情。”

“啊？”

“只需一道辞职手续，通过了就 OK。”希晓粲然一笑，“同志们，那样你们便可以通向史上最伟大的职业——家庭妇女的位子。”

“你辞职了？”众人一愣，过了一会儿才反应过来，“颜希晓，你竟然辞职了？”

“是啊。”

“这么好的工作你竟然辞职？你现在又涨工资又升职位的，你竟然辞职？”

“嗯啊，我……”希晓漫不经心地收拾着桌子，正要与同事们说些告别的话，只觉得胳膊一紧，抬头便撞进李子睿黑幽的瞳眸，“颜希晓，你辞职为什么不和我说？”

“为什么要和你说？”推开他的胳膊，颜希晓冷道，“辞职是我个人的决定，并不受你李大总监支配吧？”

“可是合同上说有重大决定，必须与对方商讨才能做出……”

“那是指感情上的事情，并没有牵涉到事业。”颜希晓咬唇，眸子绽放出冷冽之光，“还有李子睿，这可是在公司，你不怕被别人听到咱们进行过什么勾当？”

“颜希晓，你要我。”

“你昨天给我定下那么大罪名，我仔细一想自己确实罪不可赦。”颜希晓扬起唇角，“李子睿，你不是说这社会上都是明眼人吗？那好，那让他们擦亮眼睛去八卦去，前提是找到我的人再说。我颜希晓已经走到现在，惹不起总能躲得起吧？”

“你……”

“如果你担心我走之后嘉泰业务的归属问题，那么就请放心好了。嘉泰这个单子不会流失。我会和乔越说，会和陆祈晨说。”颜希晓冷哧一声，“所以，李子睿，还望你在楚阳工作得愉快。我不会，再为你，丢一人一现一眼！”

那刻意加重的“丢人现眼”四个字分明是对他昨日评论的回馈。看到希晓快速闪入办公室的情境，只听一声闷响，李子睿重重将拳头砸向墙壁。他不明白，为什么明明是自己委屈，自己的情境苦不堪言，却还要挨那个麻烦制造者的一顿数落？

难道她的辞职是为了他吗？眼前突然出现那双粲然生动的眸子，愤怒中流动着倔犟的波光，强势得不容驳辩。已经保下嘉泰业务，又将岳潼赶走，颜希晓用自己的举动，为他赢得了史上最安全的环境。

她倒是无私。李子睿不由苦笑，慢慢走回办公室。远远地便可看到那个女人在转交工作手续，眼睛还带着昨日哭过的痕迹，微微泛肿。想到以后便不能与她共事，李子睿没来由地感到烦乱，只能低叹一声，迅速走到自己办公室。

他原以为颜希晓辞职便已经做得够决绝，可是没想到，更绝的还在后面。

晚饭有个应酬，李子睿晚上 8 点多才到家。一打开门，便看到希晓撅着个屁股收拾东西，一旁老爹傻兮兮地看。看到这幅场景，李子睿顿觉不妙，难道希晓要赶自己父亲回乡？

再走近仔细一看，她收拾的竟然是自己的东西。

“怎么了？”语气里已有浓浊不悦，“这是要做什么？要搬家？”

希晓抬眸看他一眼，但只是一瞬，便又迅速低头忙碌:“我想回娘家养胎。”

李子睿一听，一把扯起她的胳膊，急道：“颜希晓，你怎么想一出是一出的？”

“我没有。”颜希晓扭了扭身子，想要挣脱他的束缚，却没料到他握得竟是如此用力，“李子睿，你放开。”

一旁的老人昨日便觉得小两口状态不对，现在又起了争执，不由护着儿媳妇，挺身而出道：“子睿，你有话不会好好说吗。”

“她一个有着孩子的人，咋个能由得你这么猛扯急拽的？”老人试图去松开儿子的手，自己却不知道无心的一番话正是两人的大忌。一提到孩子，李子睿猛地用力，一下将希晓推到卧室：“爸，没你的事。我和希晓单独待一会儿。”

“你到底怎么回事？”李子睿插好门，努力压低声音，原本低沉的嗓音此时掺杂怒意，更有几分瘆人的沙哑，“今天早上不和我商量一声就辞职，晚上又要离家出走。颜希晓，你到底要我怎么配合你？”

“李子睿，我知道我错了，但是错误已就，我在试图弥补错误。”一反早晨的愤怒，颜希晓的语气竟是出奇平静，“你说得对，万一有人拿怀孕的事情做文章，只会让你无法做人。所以我想过了，我只有躲。”

她轻轻一笑，语气轻描淡写：“反正养胎回娘家，也是最常见的事儿。”

李子睿莫名地心慌：“你真的是为我？”

希晓仰头：“李子睿，你说，事到如今，我还能为谁？”

事情没法说下去，因为她看到了卧室门窗处有个暗色影子，不用猜，是李子睿的爸爸在那儿听着他们的谈话。

“子睿，我和姚总说好了，下午也和嘉泰通了电话，说我是主动离职，和任何人无关。让他们务必将所有业务都包揽给你。至于陆祈晨那里，如果有机会再与他通话，我会让他少管闲事。”

“孩子一天天长大，以后咱们的压力也会越来越大。所以李子睿，还不如趁我现在灵活，先到娘家过上一段日子。希望咱们下一次见的时候，你的事业能开拓得更加好，没了岳潼的牵绊，以你的实力，肯定会如鱼得水。”

说完这话，她便轻轻别过头去，视线触及到那个渐欲退却的阴影之时，唇角浮出苦涩笑容，转身离开。

手刚要触到门柄，身后突然传来低沉声音：“希晓等等，”却听他深吸一口气，艰涩道，“希晓，我只问你一个问题。”

“你，想没想过打掉这个孩子？”

希晓一怔，想起以前的那段奔波，恍而一笑：“以前想过，可是后来却必须生下来。”

“为谁？”

“李子睿，你说过只问一个问题的。”

“为谁？”他紧蹙眉头，仿佛面对的是个可以决定生死的赌局，追问道，“为了他？”

那个“他”字迸出的瞬间，他分明看到她的肩头一颤。

刹那间，心凉如水。

“不，为了我自己。”只听“咔”的一声，颜希晓已经推开门，像是说给自己听，“我只为我自己。”

颜希晓没有走成，不是因为其他，而是因为李子睿淳朴的老爹起了心思。翌日正是周末，两人原本打算多睡一会儿，可一大早便被客厅窸窸窣窣的声音吵醒，起身，李子睿竟看到爸爸在房间打包：“爸，您这是怎么了？”

“昨天希晓吆喝着要走，您今天又收拾行李。”李子睿突然烦躁，“你们都是日子过腻了是不是？所以这才成批量地离开？”

儿子的一通抢白让老人有些无所适从，看到颜希晓自他身后出来，才有些不好意思地低头：“我在这儿待了这么长时间，也该回去了。”

“您这次来不就是因为二叔家房子装修吗？现在才过了几天啊，肯定没修好。”李子睿不耐烦地揉了一下头发，“爸，本来就够乱的了，您别再添堵了行不行？”

“你这孩子怎么说话呢！”李子睿爸爸瞪了他一眼，再看到希晓的时候眼眸突然恢复笑意，“希晓，你怎么不去多睡会儿？不过你们都起来了也好。”老人指指餐厅上的饭菜，“正好吃完早饭。”

看着老人有些局促的笑容，希晓突然觉得不大对劲：“爸，”她上前拉住老人的手，“您该不会是因为我要回娘家才走的吧？”

“不是不是，怎么可能？”老人局促状态更显，他有些慌乱地摇着手，僵笑道，“你这孩子想那么多干什么，我只是因为在这儿待得憋闷了，所以才想回去。”

颜希晓不是傻子。老人尽管是这么说，但是鬼都能看出，这事儿与她有关联。她有些哭笑不得地看着他：“爸，您不用管我。我也是好长时间没回过家了……”

“爸，希晓不是那个意思。”

“我真的不是因为儿媳妇。”越说老人脸上越出现红晕，他拿起包，不管不顾地冲到前面，“反正，我今天是走定了。”

“爸！”李子睿扯住父亲的胳膊，“你不是说咱们那老房子被村委会给推了吗？二叔家的房子又没装修好，您上哪儿住去？”

“哪儿还放不下我个糟老头子，”子睿爸爸仍然去意坚决，“倒是希晓，你别回C市了啊。我听说，这孕期坐车，容易动胎气。”

“爸，我真不是因为你。”希晓着急，“你问问子睿，我就是想回娘家过些日子。”

家务事有一个特性，就是越解释越黑。一向善于在文字中摸爬滚打的颜希晓，突然觉得自己怎么解释，似乎都改变不了逼迫老人回乡的意境。她看向李子睿，希望他能为自己的立场说几句话，毕竟，儿子的说服力，比她这个外人要强大得多。

可是，李子睿却像是拧了劲儿似的，紧抿嘴唇，一言不语。

良久，才说出一句话：“爸，我给您些钱。”他回身返入卧室拿出钱包，“您稍等我。我穿好衣服就去银行。”

希晓大惊，跟着李子睿也到了屋里面，也顾不得为李子睿当场换衣服的羞耻风景了，她扯着他的胳膊着急："你真让你爸走？我不是那个意思啊。"

他看她一眼，站到镜子前整了整衣领："我知道。"

"你知道还不帮我解释？还让爸爸走？"希晓不能理解他的意思，声音乍然提高，"李子睿，你可真是……"

"真是什么？"他轻哼一声，"走就走了吧，他走完了，你走。这还利索不是？"

话落，他便拿起钱包，大步跨出卧室。

回来的时候已近中午，李子睿进门便看到颜希晓如木偶一般坐在客厅中央，看到他来立即奔向这边，眸中流出黯然失落的光彩："你真把爸爸送走了啊？"

"不是真的，难道还是假的？"李子睿有些疲累地往沙发上一瘫，"怎么？要不要继续送你？"

说完又一拍脑袋："哎呀忘了，你们原本倒是能坐一班车的。"

希晓无心介意他此时冷嘲的话意，满脑子都是老人临走时的样子。虽然她真的并没那个意思赶老人走，可是现在看来，却真的像是自己闯的祸。就算不做一个孝顺儿媳妇，但也不能成为一个恶媳，想到这里，她有些懊恼地看着他低语："实在是对不起，我确实没那个意思……"

手机铃声突然大作，颜希晓跳起来去接手机，没想到竟是子睿爸爸的声音。

啰啰唆唆地说了一堆，子睿爸爸的意思就是她不能走。事情已到这步田地，希晓也没法太过回绝，只能再继续为自己解释几句之后，匆匆挂断电话。

抬头却见李子睿一眨不眨地看着她，唇角勾出若有若无的弧度："怎么？还走吗？"

"不走了。"颜希晓低头应道，"爸爸不让我回去。"

李子睿轻笑："如果你一心想要回去，不用在乎他。如果你是为我才回到C市，那么也不用走。"

希晓一怔，突然不知道该说些什么，只能勾起唇角："好。"

看她点头，李子睿反身走向卧室："其实我爸走了也好，我觉得以现在的状况，我们以后会更麻烦，而且两人一直同床共枕，也不是个办法。"

“嗯。”其实希晓想要回 C 市的时候也是考虑这个理由，尽管两人有着协约，可是这情感一事，向来不按规章制度办事。尽管她现在已经不是一个正常的女人，不遇到他，肚子里的孩子也不允许她做出任何出格的事。可是李子睿不同，男人 30 出头，正值热血当年。

让他一直保持这么君子的风度，颜希晓想来想去只有两个原因：第一，他生理有问题，或许是受前女友所伤，因此才对那种事情一蹶不振；第二，他讨厌她到极点，所以才对她不屑一顾。在她为他的气息沉迷蛊惑的时候，他的呼吸却能平稳得一如往常。如果再要强加上第三个原因，好吧，那就是他定力太强。面对她这样的如花绝色，每日都用毅力才能维持翩然风度。

可是，颜希晓是个最有自知之明的人。她知道，这第一和第三点几乎无可能性，而这第二点，恐怕才成全了她一向的安全。

她一向不相信那句“男人是用下半身思考”的话，看起来很有真理，其实却过于偏执。至于男人的性欲，恐怕还是要看目标参照物的，若是女人长得奇丑无比，简直像个怪物，她就不信男人还能蓬勃激昂得起来。

说白了，不是每个男人，都有爱上钟无艳的勇气。

可是颜希晓潜意识里却希望是第三种答案。她想，或许是因为太久没有男人才出现幻想症状，所以才对这个最不该希冀的男人，寄托了好感。

虽然，这是一场不存在可能性的纠缠。

岁月渐进，伴着颜希晓肚子生长的，还有与李子睿的相处尴尬，他们不再有以前的那般和睦，甚至一整天都不会说一句话。希晓谨慎恪守着自己的“家庭妇女”身份，早上做好饭送李子睿走，晚上做好晚餐等他回来。

除此之外，别无交集。

如果不是街道办大妈打过那通电话，希晓甚至以为自己就会和李子睿这样相处下去，直到三年协议期满。

可居委会大妈上来便问：“李太太，听说你怀孕了？那么，请问您办了准生证没有？”

希晓一头雾水：“准生证？”

大妈强捺住内心烦躁，为她解释了一遍国家计生政策。原来，在结婚的时候，便要去办一个初婚证明，以后等着怀孕的时候才可进行各项健康检查，从而办理准生证。如果没有准生证，孩子的出生便是违反国家生育政策，以后的户口问题也无法着手。

希晓不知道还有这么多道道。

她愁眉苦脸地来到居委会："这个要怎么办理？"

"让夫妻双方单位开初婚证明，然后到计生站进行检查，落实一系列政策。"大妈道。

"非得要夫妻双方共同参与吗？"迷茫中的希晓终于问出一个毫无意义的问题，"我自己不行？"

"你要觉得你自己就能产出个孩子，那我不介意你自个儿来。"大妈轻哧一声，扬眸斜睨她一眼道，"速度麻利点儿，按道理这应该是在还没结婚的时候就该准备落实的，你们现在已经违反政策了。"

一口一个政策让颜希晓心虚不已，整个下午，她都在想着"准生证"的事情。夫妻双方，那是指的她和李子睿吗？

毫无疑问，看到那大红的结婚证，上面两个笑靥灿烂的人，正是他们俩。

可是，一旦办下准生证，李子睿就真的要背负起这个孩子。让一个男人承担起与自己毫无血缘的子嗣，单是想想，颜希晓便觉得残忍。

何况，李子睿对她这个孩子介怀至骨。

她一直在这样的心态中纠结，甚至忘记了时间。直到李子睿的脚步声响来，颜希晓这才想起自己还没做饭。她连忙冲进厨房，手忙脚乱地开始切菜，胳膊却突然被李子睿按住："别做了，出去吃吧。"

除了午饭及应酬，颜希晓与李子睿极少在外面吃饭。以前两人关系好时，李子睿常笑称自己被希晓的厨艺惯坏了习性，只要是时间不紧，就会以外面不卫生，不利于理财等各种理由拖她回家做饭。好歹颜希晓并不如现在的女孩儿一般抗拒厨房环境，她从小自立惯了，看李子睿吃自己做的饭菜津津有味，反而有一种愉悦的满足。

所以两人一旦出外吃饭，希晓便仿佛感觉有什么事情发生，果真，李子睿在上菜过程中突然扬眉："你知道今天谁给我打电话了吗？"

"谁？"

"乔越。"他将一旁放着的辣椒调料放至沸腾的锅里，挑挑眉毛，"她下午打来电话，问我，你肚子里的孩子是谁的。"

"砰"的一声，希晓手中的筷子应声而落。李子睿抬眸看一下她，语气

仍是轻描淡写，“你知道我给的答案是什么？”

“什么？”

“我说，是我的。”他突然轻哧，“我说，你肚子里的孩子，是我的，和她乔越没半分关系，基于合作关系，这个并不是她应该关心的问题。”

颜希晓不由得松了一口气，这一微小动作，完全落入李子睿眼里。他只觉得心突然一揪，说不清的感觉涌了上来：“你似乎松了一口气？”

希晓没料到被他洞察得这么清楚，只能“嗯”一声作回应。

“为什么？”他继续倒腾着那些菜料，“不想让他知道？”

颜希晓觉得这个话题实在是压抑，却又无法不给他回答，只能仍旧以这“嗯”应对。

他却突然笑了起来，唇角似勾非勾，如同鄙夷更似自嘲：“颜希晓，你还真够无私。”

“我以前怎么没发现你有这个优点？”他继续笑，“为男人默默无闻地生儿育女，颜希晓，你做事都有圣女之风了。”

刺耳至极的一句话却让颜希晓无力反抗。她只能无意识地搅着自己的稀粥，看似不经心地问他：“为什么要帮我？”

承认毫无关系的孩子是自己的，对于男人而言，无异于耻辱。

“我没觉得是在帮你。”李子睿抬头，“颜希晓，我只是在为自己保留自尊。”他顿了一顿之后小声说，“你不觉得，如果说这孩子不是我的，对你损害不大，对我却是更大的侮辱？”

“刚刚结婚，我就被老婆弄了顶绿帽子戴。”他冷笑道，“这样的生活，太刺激，我承受不起。”

任颜希晓对他愧疚如此，听到自己的孩子被他用“侮辱”一词儿来形容仍是不好接受。希晓苦涩一笑，再也不想说话。

李子睿觉得今天的颜希晓很奇怪。要是平时，他这么冷言相讥，她必定会愤而反击。但现在的她平静地吃着饭，实在是有些过于安静了。

联想到初进家门时她魂不守舍的模样，李子睿终于忍不住问道：“你没事儿吧？”

“啊，没……”她回他以微笑，似是被什么事情突然惊起，连微笑都带着牵强和模糊，“你说什么？”

“我没说什么。”看了她良久，李子睿才应声。两人安静地吃了会儿饭，他突然扬声，“颜希晓，你有什么话就直说……不用担心我扛不住。”

“这两天，我经历的事情已经够我消化一辈子的。所以，再来几个重磅消息也不成问题……”李子睿自嘲地勾起唇角，“来吧，我准备好了。”

希晓心想事情早晚会让他知道，也许现在说正是最好时机，便定下心思说道：“李子睿，居委会打电话来了……说要办理准生证。”

“准生证？”李子睿不以为然，“办呗。”

“我一个人是办不成的。”希晓深吸口气，缓缓说道，“上面要求的，是夫妻。”

李子睿彻底惊呆。今天被逼无奈地承认孩子是他的原本就是耻辱让步，可是没料到，现在她还要求他为这一场荒唐正个名头，如果那样的话，就是自政策上承认了孩子的归属。这可就是上升到另一个层面了。

李子睿一言不发，只是低头吃着饭菜，慢慢地咀嚼，却无比用力。

希晓见他那副样子，也不敢说些什么，好好的一顿饭食之无味，两人一直保持沉默的状态直至归家。分头洗漱完毕，希晓正要去卧室休息。身后却传来他的声音：“颜希晓。”

“嗯？”

“你想让我怎么做？”他微垂着头靠在门旁，手上夹烟，仍然不吸，仿佛只为观赏它的袅袅升起，“你说，你想我怎么做？”

他整个人浸在烟雾里，突然就有了那么几分寂寥的意味。颜希晓眯起眼睛，这是她第三次见到这个男人的如此状态，前两次，是为了前女友冉若珊。

这次竟然能为自己如此，颜希晓苦笑：“我想的话，你会答应吗？”

“没准。”

“我想，让你与我一起出证明，证明孩子的身份。”她终于说出了堵在心底的这句话，“我只想让我的孩子以后有个身份，不至于被人嘲笑是私生子。”

“李子睿，我想过了，如果你答应我做孩子三年的父亲，那么这个房子我不要了，三年后都给你。”她尽力让自己说得恳诚，“算我求你，三年后分开，我们绝对没有瓜葛。我不会用这个婚姻协议来向你要什么抚养费，所有的东西，你都不用担心。”

“你要的只是一个父亲的身份吧？”

“对。”颜希晓呼吸慢慢急促，她紧紧地盯着他，感觉只有他能挽救自己的命运。

“好。”良久，他才吐出一个字，“明天，我去开证明。”

说完，他便转身欲走。希晓看到他的背影，仿佛有什么堵在嗓子眼里，只能突兀地向他吼了句：“谢谢！”

李子睿闻言一怔，随即微微转头：“颜希晓，我只为你。”

像是说给自己听，他的声音轻得好似叹息，很快便在她视线中消失远离。颜希晓靠在门上，心里五味杂陈。

拼婚

10 挽留，该如何携手

李子睿说话果真算话，不到两日的工夫，他便取来了单位证明。

“这个是单位证明。”李子睿推给颜希晓一张纸，“证明我们是初婚，证明你无流引产经历，证明这个孩子是第一胎。”

“嗯。”颜希晓拿过来看了一看，突然也自身后拿出份文件来，“这个，你也看看。”

李子睿挑眉：“什么？”

“协议。”希晓看着他，“我想过了，前几次都是你改的协议，而且初衷都是为我。不管如何，这次是让你受了委屈，所以有些条款，必须更改。”

李子睿仔细一看，原来那天她说的条件都已经在上面做了附属，不由勾唇一笑：“鉴于男方已经为女方承担起名义父亲之责，作为权利回馈，女方自愿舍弃离婚后房产的60%。”

“是。”

“如果男方中途不愿意承受此责，而做出于女方声誉无益的行为，协议期满后获得款额将折损一半，以警不良事情发生。

“女方保证，在协议期满之后，绝不会以婚姻要挟男方承担作为父亲的相应权责。如果因为此事产生争执，女方将无条件付给男方相应资金作为赔款。”

“嗯。”

“如果男方感觉婚姻协议无维持必要，可事先向女方提及，双方经过协商，可适当缩短协议时间。”

“对。”

“这样的条款，与你无益。”李子睿放下合同，蹙眉看她，“颜希晓，你怎么想的？一旦我签了，这可是36万元的数！”

“我知道。”她淡而一笑，仿佛一切都已经不在乎，“可是你担的是父亲的名分。以后要是再婚，开始新的生活，这一点就会是个疤，我无端地让你承受了这些，自然该给你补偿。”

李子睿怎么会想不到以后的事情。这准生证是正式面对现实的第一步，到后来，他得让这个孩子管他叫父亲，他得承担这个孩子名义上的所有监护义务，他得在外人讨论他们家庭的时候，正式履行一个家庭顶梁柱的责任。即便是以后有人说这孩子怎么不像他的时候，他依然要笑容温灿地解释，这就是我的亲生儿子，如假包换。

想到这些，他并不是不会头疼。

可是，面对颜希晓，他却学会了用精神胜利法来安慰自己。他想，走一步看一步，她怀孕的事情已然传了出去，一旦现在离婚，她无依无靠不说，他苦心积累的名声也会不保。

如果直言孩子不是他的，希晓会被人说成是水性杨花，而自己则会被定性成窝囊废物；如果承认孩子是他的，此时离婚，难免会有人说他抛妻弃子，那样更加无可救药，总之，这样一场婚姻，无论如何，都必须硬着头皮走下去。

颜希晓倒在此事上显得有良心，竟然改了协议。他再次翻了一遍，发现有些措辞都整理得十分细致，不由一笑：“如果我签了，你会很吃亏。”

“我吃亏的是钱，钱可以再赚。而你牺牲的是名。我这样做，只是想用比较公平合理的方式解决这个事情。”她叹气，“虽然总说名誉无价，但是李子睿，我已经尽了我最大的能力补偿你。”

“好，”他微笑看她，“正好可以两清。相当于你花了36万元，买了一个父亲称号的合作。”

非要将事情说得这么利益清楚，颜希晓心中晦涩，却有笑容流露出来：“对。”

他拿过笔刚要签字，眼睛却无意中掠过最后一行：“最后一条呢？要不要改？”

“最后一条？”颜希晓拿过合同，不自觉念道，“为保合同所阐述权益，甲乙双方不得产生感情。若有一方违逆，离婚后房产无条件归另外一方所有。”

“对。要不要改？”

“不用了吧？”颜希晓低头浅笑，“我没指望你能爱上我。”

“如果就爱上了呢？”

“什么？”他的语气轻扬让她的心莫名一颤，话刚出声，他已经举笔在合同签名处龙飞凤舞地签上自己的名字，仿佛一切都没有发生过：“好了。”

如果说这个协议更改是为了保障李子睿权益，不如说是为了颜希晓方便展开自我救赎。有了这个协议，她就可以不用那么愧疚地面对李子睿，在谈及孩子的时候，一切可以拿到台面上畅言。

反正协议规定了，李子睿在期满之后会拿到36万元的赔偿。以36万元来成就这一切，其实也不算是很亏。

这样的心态让颜希晓可以活得更痛快些。几天后，她便与李子睿去计生办检查身体，继续办理手续。

又有一批人训斥他们办理得太晚，其实已经过了办理期。若不是希晓以前同事的妈在里面，这准生证可真办不出来。希晓好说歹说，终于在做了一系列检查之后，让李子睿用钱搞定了事情，一切只待一个月之后拿本。

走出计生站的时候，李子睿不由哀叹：“这事情可真是麻烦。”

“没办法，谁让咱们国家人口多，计划生育又这么严格，”颜希晓拦住出租车，道，“我以前也不知道，生个孩子也要三关五卡。”

两人苦笑着钻进出租车，司机师傅简直有着说相声的基本功，一路上嘴叽里呱啦，就没停过。许是看到颜希晓肚子凸起，司机笑着问道：“姑娘，几个月了？”

“七个月了。”

“瞧你们两口子这模样，这孩子生出来绝对就是个漂亮胚子。”司机笑得爽快，却不知自己已经触到了乘客最脆弱的软肋。希晓闻言，有些尴尬地将头别向外面，好不容易等司机将这个话题过渡下去，回头看时，只见李子睿面静如水，仿佛什么都没听到。

事后李子睿苦笑道，他已经做好了足够的准备时时挨人非议，他知道他选择的这条路，异常艰难，而且没有别的岔口可走。

岁月如水般流过，尽管事情艰难，但是在两人约定俗成的情况下，倒也没出现太离谱的情况。希晓经常劝慰自己，原本这一场婚姻就是利益合作，这次孩子的事情，至多算是在这协同利益上多了个条款。

不过眼看着这产期日益临近，颜希晓发现，李子睿脸色还是越来越不好看，他时常会紧抿着唇不说话，要不然就是吃完饭钻到卧室里，有的时候，还会莫名发火。

颜希晓一直忍耐，她知道，说是谁也不欠谁，可李子睿的压力还是异乎寻常的大。但是，这外人不应该知道他们的事情啊，那么造成他这么急躁的原因到底是什么？

终于，这样的矛盾，在一天晚上积聚爆发。

晚上已经做好了饭，可李子睿突然打电话来说有应酬，会晚点回家。

这对于市场部总监的李子睿是常有的事情，考虑到前几次李子睿都是喝得半醉才归，颜希晓打算按照以前他爹留下的方子，熬些醒酒汤。却不料醒酒汤刚熬到半热，她尚在卧室迷迷糊糊打盹的时候，就已经听到了他的声音。

仿佛是聚敛了很大的怒气，他唤她的名字都充满了焦躁与愤怒："颜希晓！颜希晓！"每喊一次，都像是一场发泄与逼迫。

因为怀孕，颜希晓这几天出现嗜睡症状。等到李子睿唤得不耐烦的时候，她这才睡眼惺忪地自卧室出来："怎么？"

他的身上是浓浓的酒气，一向对酒精自制力甚强的李子睿竟能喝成这样，让还在迷茫状态中的颜希晓不由一惊。她刚要去扶他摇晃的身子，却被他一挡："颜希晓，家里你是怎么弄的？"

茶几上摆着的是希晓刚才要做醒酒汤的原材料，姜片、八角、茴香等摊了一堆，确实看着不大利索。看他不悦，希晓忙快走到那里，刚欲俯身收拾，却被李子睿猛地拽起："颜希晓，你不觉得你该给我个解释？"

"解释？"

"事到如今，你真的打算生下这个孩子？"李子睿嘴里的酒气扑鼻而来，而他的手却渐渐加大气力，滚烫地扼住她的手腕，"你不觉得你该仔细想一想后路吗？"

被他吼得一惊的颜希晓迫使自己冷静下来："李子睿，你喝多了，咱们明天再商量这个问题。"

"我没有喝多，每一件事情我都思考得清清楚楚。颜希晓，你这样让我怎么办？一旦孩子生下来，你置我于何地？你只顾着照顾你与那个男人的爱情结晶，你顾没顾及我的愤怒，我的痛苦？你太自私了！"

听闻他说她自私，颜希晓如同被浇注凉水，彻底清醒过来，她努力挣脱

他的束缚，冷冷地看着他："李子睿，我认为后路，我们已经讨论得很清楚了。"

"清楚？"他突然一声哧笑，"颜希晓，你就要用区区 36 万元，来赎回对我的欺骗与耻辱？你觉得这 36 万元，就能买通我做这个野种的父亲？"

"对不起，我不愿意！"

希晓没料到李子睿竟会用"野种"来形容这个孩子，一时间怒不可遏，声音也不自主地提高："李子睿，你说话注意些！"

"你既然这么爱那个陆祈晨，为什么不告诉他你怀上了他的种？你既然与他分手，口口声声地与他两清，又为什么不愿意打掉这个孩子？"他突然轻笑，黑幽的瞳眸散发出无尽的犀利与寒冷，"颜希晓，你现在只不过是在玩当婊子还想立牌坊的游戏，可气的是，你竟然想让我为你充当牌坊的工匠。我李子睿凭什么要为你和别人的野种保驾护航？"

"李子睿！"颜希晓气得已经变了脸色，"你有完没完？！"

"我没完！我凭什么要完！"李子睿更加激动，他的脸色涨红，如同一头愤怒的豹子，"我和你是法律上的夫妻关系，这个孩子生下来就要管我叫做父亲！我还要劳心费力地抚养他，颜希晓，你告诉我，这是为什么！"

"我告诉你这是为的什么！"李子睿只觉得左颊一痛，继而眼前金星无数。而希晓突然回到卧室，再次回身时，手里多了个透明资料袋。那一瞬间，李子睿已然知晓一切。

果真，她狠狠地将资料袋甩在他身上，气道："李子睿，你老实说，这一切是我强迫你的吗？"

"当初是谁拿着这些让我合作，是谁说用婚姻做幌子，交上点钱便可以拿到 J 市户口？而我如你所愿，让你顺利成为 J 市一员，怎么？到了今天，你尝到了甜头，倒觉得自己委屈了？"

"你可以说我贪财好利，没关系，李子睿，"她恨恨地看着他，"你当初不就是看上我这点了吗？怎么到了今天，你又后悔了？我告诉你，你得偿所愿，也要付出代价！"

"那好，你告诉我是什么代价……"面对她的暴怒，刚才盛怒的男人反而平静下来，似是经历了一场艰苦卓绝的战役，他疲累不堪地歪倒在沙发一边，唇角微勾，低沉的声音伴着些许沙哑，"你给我定个罪名，我无条件遵从。"

将她甩给他的合同推到她身边，李子睿半眯起眼睛，心凉如水。

冷冽的声音自唇齿间残酷挤出，颜希晓看也不看地伸手一拂，那几页纸就轻飘飘地落在了地上："第七项第三小条，无故干涉他人私人感情者，无条件搬出房间。三年后，自动放弃房款的40%。"

李子睿微微苦笑，她背得如此熟练，可见对他早已反感入骨，说不定早就盼着今天。想起老辈人说的话，可真是有道理，不可拿婚姻做儿戏，他知法犯法，也活该有今天的徒刑。

轻声一笑，他走进卧室，迅速拖出行李箱，将日用品、衣服都胡乱塞进去，准备离开。

拉开门把手的时候，她终于出现在他的身后："李子睿，你真的要走？"

似是疑问却更像是挽留，他用力吸气，强迫自己将后一层意义自心底剥去。再一次开门却没开动，回头一看，竟被颜希晓用力拽住，"我刚才话说得重了……"她支支吾吾地低头，"你没犯第七条，也没那么罪大恶极，也……不用这么老实认罪。"

"而且这件事情确实是我不对在先，你……不用这么自觉。"

看着她难得一见的局促不安，李子睿拉下她的手，迈至门外与她面对："希晓……这一场游戏，我即使没犯第七条，也有了比这一条更严重的罪过。"他微微一笑，眸内却有了几分酸楚，"我走了。"

电梯声滴滴响起，已经到了他们所在楼层。李子睿反身拉起行李箱，迅速走进电梯。却在电梯门即将关闭的时候，看到了她的眼睛。

她用手挡着电梯，黑亮眸瞳满是执拗："李子睿，你告诉我，你犯了哪一条？要是不严重，本姑娘就饶了你，你不用这么自觉离开。"

"你不会饶我。颜希晓。"他看着她一笑，"第二十一条，我罪过深重。"

趁着她睖睁的工夫，电梯门再次关上。他与她的世界，第一次隔绝。

看着电梯上的数字一个个变化，李子睿只觉得浑身无力。这么多日子，他已经全力避免自己深深沦陷，只怕再与那个女人产生不该有的交集。他不止一次劝过自己，平安度日就好，不要在乎那么多非议。可是从未料到，在爱情面前，一切东西都会成为变数。

他竟然在刚刚历经一次情劫之后，再一次与这样的感觉纠缠。

晚上应酬，突然有人提及唐都老总之子陆祈晨一事，据说，陆祈晨可能因为表现良好，再加上唐都与嘉泰携手保释，会提前出狱。

那人说得有声有色，甚至还神秘兮兮地勾勒了陆祈晨出狱的时间。

他当时看似是在漫不经心地听，其实却仿佛经历刀割。说不清楚的感觉自那瞬间腾涌上来，突然滋生出难以抑制的沉浮不定。

一旦陆祈晨出狱，那就难免会与颜希晓产生纠葛……特别是还有孩子，这简直就是上天给他们情感的维系。

他越想心里越难过，冥冥之中萌生了一个想法，仿佛希晓明日就会弃他而归向另一个男人的身边。尽管那个女人说不会再与陆祈晨有所纠缠，可是谁都能看得出，她对那个男人，仍然介怀，非常介怀。

他一直觉得颜希晓在此事上表现得异常的矛盾，一方面要忘记，一方面却又生下人家的孩子。现在社会，她不应该不了解私生子的处境。可是，却执意而行。

所以，她要用对他的亏欠，来成全对那段伟大爱情的祭奠。

这就是李子睿这几天对自身价值的评估，他李子睿对于颜希晓而言，就是一场爱情的祭品，一次现实的替代品。

除此，别无价值。

李子睿没想到自己会走上这样的路，经历过与冉若珊的纠葛，他越来越讨厌为情哀叹的男人。他的信条是用利益来冻结感情，可是没料到，上天派来一个更强大的融冻剂，那就是颜希晓。

说不清楚自己是从什么时候对她动了心，看着外面车来车往，李子睿心乱如麻。对于颜希晓，他很早便注意，但那时只为了完成自己的既定目标。后来是结婚，他在她身上发现越来越鲜明的亮处，感情这玩意儿就是个癫痫症患者，你记不清楚它会什么时候发病，却对每一次发病过程都刻骨铭心。

而他，只是没料到颜希晓这个病毒会如此凶猛。

蓦然发现自己处境想要逃离时，却已然无能为力。

不过这样也好，拖下去更是无法抽身，不如趁早分离。

李子睿指了指前方，那是他在J市的老同学兼老同事梁落的公寓。他在J市打拼这么久，真正好的朋友却没有几个。实在是不怨他交际不好，而是在这个社会上，没有几个人能抵挡得了利益的颠簸，朋友或许可以是因为其他感情而生，却往往是因利而散，甚至是反目成仇。

梁落看到他提着行李箱进门，不由一惊："你怎么了？"

"没怎么，散了。"李子睿走进房间，不等梁落回应，自己大大咧咧地在沙发上坐下，"我渴了，麻烦倒杯水。"

梁落像是看怪物一样看着好友："李子睿，你没毛病吧？"

自从结婚，他可是秉着见色忘友的原则，坚持了四个多月没到这里来一次。今天一来，还是像出逃似的拖着行李，立即让梁落兴起了八卦心思。

他递给他茶杯，笑道："怎么，被嫂子赶出来了？"

"嗯。"李子睿这才觉得，距离喝酒已过了这么长时间，那种痛辣感觉依然在喉间游荡，以至于他嗓子火烧一般的疼，"借哥们儿这儿住几宿，说吧，我今晚睡哪儿？"

梁落指指沙发："你要是就过一两夜，就窝在这沙发上算了，省得我还要给你清理床铺。如果要是打算打持久战，我就得给你收拾卧房去。"

"那你就赶紧去收拾卧房去！"李子睿横他一眼，慢慢闭上眼睛。

"哎，你大晚上来我这里作威作福来了？"梁落看他一副大爷的模样，坐到他身边笑道，"怎么？又被情所伤了吧？"

"一边儿去！"李子睿横他一眼，下意识地用手指揉着眉心，"我喝多了，头疼。"

"是被嫂子气得头疼吧？你也真是的，我那天还在同学面前夸你与老婆如胶似漆呢，你就来了这么个反面教材。"梁落戳戳他的胳膊，"兄弟，我觉得收拾床铺完全没必要，依照我的观点，小两口床头吵架床尾和。吵架绝对是增强感情的绝对手段，所以没准儿，你明天就颠颠地回去了……"

"回不去了。"李子睿突然睁开眼睛，黑色瞳眸散发出茫然失落，突然笑道，"落子，你等着喝我的离婚酒吧。"

"离婚？"

"嗯，离婚。"李子睿再次闭上眼睛，"只有这一条路可走。"

梁落虽然是李子睿好友，但并不了解他与颜希晓的所有事实真相。

当时李子睿突然通知大家说自己要结婚，众人都是十分惊讶。在对新娘子颜希晓好奇不已的同时，都猜测李子睿这是被冉若珊伤到极点了，这才做出的一个看似意气却十分幼稚的速婚行动。以他好强的个性，冉若珊先以户口为由抛弃他，他确实能做出这样的事情来。

何况，李子睿也拿到了 J 市户口，这就让他的这段婚姻更充斥了一种浓

浓的赌气色彩。

众人在祝福李颜两人百年好合的同时，心底却在对这段婚姻抱着不敢恭维的态度。无爱婚姻，如何维持是一个太难的问题。可李子睿与颜希晓，硬是用几个月的恩爱狠狠地打击了大家的俗世目光。正当大家对这段婚姻渐渐祝福的时候，没想到又传来这么个消息，两人竟要离婚！

看着好友疲累的面庞，梁落终是没忍心继续问下去，刚要起身去收拾卧室，耳边却传来他暗哑至极的声音："别和任何人说。"

梁落应了一声，短短叹息之后走进卧室。

躺在陌生的床上，李子睿却毫无睡意。他的脑海不断浮现出临别时颜希晓的眼神，愤懑的，又带着那么浓浊的委屈，就那么恨恨地瞪着他，仿佛他是她最反感的玩具。

前路该如何走下去？

他已向她表明心意，就说明，协议无效。两人已经无路可走。

除非，她也如同他这般想他。

想到这些，李子睿不由得苦笑。看刚才颜希晓的样子，恨不得将他解剖了才算省心，又如何能对他产生感觉？

还不如就这样一觉沉沉睡去，管他明天是死是活。

李子睿扯了扯被子，刚要闭上眼睛，突然听到手机铃声大作，打开一看，竟是颜希晓的号码。

他盯着那跃动的屏幕发呆，最终抠下电池，塞到枕头下面。

想要一夜无梦，却终是无眠。

第二天，颜希晓是被电话声音惊醒的，如同条件反射一般，她看都没看便打开电话："李子睿！"

却没料到，电话里传来的竟是熟悉的女声，似乎被她吓到了一样，怯生生道："颜姐，是我……"

"哦。"颜希晓轻叹一声，又看了遍屏幕才发现竟是林然。

"有什么事儿吗？"自沙发上坐起来，她一时没注意，竟差点跪到地上去。不禁深深吸气，咬牙道，"怎么想起给我打电话来？"

"你怎么了？"听闻她吸气声音，林然追问。

"没什么，在沙发里窝了一宿，姿势不对浑身疼。"颜希晓轻描淡写道，"你呢？工作出问题了？”

却听林然似是恍然大悟一般说道：“怪不得……”

“怎么了？”希晓不由纳闷，“你这个丫头怎么还和以前一样，动不动就神神道道的？”

“我知道李总不高兴的原因了。”林然重重呼气，“颜姐，你可把我们害惨了，今天交上去的三个分案，池总监都过了，孙总也同意，可是到了李总那里，偏偏说没有执行力度。罗首席试着分辩了几句，谁知道李总竟与他吵了起来，而且还撕了他手头上的一个案子……”

“三个分案全都不过，一般没有这样的事情。”林然似乎仍是心有余悸，声音慢慢低下来，“李总以前虽说严格，但不至于苛刻至此。他这一下自己倒是过瘾了，可策划部上周的工作完全废掉。我们现在都战战兢兢的，不知道怎么办才好呢……”

希晓一时怔住。

“颜姐，你们昨天吵架了还是怎么着？”林然怨道，“害我们白白地做了一天出气筒。”

“嗯，是吵架了。”面对林然，希晓无力回避这个问题，“他现在在哪儿？”

“李总吗？他现在去建设局了。刚走，所以我才敢给你打电话。”

“哦。”

“颜姐，我求求你了，就和李总和好吧。”林然夸张地叹道，“您要是再和他治气，你的民族气节倒是有了，只怕我们全都要成为炮灰。”

“好，我知道了。”

放下电话，希晓无意中看到那张摊在地上的协议。经过她一夜地揉攥，那张刚签过的协议已经皱巴得不成样子。尾页处的“李子睿”三个字在阳光下还泛出透亮的质感，仿佛是他刚刚勾勒出的字迹。

沿着“李子睿”三个字朝上看，便是昨天他所说的第二十一条。

为保合同所阐述权益，甲乙双方不得产生感情。若有一方违逆，离婚后房产无条件归另外一方所有。

她的眼前再次出现李子睿昨天的表情：愤懑的，委屈的，不甘的，怨恨的，所有情愫都在他那双墨黑的眸瞳中上演，一瞬便将那种夸张的复杂张扬到极致。看到第二十一条的刹那，希晓彻底瘫软在沙发上。

她想了很多：想做好饭时他大快朵颐的样子，丝毫不造作扭捏，仿佛她做的是天底下最美味的食物；想在经历舅妈借住的时候，他眸底明明渗透着的是紧张，而脸上却一派淡然闲适的轻松表情；想在遭受孩子事件的时候，他刻意隐忍心中委屈，不甘地在父亲面前表演夫妻恩爱时的局促与苦涩。

一切一切，如同流动的幕布一般，纷至沓来。

环顾一周，整个房间似乎还有他的气息，淡淡的薄荷香气，时不时还会掺些香烟味道。希晓坐回沙发，翻开手机上的电话记录，上面还显示着0时36分，电话无人接听。

那是她鼓起勇气才给他打的电话，可是他不给她机会倾听。

后来又打了两个电话，听筒里的女声骄傲地告诉她，您拨打的电话已关机。

颜希晓只能苦笑，这一场战役，来得莫名，终结得更是决绝。

手机电池已出现电力不足符号，颜希晓刚要起身去换电池，却听外面突然有敲门声。想必是李子睿想起回家，颜希晓二话不说便疾步回去，一声子睿已经到了嗓子眼，打开门一看，却是乔越。

“乔越……”希晓不由一惊，笑容瞬时僵硬在唇角，“你怎么来了？”

“我来找你。”乔越挑挑眉毛，眼光在触及到她小腹处突然唇角浅勾，“怎么？不请我进去？”

希晓应了一声，直觉告诉她乔越此行怕是不善。以前的她都没有找自己的碴，怎么现在又兴起了见面的主意？

心里还没想到恰当的应对政策，乔越已然开门见山：“颜希晓，今天咱们明人不说暗话。我今天来只是为了问你一句，你肚子里的孩子，是谁的？”

希晓心里一紧，随即轻笑：“我肚子里的孩子由计生办管着呢，不用劳你操心吧？”

“我不想操心。”乔越皱紧眉头，“你们别以为我是傻子。7个半月前的那天，陆祈晨在你的公寓一夜未归，那个晚上，你们不会只谈天说地看月亮吧？”

她深深吸气，秀气的眉宇间凝出一抹凝重与焦虑：“如果那天你们做出什么，那么这个孩子，日子正好合适。不瞒你说，我去医院调查了你的资料，上面清楚写着这个孩子七个半月了。”

“那你想让我们做些什么？”希晓坐到沙发上，没想到她竟然真的调查过她，勉力笑道，“你不会认为我那天和你的未婚夫，嘿咻嘿咻大战好几百个回合吧？”

“你们不做更好。可是我不相信你们不做。”

“那你就按照你自己的想法去折磨自己，我告诉你那晚陆祈晨做了什么。”颜希晓轻声一笑，“难道你忘记你让他拿钱来让我离开？不错，我离开了。你难道还觉得我傻到那样，在与前男友分手的夜晚，还有兴趣春风一度共缠绵？”

“那一整夜，我们都在说赔偿问题。我让陆祈晨算算我那几年的青春到底该折损多少人民币给我，我好拿钱离开。”她转过头看向前面，“四年的感情太难算了，于是就这么你一句我一句地算到了很晚。中间恨不得打个狗血淋头，根本没有余力干柴烈火。”

“真的？”

“你要觉得是假的就是假的吧，还有句话叫做夫妻本是同林鸟，大难临头各自飞呢。我和陆祈晨只是男女朋友，那时有那么多钱诱惑着，你给他的利益又不薄，所以，他就巴不得早飞了利索。”颜希晓笑答，“听说你还向我丈夫李子睿问及孩子的情况，乔小姐，我只劝你不要因冲动坏了大事。

“那天李子睿回来就将我一顿埋怨，仔细追究了我与你未婚夫的那些过往，闹腾了三天才罢休。乔小姐，我只觉得你仿佛有些可笑了，人家都是急于摆脱这样的事情，为什么你偏要给自己的未婚夫找个绿帽子戴呢？就算是我怀上了他的孩子，对你有什么好处？”

一番话将乔越噎得够呛，顿了半天才说道：“我只是怕他出来的时候，这孩子万　真是他的，你们旧事重来。”

那样的表情，怯懦却又无助，突然让颜希晓心中一绞：“你如果是基于这个问题才揪着我不放，那么我保证，与你们没有任何纠葛。”

“可是……”

“没什么可是。”颜希晓笑，“乔越，我自己的孩子我自己知道。你如果在陆祈晨回来之后还反复研究这件事情，再闹到满城风雨，那时候没事儿也会变成有事儿。就算你不想让我与陆祈晨联系，那时候恐怕见面也是不可避免的。你非要闹成那样吗？”

“我只是防患于未然。”乔越抬头，定定地看着她，“我只是怕你现在说

孩子是李子睿的，但是到了以后，突然反咬我一口，作为……以前我拆散你们的惩罚。”

颜希晓苦笑：“乔越，你真的让我知道了什么叫做患得患失，关心则乱。”

“生活不是电视剧，我只是一个小工薪阶层，成天为自己的温饱问题劳碌奔波，没有那么多精力去搞那么多恩怨仇恨。再说，我和陆祈晨的感情不像你想象的那么深，但我与李子睿的感情，却比你了解的要深厚。”

“你不信可以去问楚阳，李子睿是从什么时候才开始追我的？”颜希晓看似无奈道，“见缝插针也好，顺其自然也好。总之，在陆祈晨投靠你们那边的时候，我已经对他没感觉了。”

“那好。”乔越点头，“你要答应我，如果陆祈晨出来，不能与他见面。”

“要加一个定语——主动。”希晓笑语，“我自然不会主动找他，前提是他也别来烦我。而那项工作，就麻烦你管严实喽。”

乔越点头，又看了她一眼，这才作势离开。

“希晓，”走到门口她却又突然转头，“李子睿不错。”

颜希晓一怔，随即粲然一笑：“知道，我选的孩子的父亲，自然错不了。”

这一场与乔越的见面就这么结束，比希晓预料中要好对付，虽是骗人，但三言两语就这么应付了过去。其实这样也好，颜希晓想，省得这乔越老觉得自己肚子里的孩子是个威胁似的，如此一清二楚，倒免了后患。

想到乔越临走时说的那最后一句话，颜希晓心中苦笑，她也知道李子睿不错，可是事情走到今日，又如何赢得挽回的机会？

他昨天那副样子，分明就是反感与厌倦，如此情况，她又怎能死缠烂打？

她再次掏出手机，想要拨出去那个号码，可又怕看到自己的号码，李子睿赌气不接，反而没了面子。

再三思索，心中突然一动，反正现在闲着也是无聊，不如出去找个公话与他联系。若是接了，就说些缓和的话，软化一下当今局势。如果还是不接，反正也不会丢自己的面子。

漫无目的地在街上走，竟不知不觉地走到了楚阳大楼前。颜希晓看看表，已经接近了中午下班时间。想到已经到了这儿，也犯不着再打电话。大不了一会儿看他出门，迎上去来个刻意邂逅，也算是主动缓和情况了。

为防止下班同事遇见，希晓到对面的茶餐厅里一坐，专心等待李子睿出门。

远远地便看到对面走出那个熟悉的身影，希晓心里一颤，接着便要走出去。只是，抬眸再见时那声"李子睿"刚出口，她竟然看到了冉若珊与他并肩相谈。

此时的颜希晓多么希望自己的声音还没吼出去，可是一切为时已晚，那两人的目光同时看往了她的方向。李子睿眉角一挑，那瞬间眸瞳似有惊讶闪过，定定地看着她。而冉若珊的秀美笑容则尴尬地僵在了唇角，直到李子睿要行到她这里，才又恢复平常模样。

颜希晓呆呆站在原处，静等着那个男人向自己一步一步靠近。与此同时来临的，还有他的前女友。她只觉得自己仿佛是将要面对一场战争，竟产生了几分要奋勇作战的幼稚感觉，第一次，将冉若珊视作了对头。

李子睿将她拉到一边，不想让她距离马路那么近："你来干什么？"

"无聊，来看看你。"她唇角一弯，划出一抹清浅笑容，目光转移到冉若珊身上，"冉小姐，你好。"

冉若珊回以笑容："你好。"

"你们要商量事情？"颜希晓看看表，"那不好意思打扰你们了，原以为要找子睿吃饭的。那如果你们有事儿要聊的话，我回家吃。"

她转身欲走，可只是走了两步，便被那只大手用力拽住："别走了，一块儿吃吧。"

如心中所愿，颜希晓唇边荡起粲然笑容，她转过身，对着冉若珊扬声道："可以吗？"

"按道理是不可以。"冉若珊竟然点头，这一点是颜希晓没有想到的答案，她一怔，却见她笑道，"李子睿，今天我来可是要和你谈工作，找老公那个代理……"

她看着他眨眨眼睛，眸中寓意不言自明。

"既然是工作事情，就应该上班时间阐述。"颜希晓轻笑，"你要不这么说，我还打算回家凑合吃点呢。可现在你要在吃饭时间谈工作事情，我担心我老公不分时候都趴在工作上，身子难免受不了。所以，想跟着去监督怎么样？"

她的一番话说得不软不硬，李子睿不由皱眉头，拉着她的胳膊："希晓……"

"嗯？"

“一块儿去吃吧。”李子睿看着她，一瞬间又向冉若珊点头，“若珊，我们的事情不都谈得差不多了吗？再说希晓已经脱离了楚阳，种种的利弊关系，都与她无关，自然也不用避讳她。”

见李子睿这样说，冉若珊唇角微扬，露出有些无奈的笑容，先行走到前面。

颜希晓当时只是为了赌气，抱着与冉若珊作对的心态与他们共餐。可是一旦到了餐桌面前，她便有些后悔。

冉若珊那看人的眼神，实在是让人毛骨悚然。

果真，她的目光掠到对面希晓的大肚子，突然笑道：“李子睿，当时我觉得我动作便是快的，没想到你比我更快。”

“你太早露出了分手的苗头，而我总要未雨绸缪。”李子睿搅着鱼汤，并不抬头，“我和你一样，最重实际，不会吊死在一棵树上面。特别是……”他抬头微微一笑，眸中散发凛冽的锐气，“那棵树并不怎么值得我吊死的时候。”

冉若珊脸色一变：“你知道和我一样便好。那当时怎么还那么义愤填膺？”她看了一眼旁边的颜希晓，“看颜小姐的样子，得怀孕7个月了吧？李子睿，你还经常提倡忠贞观念，知道我另嫁之后大骂我的背弃行为，我以为你是怎么守贞的人呢，没想到自己却更猴急地道德败坏。”

这话说得实在是听不下去，颜希晓手中奶杯一放，刚要开口，李子睿却突然按住她的手：“若珊，”他淡然一笑，“我觉得这个话题实在是没什么意思，特别是在我的妻子面前，难免让她觉得我们还有旧情复燃的苗头。你现在有了骆先生的孩子，而我妻子也有了孩子。这事儿已经尘埃落定，再追溯也没什么价值。还有，希晓。”李子睿侧头看向希晓，“今天我们又和若珊关系近了一层，以后必定更加亲密。”

“哦？”颜希晓扬声，故意做出吃醋的样子，其实心里已经猜出答案。

果真，李子睿下个动作便是向冉若珊敬酒：“祝我们以后合作成功！”

平心而论，对于这顿饭，颜希晓还是比较欣慰的。不管怎么说，李子睿总是站在她的角度上说话做事，任冉若珊怎么挑刺儿，也没让她失去半分面子。

想到这里，她心里突然敞亮了很多，追上前面已经快出她两步的李子睿：“哎，晚上吃什么？我回去准备。”

却不料李子睿竟突然转头，刚才还欢悦的眸子突然折射出冷冽光芒："颜希晓，你觉得我们还有必要吗？"

希晓一怔，茫然道："你什么意思？"

"我的意思是昨天咱们说得很清楚，颜希晓，你昨天用协议把我赶出了家门……"他唇角微勾，似讥非讥道，"你不会今天就忘了吧？"

"可是你今天明明……"颜希晓脸上抹上一层红晕，李子睿刚才明明还笑靥灿烂，对她不说情意绵绵却也照顾有加，为何突然又成了这个样子？

"颜希晓，我们是人民内部问题，两人解决便可以。"他在下一秒钟便给了她答案，"与冉若珊是外患，所以犯不着拿我们这点矛盾去让她笑话我们弱智丢脸。"

"我明白了。"颜希晓抬头看他，"所以，这一切，只是为了你的面子？你只是不想让冉若珊看你的笑话？所以才拉我一同演戏？"

她多么希望他的嘴里能说出那个"不"字，可是她盼来的，却是他轻轻地点头。

颜希晓突然觉得心凉，攥起拳头，刚才她与他的亲密无间仿佛还在手心留有温度，可是转眼间，他便告诉她，他刚才与她所做的一切都是演戏，都是在前女友面前不得不争下的气和面子。

她还为刚才的举动感到快乐，满心认为那是他们吵架后上天赐予的和好机会，可是却没料到，她的价值，竟只是一种工具。

颜希晓呆呆地站在那里，突然不知道自己该怎么做。等到抬头时，却发现李子睿已经离开。

他的身影已经到了对面。只隔了一条马路，却像是千山般遥远。

希晓咬唇，转身拦过一辆出租车，心乱如麻。

拼婚

11 结缘，给彼此机会

“喂，老李，你还真打算在我这里持久战啊！”梁落递过来一个橙子，不满地扬眉，“怎么看你这架势像是要待上两年似的，待得我心慌。”

“待两年你就心慌了？”李子睿垂头看着手中的文件，漫不经心地回答，“你忘了刚来J市的那会儿，你接连四年挤在我租的房子里了？”

“得，你比王婆还啰唆。”梁落不满地侧头，“你那时候的滴水之恩，我也算是涌泉相报过多次了。”

“那也得继续报。”李子睿头也不抬。

“你到底和你老婆怎么了？”梁落终是忍不住憋闷，再一次问道，“电话也不打一个，面也不见一次，你们俩是属倔驴的吧？就这么一蒙眼走到黑？”

“走一步看一步。”李子睿微微一怔，眼前出现颜希晓今日的表情，就那样怅然若失地看着他，一眨不眨的，仿佛经历了极大的挫败与伤害。其实他不是没有看到她的柔弱，不是没有发现她的无助，甚至也将她的示好都收在了眸中，却还是不能再次走过去。

一旦走过去，就怕再也没有心思折回。所以，还不如就此狠心，离开。

梁落见再问他也是这个答案，深深叹息之后便进自己卧室休息。疲累两日，李子睿睡意渐浓，便抱着资料回到卧室。

仿佛被什么蛊惑，他竟控制不住地老翻看手机，一夜平静，颜希晓自从分手后就再也没给过电话。李子睿拿着手机翻来覆去地思索，眼前再一次出现临别时她的表情，慢慢地，一种不祥之感腾涌上来。

手机屏幕上已出现了那11个数字，他只要轻轻一按，便可以拨通她的手机。可是，到了最后时候，他却突然心生烦躁，“啪”的一声，将手机甩得老远。

因为用力过大，手机电池被远远抛落。李子睿不愿收拾，扯开被子，闭上眼睛。

正睡得迷迷糊糊的时候，耳边却响起了敲门声。李子睿以为是幻听，蒙上被子又继续睡去，不一会儿便听到拖鞋踏地的声音，一声迷糊的“谁啊”之后，下面的两个字便让李子睿彻底惊醒。梁落竟一声惊呼：“嫂子！”

随即颜希晓的声音便在客厅回响：“不好意思，我想问李子睿在这儿吗？”

还未等李子睿彻底反应过来，门已经被颜希晓打开。梁落冲着门缝对他吆喝：“哥，识相点哈，嫂子可是亲自接你来了！”

听闻此话，希晓脸上抹过一丝不自然，随即走到他的床边坐下。

李子睿这才发现，她呼吸急促粗重，仿佛是经历了很重的体力劳动，不由问道：“你跑上来的？”

“爬上来的。”颜希晓努力平稳自己的呼吸，“这个小区晚上竟然停电梯……虽然是六楼，但爬上来还是有点难度。”

“你怎么不给我打电话？”见她如此，他突然有些心疼，刹那间所有的别扭与自制全都消散，他连忙到客厅倒了一杯水给她，“你给我打个电话，我下去接你。”

“你电话不接……”颜希晓面有难色，“我打了四次，都是无人接听。”

李子睿这才想起自己的手机正处于支离破碎的状态，连忙找回来解释：“不是不接，是掉到地上摔坏了。”

“哦。”颜希晓捧着杯子喝了一口，便不再说话。

“你是怎么找到这里来的？”他看着她呼吸平缓了一些，这才问道。

“你以前说过这个朋友，当时我便记住了这个小区，然后问了问传达室的大爷，就摸索着来了。”

“哦。”

刚才因同情而散发的本能已经退去，一旦冷静下来，两人面临的又是无尽的尴尬与无奈。面对希晓的突然到访，一向能言善辩的李子睿竟然不知道该如何开口，只觉得心中霎时被一种莫名的感觉填得满满的，却又因此而涨得心口发痛。

这一次，是颜希晓首先打破的沉默：“李子睿，回家吧。”

简单的一个“家”字让李子睿周身一颤，他抬头，定定地看着那双闪着璀璨光芒的眸子：“家？颜希晓，你觉得那还像个家吗？”

她点头："我一直觉得那是我唯一的家。"

"那你给我一个回家的理由。"他突然勾唇浅笑，眸中流露出无奈酸楚，"你告诉我。"

她怔了怔，随即摇头："你先给我一个不回家的理由。"

"我的理由很多，颜希晓，"他定定地看着她，苦笑道，"我不是那种无坚不摧的男人，我曾经也以为我能忍受一个女人在我旁边怀着别人的孩子。可是后来我努力了，尽力做了，却发现还是做不到。"

"这是一场协议婚姻，我们当时的目的都很明确，就是为了落户。但是颜希晓，我高估了自己的把控能力，我原本想，反正咱们的目的很明确，感情过往什么都可以不谈……可是生活太复杂了，我没法将你和那些条款完全融于一体，于是，到了现在，我举步维艰。"

"看到你说起陆祈晨时候的哀苦落寞，你总以为我漫不经心，其实我却心如刀绞；听到你站在他角度上考虑所有事情，甚至为他保全这个孩子，你总以为与我无关，其实我却苦不堪言；觉察到你对这个孩子的坚决保护，你让我成为他的名义父亲。颜希晓，我真的想过就按照你的意思走下去，可是不行，我做不到。"

"我无法忍受自己成为一个人祭奠另一段感情的工具，而且这个人是我在乎的人。这几天，公司传言陆祈晨要出狱，我立即就想到了以后的路子。到时候事情败露怎么办？你如何面对陆祈晨，我又如何面对这个社会？"

"颜希晓，这就是我思忖的所有结果。我们这条路没法走下去了。"他看着她苦笑，"都怪我当初设想得太简单，如今想要全身而退，都会牵连出一身疼痛。"

颜希晓久久未语，过了半天才说道："你一直在想这些？"

"嗯。"

"你一直觉得我留下这个孩子，是为了陆祈晨？"

"嗯。"

"李子睿，你原本可以早问我。而且我也说过，我为的是我自己。"她咬唇，说出医生的诊断结论，"医生说我子宫壁薄，一旦做流产手术，稍有不慎，很可能以后都会不育。可我想做个妈妈，我想成为一个完整的女人，所以，就想把这孩子生下来。"

“自始至终，关于孩子，我丝毫没有考虑过陆祈晨。”她轻轻一笑，“你应该相信我，这个世界上，最想与陆祈晨划清界限的是我颜希晓。那个晚上已经人财两清，又如何期望以后再有关联？”

李子睿没想到她留下孩子的理由竟是这个，一时间睃睁。

“即便这个孩子生下来了，我也绝对不会让他与陆祈晨产生关系。断了的就是断了，我从没想到再从头凝合。而且，今天乔越也来问我这件事情，我已经表明了态度，说这孩子不是陆祈晨的……是你的。”

“我知道我这样很自私，莫名地给了你一个孩子作为负累。可是李子睿，我没有办法。我要向前走，就必须有个支撑。还是那句话，我求你给我的孩子一个身份，一个正大光明的身份。这便是我的所有理由。”

“即便是这样，你又凭什么认为我会回那个家？”李子睿微微皱眉，“颜希晓，我不是圣母，不是救赎者，不是这个世界上最万能的上帝。有些事情，看似容易，走起来却很难很难。”

“我知道。”颜希晓抿唇，突然抬头看他，“不过，如果我也犯了第二十一条呢？”

“什么？”

“我说我也发现自己犯了第二十一条，这么一来，你有过的我亦有过，是不是就可抵消？”颜希晓看着他，缓缓地说道，“李子睿，并不是只有你有七情六欲，我也有，而且不比你少。”

“你这是什么意思？”

“我的意思是，如果你因二十一条需要受到的惩处是凌迟处死，而我，至少要灭九族。”她的唇角慢慢勾出笑容，“我的罪行，要比你深得多。”

“颜希晓……”

李子睿的眼睛掠过一弯质疑之光，在暗黄的台灯照射下星星点点闪烁，更显得犹疑不定。她的话仿佛是结成了一个冰块，僵硬地梗塞住他的所有思维，只能被动地，看着那双粲然分明的眼睛。

她唇角微勾，似是为难地微微低头：“李子睿，我觉得我都说清楚了。如果你还愿意待在这里，那么，我先走了。”

话音刚落，她便黯然转身。原以为在李子睿面前那么别扭地表露心迹之后，他亦会认同她好不容易才积蓄的勇气。可是，在她好不容易说出之后，他却已经后退，不给她机会。

其实，在触碰到他眼睛里的游移之后，她便已经心灰。

就在她已经抚上那个门把手之时，颜希晓突然觉得胳膊一痛，还没反应过来，身体已被迫反转向他。她惊慌地瞪大眼睛，清晰地自那双墨黑瞳眸中发现了自己还未来得及收敛的落寞与惊悸。却见李子睿唇角一勾，眉宇中那份沉稳与决然再次凝起，一眨不眨地看着她："颜希晓，你说的是真的吗？"

希晓有些茫然："呀？"

"关于二十一条，那是不是你的真心话？"他不自觉将胳膊收紧，颜希晓瞬间在他用臂膀支撑间的狭小范围内被禁锢。她第一次距离他如此近，近得甚至能听到他的心跳声，一下一下，泛着激动的节奏，沉稳而又动听。

她不再说话，只是点头，仿佛已经预料到了下一步将会发生什么事情，眼睛微微半眯。

下颌被抬起，微低着头的她被迫面对那双暗幽瞳眸，他昔日维持的寒冽竟瞬时不见，转而荡漾的，是她捉摸不透的星光闪烁。她就那样眼睁睁地看着他一寸寸靠近，直到覆上她久久干涸的那份温暖。

如此突兀的吻，却像是蓄积了很长时间的力量，自然而又霸道。

先是一点一点游移，如同小心试探，后来便是狂风骤雨般的袭击，仿若不耐惩罚。

颜希晓渐渐由被动接受变为回应，以前与陆祈晨接吻的时候，就曾经被他教育成是天生弱智，而且还具备不求上进的学风，几年恋爱下来，吻技依然无从进展。

她曾经纳闷那样连续接吻两分钟以上的人到底该具备怎样的肺活量，为什么她只要超过一分钟，就会觉得喘息连连？而李子睿显然也料到了这样的情况，他正处于情热，而她已经几近窒息。

他有些不舍地推开她一些，看着她因激吻而微肿的诱人唇瓣不由轻笑："颜希晓，你别告诉我你没接过吻。"

希晓低头，点点女儿娇羞流于眸中，不知嘟囔了一句什么便不再回答。看着她从未流露过的小女儿样子，李子睿突然将她再次拢于怀中："希晓，迈过了，以后就不要后悔。"

"你不后悔，我就不后悔。"怀中的女人一怔，攀上他的腰紧紧依存于他的怀抱，“李子睿，你要发誓，永不后悔。”

他深深吸气，没再说些什么，只是不断以下巴摩擦着她的头发，姿态亲昵而又怜惜。虽然无言，却让怀中人安心依赖。

颜希晓暗暗告诉自己，这是最后一次谈及爱情。

毫无意外，李子睿不到两日的离家出走终是在颜希晓的大爱感化下回归家庭。

两人躺在床上，李子睿看着尚有羞意的颜希晓，突然凑过身去，将她的头置于胳膊之上：“希晓……”

颜希晓刚欲挣扎的意志在他一声柔柔的“希晓”中彻底溃散，她挑挑眉毛看他：“干吗？”

“你怎么找去的？”想起她的“寻夫”行动，李子睿仍然觉得止不住的幸福，他一向觉得自己在她心中可有可无，可是她却用行动给了他一个最完满的答案——她在乎他。

“就找去了呗。”颜希晓有些羞涩地低头做鸵鸟状，“没想多少……”

“嗯。”看着她那副为难的样子，李子睿也不忍心继续打趣她。微微动了动胳膊，让她枕得更加舒适。却听她突然说道，“我只是怕不去，以后会后悔。”

简单的一句话，却让李子睿心中荡起涟漪。

“李子睿。”她突然主动贴近他，一双手无助地在他腰间攀附，“以后的生活，怎么办？”

冰冷的外壳已被瓦解，一旦发现自己对他形成如此依赖，反而不忍看他委屈。

李子睿微微蹙眉，唇角勾出一弯显不可见的无奈，语气却是坚决的：“该怎么办怎么办。”

“我们作个约定。”颜希晓突然抬头，定定地看向他，“一旦你有悔意，真的觉得撑不下去了，一定要事先和我说。”她的声音慢慢低下去，“被抛弃一次便够，我只想要个事先缓冲的机会。”

面对这样的她，李子睿忽然感觉心疼，将她紧紧揽在怀里道：“傻子。我既然做了，就不会后悔。”

可是到后来才知道，承诺许下得太轻，后来的实践竟有那么艰难。

这颇具有戏剧性的一夜便在两人的忏悔希冀中慢慢过去，因李子睿早上

还要起来上班，颜希晓便强撑着睡意起来给他做饭。

她刚刚坐起，李子睿便大手一揽，又将她拖下去："今天出去吃，陪我多睡会儿。"

"外面的不卫生。"希晓把他的手拨到一边，"你先睡会儿，做好了叫你。"

正弄着鸡蛋羹，身后突然传来慵懒低沉的声音："今天吃什么？"

颜希晓头也不回："鸡蛋羹，肉丝饼，豆浆……"还没说完便觉得腰间一紧，她身子猛僵，攥着的勺柄差点掉下来，却见李子睿亲昵地揽着她的腰，耳畔尽是他温热的呼吸缱绻："有老婆就是幸福啊。"

希晓红着脸嗔他："一边儿去，又不是以前没给你饭吃。"

"以前和现在的滋味不一样啊。"李子睿松开手，就着希晓手中的勺子先盛了一点肉丝吃下去，继而享受地深呼吸道，"果真美味。"

"少夸张，这些东西以前也是做给你吃的。"希晓不以为然，"你这副恶狼样子，好像我以前老虐待你。"

"希晓。"他又贴身上来，在她耳边软语道，"你不知道，我以前就想过这样的日子。有老婆给煮饭，然后送着去上班，回家也能看到人，一家人齐乐和美。"

希晓突然被他触动，主动靠了靠他脸颊，她低声道："我也是。"

两人的相处氛围和以前其实并没有太多不同，李子睿吃完饭后便要上班。希晓原想送他到楼下，分别之时却看他突然转头："颜希晓。"

那一瞬间，他的眸瞳暗光闪烁，显然是有什么话要说。

"据说陆祈晨真的要回来了。"他微微抿唇，"你想好怎么做了吗？"

"想好了。"她笑，"我只有两个字，不见。"

"那如果他来找你呢？"

"他不会。"颜希晓笑，"当时断得那么彻底了，陆祈晨心高气傲，我又不是什么香饽饽，死缠烂打并不适合我们俩。"

"那如果万一呢？"

希晓突然觉得这样游移不定的李子睿让人莫名伤感，仿佛是料及了以后的事情，眸中带着那么多不确定的因素。她凑上前去，定定地看着他的眼睛笑道："那也好办，我告诉他，我是有老公的人。我的老公，叫做李子睿。"

那三个字落定的瞬间，李子睿勾唇浅笑，转身迈入电梯。

身贴冰凉的电梯壁，李子睿不由深深叹息。尽管颜希晓态度坚决，尽管他们的关系迈上了一个新的台阶，但是想到以后，还是会忍不住千般思索。别人的婚恋关系都是单纯，顶多搞好两人的关系便好，可是他们，需要面对的是三人的存在。

想起那个她腹中的孩子，李子睿便有些头疼。他是男人，喜欢就必然在乎，在乎就更加介怀一切无关于两人感情的存在。那个孩子现在还未出生便如此敏感，要是出生以后，还不得是个炸药筒子？

还有，自己真的是那种为感情不顾一切，欢欢喜喜去做别人孩子的爹的人吗？

李子睿觉得自己很可笑，一夜之间由利益在前的大叔突然变成为感情生死难顾的毛头小子，且态度强硬，颇有些为情生死相许的冲劲儿。

算了，就当自己是二婚吧。李子睿这样安慰自己，想起颜希晓昨天那可怜兮兮的表情，他便不由自主地沉沦下去。现在不都很流行带子再嫁吗，他娶了个老婆还添了个孩儿，买一赠一其实也算多了点收获。何况，别人现在并不知道这个孩子不是他的。

想到这里，李子睿的心好受了些。那份因爱而滋生的期待感又飘飘然起来，春风满面的他，以饱满的热情投入了一天的工作。

这样的日子对于他来说是从未享受过的，虽然看到希晓隆起的肚子有些碍眼，但是回家之后那浓浓的温馨氛围似乎更让他沦陷。他与她不再像以前那么隔阂，一起去超市购物，去公园散步，去菜市场添置蔬菜，再普通的事情在两人看来，也如同蜜般腻甜。

他们像是约定俗成，自那天起，再也不提陆祈晨，再也不提冉若珊，甚至连肚子里的孩子都很少提及。这样的逃避为两人赢得了更大的自由空间，李子睿常常觉得自己像是一个生死未卜的路者，前途如何不敢思量，只能像寒号鸟似的暂度此时安生。

希晓正在沙发上窝着看肥皂剧，突然见李子睿自卧室出来："这个还有必要存在吗？"他笑着坐在她身边，大手揽着她的肩笑道，"这些条款，是不是没有效力了？"

颜希晓低头一看，正是维系他们关系的那段合同。她一把夺下，作势欲撕，轻笑道："真的撕掉？"

李子睿微微蹙眉："还是不要了。"

"怎么？反悔了？"她心里有一点点难受，却还是做出笑容满面的样子，"觉得不保险，还是依照协议执行？"

"是觉得不保险，"他拿着合同，"希晓，我老觉得你会走，也许，这三年的协议期，还是我和你能待在一起的最长期限，我只怕你待不住这么长时间，中途就改变了主意。"

希晓侧头："你怎么会这么想？"

"你觉得我不该这么想？"李子睿突然低头苦笑，"或许是我想得太多了……但是一想到以后，还是难免会没有信心。你和他，毕竟还有个孩子作为维系。"

"我说过，这孩子和他没关系。"

"颜希晓，你这是气话。仔细一想，便毫无理智可言。你想过了吗？一旦这孩子要是太像他而不像你，这个事情该如何隐瞒下去？到时候，即便你再咬牙切齿地说这孩子不是他的，而是我的，恐怕也只会让人笑话。"

话说到这里，颜希晓脸色蓦然暗淡下来。

这些问题，她不是没有考虑到。这几天，她甚至像是着魔一般，在外面见到个小婴孩，便下意识地去寻找她的父母亲，看看到底像谁随谁，一旦要是太过像父亲，她便会心里一沉，继而一天六神无主。

孩子的样貌遗传是最铁的证据，一旦这孩子长得像是陆祈晨，到时候，又该怎么办？

"李子睿，要不然，咱们走……"颜希晓突然抬头，墨色眼睛流露出希冀祈求的光，"咱们回 C 市吧，别人不认识我们，不就能瞒得过去了？"她顿了一顿，"而且，咱们可以在 C 市开展新生活，如果我恢复得好，也许可以再生，咱们……"

"颜希晓……"她的设想还未设计完毕就被李子睿堵了回去，"你觉得可能吗？"

"为什么不可能？能在 J 市待得好，在 C 市肯定能活得更好。"她眼睛一眨，突然委屈地看他，"还是你舍不得 J 市，不愿意和我回去？"

"我是舍不得 J 市，毕竟 J 市是我长久以来的奋斗目标。可是在这件事情上，却不是为了这个原因。"李子睿走到她身边，将她的手掌置于自己掌心相握，“希晓，你想想，躲又能躲到哪里去？”

“陆祈晨若是有心，你躲到天边他也会寻找到这个孩子的下落。还有那乔越，明显着就是一个视你为情敌的样子。恐怕你越躲，便越欲盖弥彰，到时候就算是想要辩解都无能为力。”

“那李子睿，你说怎么办？”听到他如此分析，她越来越心灰意懒。

“我怕的不是孩子，我怕的是你。”他深吸一口气，定定地看着她，唇角突然弯出一抹浅笑，“你只要别和那陆祈晨再临时改变主意，上演一场一家团聚的戏码就成。”

“李子睿，我不会。”她慢慢靠在他胸膛，尽管心乱如麻，却感觉这怀抱似是她唯一能休憩的地方，“只要你别不要我，我就不走。”

可是，你怕我远走，我怕你离开。这样一场毫无安全感的爱情，到底该如何维系？

拼婚

12 岔路，我们举步维艰

李子睿从来没料到，事情会来得这般快，可却不是关于陆祈晨，而是他。

他这几天正在与冉若珊丈夫骆林旗下的千池百货详谈项目宣传进展事宜，虽然说进行得不算很顺利，但总算没有出现什么大状况，大概是因为冉若珊月份儿也大了，这么多次进千池，都没有看到她。

可是没过几日，千池竟然传出惊人消息：冉若珊挺着8个月的肚子，要与骆林离婚！

“为什么要离婚？”颜希晓摸着自己的肚子，惊诧道，“她都有他的孩子了啊，为什么又要离婚？”

“不知道。”

颜希晓不由皱眉：“到这个关卡才离婚，应该是有什么很关键的原因。你想啊，现在骆林要是与若珊离婚，也要担负抛弃妻儿的恶名。他作为一个半公众人物，刚刚在J市立足，应该视名誉为生命的。”

“我也不知道。”李子睿叹气，“若珊像是失踪了一样，也没来找我。她在这个城市无依无靠，我原以为她会来找我的……”

“那你还打算和她再续前缘吗？”颜希晓扬声。

他看她一眼：“我担心的只是我们与他的合同问题。”

“这个合作关系原本就是基于冉若珊而建立，而今若珊与他离婚。那么这个合同的存在，就很危险了。”

“他总不会毁约吧？”颜希晓顿了一顿，“合同是几年？”

“3个月。”

“3个月？”颜希晓大惊，“这么短？”

“嗯，骆林做事很谨慎。他这3个月就是为了测试我们的工作水准而进行的试用。我们那日谈好了，一旦这3个月合乎他的标准，即刻签订五年长期。”

李子睿说到这里轻声叹气，“不过，我觉得这次悬……”

看他那副样子，希晓不再说些什么，只能软语安慰，而李子睿恰巧又电话铃声大作，孙培东这个家伙又拉他去当陪酒员，应酬。

嘱咐了几声之后，李子睿出门。

生活无聊至极，因为对胎儿不好，颜希晓不能上网，只能看电视。她大大咧咧地往沙发上一躺，却突然发觉屁股下面有个硬物，仔细一看，竟是李子睿的办公室钥匙。

她轻声一笑，原想给他送过去，转念一想，现在就算是去追的话他也已经上了出租车，反倒不如等他察觉到钥匙没带，再回来。

谁知这个念头刚过，门铃声音便大响。

心想李子睿动作还挺快，颜希晓挺着 8 个月大的肚子去开门，却没料到门打开之后，竟是另一个人的身影。

那个人她似曾相识，正在疑惑间，反而是对方自报家门:“李太太，你好，我是骆林。”

颜希晓这才想起，这便是那冉若珊的丈夫。

她侧身一让，唇角浮出礼貌笑容的同时，心里却在打鼓：冉若珊与李子睿关系如此，都没找上她家的门，这骆林与他们素不相识，干吗登门拜访?

骆林马上便给了她解答：“李太太，我是想说说你丈夫和我前妻的事情。”

“我不明白。”颜希晓一怔，随即做出无辜笑容。

“我不相信你不明白。”骆林扶了扶眼镜，唇角突然勾出凌厉弧度，“关于你丈夫和我前妻的关系，你不会不知道吧？”

“我知道，他们是旧恋人。可是现在已经各自成立家庭，所以，我不认为他们还有什么关联。”

“可是你相信你的丈夫一直忠于你吗？”骆林突然轻笑，“李太太，我不是无故说出这样的话。我有个证据，还请你守口如瓶，别与其他人说。”

见颜希晓点头，骆林随即拿出一张单据，在看完那张单据的瞬间，颜希晓面如死灰。

“看到了吧？”骆林轻笑，“我相信你的为人，所以才会直接将这个消息给你。这是上个星期的体检结果，医生说，我应该维持了这样的状况两年多。那么，我又如何有的孩子？”

希晓脸色忽青忽白："骆先生，我很同情你的遭遇，可是貌似这与我们没什么关系……"

"我不是来求你同情，而只是想提醒你一件事情，"他轻轻叹息，"现在事情还早，不要到了最后关头，才无可挽回。"

"你是什么意思？"

"你应该知道我什么意思。"骆林半眯眼睛，"据我所知，在与我结婚之后，冉若珊还多次来寻找她的旧日恋人，李太太您应该知道这世上还有一个词，叫做藕断丝连。"

希晓只觉得心中有一个地方轰然坍塌，她勉力挤出笑容："骆先生，你可以怀疑你的太太不忠，但是我相信我的丈夫。"

"随便你。"骆林起身，径直走到门外，却在门口处倏然转身，"李太太，麻烦你告诉李先生，别再为我千池的合同而白费努力，我们没有合作可能，还请他不要妄想。

"还有，如果现在相信你的丈夫，那就请去金色年华咖啡屋，那儿会给你一个明确的答案。"

话音落，"砰"的一声，骆林快步离开。

颜希晓不知道该用什么词语来形容自己此时的心情。难以想象的愤懑袭上心头，几乎让她失去呼吸能力。她拿起手机，麻木地拨出去那个号码，电话响了好几声才接通。

话筒传来音乐响声，看来是在一个酒吧、咖啡屋之类的地方，时不时的，还听到旁人喧闹："喂，希晓，"李子睿问她，"有事儿吗？"

"你在哪儿？"

"在银光。"李子睿似乎惊讶于她的多问，又补充了一句，"约见了客户，正好在这里谈。"

"哦。"颜希晓短短应了声，"李子睿，你和冉若珊，那个过没有？"

李子睿一怔："哪个？"

希晓突然觉得自己这个问题极其没有水准，他们已不是50年代的少男少女，谈个恋爱怎么会不涉及性爱要求。就连她这样的老死板都做了一次出格的事儿，何况是他？

所以在李子睿再一次问她的时候，颜希晓没再回答，匆匆应了两声便挂断电话。

脑海里再次回响起骆林最后一句话："如果信任他，就去金色年华。"短短的几个字，似乎别有玄机。

难道李子睿，现在在那个地方？

心里起了这个念头，颜希晓提着他的钥匙，拿起包便冲出家。她打了个车，直奔金色年华。一路上都在想，如果真的没有在那里看到李子睿，她便从此再不怀疑他，可是如果他真的在里面，她该怎么做？

一路的忐忑使路程显得比往常快出许多，颜希晓踏进金色年华，顺着服务员的指示寻着李子睿的身影。果真，在最尽头处，她看到了他的丈夫。

与此同时映入眼帘的，还有她老公的前女友，冉若珊。

刹那间，似是全身血液都停止流动，希晓手脚冰凉。

他们似乎是在聊什么严重的问题，直到颜希晓靠近李子睿都没有发现。直到她轻轻晃动钥匙给他："子睿，你留在了家里。"

李子睿这才一惊，腾地坐起身来："希晓，你怎么来了？"

"我来给你送钥匙。"希晓抿唇一笑，笑容似淡若无，她随即看向冉若珊伸手，"你好，冉小姐。"

冉若珊"嗯"了一声，伸手回应。

希晓转身，唇角再次生起粲然笑意，却让人无端看了心凉："看来你们还有事情要说，那我先走了！"

"希晓！希晓！"

听着身后人的声音，希晓的脚步越迈越快，直到快要登上出租车的时候，李子睿才追上她，一把拽住她的胳膊。

"希晓，你听我解释。"他的声音如此低哑，语气里还弥漫着刚才因小跑而急促的呼吸，那双墨玉般的眸子深深看向她，"颜希晓。"

她侧手一挣，这次竟很容易便挣脱了他的禁锢："李子睿，你要解释些什么？"她轻声一笑，"解释如何由银光酒店改变成金色年华咖啡屋？还是解释如何由客户变成了接见旧日情人？"

"我……"

"师傅，麻烦开车。"颜希晓猛地关上车门，一溜烟便远离了那个人的视线，行于路上，风仿佛变成了刀子，吹得脸上丝丝痒痛。颜希晓下意识地抹了一把脸，却发现指肚都是腻湿痕迹，原来不知不觉中已经泪流满颊。

颜希晓从没有料到自己会有这般境遇，如果没有李子睿以接待客户为由去见冉若珊，她绝对不相信冉若珊肚子里的孩子会是他的。可是，骆林的那番话竟然成了事实，即使她不想相信，也并无驳辩能力。

他凭什么这样？一方面在说自己与他前途迷茫的时候，却在另一边偷偷地会着旧情人？

颜希晓没有直接回家，她打车去了J市的植物园，找了块草坪坐了一下午，直到晚上公园负责人开始清人，她这才起身欲走。

一直坐着没感觉出什么，这么一活动才发现自己差不多一整天没吃东西。她找了个路边摊，随便买了个煎饼果子垫肚子，看时间差不多之后，这才慢慢地回家。

而此时，李子睿已经接近疯癫状态。

自颜希晓打车，他便打了另一辆车紧随其后，却没想到到家之后，压根没有看到颜希晓的影子。手机打不通，去她常去的地方又没找到。李子睿一下子着了急，这才发现自己对她了解甚少，起码她在J市有哪几个要好的朋友，他都不知道。

抬头看看表，已经是10点10分。李子睿暗暗打定主意，如果颜希晓到了10点30依然不归，便去报警。

就在这念头闪过的一刹那，李子睿听到了门响的声音，颜希晓的身影掠于眼前。李子睿连忙凑上前去："希晓！你怎么现在才回来？"

仿佛丝毫没注意到他的焦灼，她看都不看他一眼，转身便进了卧室。

"希晓！"趁她还未将门完全关闭，李子睿伸手一挡，蹙眉看她，"希晓，你去哪儿了？我很担心你。"

希晓扬眉："我有什么好担心的？"她轻哧一笑，"我去了纽约自由女神那里，还与奥巴马聊了天，你相信吗？"

说罢，她又要关门。李子睿心里一紧，知道她是在影射他中午骗她的事情，不由急道："希晓，你误会了！"

颜希晓不想听他解释，仍然执意想要关门，可是女人的力气哪儿抵得住男人，特别是她还怀有身孕，三两下便被李子睿挡了回去："颜希晓！"他彻底进入卧室，拽着她的胳膊不愿意撒手，"你听我解释。"

希晓挣脱两下仍是失败，便扬眸看他，微红的眼眶显示出她刚哭过的痕迹，那眸瞳浸在未彻底消失的泪迹中，晶亮烁闪："李子睿，你是怕我多想才这样做的对不对？你是担心冉若珊，怕我胡思乱想才找了个理由搪塞对不对？"

李子睿一怔，他要说的的确如此，颜希晓这么一语击中要害，反而不知道自己该怎么说下去："对，我不是有意想要……"

"好了，我知道你的苦衷了，还请你回到自己卧室，我想要休息。"颜希晓反身一坐，自顾自地松开头发，一副准备要睡觉的模样，只觉得胳膊一疼，李子睿握住她的胳膊，一副万分惊诧的样子："颜希晓，你不相信我？"

"我相信你啊。"希晓轻描淡写道，"你有隐情对不对？我体谅你，你有隐情。"

"可你这么个样子分明是质疑和愤怒。"

"那你希望我做出如何样子？"颜希晓轻笑，"我本来就是这个样，你也应该早习惯了我这样。我不如你若珊妹妹温柔，不如你若珊妹妹贤淑，不如你若珊妹妹笑靥如花。我就是这么个粗俗、浑身是刺儿、厚颜无耻的无聊女人！"

"颜希晓，我没说你是这样！"李子睿皱眉，握着她胳膊的手却不曾放开，"对，是冉若珊打过来的电话不错，但我真的不愿意让你多想。若珊在这个城市没有朋友，就算不再是那种关系，遇到朋友离婚，也应该表示关心是不是？我只是，我只是……"他慢慢低下声去，"我只是没预料到你会跟踪，会找上门来。"

"我跟踪？"颜希晓一声轻哧，"李子睿，你高估了自己却也低估了我！你和我什么关系，我凭什么要跟踪你？"

这一声关系把两人原本尴尬的关联击得粉碎，李子睿语气倏然冷凝："颜希晓，你好好说话！"

"你要是觉得我这话说得不好听可以不听，没人愿意逼你，李子睿。"见他一副正义凛然的样子，颜希晓更加生气，"你去听你们家冉若珊的甜言蜜语多好，我放你通行，你们一家三口和美团聚去吧！"

"你什么意思！什么叫一家三口？"

"什么叫一家三口你自己心里清楚！"

“你别这么含含混混的，把话说清楚！”李子睿把她一拽，迫使她在床上坐下，“一家三口？亏你想得出来！”

“我想得出来，也要你做得出来才是。”颜希晓不惧他的胁迫，直直地盯向他的眼睛，“李子睿，我一向觉得我罪孽深重。我莫名其妙地就把一个孩子交给你，我实在是无耻至极。可是到今日我才发现，你才是那个道貌岸然的暗算者！”

“你和她有孩子也就罢了，那你怎么还不愿意借上次的事儿撕掉协议，去和她营造属于你们的三口之家？”话说到激动处，颜希晓愤慨激昂，“她现在也离婚了，那么李子睿，下一个要离婚的是不是就是你？”

“颜希晓！”李子睿愤怒，“你到底要说些什么？她那个孩子是骆林的，和我有什么关系？什么三口之家，我凭什么要和她三口之家？”

“骆林的孩子？”颜希晓一声哧笑，眼角已有泪水闪烁，“李子睿，你到底还想骗我多久？骆林……骆林他根本就没有生育能力，他怎么能和冉若珊生下孩子？”

闻言，李子睿彻底惊呆：“骆林没有生育能力？”

颜希晓泪花烁闪地点头：“这事情只有三个可能：第一，冉若珊就是有了你的孩子，这孩子是你们前尘过往的遗留物；第二，冉若珊和其他男人有了孩子；第三，冉若珊是雌雄同体的异类人，所以自己就能抱窝孵出个蛋来！”

“李子睿，你想想，这三个选择，什么可能性最大？”趁他睃睁，颜希晓怒而将他推到门外，“李子睿，我放了你！明天就签离婚协议书，咱们离婚！房子，我不要了！”

他一把握住她的胳膊：“颜希晓，你给我定罪，也要让我有个明白死法。”他深吸一口气，眸光散出灼灼光芒，“即使骆林不育，你又是怎么知道的？”

“人家都找上门儿来了！”想起骆林的表情，颜希晓更加激动，“让我管好自己的丈夫，让我时刻做好离婚准备。你以为我有那份儿心跟踪你？告诉你李子睿，人家早就把你与冉若珊的一举一动看在眼里了。今儿个是看不下去了，所以让我去金色年华！”

话毕，还没等颜希晓反应过来，李子睿便猛地关上大门，甩身离开。

就手拦了辆出租车，李子睿上车之后才给冉若珊打电话，大概是刚进入梦境，冉若珊的话说得含混不清。而李子睿只是问清了她的地址，便嘱咐司机师傅驱车而去。

到了冉若珊的家，冉若珊看到他满腹惊诧：“你怎么来了？”

拉着她的手便进了客厅，李子睿忍不住狂躁：“冉若珊，你给我把事情说清楚！”

“什么事情？”被他拽得痛了，冉若珊做出痛苦表情，“李子睿，你放开……”

“你肚子里的孩子是怎么回事？”

冉若珊眼睛抹过几分不自然，随即勉力扯出几分笑容：“和你没关系。”

“我知道和我没关系，那和谁有关系？”李子睿扬声，“和骆林恐怕也没关系吧？”

冉若珊的笑容再也维持不下去，就那样尴尬地冷凝在唇角，抿出最无奈的几分辛楚：“你怎么知道的？”

“冉若珊，你为什么不和我说实话？”看到她的表情，李子睿便知道颜希晓所说皆为实情，刹那间觉得更加难以理喻，“冉若珊，你到底在做些什么？孩子到底是谁的？”

“李子睿，你觉得你有什么资格探听孩子的来路？”面对他的暴怒，冉若珊反而轻声一笑，眸中淡淡掠过几分凄楚，“我的孩子和你有什么关系？你在这儿说三道四的？”

“是和我没关系，但是有人偏要与我扯上关系。”李子睿深呼一口气，“你的好丈夫骆林找到了我家里，暗示你肚子里的孩子是我的。希晓信以为真，现在要和我闹离婚！”

“她要和你闹离婚是因为她不信任你，又和我有什么关系？再说了……，”冉若珊反身一笑，“你就那么舍不得那个女人？现在才几天啊，就这么如胶似漆了？”

李子睿愤愤转身，他从来不知道和女人沟通这么费劲。明明一切源头皆在于她，可她却偏要装作阿弥陀佛万事与我无关的样子。他深深吸气，再一次觉得如此愤然指正不是办法，刚欲换个政策去套出事情真相，却见冉若珊看他：“李子睿，你真的爱上了颜希晓？”

李子睿一怔，随即点头。

“对，我是爱上了她。”他似是叹气一般地缓缓开口，“我不想和她分开。”

“切，好伟大的爱情！”冉若珊突然轻声一笑，“你说她的命怎么就那么好，见一个被爱一个，我怎么就没那么好的命呢？”

“对，李子睿你鄙弃得对。我就是因为想拿到J市户口才跟你分开的。你当时没钱，只是空有抱负的穷光蛋。而我冉若珊吃了这么多年的苦，已经够了，所以就勾搭上了骆林……”她看着原处，眼光迷茫，“我听说他最想要一个孩子，可是上了很多次床，什么措施也不采取可就是不怀孕，于是……”

她微微一顿，继而看他一笑，“于是我就为了靠牢他，找了另一个男人上床。”

“得知我有了孩子，骆林很高兴，当时就结婚，继而我落户到J市。我原本以为这事情就会这样发展下去，可没想到骆林体检会被查出来天生不育。”冉若珊苦笑两声，“好了，这就是事情原委。”

李子睿不敢相信自己的耳朵：“若珊你……竟然敢这样做！”

“这有什么不敢的，平常人家闲着谁去怀疑自己家儿子的身份，谁会去做DNA检测？”冉若珊无所谓地摇头，“我找了个与他血型一致的，五官相似的，谁又能说出什么来？”

“冉若珊，你太……”李子睿简直不知道该怎么说这个女人，以前的冉若珊，虽然势利但不天真，虽然实际但不莽撞，他怎么也不敢相信，她竟然能做出这样的事儿来！

“李子睿，你是想说我荒唐吗？”冉若珊反身一笑，仿若已经了解他的想法。

李子睿深吸一口气：“若珊，你太拿自己不当回事了。还有，你打算拿这个孩子怎么办？”

“我没不把自己当回事。”冉若珊轻扯嘴角，眼角却有泪水溢出，“李子睿，我过得很好。孩子已到今日，不可能把他做掉，只能生出来。而骆林是个要面子的人，不可能将此事说出去，再者，咱们国家的法律规定，要是怀孕期间离婚，必须是女方提出。”

“骆林说，要是还想要脸面，就主动提出离婚，那样，我的离婚赔偿也会照给。”冉若珊眼泪不断流下，“所以，这场婚姻，是我主动要求离的。李子睿，我已经拿到了我想要的东西，户口和钱，你说，我还求些什么？”

李子睿只觉得嗓子被一个东西噎住，什么话也说不出来。

“你还记得当时咱们分手时你说过的话吗？”冉若珊吸吸鼻子，勉力扯起唇角，“你当时指着鼻子和我说，我不能得到幸福，我早晚有一日会后悔。可是李子睿，我不后悔。”

“我用一个孩子拿到了所求的东西，而且不用陪那讨厌的老头子过完下半生，我有什么可以后悔？”她眨眨眼睛，唇角弯出一抹苦笑，“如果非要说有我遗憾的地方，那么就是我爱上的男人喜欢上了别的女人，而且是我主动推他离开。我原本以为，你对我的感情，保质期会有三到五年。可是没料到，只是这么短暂的一瞬间。”

李子睿只能叹息，事到如今，与这个女人，似乎没有别的话可以说下去。她用孩子换回了J市户口和钱，而他又有什么资格来指责她？自己其实也是在用婚姻来赎买这一切，所不同的就是，上天对他比较恩赐，他爱上了那个原本要做戏的女人，并且打算与她携手一生。

想到这里，他突然想起了还在家中痛苦的颜希晓，随即转身欲走。刚走到门口，身后却传来冉若珊的声音："李子睿，你不想知道，孩子的父亲是谁吗？"

李子睿脚步一滞:"我只知道不是我，所以，是其他什么人也与我没关系。"语毕，开门下楼。

冉若珊的身体慢慢自那扇还微微颤抖的门上滑落，刹那间，只觉泪如雨下。

老辈人说，婚姻不可儿戏。

可是她，终于戏弄了自己的爱情。

这样一场姻缘纠葛，就像是一出最烂俗的电视剧。坐在出租车上的李子睿拿着手机，心想该如何去与颜希晓解释这些内容。冉若珊说，是她对他不信任所以才要离婚，可他却不怨颜希晓，他们之前有太复杂的过去，她对他如此，原本就很正常。

如果解释好了，两人必然能冰释前嫌，希晓并不是不讲道理的人，李子睿暗暗告诉自己，可他心里却还是涌上了些许恐慌，说不出是什么滋味儿，却总是心神不定。

手机突然作响，李子睿低头，发现正是颜希晓的号码，马上按下接听键："喂，希晓！"

传入话筒的却是个陌生男性声音："李子睿吗？马上回家！

"你是哪位？"李子睿惊叹于那人的断然口气，"为什么在我家里？"

"我是陆祈晨！"男人声音刚落，话筒里便传来希晓呻吟的声音，似是经历了一场巨大痛苦，声音断续脆弱。李子睿只觉得心猛地一揪，只能无所适从地看向司机师傅："师傅，麻烦你快一些！快一些，我老婆出事了！"

不知道怎么回到家的，进门便看到颜希晓半卧在那个名为"陆祈晨"的男人怀中，身下已见斑斑血迹。李子睿连忙上前，一把扯开陆祈晨的身子，自己抱着她道："颜希晓！希晓！"

听闻他的声音，希晓因剧痛而微闭的眼睛睁开了些，微扯唇角，似乎像是想要挤出微笑："子睿。"她的呼吸急促粗重，"你送我去医院，我肚子疼。"

李子睿应了一声，拿起手机便拨打出医院的接诊电话，"希晓，你坚持一会儿，车就快要来了！"他低下头去凑向怀中女子，双唇无措地在她脸颊游移，仿佛这是他唯一能让她感知到他存在的方式："希晓，希晓……"

"希晓，你别睡……别闭上眼睛……"

"希晓啊，马上就好了。"他像个啰唆老太太一般在她耳边念念叨叨，"颜希晓，你再坚持一下。"

她断断续续地应着，呼吸却不断急促，每喘息一次，李子睿只觉得自己像是被利锯割心，尖锐而又痛楚。往昔那双神采飞扬的眼睛慢慢闭合，似乎再也没有气力去支撑所有。李子睿只能紧紧地抱着她，不断地在她耳边说着话，仿佛一停下来，她便会失去呼吸。

终于，救护车的声音划破长空。医生用担架抬走了颜希晓，李子睿慌忙去找房间钥匙，这才发现陆祈晨仍然在旁边站着。李子睿看他一眼："你走不走？"

陆祈晨这才像是反应过来一般，急忙踏出房间。李子睿摔上门，不顾陆祈晨，追随救护车而去。

终于到了医院，颜希晓被匆忙推往产室，李子睿也要跟着进去，却被护士拦了下来，她看着这跟着孕妇的两个面带忧色的男人，扬声道："谁是产妇亲属？签字！"

"我是。"李子睿看了身旁的陆祈晨一眼，凑身上前，在那张手术协议单的丈夫一栏签下自己的名字。在护士拿到单子欲走的时候，连忙又不放心地跟了上去，“护士，一旦有危险，麻烦保大人，我要大人！”

护士斜睨他一眼，那神态分明是说，你还盼着出事儿？可是嘴里却不耐烦地应道：“知道了，保你们家大人。”

接到他的协议保证，交好费用，那产室的灯光已变成大红的“静”字模样，看着护士匆忙的背影，李子睿轻叹一声，颓然坐到一旁的座位上喘着粗气，扬眉一瞥，陆祈晨竟然还在一旁呆呆站着。刚才太过慌忙并没看到他长什么模样，现在一静，他终于看清了颜希晓的前任恋人。

赶一下当今的潮流，李子睿更喜欢将这个男人称为男生。虽然已有二十八九，但他身上却还有着浓厚的阳光气质。而那紧皱的眉宇间似乎也凝出几分淡涩的稚气。他面如青灰，显然是还没从颜希晓的状况中缓过神来，一双手紧紧攥着，紧张地盯着那一个烁闪的大红“静”字，不断地在产室外踱步。

“陆先生。”看到另一个男人为自己妻子心急如焚并不是什么好事，特别是在发生了这么多事情的前提下，李子睿忍不住走到陆祈晨旁边，“能不能与陆先生说些事情？”

陆祈晨一愣，勉力扯起唇角淡笑：“李先生，你好。”

“陆先生是什么时候出来的？又怎么到了我家里？”李子睿上来便摆出这个问题，“至于我太太，好好的又怎么这样了？”

这一句句话语，俨然质问。

他料想陆祈晨或许会有几分为难之色，却不料他只是轻叹一声，说道：“我只想见希晓一面，和她说些以前没说完的话……却不料她情绪如此激动。”

“她痛成这个模样，你应该先带她来医院的。”李子睿皱眉，懒得听他那些前尘过往，打断道，“再这样拖下去，会出人命的。”

“我要打电话给医院，可她不肯。”陆祈晨突然轻笑，“她说，要先告诉你，要等着你来再去医院。”

李子睿心里一紧，说不出的滋味儿涌上心头。刚要说出什么，却听产科护士又是一声“家属”呼唤，他只能跑过去，再次办了一些手续性的东西。

回来看时，陆祈晨已经离开。

一小时之后，颜希晓被推出手术间，终是有惊无险，母子平安，是个女孩。只是因为孩子早产，所以生下来之后，希晓还未看个仔细，便被护士抱到监

护房间施行重点监护。

李子睿握着希晓的手，犹如经历了一场生离死别，声音竟有些颤抖："希晓……希晓……"

希晓勉强勾扯唇角，想要笑却因牵扯腹痛，终是没有发出声音。精疲力竭的她摆摆手，示意他靠近："去看孩子了吗？"

李子睿一怔，却见她又是一声喘息："像谁？"

李子睿"嗯"了一声，这才转身走向护婴室，一直关心颜希晓安危的他，竟然还忘记有个小麻烦存在。因孩子属于早产，正受监护而不让家属见，李子睿好说歹说才见了一次孩子，身子还没看全，就被护士骂了一通心急："孩子是你家的，着急什么？过监护期让你看个够！"

被吼了两声的李子睿悻悻地走进病房，抬眸便撞进希晓的眼睛，她用微弱的声音问他："怎么样？"

"孩子太小，正在监护中，并没看到多少。"他老实地给她掖着被子，"别急。"

一旁同房的病友听到夫妻俩谈话，不由笑道："孩子早晚会看到的啦，只过两天监护期，就能出来，到时候包管你看个仔细。"

"这孩子像你们夫妻中的哪个，都够漂亮。"另一个病友随之打趣，"不过依我的经验，这女孩儿嘛，自然是像父亲的多。"

李子睿闻声，脸色微变。

旁边这位病友没有察觉他们的异样，继续热情地分析："女儿随爹，儿子随妈。一般都是这样的，不过你这老婆可真幸福。"这位病友干脆凑过来身子，满眼的羡慕，"人家生了孩子都是急着去看自己儿女长什么模样，我见了这么多，只见过你老公一个忙于看自己老婆安危的……哎，这世界上多的是有了儿女就忘了老婆的负心人哪！"

孱弱的颜希晓脸色微红，露出些许尴尬之色，她呵呵地付以微笑："我老公一向对我很好。"

因剖腹产而实施的局麻还未完全失去效力，颜希晓说了几句话便缓缓进入梦境。再次醒来后，虽然小腹刀口微痛，但精神却好了许多，她的眼睛不经意一瞥，却见四周已无别的病友。有个摇篮似的小床，正静静地放在离她不远的地方。

而她的老公李子睿，则抱着双肩，目光看向远处的风景。颜希晓看不到他的表情，却突然觉得他的背影出奇的寂寥落寞。

“李子睿。”她喊了一声，随即便见那个男人转过身来，先是一怔，随即眸光便变成温柔的亮色。

“你换病房了？”她皱眉环顾四周，冰箱橱柜一应俱全，不由心疼道，“这么好的条件，得多贵啊？”

“我得赎罪啊，害你那天那么愤怒。”李子睿轻描淡写地扬眉，“千金换来卿一笑，值得。”

在他的调笑中，颜希晓蓦然想起了那日的事情，脸色一下子黯然：“冉若珊也要生了吧？”

“她生不生和我有什么关系？”李子睿斜她一眼，“不，也有关系啊。等生孩子之后，要给礼钱。”

“你什么意思？”

“我的意思就是，那孩子不是我的。”李子睿渐渐敛去唇角笑意，正色看她，“颜希晓，你不相信我。”

他将冉若珊的那些事情都一一向她说明，讲到最后，如愿看到颜希晓因惊诧而瞪大的双眼：“真的？”

“你以为我是剧作家？编这些来给你听？”李子睿将她的身子扶正了些，又说道，“若珊以后的路，会很难走。”

“那……那个孩子到底是谁的？”

“我没问。”

“你怎么不问？”

“我怕问了我老婆再小心眼，只要不是我的，就与我无关。”李子睿的回答理所当然。

颜希晓不觉翻了翻白眼，表面做出嗔怪的模样，心里却觉得出奇的安定：“我真的不相信她会走到这一步。”

“这没有什么不相信的。”李子睿拿过湿巾擦了擦手，这才说道，“虽然这个社会一直在倡导男女平等，可是不得不承认，终有不同。

“女人就算再有才，最大的利器也不过是自己的年轻与美色，尤其是对有着特殊目的的女人，这一点便成为通往利益阶梯的最大动力。若珊受不了

苦，她只是寻求了一个当今社会最普通的方式去达到自己的追求。可是没料到，聪明反被聪明误，这事情会弄到今天这步田地。

“她步步心机，处处打算，到头来却是这样。”李子睿苦涩一笑，“她的侥幸心理太重了，获得户口之后，还想要用孩子来束缚住骆林的钱包，这天底下哪儿有这么便宜的事情？”

颜希晓点头：“有钱人多心机重。”

“想想我们也没资格指责她，当初我们……不也是胡闹一场？”李子睿将牛奶放入微波炉里加温，回头看她道，“用婚姻的手段来达成目的，像我们，只能说是上天眷顾。多数人，怕都是若珊那样的。”

希晓应了一声，浅蹙眉头看向一旁摇篮：“那是孩子吗？抱来我看看。”

李子睿小心翼翼地抱过沉睡的孩子，唇角突然凝出一抹苦笑：“依我看，这孩子八成像她的父亲。”

颜希晓一听，已是心凉了一半。

“也不一定。”她笨拙地抱着孩子仔细地瞧，“你其实也与他有很多相似的地方，看这双眼皮，不也很深？看这鼻梁，也是高高的，还有这唇角，也有点外翘……”

“颜希晓。”李子睿打断她的话，“陆祈晨也是双眼皮，也是高鼻梁，也是外翘的唇角……”

颜希晓顿时泄气无比，她知道，她是在自欺欺人。

除了这眼睛有些像她，其他的部位，几乎就是个小陆祈晨的样子。

“陆祈晨那天是怎么回事？”见她脸色异样，李子睿将孩子抱到一边，“为什么他到了咱们家？你好好的又怎么早产了？”

“我估计他早就来到咱们小区守着了，只是夜晚见你出去，这才到了楼上找我。”希晓抿唇，无奈道，“因为表现良好，祈晨获得了提前出狱的机会，但是没和家人提前说，就直奔到了咱们家里。”

李子睿轻哧：“他还真是痴情。”

“恐怕与痴情没什么关系，我们早就没了退路。”希晓摇头，继续叹道，“他说，他只是想来看看我，看看我过得好不好，看看我能变成什么样，然后又是毫无意义的忏悔，再到后来，我就赶他走，一推一拉之间，就成这样了。”

希晓刻意对所有的经过轻描淡写，却被李子睿抓住了玄机：“就这样？”

像是被人看穿心事，颜希晓不由扬声："你还希望怎么样？"

"我就是纳闷，他这么贸然前来不会被乔家人发现吗？"李子睿皱眉，"我们一再申明孩子与他毫无关系，可是他仍然直奔这里，不觉得太荒唐了吗？还是他也怀疑这个孩子与他有关？"

"不可能。"这一番问题让颜希晓心烦意乱，"他没那么多心思。"

李子睿看他一眼，突然松了一口气："那天你还没出产房的时候，他便已经离开。现在想想，幸好他没见到这个孩子。"

"你将我搬到这样的高档病房不仅是为了那个什么千金换卿一笑吧？"颜希晓侧头看他，"是怕人太多，有些事儿不好说对不对？"

"对。"李子睿不否认，"人多嘴杂。"

"就算我已经为你做好了当她父亲的准备，可是他的亲生父亲呢？"李子睿转身走向窗台，"一旦知晓孩子是他的，同不同意也是个问题。"

孩子的出生只是个开始，即使他已经做好与颜希晓携手一生的准备，可是周围环境却让他觉得，此事并不简单。

剖腹产需住一个星期的院，听说儿媳妇产下了孩子，李子睿的父亲多次要来照顾，都被他婉言阻了回去。父亲常住乡村，说话直率淳朴，李子睿只怕他一不小心再说出不该说的话，白白生出是非。

可是自己在楚阳的工作也很紧，仅仅能在住院期间给颜希晓一些照顾，这么一来，上班之后希晓在家需要养月子，而孩子的照顾便成了问题。

考虑来考虑去，为保险起见，只能请月嫂。

李子睿亲自到家政公司找了个细心寡言的月嫂，再三嘱咐了一番才带到家里面。而此时，颜希晓已经被小孩儿搞得狼狈不堪，见到李子睿来，希晓忙求救似的唤他帮忙："子睿，你来帮我！"

李子睿站在原地不动，只是伸手招呼了一下月嫂："顾阿姨，我老婆不会看孩子，这些事儿就麻烦你了。"

说完，又走近前去亲了亲希晓："乖，听话。有什么事儿就让阿姨帮忙，我先回去工作。"

"那你晚上什么时候回来？"希晓抬头，双眸泛出委屈波光，"还是到10点？"

"嗯，差不多。"李子睿低头看了看表，又在希晓额头印上一吻，"最近实在是比较忙，抽不出时间。”

“哦。”颜希晓点头，又体贴地嘱咐了他几句少饮酒，多吃饭之类的常识，这才目送他出去。

自从出院，李子睿的工作似乎异乎寻常的忙，除了起初的几日还能勉强给予她些照顾，以后的几天，简直就是拼命三郎式的早出晚归。颜希晓原本还想埋怨几句，却看他脸色不好，实在是一副劳累不堪的样子，也还是心疼为先，自己就这样撑了下去。

家里幸好有顾阿姨帮忙，顾阿姨是J市郊区的农民，少言寡语，却非常能干，照顾起人来别有一手。希晓看她里里里外外忙活的样子，实在是看不下去："顾阿姨，麻烦您了，多亏了您，要不然我真的是应付不过来了。"

“没事。”顾阿姨露出腼腆笑容，“拿人家钱财就要给人家办事，您不要这么客气，只是……”她忽然侧头笑道，“先生是做什么的啊？这么忙，天天8点出去10点回来的……”

“他是做市场的。”提及李子睿，颜希晓唇角不由得浮出清浅笑意，“可能这几天业务忙了些，毕竟要多养活一口人呢，所以才这么辛苦。”

顾阿姨摇着孩子轻轻一笑："是啊，我那儿子也和先生一样这么辛苦。在这大城市里，总是活得麻烦……”

“不过太太，您有没有想过要二胎？”

“二胎？”

“是啊，看来先生还是老观念，喜欢儿子呢。”顾阿姨抿唇一笑，“要不然，怎么会对女儿有些不亲近？”

希晓一怔，刚欲反驳，便听门锁开动，希晓一看壁钟，正是10点。

这已经是李子睿连续第九日晚上10点才到家。

“希晓……”他身子摇晃，还未见人便开始唤希晓名字，希晓忙放下手中家务迎上前去。还没站稳，便见李子睿猛地扑在她身上，浓浊的酒气伴着呼吸扑鼻而来，“颜希晓……”

“子睿，子睿。”希晓用力摇晃他几下，见他仍无清醒之意只能奋力将他拖回卧室。好不容易将他搬到床上，希晓俯身正给他脱衣服，却见正在昏睡中的他突然翻身，用胳膊牢牢地将她压在身下。

“子睿，你醒醒。”希晓被压得喘不过气，只能用力拨开他的胳膊，继续帮他将领带衬衣等摘掉。怕将他吵醒，她的动作始终小心翼翼，好不容易摘下领带，就在将要完全为他脱下衬衫的时候，眼前出现的一幕，却彻底让她傻了。

李子睿胸膛之上布满的全都是大大小小的印痕，青紫不一，在暗黄色的灯光下，越发显得惊心触目。颜希晓不是未经人事的孩子，就算是不做男女之事已久，也知道这样的印痕代表什么含义。

刹那间，她竟然不知道该怎么做。而李子睿却突然又是一个用力翻身，再次将她压于身下："希晓，希晓……"他喃喃地唤着她的名字，唇暧昧地贴于她的颊边，释放出一浪又一浪的温热喘息。而希晓却在这样的温情绵绵中，泪水夺眶而出。

耳边蓦然响起顾阿姨所说的话："怎么会对女儿有些不亲近？"

"先生怎么这么忙……天天 8 点出去 10 点回来的……"

希晓闭着眼睛，单单是这些话，仿佛就在不经意间给了她一个再确凿不过的答案。她咬着唇，听着身旁男人渐渐平稳的呼吸声，努力让自己不要哭出声来。曾经以为幸福与自己如此之近，到现在才发现，却仍是天涯海角般的距离。

仿佛无意间做了一场梦，幸福只是那短短一瞬，醒来之后，仍是荆棘密布。

一夜无眠，她就这样任着他胳膊的欺压动作，闭着眼睛到了天亮。

身旁男人醒来的时候已经是早晨 8 点多钟，颜希晓感到床微微颤抖，却执意不愿意睁开双眼。她觉察到他蹑手蹑脚地穿上衣服，觉察到他小心翼翼地拉开门，终是忍不住坐起身子："李子睿，今天是周末。"

声音平静无波，冰冷得让她自己都觉得惊讶。

他脚步一滞，回过身来看她："我动作很轻啊，怎么还是将你吵醒了？"说了又一顿，"对了，昨天我的衣服，是谁换的？"

"顾阿姨啊。"希晓理所当然地回答，"你那么重，我正忙着给你做醒酒汤，根本驮不动你。"

随即又勉力挤出笑容："怎么你今晚上还要去上班？"

"还有一点儿事情要处理。"李子睿眸中掠过一丝异样光芒，可瞬间便掩了下去，"最近比较忙，你先辛苦一些，有什么事儿让顾阿姨跟着处理。"

她突然地跳下床，面无表情地拿起手机，刚欲拨出号去，被李子睿猛地

夺下：“希晓，你要干什么？”

“给孙培东打电话请假。”她机械地回答他的问题，明明是关心的言语，说起来却漠如雪冰，“我老公的身子也不是铁打的，这都连续十天了，天天这么忙活也不是个办法。”

“不能打。”他将手机捏在手里，急道，“希晓，都是工作。忙点也是个人价值的体现。”

“可是这丈夫价值应该体现在哪里？”希晓扬眉，“我只是想要我老公陪我一个周末，这对于一个妻子而言，不算是过分吧？”

李子睿哑口无言，最终只能妥协，在家里待了两天。

这两天中，颜希晓竭力让自己忘记那日在李子睿身上见到过的印记，迫使自己做出最恩爱夫妻的样子，却发现李子睿真如顾阿姨所言，对孩子并不是很亲。就算是取名字的时候，都是爱理不理的样子。

她想，可能因为他这段时间太累了，所以才出现这样漫不经心的状态。于是，在李子睿睡了一个多小时之后，将孩子抱到他的身边：“子睿，这孩子我们一直是以瞳瞳唤着的，你是爸爸，先给她取个学名吧？”

李子睿笑笑：“你取就行，你比较有创意。”

“那叫李悦瞳怎么样？”希晓不减半分兴致，解释道，“意思就是，快乐的眼睛。”

“好。”李子睿拿起书翻过两页，淡笑道，“挺好。”

他心不在焉的状态表现得是如此明显，嘴角笑意只是浮于表层，不曾一分一毫浸入眸中。希晓深吸一口气，心里酸涩却难以启齿，憋了半天终是忍不住说道：“子睿，你是不是不喜欢瞳瞳？”

他翻书的手一停，突然伸手捏她的面颊：“哪儿有，只是这几天比较累，有心无力才是。”

“孩子也该报户口了。”颜希晓勾起唇角，努力告诉自己一切都是多想，“周一的时候，你挑个空儿咱们一起去吧？”

“希晓，我真的没时间。”李子睿叹气，“你应该知道，丢了千池的合同，楚阳上层都很不高兴。而我这几天正加班加点，努力填补这个空缺。不然这么大家子，该如何养活？”

“我不用你养活。”颜希晓抱着孩子扭身，低头道，“我有钱，足以养活我和瞳瞳。”

“那你到底什么意思？”李子睿突然不悦起来，“一家人就应该彼此不分，难道你想要的，只是我的男人身份？只是想找一个替代品，去做这个孩子的父亲？难道你现在还想要用那个男人的钱，去经营你现在的家和孩子？”

这个敏感的话题再次被抛出，颜希晓清晰地看到了他眸瞳中的忍耐和愤然。想起那日给自己定下的条件，颜希晓强迫自己微笑：“你知道，我没那个意思。”

他僵硬的脸部线条瞬时垮软，仿若妥协一般溢出一声低叹：“好吧，下个星期有空，我和你一块儿给孩子落户口。”

时间如流水般转过，可李子睿的工作却依然繁忙，10点、11点是他回来的最通常时间。希晓心中有所怨言，看到他一副疲累的样子，却也无法说出，何况她有几日向办公室打电话，李子睿也确实在公司里加班，仿佛并无她想的那些乱七八糟的事。

仿佛那日她在他身上发现的印记，都是梦境的记忆。

希晓叹息一声，脑海里涌出电视上那些乱七八糟的情节。男人嘛，尤其是在外工作打拼的男人，多有些身不由己。

她宁愿将李子睿这么多日子以来的反常，当做是身不由己的某种反应。一切貌似已经尘埃落定，她并不是以前那个眼睛里不容沙子的女人，渐渐学会了用种种理由，为自己，为他，为孩子开脱。

其实，就是想找一个出路。

他们这个家庭组合起来太不容易，所以她见李子睿忙碌，也尽力去做一个贤惠的妻子，用最体贴的举动，最关切的言语，来为李子睿营造家庭的温暖。

可是，却发现这样情况下的李子睿，脸色似乎还不如以前。

颜希晓觉得自己越来越不像以前那个自己，越爱下去仿佛越小心翼翼。知道他压力大，知道他担子重，知道他有心理过节，她总是竭尽所能地为他排挤一切忧患。李子睿看似豁爽，有时候却敏感，这么一来二去，她发现自己渐渐成了没有自尊的家庭主妇，仿佛一切表情都是为他而生，丝毫没有自己掌控的地方。

打过电话，李子睿说今天晚上会有个应酬，要晚一会儿才能回来吃饭。希晓应了一声，已经对这样的日子习以为常。孩子已由顾阿姨哄着入眠，她

做好饭，便自己一个人窝在沙发里看电视。

谁知道才不过9点，李子睿便敲门回来。

希晓忙凑上前去："回来得这么早？"

"嗯。"他应了一声，面色黯然，顺手就把领带摘了扔在沙发上，而自己一声不吭，转到卧室里关上门。

敲了两声门，希晓才端着自己早就做好的醒酒汤进去："子睿，又喝酒了是不是？赶紧喝点舒服些。"

他接过醒酒汤，但只是深深看了她一眼，便放到旁边。颜希晓觉得诧异，刚要继续递给他汤，手还未触到碗壁，便被李子睿一个用力，天旋地转间，已落入到他的怀中。

手足无措间，颜希晓触到他滚烫的肌肤，倏然紧张，整个人动都不敢动一下。生孩子前，李子睿也许还会与她进行情人间常进行的男女游戏，可为了顾及胎儿，也从未有过尽兴的时候。生完了孩子，两人反倒没了以前那般冲动，李子睿通常只是亲亲她的额头，其余动作，一点儿也没有。

所以，今天的事情就让颜希晓倏然紧张和害怕。

她微微侧头，抬眸便撞入到那双深邃暗幽的眸瞳，像是要将她吸进去一样，他看着她，一眨不眨。被他看得浑身发毛的希晓下意识想要脱离这般尴尬环境，于是她勉力扯起唇角："子睿，我……孩子还在外面……"

"有顾阿姨看着呢。"李子睿一把抓住她的手，"瞳瞳睡着了。"

"可她晚上还没吃饭……"

"阿姨会喂奶粉……"

"李子睿……"

"还有些什么？"李子睿唇角勾出清浅弧度，似是微笑却更像是讥嘲，"颜希晓，你是不是不想和我在一起？"

希晓猛然摇头："不是，李子睿，我只是……"

"只是什么？"李子睿轻哧一声，"只是对我有所亏欠，所以才如此好脾气地照顾我？所以才如此迁就我的脾气？所以我碰你一下你都会以孩子为由悄然闪躲，你口口声声都是瞳瞳如何如何，口口声声都是孩子今后怎么样怎么样……我如果表示出不满一次，你便会低眉顺眼地承认过错。颜希晓，你什么时候变成这样了？"

“你是在代那陆祈晨表达感谢吗？”他的声音陡然凌厉，“颜希晓，你到底把我当做了什么？”

希晓从没料到她这几天所小心翼翼维护的一切，到头来竟然成为他心中不贞的把柄。李子睿每一句话，都像是刀子一般狠狠戳于她的心中，耳畔皆是他的声讨之音，可自己却像是个没力气的懦夫，无力回应。

“颜希晓，我倒是情愿我烦你的时候，我气你的时候，你还能和以前那样反唇相讥。而不是这么唯唯诺诺的像个丫头似的看我脸色，我要的是老婆，而不是奴仆，不是谈天说地的伙伴！”

“你以为我是傻子吗？”李子睿声音更加提高，“颜希晓，我知道那日是你给我脱下的衣服，那天我虽然烂醉如泥，但却并不是毫无知觉。可你偏偏那么大度，竟然连问都不问……”李子睿吸气，竭力压抑住愤怒感觉，“颜希晓，我也是个男人，你知道那些痕迹是怎么来的吗？”

“因为你坐月子，因为你将一切重心都放于孩子身上，而我却像是这家里最可有可无的人。可是我也是男人啊，又如何对一个躺于身边的女人无动于衷？但我知道，我不能碰你，不能摸你，不能对你做一切夫妻应该做的事。我在乎你，我怕你会因为这样的举动而贸然离开。但是我真的受不了。”他定定地看着她，“我受不了我爱一个人却不能与她如此亲密，于是加班到最后一刻，便成了我的最好借口。我宁愿累得要死要活，回头倒在床上一觉不醒，也不愿意经历那样的情欲熬煎！”

“那天我压抑到极致，与一帮朋友去酒吧喝酒。朋友们看我心事郁闷，便招来女人为我解忧。颜希晓，我不是圣人，在那一刻酒醉金迷的撩拨下，不是没有反应。可是就在一瞬间，眼前却出现了你那天在金色年华看我的那双眼睛，仿佛全身血管在那一刻冷僵，我只能充当了那个无用的男人。其实回到家时我并没有醉成那样子，可是我就想看看你的反应。我想让你在对孩子与家庭的重视中，挑出一丁点的关爱给我。”

“可是你呢？第二天只是轻描淡写地让我陪你过周末，对于那身印记，视而不见，问都不问！”李子睿不觉捏紧她的肩膀，“颜希晓，我告诉你，我情愿你像那天自金色年华抓奸一样让我没有面子地离开，我也不要当你眼睛里可有可无的影子，就这样在你与孩子的世界之外过日子！”

在他的训吼中，希晓呆呆地听着，眼泪却不由自主流了下来。因为有了孩子，她这才意识到自己的这一切有多么不容易，而面对冉若珊的悲剧，她更加对李子睿由依赖升至屈从。回首之前，她这才感觉到这一条路走得是多么坎坷艰险，一着不慎，就会比冉若珊更加惨不可及。

因为在乎，所以就开始对他战战兢兢，如此小心翼翼地呵护着自己的感情。唯恐一时不慎，所有看似幸福的一切，便会坍塌、崩溃。

“李子睿，我不是那样……”肩膀被他捏得生痛，希晓咬唇，努力想要控制住自己的眼泪，却还是徒劳无功，“你说过，这孩子长得太像他亲生父亲，所以也不能像其他人一样有个满月宴，只能这么偷偷藏着；你还嘱咐了顾阿姨那么多，连出去购物都不能带着瞳瞳……李子睿，你想得如此周全，你让我怎么办？”

“你甚至不愿意看瞳瞳一眼，每次让你抱，你都会用各种理由闪到一边。”似是要抒发所有的委屈，颜希晓泪流满面，“李子睿，你这样做，是什么意思？你和我说，冉若珊生产的时候，旁边似乎连个亲人都没有，只有保姆伺候在身边……李子睿，你是想告诉我，我要严防出现冉若珊那种情境，怀了别人的孩子，只能被人当做弃妇扔掉吗？”

“李子睿，你还这么指责我……”她低下头，呜咽出声，“我心里害怕，你还吼我……”

颜希晓鲜少有如此可怜的模样，她眼睛里不断浸出的晶莹泪珠，霎时便融化了李子睿的心。他慌忙用手拭去她脸上的泪水，却发现她的泪水像是有了生息，连绵不绝。

“我害怕我真的依赖上了这样的生活，你再不要我。”感受到李子睿的拂拭，颜希晓拼命忍住抽泣，一双大眼迷蒙地看着他，“李子睿，我们已经走到了今天。我已经习惯了有你的生活，但是听你说冉若珊的事情，却还是怕走她的老路……”

“何况你不喜欢瞳瞳，我能怎么办？”她抽泣得像个可怜的兔子，拳头毫无意识地紧攥他的衣角，像是在寻求安全依赖，“万一,万一……”

越在乎，越害怕失去，越没有安全。

李子睿从没料到他平日来的举动能带给她如此多不安全的想法，她这几天行事谨慎，竟是因为对他不信任所致。想到这里，心中突然有个地方隐隐痛楚：“希晓，你不该这么想。”

“你要对我们有信心……”他轻柔地拂去她脸上的泪水，见她仍然哭泣，突然俯下头来，以唇作为拭泪工具，温柔地在她颊边游移。希晓没料到他会如此，身子倏然一僵，但只是几秒钟的工夫，便彻底沦陷在了他的温情绵绵里。

这是一场迟来十月的夫妻间爱的亲昵。李子睿等这一场交欢，似乎等了很久。

他看着身下这个羞涩的女人，许是因为泪迹未干，一双眼睛粲然分明，像是一下便可以看到他的心底。就那样对视良久，她却像是禁不住他的凝视一般，轻轻闭上了眼睛。

“颜希晓……”李子睿慢慢上倾身体，唇猛地含住她的耳朵柔声诱哄，“希晓，我想要你，可不可以？”

希晓眼睛倏然打开，李子睿太具挑逗性的动作引得她身体忍不住战栗，看着他目光中毫不掩饰的情欲火热，她只能懦弱地闭上眼睛，静等他带给她的情欲狂袭。

隐忍了太久，所以彼此都倾尽全力。

一场爱欲进行下来，竟仿佛历经了一场华丽的浩劫。清理过之后，李子睿稍稍平稳自己的呼吸，见身旁女人也已安然闭上眼睛，突觉温暖。他伸长胳膊，想要将她揽至自己胸膛安眠，却不料激起她“哎哟”一声低吟，随即便娇羞咬唇不去看他。

他从没想到她还能如此小女儿模样，已经有了个孩子的人，怎么能像初经人事那般稚涩？便不由一笑，将她更加揽紧了些，低声道：“希晓，你怎么像是……第一次？”

“这是第二次。”颜希晓突然恨恨咬牙，“是谁说只有初次痛，第二次便不痛了的……”

“你只和他做过一次？”李子睿不由惊讶。

“那你想要我和他几次？”恢复过来的颜希晓又回到了伶牙俐齿的时候，“我就是那种倒霉的人，一次中招。”

李子睿突然抿唇不语，颜希晓等了半天见他无所回应，不由抬头看他：“李子睿，你不高兴啦？”

“我没那么幼稚，谁能没有过去？我也有。”他看她一眼，将她的手握在掌心，“颜希晓，我今天遇到陆祈晨了。”

听到这三个字，女人的身体显然一僵。

“他与乔越一块儿走过来和我打招呼，倒是没说什么，只是听说我喜获千金，祝贺了两句。”李子睿把玩着她的发丝，“不过，我倒是有一种不太好的感觉……”

“怎么？”

“我觉得陆祈晨，似乎别有心事。”李子睿深深吸气，“他眼睛里有一种很深邃的东西，刻意掩饰，但却让人不由感到焦灼，像是急于得知什么消息，里面是努力遮掩下的急迫。”

“你想多了。”颜希晓轻轻侧身，“他不会知道瞳瞳是他的孩子，只是那一次，他没那么好的嗅觉……”

“颜希晓，我原本也不相信，可是你这才是第二次。这充分可以说明，你原本就是个思想保守的人……你觉得陆祈晨和你谈了那么长时间的感情，会不了解你吗？”李子睿抬起她的头，迫使她面对现实，“你是在那样分别的情况下，才把贞洁给了他。又如何会在那么短的时间，将第二次给另一个男人？”

这样的分析不是没有道理，颜希晓的脸色越来越难看，她紧紧咬唇，不作回应。

“所以说，我认为陆祈晨已经能猜出几分，瞳瞳是他的孩子。”李子睿低声，“希晓，如果是这样，你打算怎么走下去？”

“我不知道。”她低下头，“李子睿，你别逼我，我不知道。”

“我改回想法，咱给这孩子设个满月宴好不好？”李子睿蹙眉，“遮掩不是办法，咱们必须要想个长远之策。再说了，这孩子是我们的，他们能奈我们如何？如果这么一味地隐瞒下去，他们或许还以为咱们要拿这个孩子作些威胁，到时候，反而于我们无益。”

“我只怕他们要去孩子。”希晓喃喃地说，“我的孩子，我不要别人夺去。”

“不会的，你都和我已经结婚。”李子睿细语安慰，“你是她妈妈，我是她爸爸，这样的关系是被法律定性了的，他们就算穷尽本领，也没法子剥夺去。”

希晓点头，在李子睿的怀抱中，渐渐堕入梦乡。

拼婚

13 纠葛，殊途亦要同归

为瞳瞳办满月酒并不是李子睿一时的想法，其实这几天，他一直在为这事儿纠结。

那天晚上去上瑾商务咖啡厅会见客户，不巧迎面遇到乔越与陆祈晨两人，看样子也是在这里见人，两人一副商务装扮。李子睿主动迎上去，虽然关系尴尬，但鉴于合作关系，总不能视而不见。

乔越手挽陆祈晨，对李子睿的身份作了如下定位："祈晨，这是楚阳的李总监，也是咱们的合作负责人。对了，还是颜策划的老公。"

陆祈晨微微皱眉，并没有做出故意不识的样子，反而伸出手去："李总，好久不见。"

言辞间，仿佛他们原本就是相识。

李子睿后来一直考虑陆祈晨当日的反应，为什么要在乔越面前做出与他相识已久的样子，而且还很坦白地说颜希晓怀孕的问题。难道只是想向乔家做出一种假象，那就是所谓的身正不怕影子斜？

见陆祈晨如此，他便也做出落落大方的样子。两人简单地进行了一场名为"相见甚欢"的角逐。而他身为男人，自然有作为男人的敏感，尽管陆祈晨刻意做出心地坦然的样子，他还是在那双墨色眼瞳中，发现了点滴异样的情愫。

在讲述关于希晓怀孕的事情时，即使他刻意做出是对友人轻描淡写的关怀样子，可那眸中色彩，还是让人觉得不舍与心疼。李子睿突然被这样表里不一的情景打动，想到自己的妻子还曾与这样的男人发生过一段恋情，还因此产下一个孩子，他的心便猛然揪紧，刹那间，难过得不能自已。

联想到颜希晓近几日的反常状态，于是，这样的嫉妒混加上家中莫名其妙的气氛，便调制成了那天的情欲。李子睿想起她在他身下柔绵若水的样子，便不自觉勾扬唇角。

原来她是怕他离开，原来她是对他们的婚姻没有信心，这才形色有异，恐惧了这么多日子。

李子睿仔细想过，如果刻意不将孩子抱出去，难免给人欲盖弥彰的错觉，更引人瞎想与八卦，反而对自己名声无益。而且，他料定即使陆祈晨认出，也不敢贸然声张这是他的孩子，乔陆关系如此，若是贸然认下一个私生子，对自己只会增添负担。而乔越更不应该拿这件事情不撒手，没人会愿意主动给自己的未婚夫扣顶脏帽子。

所以，就这样顺水推舟地进行下去，孩子还小，也许并不像他们想象中的那般像陆祈晨。再者满月宴只是借这个名头，并不需要带孩子出席。原本就是他们太过敏感，反倒是自己给自己找麻烦。

敲定这些，李子睿在桃源酒店订好酒宴，以前段时间希晓身子未恢复好为由，补办满月宴席。

满月宴原本就是家宴居多，但是为体现对孩子的重视，李子睿还因此请了许多合作伙伴前来参加，当然，最大的合作对象嘉泰也在邀请之列。

颜希晓原本以为四人相对，会是一个很尴尬的见面场景。可是她小鸟依人般地站在李子睿旁边，除了心底还会浮现出阵阵感慨之外，看到对面的那一双璧人，已经没有之前的那种心酸感觉。

爱情不是无药可救，在现实的拷打下，时间是比情感更猛辣的一剂良药。

她微笑地与他们觥筹交错，忙碌地穿梭于众人之间，甚至没有在昔日恋人那里多作停留。整个酒宴期间，李子睿都在紧紧握着她的手，一副护她到极点的姿态，引得众人羡慕不已。

却不料，就在这满月宴要完成的时候，忽然有人在背后轻拍李子睿的肩膀，两人倏然转头，竟是冉若珊。

许是因为产后不久，她原本白皙的脸色因虚弱竟有几分透明感觉，越发显得那双乌色眸瞳动人心魄："李子睿。"她摆摆手，示意侍者上酒来，手执酒杯向李子睿轻笑，"毕竟也曾经是再亲密不过的关系，怎么这么大的事儿都不告诉我一声？"

纵然四周喧闹，可那一声轻飘的关于两人关系的界定，还是让很多人都听了个清楚。

颜希晓下意识想退后一步，可是只是轻轻一动，便仿佛被身旁的男人了解了想法，更加用力攥住她的手："冉小姐，咱们现在已经不是最亲密的关系了……"他向她碰碰杯子，"与千池的合作关系，不是也解除了吗？"

冉若珊眸光一黯，显然是没料到他如此答案。正欲开口，却见李子睿又扬起唇角："而且看冉小姐的身体，似乎仍没恢复好。如果强求您来参加我们的满月宴，岂不是伤您健康？"

颜希晓渐渐松了口气，李子睿的回答，不卑不亢，正到好处。

她下意识抬头想看大家都是什么反应，却不料只是抬眸，便迎上了一双清澈的眼睛。那曾经是她最爱过的眸瞳，澄澈若水，可以清楚地映照她的心事。

可是如今，一切已是明日黄花。

又和冉若珊寒暄几句，李子睿拉着希晓的手，想要去台子上说几句话，感谢大家的捧场。可只是刚与冉若珊擦肩，便听身后"啊"的一声，两人倏然转头，却见刚才还巧笑倩兮的冉若珊竟砰然倒地，手上的红酒杯子碎在掌心，鲜艳的红色顺着那身浅蓝色的裙装蔓延铺展。

这一切都出乎所有人的预料。颜希晓还未反应过来，便见身旁男人已如利箭般窜出："若珊，若珊。"他不停地呼唤她的名字，"冉若珊！你怎么了？"

希晓突然觉得这样的情况太不可思议，就像是一部极其无聊的电视剧中突然上演了狗血情节，笑笑不出，哭也没有心情。她呆呆地看着被称为她老公的那个男人紧拥着前恋人的肩膀，一瞬间，大脑空茫一片，就连呼吸，都像被人掠夺一空。

身旁已有人围观上来，李子睿拍拍冉若珊的脸，仍无反应。突然向呆立一旁的颜希晓低吼："希晓！打电话给医院！"

他焦灼的眼睛与低吼的声音混成一剂再冷不过的情绪，蓦然让颜希晓清醒。希晓转身，掏出手机拨通号码，一切妥当之后才凑上前去："救护车马上就来。"

她的声音低沉无波，不知道是说给那个昏迷的人听，还是说给那个被惊慌吓得迷失理智的人。

他临走时还不忘和她说一声："希晓，这边你先处理着点，我把若珊送到医院，看看没什么问题再回来。"

众目之下，她却只能扯起唇角佯装大度："你去吧，好好照顾冉小姐就行，这儿你不用担心。”

这一场喜庆的满月宴最终以闹剧式的结尾收场。李子睿跟着救护车送冉若珊去医院，留下希晓一个人与酒店结算账目。

可是，谁又能知道，当她一个人面临着这突然空旷静谧下来的酒宴现场，想起他临走时眼眸中的焦急慌张，又是怎么样的心情？

她将所有东西简单收拾，背着包慢慢走到路边想要拦车回家，刚一抬头，便见一辆车在面前停下来。

带有遮阳膜的玻璃慢慢摇下，竟是陆祈晨。

他微蹙眉头，冲她点头示意："上车。"

依然是以前那般毋庸置疑的语气，那一瞬间，仿若从前。希晓微微一笑，竭力做出落落大方的样子："不用，我拦出租车回家就可以。"

说罢，她转身快行。

可是只走了几步，便又有喇叭声在后面响，一声又一声，聒噪而又执著。周围人的目光都向她看来，希晓顿觉尴尬。正要穿行前方的路口，陆祈晨的车子倏然出现在她的眼前："颜希晓，上车！"

再拒绝下去就难免有不识好歹的嫌疑，希晓愣了一愣，踏上车去。

那一声车门紧闭似乎束缚了车内空气的流通，希晓身在其中，只觉无比压抑窒闷。陆祈晨还像以前那般维持着专注开车从不闲聊的好习惯，一路行来，两人一语不发，静谧至极。

这倒也好，省得涉及一些不好回答的问题让人尴尬。

希晓这样想着，唇角不觉抿出一弯苦涩浅弧。侧头看向窗外，原以为陆祈晨带她到家之后便会自动离开，却不料下车之后，他竟然紧跟着自己而来。

"陆祈晨，谢谢你。"颜希晓忙止步看他，"我到家了，你先回去吧。"

他眉角一挑，扬声道："不邀请我上去看看吗？"

"不用了，家里有孩子比较乱，下次再邀你过来。"希晓笑容慢慢加深，"乔小姐或许等你等得急了，所以，你赶紧回去比较好。"

陆祈晨闻言非但没有转身之意，反而眸中凝出锐利光芒，像是要看至她的心中，直直地刺向她，笃定道："颜希晓，你瞒不了我。"

只那一句，便让希晓所有的防御全线崩溃。

"陆祈晨。"她凝眉看他，"既然心中有数，就适时止步，不要做出对双

方都不好的事情。”

“我知道。”陆祈晨眸内光芒不减，“我只是想看她一眼便走。”

面对这样的他，想起以前共有的些许时光，这样的要求，又如何拒绝？

希晓从未想到自己与李子睿所考虑的种种担忧会因为陆祈晨的一句“瞒不了”而变为现实。她看着陆祈晨，却见他看着瞳瞳，脸庞突然浮现以前他从未表现过的温柔之光：“孩子叫什么名字？”

“李悦瞳。”希晓面无表情，“陆祈晨，你看了好大的一眼，也该走了。”

“她长得很像我。”

“那只是我倒霉。”希晓一声冷哧，“一次中招，而且无法流产。陆祈晨，你是不是自己摆脱不了，所以才在我身上下了咒语的？”

“你什么意思？”

“知道我有了你的孩子那一瞬间，我第一个念头就是将她打掉。我还要有我的新生活，我不能让你的噩梦摧残我一辈子。可是，医生告诉我，我子宫壁过薄，不适合人工流产手术。”她恍然一笑，仿佛回忆起从前，双眸散出迷离的光芒，“一旦冒险进行流产，我很有可能以后不会再有孩子。”

“而你，陆祈晨。”她转身看他，“单为了隐瞒你，并不值得我冒这个风险。”

“颜希晓，你应该对我说。”陆祈晨蹙眉，“自从乔越说你怀孕了，我便觉得这事儿有隐情。你是那么传统自守的人，我最清楚不过，怎么会那么快与别人……”

“那是你眼里的我传统保守，其实在别人眼中，未必。”颜希晓打断他的话，语气冷漠疏离，“陆祈晨，我知道这事儿很大，本来也不打算瞒你。可是我希望你以后能保持缄默，就当这孩子与你毫无关系。我有了家庭，李子睿很爱我，我也很爱他。而你呢，你以后也会有家庭，这个孩子现在处于这个状况，最好不过。”

“李子睿爱你？”陆祈晨突然轻笑出声，仿若听到了一个再好笑不过的笑话，“颜希晓，你觉得那个男人爱你？就是这样爱你的吗？在满月宴上，当着自己的妻子抱着前女友离开？”

“你到底有什么资格来对我们指指点点？”颜希晓突然怒极，“陆祈晨，你当初可是好爱我。爱到在口口声声说与我生死不离的同时，却与另一个富家女订立山盟之约！”

“希晓！”

“我告诉你，陆祈晨。”她深深呼气，不由得向后退了一些，“今天让你看瞳瞳，是鉴于我们以前还曾有过一段美好时光的面子上，以后咱们什么关系也没有。所以，现在就请你离开！”

她伸手一拉门，示意他出去。

陆祈晨刚才极厉的眸光突然变成了无奈之色，他回身，似是恋恋不舍一般又看了一眼瞳瞳，双唇欲言又止：“希晓……”

在希晓看来，陆祈晨这样的眼神无异于作秀，她用力一扯，急于将他推至门外：“陆祈晨，你该走了。”

“希晓……”

“陆祈晨，你牺牲这么大是为了什么？不就是为了借乔家之力，来挽救你们唐都吗？反正已经舍掉了这么多东西，那么就放手去干。”颜希晓定定地看着他，“你放心，瞳瞳已经跟了我们，不会阻碍你的救家大局。”

陆祈晨深深地看了她一眼，终是转身而去。

听闻那关门声，希晓像是被人抽出气力一般颓然坐回沙发。曾经竭力隐瞒的一切，如此轻易地就揭示给了那个人，而以后的路是坦途还是荆棘，却依然生死未卜。

犹如木雕一般呆坐在沙发，希晓面前竟不断出现李子睿今日下午让她叫救护车时的表情，那样明显的焦灼与担忧，毫无掩饰地出现在他棱角分明的脸上，最后混着陆祈晨刚才轻描淡写的表情，竟调制成一腔说不清的酸楚。

抬头看看表，5 点 40，距离满月宴已经过去了三个小时，李子睿依然未归。

8 点 20，夜已深沉，李子睿还是不见踪影。

那悬在墙壁上的钟摆像是刻意折磨她的刑具，每走动一下，都牵动着她的心轻轻地疼。吩咐顾阿姨将孩子抱到卧室里休息，她将自己缩在沙发中，孤单地等待李子睿的归来。

中间不知道醒了多少次，她就在这样迷糊的状态中一次次经历希冀与失落的跌宕沉浮，像是着了魔一般，耳边总是响起往日李子睿熟悉的脚步声，可再次仔细听下去的时候，却又没了踪迹。

颜希晓不知道，她竟要守着这样的状态一夜无眠。等到解脱的时候，已然是第二天的 10 点 26 分。

明显是经历了一夜的煎熬，李子睿的眼圈发黑，竟是如此憔悴和疲累。看到希晓窝在沙发里看着他，那双眼睛微微一眨："医生说若珊是营养不良这才昏倒，她一个人孤身在外又无人陪护，所以我就……"

"所以你就一夜不归？"颜希晓打断他的话，慢慢眯起眼睛，"辛苦你了，李子睿。"

"希晓，我想给你打电话来着，可是我没带手机。"李子睿解释，"冉若珊那儿离不开人，所以就没能回来和你说一声。"

他边解释边凑到她跟前，安抚性地在她颊边印上一吻，似是诱哄的轻声："我知道了，我老婆又是一夜没睡是不是？下次一定怎么着也回家和你说一声，不让你担心了好不好？"

希晓不是刚谈恋爱的小姑娘，遇到这种情况，一味追究下去只是两人尴尬，他既然知道愧疚，适可而止便是当前贤惠妻子应该表现的风范。于是转移了话题："陆祈晨知道了。"

"知道了什么？"他像是没反应过来，依然自顾自地揉着眉心，但下一秒钟，却定定看她，"你是说，他……"

"对，他知道了瞳瞳的身份。"颜希晓苦笑，"你不在的时候，他来看过瞳瞳。"

她语气平稳地和他说陆祈晨来到家里的所有过程，看到他的脸色由青变白，最后再回归成因疲累而积聚的暗黄色，直至溢出一声叹息："或许，这是好事。"

"他不是傻子，知道这事儿说出去对他对我们都没好处。"李子睿拧眉，"乔家都盯着他呢，他怎么敢胡来？"

希晓点头，起身欲走向卧室，却被李子睿一下子拉住了胳膊："哪儿去？"

她没好气地看他一眼："睡觉去。在沙发里窝了一整夜，骨架都散了。"

李子睿低笑一声，也跟着她转到卧室。两人又说了一番以后的事情，这才沉沉睡去。

平心而论，颜希晓是很介怀李子睿彻夜不归去照顾前女友的事情的。她甚至很小心眼儿地猜忌，冉若珊那日的晕倒，是有意而为。

哪儿有那么巧合的晕倒？希晓翻来覆去地寻思，在大家都要散场的时候突然讥嘲出现，然后再以如此轰动的姿势昏迷不醒，最后是男主人公舍弃女主人而奔至她身旁，总体看来，这就是她平日中最不屑一顾的肥皂剧。

“李子睿。”看着床上的男人已经睁开眼睛，希晓捏他的胳膊，正色道，“你说，冉若珊，我与你之间，谁是小三，谁是弃妇？”

李子睿微微蹙眉：“你这乱七八糟地问的什么问题？”

“我是在说，关于咱们三个人的角色定位。”颜希晓坐起身，“你想，咱们当时结婚的时候，你显然对冉若珊余情未了，其实与我结婚，一半是为了利益，另一半只是为了赌气。你想用好的生活，来报复她对你的舍弃与残忍吧？”

“颜希晓，你是不是闲得有毛病……”显然是不愿意回忆旧日事情，李子睿眉间凝出几分不悦，“好端端的分析这个？”

“我只是客观地说说。”她挥下他的手，执意说下去，“你还记得当初你和冉若珊在咱们家相遇吗？那时候我刚从医院回来，看到你们就突然想哭。当时医生说我不能流产我都不想哭，可是看到你们那样难舍难分，分明是一副剪不清理还乱的样子就觉得分外委屈。”

“表面还要做出一副无所谓的样子面对你们，其实心里却不由自主地在想，颜希晓，你算什么？”

“人家冉若珊虽然与李子睿分开，但彼此还有感情在里面。而你就这样不管不顾地插入到两人之间，这是不是就是世间所谓的小三？”

“到后来一想，我大概是连小三也做不上的。”她微微一笑，唇角流出几分无奈，“人家小三是以感情为名离间两人感情，可我算什么？大概只能是弃妇了。”

“李子睿，昨天你没回来的时候，我突然想起了这段经过，竟然觉得自己成长起来了。”她看向他，眉角一挑，又形成那般他所熟悉的柔媚，“以咱们俩现在的感情，我是不是也算由小三到转正的级别了？而且还是那种比较成功的小三，胜利蜕变成为婚姻的主导者。”

看着她那双黑白分明的大眼睛，李子睿突然明白了她话里的含义，他抿唇一笑，合手将她的手包于掌间：“我明白你的意思，可我一样在你与陆祈晨之间，是不是也是那个成功离间感情的第三者？”

“我不仅夺走了他的爱人，还抢走了他的孩子。”他轻笑出声，“我这生意可做得比你合算多了，颜希晓，你是不是也会在有朝一日，厌倦了我，所

以会给我一个‘弃夫’的恶名？”

希晓一怔：“我不会。”

“我的答案也是这三个字。”李子睿叹气，“如果我昨天的所作所为让你不放心，那么我可以坚定地告诉你，有些人偏爱于回味旧日感情，可是我李子睿，却有一个执念，无论事业还是爱情，绝不碰触回头草。

“而你，颜希晓，就是我一直进行的存在。”他勾唇一笑，从不善于说爱的他，终于对她发表了属于两人的爱的箴言。

颜希晓的心中突然被填得饱满，昨日因不安而虚空的她，再次恢复淡然安定。

但李子睿常说，生活就像是市场，不可能总以平静之姿立于社会，所以，越风平浪静的表面背后，越有可能暗藏大的波折。

颜希晓总觉得这个论点有些杞人忧天的意味。关于瞳瞳，陆祈晨就算是知道了她的身份也没有再次前来，仿佛他们之前所想到的一切，都是再荒诞不过的笑谈。颜希晓笑说幸好这孩子是个女孩儿，不会有电视上与小说中那种抢孩子传宗接代的狗血剧情，即使过程让人觉得风险，但到现在总算让人感到心安。

“但愿。”李子睿低头逗弄已经8个月大的瞳瞳，头也不抬道，“据说，乔越与陆祈晨要完婚呢。”

“哦？”希晓微微一笑，“他们早该结了。”

“怎么说？”

“从私下说，陆祈晨入狱的事儿总带着点顶罪的色彩，那时候他只是在嘉泰企划部工作，与乔越关系只是暧昧稍深，应该也深入不了嘉泰这个家族企业的内部。凭他的力量，就算是想要折腾资金，都会有些难度。”

“你倒是了解他。”李子睿挑挑眉毛，唇角溢出轻笑，“啊，再说下去，为夫的可要吃醋了哈。”

“你滚。”颜希晓嗔骂道，“我再了解陆祈晨现在也与他没有瓜葛，不像某些人，在满月宴上抱着前女友飞奔不说，而且还处心积虑忙着她的婚事。”

李子睿眸色一黯：“可是她也没找我介绍的不是吗？冉若珊是个骄傲的女人，到了现在这个地步，却仍有不见棺材不落泪的潜质。”

“在心里或许已经落泪了。”颜希晓咬了一口黄瓜，并将剩下的那截凑到李子睿唇边，“我上次不巧遇到冉若珊，发现她和一个陌生男人在一起，举止还很亲昵，看起来蛮幸福的。”

“啊？”李子睿一惊，“和一个男的？”

“李子睿，你现在是在吃醋吗？”希晓不满，凑上前去扯他两腮，“这也没什么大不了的。要我是她，也不会让前男友替自己介绍男朋友。这和打着施舍的旗号炫耀幸福有什么不一样？”

见李子睿痛得一咧嘴，颜希晓扬起唇角：“所以，还不如悄悄地发展一个。等到一切水到渠成之时，再耀武扬威地来到前男友面前笑靥如花，那时候的潜台词便是：我看你当时弃我不顾，我不仅离开了你能活下去，反而能活得更好。”

“女人都是这个心理？”

希晓点头：“是。何止是女人，其实人人为的都是个面子。说来说去，也就回家睡觉休息的那会儿属于自己的私人空间，平日里奔波忙碌，哪个不是活给别人看的？”

“嗯，若珊本来就以美貌作为武器。”李子睿不置可否，“很多男人在女人的相貌面前都会迷失眼睛，恋爱的时候，那些前科都会成为最不可提的虚幻。若珊能走到这一步，也算是个好事，只希望下面别再胡闹下去了。”

“你怎么现在还关心着冉若珊哪？”颜希晓终于受不了李子睿一本正经地拿前女友说事，扬声道，“李子睿，你还有完没完？”

他轻声一笑，顺势揽过她因生气而微耸的肩膀：“你还记得满月宴发生的事情吗？”

“当然知道。”希晓恨得咬牙，“忘了多对不住你。”

“哈。”李子睿轻哧一声，突然觉得希晓这样醋罐子的性格实在可爱，“我知道你当时的心情，你是不是觉得这件事情发生得太过凑巧和狗血了？”

“本来就是。”

“我也觉得。”李子睿竟然点头，“可是当时那么多人，难道就毫不留情地揭穿事情真相？若珊虽然是自作孽才走到今日，可是总要给她留些余地，让她以后可以回归正常生活。所以我才主张亲自送她到医院去，在医生离开后，才戳穿事情的真相。”

“若珊说，看不惯我们日子越来越好，她却过得一塌糊涂。”李子睿眯眼一笑，“我告诉她，这生活都是过下来的，劝了她一夜，这才将她勉强说通。你以为我后来为什么那么积极地给她介绍男朋友，就是因为我怕若珊的生活

再出现任何差错，难免会嫉妒欲旺盛，继而牵连到我们的生活。”

颜希晓没想到事情竟是如此，惊讶地睁大眼睛。

“我始终觉得若珊是个好人，只是被利益诱惑蒙蔽了眼睛，这才失去生活的方向。”李子睿叹道，“所以我们能走到今天，实在是上天眷顾。”

“你没和她说我们的事情吧？”

“我说了。”李子睿不以为然地微笑，“我说我们走到现在也是姻缘巧合。我告诉她，我遇到你还是她决绝之下赐给的福分。她也是大吃一惊，到后来只能叹息，果真这个世界各有各命。”

“李子睿，你疯了？”虽然感慨于他的甜言蜜语，希晓还是觉得说出他们当时的结婚目的太过草率鲁莽，“你就不怕她说出去？而且，还会牵连到孩子的事情，你就不怕她闹得沸沸扬扬？”

“希晓。”李子睿安抚地拍拍她的肩膀，“当时怕众人知道是因为涉及隐私，只怕我们不能走下去，三年之后互不相干，所以落一个骂名给众人。可是现在，我们恩爱如此，又何惧那些流言飞语？”

“而且，冉若珊绝对不会说出去那话。你别忘了，她也有把柄落在我们手里呢，这样你一言我一语地排挤彼此生活，只会闹得更加难堪。”

听闻他如此解释，颜希晓略有所思地点头：“希望吧。”

“不过唐都最近貌似形势很好呢。”李子睿话锋一转，唇角抿出几分深意，“以往因资金链断掉而半死的几个楼盘都开始装修，而且各售楼厅又招了许多置业顾问的好手。现在各个广告代理公司，都重新看上了这块肥肉啊。”

“李子睿，你别去想着唐都。”颜希晓突然正色，“关于陆祈晨的一切，我们不管不问。我们只顾过好自己的小日子。”

“为什么？”

“不为什么。”颜希晓低头看向孩子，“反正我不希望和陆祈晨再有任何纠葛，过去的事情尽快过去，最好以后一分纠缠也没有。”

“可这是两码事。”李子睿凝神看她，“在公言公，在私谈私。孙培东已经给我下达了争取再拿一个单子的命令。颜希晓，如果我想要百尺竿头更进一步，就必须再拿下一个单子。”

“那你也犯不着拿唐都下手。”

“那你让我拿什么下手？”李子睿拧眉，“我怕你担心，一直没和你说过，鉴于上次我丢了千池百货的单子，总公司认为楚阳J市公司市场部办事不力，又派了个莫名其妙的杨总下来莅临指导。大家谁都可以看得出来，说是指导，其实打的就是待在J市的主意罢了。而且此人来势汹汹，以前是国内最大4A公司莱奥的市场副总监，是楚阳总部辛辛苦苦从外面挖来的人物。你觉得以这个人的水平，会安心做个不入流的指导？”

“李子睿，我不想听你们那些市场部的钩心斗角，我要的，只是安安稳稳地过日子。”

“和陆祈晨牵扯就不是安稳过日子了？”原本以为颜希晓会毫不犹豫地站在他一边，摇旗呐喊地为他上进鼓舞，却没料到竟是被如此透彻地泼了盆凉水，李子睿心情猛然跌至冰点，“何况，这是公事，而且涉及的不是嘉泰，是唐都。大家都是睁大眼睛敞亮着运作，有什么不安稳的？”

“得了，你爱怎么办怎么办。”被他噎得说不出话来，希晓气急起身，“李子睿，我祈祷你别后悔。”

“这有什么好后悔的？”李子睿越发不明白希晓的行为，一个与唐都的合作意向都可以让她敏感成这样，成天纠结于那些旧事纷扰，根本不关心自己老公的事业前途。想到这里，李子睿闷闷地别过头，“难道你觉得陆祈晨会搞出什么是非手脚？要他是那种是非公道不分的人，亏你还和他谈了这么长时间的恋爱。”

希晓转头，气道：“李子睿，你什么意思？我印象中的陆祈晨当然是个是非分明的好人，我当时和他谈恋爱的时候也是这么想，可是今非昔比，这关系能与当时同日而论吗？”她深吸一口气，“正如你的冉若珊，你当时与她谈情说爱的时候难道会知道有朝一日她会和一个不明不白的男人生孩子，继而走到这人不人鬼不鬼的今天？”

李子睿愤而站起：“颜希晓，说陆祈晨就说陆祈晨，你怎么偏要提起冉若珊！”

“两者都是一样的道理！”

“这不一样！她……”李子睿蹙眉低吼，下面的话犹在嗓中未出，只听“砰”的一声，颜希晓已经闪进了卧室。

自结婚以来，两人似乎进行了无数次冷战，可是没有一次冷战像这次一样持久，而且这次战争形势大不相同，以前在与颜希晓的纠葛中，李子睿都能用“好

男儿不与小女子斗”主动与希晓说话，这样一来二去，关系自然和缓。可是这次，李子睿也越想越觉得憋屈。他觉得颜希晓不让他插手于唐都的事情就是因为情绪别扭，就是因为两人曾有不美好的过去，然后想一咬牙打死不相往来。可是如果因为这事儿来阻断他的升迁之路，是不是显得太肤浅和小家子气了？

职场比战场更惨烈，不进则退。上次莫名其妙地丢了千池的合同，他李子睿俨然成了上半年楚阳业务低下的把柄，现在不管怎么说，急需一个大单子来重新树立自己在公司业务精英的形象。难不成就因为旧事一场，而放过了这次重立形象翻身的机会？

李子睿越想越觉得颜希晓对待自己太过激进与不重视。别的老婆遇到丈夫有升职的机会都是拍掌叫好，鞍前马后地出谋划策以求早日如愿。好吧，鉴于陆祈晨，他自然不想让她出头露面谋求好处，可是总不至于一兴起念头就给人当头一棒吧？

她不知道他多么辛苦才熬到今天这一步，看起来光彩荣耀，但是哪一步不是拼死拼活奋斗来的？这社会看起来公平，实则最讲求附加条件的价值。在J市，比他有权的人多得是，比他有钱的人更多，所以能到市场总监这个位置，没有被挤轧得粉身碎骨，已然是他这个外地人的造化。

正因为如此，所以才对每一次可以上位的机会惜若珍宝。

终于在冷战N日之后，李子睿“啪”地在正喂养孩子的颜希晓面前甩下一张请柬，首先打破连日来的沉默：“看看！”

希晓看他一眼，随即翻开请柬。

脸色不禁微变。

六月六日，陆祈晨与乔越在瑞瑾酒店举行婚宴。特邀请楚阳市场总监李子睿及夫人颜希晓参加。

终于还是要结婚了，她微扯嘴角苦笑，只是感慨了那么一瞬，便丝毫不落地印在了李子睿的眸中。李子睿强压心中不满：“去不去？”

他原以为以她这几天的别扭态度，答案必定会是不去，所以还未等她回答，李子睿已经拉下脸来：“我希望你顾全大局，再怎么说，上次瞳瞳满月宴，人家也是成双成对地来的。”

希晓一怔，将请柬轻飘飘地甩至一边，抬头看他时已笑靥灿烂：“当然去，为什么不去？”

14 合作，阴谋之始

在颜希晓看来，这次去参加陆祈晨的婚礼就是一个了断，从此双方各有家庭，陆祈晨再也没有立场与资格过问她。而瞳瞳，他作为别人的丈夫，更是没有权力再插手进来。

多了身份限制彼此来往，从此使君自有妇，罗敷自有夫。前恋人各立家庭原本应是心酸的事儿，可是在颜希晓心里却突然豁爽。她在衣橱里翻来翻去，寻思了千遍万遍到底该穿什么衣服，终于在第三十二次向李子睿咨询这身打扮如何的时候，他的脸色聚起不耐烦的阴沉。

“颜希晓。”李子睿重重地在床边坐下，“你搞清楚，是你的前男友和别的女人结婚，而不是你去和他结婚，你打扮得那么花枝招展干什么？”

颜希晓强压住内心烦躁：“好，你要是不嫌难看，我就穿着这身T恤和牛仔裤，这总够方便快捷了吧？”

“你……”李子睿被她噎得说不出话来，想起这几天两人的尴尬关系，以颜希晓的驴脾气，此时再爆发战争的结果必然是他一个人去参加婚宴，白白地让别人看了笑话。想到这里，李子睿走到衣柜边，提溜起一件紫色裙衫：“这个就蛮好，我喜欢你穿这个。”

“李大总监，麻烦你有点敬业精神。”希晓抖抖衣服，哭笑不得，“那是你去香港出差的时候买的衣服，回来不是死活不让我穿吗？说露得太厉害，还不如个睡裙。”

“我说过那话吗？”李子睿半眯眼睛，果真看那衣服后背部分简直真空，还不如个盛西瓜的编织袋子保守，便一把夺下塞到橱子里，又扯下另一件衣服，“这个……”

“好吧，就这个。”希晓也懒得收拾，匆匆换上衣服又化了些淡妆，站在镜子前确保自己容颜靓丽之后，这才放心随李子睿而去。

嘉泰千金小姐的婚礼，自然不同凡响。

在酒店门口报上名字交上礼金，李子睿与颜希晓这才得以入内。由礼仪小姐将他们领到自己所坐的位置，李子睿不由打趣："啧啧，这个排场，赶上国宴了。"

"也不全是为了婚礼吧。"希晓看向前方不断涌进的人潮，轻笑道，"第一，是为了显示两家实力，嘉泰这么大，总得讲究个排场，彰显在金融危机下并没有受到威胁的实力。这第二嘛，应该是为下个月奠基的'承泽'项目预热吧。那可是唐都与嘉泰首次合作的项目。"

"你怎么知道？"

"你天天拿回来那些资料都是白放在那儿的？"希晓瞥他一眼，"而且这报纸和电视台上，已经开始有了广告投放，在这种金融危机的时候想做项目，嘉泰只是为了证明自己的实力，也算是赌博。"

说着说着，前面突然喧闹起来。两人抬头看去，原来正是那一对新人出现在婚宴大厅门口，远远地看去，身着白色礼服的乔越与陆祈晨并肩站在一起，倒有了一种说不清楚的和谐与华贵。

像是有心灵感应，那人的眸光突然直直向自己方向看来，颜希晓心里一慌，忙低头吃东西掩饰。过了两秒钟才敢再次抬头，而新人已消失在众人簇拥之下的后厅，只剩下一片欷歔喧闹。

身旁突然传来男人低声："颜希晓，你不敢看？"

抬眸便撞进李子睿饱含戏谑的瞳眸，希晓心中一怒，狠狠地在桌子下面踢了他一脚，咬牙低声道："李子睿，你今天是不是特别想享受颜家十大酷刑？"

大概是踢得痛了，李子睿拿起茶杯，借来掩饰自己吸气忍痛的尴尬。两人对视了一眼，看已经陆续开宴，便各自拿起筷子，投入到喜宴的斗争中去。

所谓婚宴，说白了就是拿钱去买关系往来，而在今日的这一场宴席中，彰显得尤为明显。

不经意一看，李子睿这才发现他们所坐的桌位上还有贵宾俩字，而整个婚宴大厅与他们一样的，也不过十桌。放眼看去，其他桌位上都摆着各单位名称，什么九咖漆业，什么至诚建筑，而且，还有好几家楚阳平日的竞争对手也在受邀范围。

一场热闹的婚宴，这样一搞，倒像是个企业联谊会。

觥筹交错中，更多见的是各位嘉宾互相交换名片，而乔参正在宴前的那一番发言，更使这场婚礼有了浓浓的利益色彩。看着大家在吃饭之余商讨业务，李子睿有些后悔自己没有带名片，他摸摸空空的口袋，颇有些怨气地看了颜希晓一眼，走之前全花心力给她参考穿着了，竟连市场人员最基本的将任何场合都化作工作舞台的业务准则忘了个一干二净。

正郁闷中，耳边又响起连绵不断的恭贺声音，两人抬头一看，持酒的乔越与陆祈晨已经来到他们饭桌前。一时间，众人均起身回敬，李子睿不自觉地看了看身旁的颜希晓，却见她大方微笑，眸内尽显澄澈璀璨，丝毫没有尴尬的感觉。

“谢谢各位来参加我与乔越的婚礼。”陆祈晨淡然一笑，倾身与各位一一碰杯，其间，各种贺词不绝于耳。等到颜希晓与李子睿的时候，却见李子睿首先敬了一下乔越：“谢谢乔总一直以来的信任，预祝以后合作更加愉快。”

“同祝。”乔越抿唇一笑，原本还要说些什么，身后却突然有人叫她。于是，只剩下陆祈晨一个人应付酒场，李子睿看他笑道：“祝陆总百年好合，早生贵子。”

接触到“贵子”那两个字的瞬间，陆祈晨眸光闪烁，但是很快便又恢复平静微笑道：“能像李总这么幸福，自然是最好的。”

说完便把目光看向希晓：“希晓，你今天很漂亮。”

这话说得虽然堂正，但是在好事人的眼里，难免有些暧昧的意味。感触到李子睿的目光，希晓大大咧咧一笑：“我一向很漂亮，是不是子睿？”

被问到的男人随即一愣，很快便露出满意的笑容：“陆总。”他收回眸光，别有深意地扯开嘴角，“以后有求之时，还望陆总多多关照。”

陆祈晨一怔：“自然，自然。”他将酒杯凑上前去，目光转向希晓，“颜希晓，老友结婚，你这个先走入婚姻的人，没有什么好经验要介绍的吗？”

“有，陆总不说我还忘了。”希晓点头，直直望着那双曾经眷恋的深邃眸子，“公私分明，可不能随便将个人感情强加于工作之上。我和子睿以前是同事，就因为这样的事儿闹了不少麻烦。”

陆祈晨半眯眼睛，主动凑上去与他们碰酒杯：“李太太的话有道理。各位好吃好聊，我先去那边应酬。”

一场婚宴以希晓的“食不知味”而告终，不知道为什么，她老觉得陆祈晨那最后的眼神别有意味，有一点点失望，又有几分危险与迷茫。颜希晓低叹一声气，不管怎么说，她知道他散发那样的眸光，必是已经知晓她的想法。

几个月的不相往来，也许他对瞳瞳并不感兴趣。或许真的是李子睿所说的，一切都是自己神经过敏，杞人忧天。

也许他最后看瞳瞳的那一眼，只是为了表示自己仍有良心。而她不应该因此而战战兢兢，从此打乱自己的生活步调，从而觉得两人仍会有纠葛。

她正陷入这样的思绪中不能自拔，耳旁突然响起李子睿熟悉的低笑声：“希晓，你那句话说得可真到位。”

她一愣：“哪句？”

“就是你告诉陆祈晨要公私分明的那句。”李子睿看着她，“我原本以为以你的性子，应该说我老公人品不好，陆祈晨，我警告你，以后切勿与他合作。”

“我是想说这个来着。”希晓无奈勾唇，“可是说了你听吗？无非是被你当做阻碍前程的大石头，日里夜里辛苦诅咒。所以还不如做个顺水人情，只劝君一句，以后多加小心。”

“好。”

“你是想拿下承泽项目的代理？”颜希晓挑眉，“不是说拿唐都自有产权的那些？”

“思来想去，我改主意了，只拿下承泽。第一，那个项目现正要奠基，可谓是从头开始，接手起来比较方便。而唐都以前的项目，经历了金融危机太长的搁浅，已经在人们心中形成了死盘现象，现在要是介入，做得好便罢了，一旦做不好，出力不讨好，还会落一个代理不成功的恶名。所以，代理那些项目，风险太大。”他顿了一下，“至于这第二嘛，就是你考虑的那些元素，如果陆祈晨心中不满，做出对我们不利的事情，嘉泰还可牵制他的一部分精力。你以为乔越那么傻，会由着他以项目名义对我们下手？”

“未必不会。”颜希晓笑，“估计乔越知道我有了他的孩子，梦里都想将我凌迟。”

“可是我们的态度很强硬啊，孩子与他们无关，而且除非做 DNA，我们就是这孩子的亲生父母。”李子睿笑言，“她能是傻子？还要千方百计证实孩子是自己老公的种？如果陆祈晨一味纠葛于其中，反而会落下一个死气白赖

的罪名。越不放证明越有情，估计乔越也看不下去自己男人这样。”

颜希晓无奈地看了李子睿一眼，现在说一切都是白费工夫。不管用什么角度分析，李子睿坚信陆祈晨是他更进一步的铺路石。而她现在要做的，就是扮好贤内助这个角色，争取让他无后顾之忧，谨慎小心地打赢这场战争。

不在其位不知其味，作为市场总监，李子睿对承泽项目如此感兴趣也是情有可原，颜希晓仔细看了一下其中的资料，这个项目主打高档别墅品牌，在现有疲软的房产环境中，确实有可挖之处。

“你猜这次承泽项目的股份百分比是多少？”李子睿突然抬头，眸中流露出几分神秘。

“四六？”

“猜得准！”李子睿猛地一拍巴掌，“谁四谁六？”

“当然是嘉泰六唐都四。”颜希晓想当然地回答，两秒钟之后又倏然抬头，“难道是唐都六嘉泰四？”

李子睿重重点头：“是，唐都为了这个项目，还卖了一块地皮补充资金。”

颜希晓眉毛微蹙，唐都如此拆东墙补西墙，看来已经对承泽项目足够重视。就算是嘉泰将事情掩盖得再严实，外界也有人传言，唐都需要靠嘉泰重新站起，而唐都少爷陆祈晨，也是因为嘉泰才入狱变成囚徒。毫无意外，这些舆论对于唐都发展是极为不利的，长此以往，唐都总有一日会成为嘉泰附属，陆家重振更加没有天日。

颜希晓甚至想，这个以一成股份而压倒嘉泰成为大股东的行为，是陆祈晨想的主意。隐忍那么久，牺牲这么大，他总要爆发一次。

于是，承泽项目便成了他崭露头角的最好机会。

“其实按照以前而言，嘉泰旗下的项目多由我们代理。可是这次听说是陆祈晨手下的来做，且有唐都六成的股份在里面，因此要按照唐都的原则来取得代理资格。”接下来，李子睿将投标书拿到家里，边核对数据边对颜希晓说道，“5天后便是公开招标期，据内部消息称，J市有20多家广告公司对这个项目感兴趣。”

“嗯，我觉得这个公开招标也是个宣传噱头。”希晓翻了翻投标资料，“现在这样的市场环境，基本只有市政项目才搞公开招标来应对民众的眼睛。唐都如此，一方面是为了彰显自己公司的实力，并不像社会舆论那般不堪，另一方面则是为了体现两公司对承泽项目的重视，我看他们还为此专门注册了个公司，叫做承泽置业。”

“对，开发商是承泽置业，投资商是唐都集团和嘉泰集团，至于承泽置业的总经理，则是陆祈晨。”李子睿抬头轻笑，“这样看来，承泽项目就是对陆祈晨与乔越的一个结婚大礼了。”

“陆家这次还真是舍了本了。”颜希晓轻笑，“那你有几成把握拿下来？”

“如果是客观的考量，差不多七成左右。”李子睿皱眉，“楚阳的市场地位决定了我们有较大的胜算机会，只不过不知道陆祈晨……”

李子睿虽然欲言又止，但希晓自然知道他话里的意思，她苦涩一笑，实在无法给他一个安心的允诺，只能低声道：“要是楚阳好，他应该不会拿自己的第一步开玩笑。事在人为吧。”

提前发布招标日期，可以给各投标方更多时间进行人事准备，可是在当前社会，更多的是给主办方拉关系、送礼。

这也算是当代社会的主要特征。无礼不成关联，就算是可以按照正当程序办理的事情，以现在人们的行事特点，也要与私人感情硬挂上钩，美其名曰为公关。正如医生手术还要收取病人红包，取得的是一个心理安慰。而孙培东作为外人，自然不了解陆祈晨与他们的特殊关系，他甩给李子睿一张银行卡，示意这作为公关费用。

想到颜希晓必定不会与他同去找陆祈晨，李子睿想了又想，觉得还是不能输在其他公司前面，便独自去找陆祈晨。以公事为名很快便与陆祈晨取得联系，双方约定，在唐都楼下的咖啡屋见面。

这是李子睿第一次与陆祈晨单独见面，为工作需要，李子睿早早便来到了咖啡屋那里，却不想只过了十分钟，陆祈晨便走了过来。

“陆总。”李子睿忙起身相迎，见陆祈晨坐定之后挥手示意侍者，“您要喝些什么？”

陆祈晨抬头：“绿茶。”

“这次我来是想说一下承泽置业的事情……”李子睿开门见山，“我们孙总，让我们拿下这个项目。”

许是没料到他会这么直接，陆祈晨浅饮了一口绿茶后抬眉：“李总，你果真直截了当。”

"哈哈。"李子睿轻笑两声，"陆总也是生意人，一分时间便是一分金钱，与其兜转很长时间才说起中心内容，还不如这样来利索。"

说罢，他自钱包中掏出卡："一点小意思，不成敬意。"

陆祈晨眸光突然凝起一抹犀利："李总这是想用别样的方式来解决问题吗？"

"陆总哪里话，我只是想寻求一个公平竞争的机会。"李子睿微勾唇角，"据我所知，来向您陆总送礼的人不少，我实在担心我们若是不随流，很难有与其他企业同水平竞争的资格。"

"李总可真是爽快人！"陆祈晨慢慢眯起眼睛，"可我认为，您别说与其他企业同水平竞争，就是跑在其他企业的后面，我也一视同仁。"

他抿唇一笑："您的手里，可握着我最大的把柄。"

"我不觉得那是把柄，反而那些事情都与您无关。"李子睿心中一紧，"公私分明，我想拿到您的代理权是真，却想堂堂正正地用商业手段来获取，并不想牵涉其他利益。"

"你这次来找我，她知道吗？"

提及颜希晓，李子睿眼皮一挑："不知道。"

"我就知道。"陆祈晨微微拧眉，唇角似是勾扬一弯苦笑，"要是她知道的话，肯定不会让你来。"说罢抬头，"我答应你不会另眼相看其他企业，你们楚阳与其他公司一样，都是同一水平线上的竞争者，我只看实力定论，并不涉及其他事情。"像是允诺一般，他顿了一顿才开口道，"你也知道，承泽是我的第一个项目，我还没有那个胆子拿它去开玩笑。"

话说到这个地步，再要说其他无异于自找难堪。李子睿收回卡："那我便不再强求，既然有了陆总的保证，我们楚阳必定会给您一个满意的答案。"

又说了两句客套的话，两人各自离开。

这一次的陆祈晨给了李子睿很深的印象，上次在妇产科外匆匆一面，他记忆中的他仿佛还是那个家世良好的青年，虽然经过牢狱之灾，但是整个人身上还体现着年轻人所独有的阳光气质，犹如一个没长大的孩子，一切都不经于心。而今日的相见，他却仿佛像是换了一个人，举手投足皆露沉稳，虽然比起他见到的其他企业家仍显稚嫩，但是眸内的那种锐利锋芒，却还是让人不能小觑。

回家之后，李子睿并没有告诉颜希晓他曾与陆祈晨见过面，反而是颜希晓一反常态，主动承揽了楚阳的策划总提案设计任务。李子睿鲜见她对工作如此努力，不由纳闷："这些事儿你让他们做就可以了，何必白废你的努力……况且，楚阳又不给你发工资。"

停下敲字的手，颜希晓挑眉："还不是为你？"

"为我？"

"你知道我上次获奖的广告策划是谁指导的？"看他眸内掠过几分光芒，颜希晓点头，"没错，正是陆祈晨。"

"和他在一起的那段日子里，我不光学会了谈恋爱，还学会了以后吃饭的本领。"颜希晓轻轻一笑，"他教会了我许多东西，告诉我企业喜欢什么口味的策划案，告诉我怎么套出客户的需求，怎么按部就班地做出创意；还告诉我如何安排媒体排期……总之，一切一切，也算得益于他的教育，我才走到今天。"

"所以说，他喜欢什么样的策划提案，我再清楚不过。"颜希晓微微一笑，抽出李子睿让楚阳其他人做出的案子来，"就这些东西，陆祈晨那个人，怕是看也不看的。"

李子睿看她良久，突然做出受气小媳妇的模样："颜希晓，我又忍不住开始嫉妒……"

"你嫉妒个屁！"颜希晓拿案子往他头上猛地一敲，笑道，"要不是为你，我至于这么劳心费力吗？"

果然不出希晓所料，投标当日，李子睿凭借颜希晓的提案，一举中标。除了希晓的提案真的优秀之外，陆祈晨还特地提到了另一个因素，所有公司中，只有楚阳没有向他们交纳所谓的公关费用，他说，他欣赏的就是一心为公的工作原则。

听闻李子睿叙述，颜希晓不由得轻笑："他这话只是为给自己戴高帽子取噱头罢了。利益在前，我才不信他这么光明磊落。"

"怎么？"

"你不信看看，明天报纸的经济版就会写一条新闻，主要诉求点就是承泽总经理陆祈晨洗心革面，一心为公求工作发展。"颜希晓低叹，"他进过一次监狱，现在对他而言，树立形象可比那些一时金钱利益重要多了。这么大

的项目，名誉简直就是生存之根本。所以我建议，你们以后做案子的时候，多打文化及品位要点。他那个人，小资风格得很，很喜欢这个。”

李子睿认真点头：“今天投标就有不少人拿他之前的事情做文章，在大众看来，大概一个人的起伏跌宕传奇，要比真正的业务有趣得多。”话说到中间，他突然一顿，“你知道最后宣布中标的时候，他和我说了什么？”

“什么？”

“他问我，这个策划案子，是不是出于你之手？”

“哈。”颜希晓闷哼一声，刚才还明亮的眸色蓦然暗淡下来，“我这次也算是以彼之矛，做了一次攻彼之盾的事情。”

“我说是你，随即他说，凭借我们楚阳的实力，原本不该拿下这个代理权的。但是我有个好军师。”李子睿闷闷一笑，“颜希晓，我说过不用你出面。可是没想到，还是因为你才赢。”

“不管怎么说，都是胜了。”希晓像是累了，猛地朝李子睿身上仰去，“我还是那句话，步步小心，时时谨慎。”

“是胜利了，可是不知道为什么，总觉得有点胜之不武。”他用大手托起她的脑袋，让她枕得更舒服一些，“我们在一起这么短的时间，你救了我两次。第一次是岳潼，第二次就是现在。颜希晓，我……”

“李子睿……”他的话还没说完，嘴巴便被她轻轻捂住，“我们是一家人。”

因为又联系了这么一个大单子，李子睿的工作变得越来越忙碌，男人与女人不同，仿佛越忙越有精神，这大概就是造物主特意设下的区分：男人因工作而狂热，女人因爱情而变得完满。

李子睿便是如此，虽然经常说忙得连吃饭的工夫都没有，可脸上笑容却多了起来。他告诉颜希晓，因他工作成效卓著，不仅成功摘下了前段时间因丢掉千池百货而受到非议的帽子，并且还由孙培东上报呈批，申请他作为楚阳公司的副总经理。

如果真的如愿升迁，李子睿可谓是迈出了最重要的一步。历经十几年的拼搏，终于由 J 市的业务精英，晋身成为 J 市的管理阶层。

可颜希晓却对此抱有不太乐观的态度。

或许是因为自身从小便比较小心的缘故，每走一步，颜希晓总习惯将事情翻来覆去地思忖很多遍。好的说法是谨慎，走一步思三步，不容易出现大的差错。可是若要是给这样的行为安上一个明确的定义，那便是优柔寡断。也正因为这个毛病，颜希晓除了兢兢业业地做业务，在其他方面一直没有显著成绩。

回过头来反思李子睿的事情，她总觉得，他最近似乎走得太顺了。

仿佛有什么不对，但是综合起来看，却又一切合理。

顾阿姨出去买菜，颜希晓一个人守着正熟睡的瞳瞳胡思乱想。都说女儿随爸爸，瞳瞳可谓是这句话的最大实证。孩子越长越大，有的时候她一颦一笑，甚至连咳嗽起来眉心微皱，都像极了那个男人。

或许，正因为如此，颜希晓有时候仍对李子睿有着愧疚。尽管他从来不提，尽管他也尽力用自己的方式来疼惜女儿，可是心里还是有那份酸楚感觉，所以在李子睿因承泽项目的事情愁眉不展的时候，她开始习惯用自己的方式来为他除忧解愁。

看得出来不到万不得已，李子睿并不想让她与那个人多有联系。为此，他还以工作不力为由，辞退了两个承泽项目策划案没有通过的策划人员。

那些可都是与颜希晓并肩战斗过的老同事。希晓得闻此事，试着为他们求情，而李子睿只用一句话便打发了她，他说："楚阳早晚要有一个能代替你与陆祈晨打交道的人。"

希晓无言以对。

这句话包含了太多因素，她甚至都不知道该以什么立场去帮李子睿。看他案子不过，宣传日程举步维艰不由心急；但是如果再次帮忙，心里也不好受。直到李子睿终于说出那句话，"我觉得承泽看上的不是楚阳实力，而是你颜希晓。"希晓这才觉得事情的发展已经超出想象，思索良久，她决定与陆祈晨好好谈一谈。

仔细想好与陆祈晨的对话内容，颜希晓掏出手机，刚想要拨通电话，手触及到键盘的瞬间，却发现自己并不知道陆祈晨的号码。

曾经那么熟悉的一个人，现在竟陌生得不知道对方的通讯方式。

她知道李子睿那里有，可是这样的事情，虽然没什么见不得人的东西，可是以他的急躁脾气，怕又会给她安排上什么罪名。这几天因工作而劳碌奔波的李子睿，对工作狂热之余脾气也长了不少。

希晓左想右想，决定将电话打到承泽置业的项目部，通过秘书来转达。

看来现在的陆祈晨派头了得，接一个电话竟也要三问五问，颜希晓原本还想低调行事，只告诉小秘书她是楚阳的策划人员，想要向陆总问询一些重要事情。却不料秘书微微一笑，一句无预约不接见为由，轻易挂断电话。

希晓咬牙切齿地骂了陆祈晨一声，再次接通电话的时候不耐地报上自己的名字："你就说，颜希晓找他。"

果真，这一次，不到两秒钟便传达到位。

希晓心中有气，说出来的话便不觉刻薄了些："陆总，现在找您一次可真够麻烦。"

"颜希晓。"他声音低沉，平稳的呼吸声自话筒那边慢慢传来，却带着一种讥嘲的意味，"要是想找，你会是这个世界上最方便找我的那个人。"

这样的开头太过暧昧，希晓顿觉心惊，这才觉得刚才的话说得太过亲密了些，不由正色道："我不是那个意思，陆总，这次我给您打电话，是想向您说一下有关于我老公李子睿的事情。"

"好吧，下午4点10分我有空，咱们晨韵茶屋见。"

"别扣电话！"感觉到他要扣电话，颜希晓急忙说，"陆总，我觉得有些事情，咱们在这儿说就可以了，没必要见面。"

"颜希晓，如果是因为你老公的事情，你最好自己来。"

还没等她回应，那边嘟嘟两声，陆祈晨已经没了声音。

挂下电话的希晓痛骂陆祈晨两句，想要气节地放他鸽子却还是因为有事必须和他说明不得不顺从，想见面也好，反正心里没鬼，去就去。

她提前20分钟去了晨韵茶馆，却没想到陆祈晨竟然比她还早正等在那里，见她一来，唤侍者过来："你好，一杯草莓汁，一杯橙汁……"

"不。"颜希晓忙对侍者说，"我要青柠。"

侍者很快就将饮料端上来，颜希晓浅浅地啜了一口，刚想抬头说话，没想到竟撞上那双深邃的眸光。陆祈晨看着她，唇角突然上扬："不是喜欢草莓汁吗？怎么现在又喜欢青柠了？"

颜希晓撇嘴："草莓汁喝厌了，觉得甜腻腻的没什么意思，还是青柠喝起来爽快。"

"李子睿对你而言，就是现在的青柠吧？"

颜希晓搅拌果汁的手一顿："错。"

“怎么？”他狭长的眼眸流出一抹亮光，仿若燃起了一种叫做希冀的东西，默默地隐忍着蓄势待发。

“他对我而言是白开水，草莓也好青柠也罢，都不是一生必喝的良品。只有白开水，看着食之无味，却是一生必需的东西。”颜希晓浅浅一笑，“过日子，过的就是平淡。”

陆祈晨勾勾唇，仿佛是有什么话要说，但还是忍了下去。希晓太熟悉他这副情态代表什么含义，为怕话题引申到别的地方更加不好下台，于是先说道：“我今天想要找你，是有关李子睿与你们合作的承泽项目。”

“嗯。”

“你知道前几次的策划提案是谁做的吧？”颜希晓微微一顿，“陆总，即便我是您曾经的徒弟您也不用这样。把其他人做的提案一棍子敲死，到了我这几个，您便大力褒扬，这样，对双方都没有好处。”

“你以为我为的是你？”

“我没那么自我感觉良好。”颜希晓轻笑，“我觉得您是在变相肯定自己。毕竟我的策划风格，师承于您。虽然子睿认定您选中我的策划案是因为前情未了，可是我更愿意相信这是您为了证明自己所进行的特有手段。”

“颜希晓，如果我就是为了你呢？”

“我从不这么想。”颜希晓故意闪过他眸中的异样情愫，笑道，“你知道我最不擅长的就是自我感觉良好。那时候你说分手了，就是彻底断开，何况，那时候走得坚决的是你，不是为了摆脱我，你才给了我那么一大笔分手费吗？”

“所谓拿人钱财，消人之灾。”颜希晓有意笑得没心没肺，“我不打算将你给的钱还你，所以也会让你过得安安稳稳，不再去打搅你。”

“可我们有个孩子……”

“陆祈晨，那不是你的孩子。”颜希晓脸色生变，“你如果觉得今天我们的话题必须扯到孩子的层面，那这话我们也就不用谈了。”

说罢，她起身欲走。

“别走。”他伸手攥住她的手腕，那一刻他的手心竟然冰凉，如同冰雪一般一点点渗入颜希晓的肌肤。他的声音涩哑得不可思议，“关于楚阳的策划案，我不是有意而为，只是你做的案子，确实更中我心意。”

既然上升到工作的高度，颜希晓别无他言。陆祈晨松开手，微微蹙眉道：“承泽项目是我第一个项目，有个更好的案子在里面，我没必要去用那些稍微逊色的。我要求承泽的每一步，都要走得尽善尽美。”

“你说得对，这个事情虽然有了些许感情因素在里面，但那并不起决定性作用。”陆祈晨微微一顿，“你的创意与整体构架，的确比他们强出几分。”

“可我觉得，其他人的案子稍作整改，也不成问题。”颜希晓道。

“那是你觉得,你不是开发商,不是合同上的甲方。”陆祈晨定定地看着她，“你不会不知道，我们唐都因为这个项目，卖了早前的两块地皮。所以承泽相当于是拿唐都的家底儿来实践，何况在如今经济危机的情况下，更是要步步谨慎。我们的工程，不是楚阳用来培养和训练新人的。”

他说得诚心诚意，黑眸直直地看着她。颜希晓低头讷讷道：“我只是希望陆总能公平地看待这个问题。我倒也没觉得自己的案子有多好……”

“或许这就是自我评估。你觉得自己不怎么好，但是在我心中，却是最优秀的。”

虽然是在谈及策划的水平，但这句话突兀地说出来，还是有几分暧昧不明的意味。颜希晓无奈一笑：“那好了，下次我将你教给我的秘诀传授给他们，或许下次我不参与，没有比较，就会看出他们的也很好。”

陆祈晨微一抿唇：“希晓，你要是为你老公好，就最好对他负责任。”

“什么意思？”

“你在我身边很久，不会不知道我在与人签合同的时候最喜欢添上一个细则，就是如果乙方在以后的合作中与投标案风格差异太多，因而磨合不好，产生甲方工作延误或项目滞缓，甲方将有权利提出解约事宜。”陆祈晨低头浅饮橙汁，“当初投标的那个案子如果我没记错，应该是出自于你的手吧？如果现在贸然交给其他人全权负责，颜希晓，我不敢保证不会出现风格迥异而产生不愉快的现象。”

“……”

看着她惊诧得瞠目结舌，陆祈晨微微一笑：“楚阳当初可是我介绍你进去的。所以他们的整体风格我也清楚，至于你们那个首席罗策划，应该也参与了承泽的案子吧，如果我没想错的话，上次李子睿交给我的3—A方案，就是出于他的手。”

“策划这个东西，看似是如何都可以，其实也和人一样，也有思想和呼吸，那个罗冬晨的案子看起来天衣无缝，但却少了很多灵性。他的事业最高峰是在 W 市做乐城项目的时候，因为那个项目，才有了如今的地位。但是他以后的策划案子，都有了几分乐城项目的味道。”

“这次交上来的案子也是如此，一看便知是罗氏作品。这要是放在唐都其他项目，或许是最好的，可是在我们承泽，确实不适合采用。大幅度地宣扬区位及地理优势，我们卖的又不是商铺，用不着这样的理念作为中心精神。”

颜希晓愣愣地点头，她没想到陆祈晨能看得这么透彻，寥寥几语就能指出罗冬晨的弊端。

“其余的几个案子，诉求点太碎，不够实际和大气。”陆祈晨娓娓地叙述自己的想法，“毫不讳言，看到你的 A—7 策划，我一眼便看中了那里面的精髓。作为初期，尤其是现在这个经济状况，我们在讲究宜家宜室的同时，最好还要讲到房产的前景。你在里面提出了‘房产银行’的理念，将承泽比喻为会升值的物品，看起来俗不可闻，却最能打动受众的心。”

“现在经济危机，大家都对购房怀有观望态度，怕的就是房价进一步跌落。而你这个理念，却给他们最实惠的暗示，甚至可以继续延伸：我们承泽，保证客户在购得房产之后，十年之内价格不跌。”

颜希晓当时做这个案子的时候想的是这么个创意，可是一想这对开发商而言风险太大，所以只是模糊地提了个概念作为暗示，并没有敢深度挖掘。

却没料到，这无意中的一想，倒是对了陆祈晨的路子。

她讪讪一笑：“您的意思就是说，您的代理若是不按照当时投标的风格来做，甲乙双方的合作关系就可能受到威胁？”

“我不是危言耸听。”陆祈晨摊手，“颜希晓，对于承泽整个项目而言，那点解除合同的违约费用，对我来说并不算是什么。”

希晓闷笑：“好，那我们尽力。”

“我听孙培东说，你不是该去上班了吗？”陆祈晨突然开辟另一个话题，“据说有可能升职，楚阳不想放你。”

“这全是托您夫人的福分。”颜希晓勉力一笑，“是啊，本来说马上就去上班的。可是孩子小，再加之公司其实也没什么重要事情，所以就又延长了几个月的假。”

“那到什么时候去上班？”

“孩子大一些的时候吧。”颜希晓抿唇，“现在才八个多月，一岁半的时候再说。”

“希晓，你有没有想过我和孩子的关系？”

“想过。”希晓倏然抬头，眸中尽是锐利，“你和她最好的关系便是四个字，永不相干。”

“可……”

“没有可。”她打断他未说完的话，“陆祈晨，这孩子也不是为你生的，是我当时发现有了孩子，想要去流产却发现不适合手术，我为达到做母亲的心愿才生下来。以前我不告诉你，就是希望你不要多想，乔越对此谨慎小心，应该怕我拿孩子去威胁你们的关系。其实我根本不想，如果子睿不是一心想要在 J 市发展，我情愿带孩子回到 C 市过我们的安稳日子。”

“所以，孩子的事情就请你忘掉，她现在和你没有任何关系，以后也不会有，永远都不会有。”颜希晓深吸一口气，“她的妈妈，只会是颜希晓。而那个被她称为父亲的男人，也只能是李子睿。”

因谈及孩子，两人刚刚和睦的气氛陡然紧张。显然是极力压制自己，陆祈晨那深幽眸瞳中的色彩明了又暗，他的唇角紧紧抿起，左手有意无意地在亮漆桌面上轻轻敲动，不知道怎么，颜希晓突然嗅到了危险的气息。

她以前了解的陆祈晨一向是阳光的，温和的，无害的，甚至无奈到了极点，也只会勾起一弯苦笑彰显自己的情绪，却不会如此阴沉，像是一只隐忍的野兽，浑身充满着让人压抑的气氛。

想到两人的尴尬关系，慌忙之下，颜希晓只有落下一句“合作愉快”作为谈话的结束语，继而拿包，匆匆离开。

拼婚

15 选择，归途还是末路

到家门口的时候颜希晓看看表，已经5点20分。她推开门，看看四周，有些慌张地问了一句："子睿没回来吗？"

"回来了。"话音刚落，从卧室便出来一个人影，看希晓风尘仆仆的样子，斜在卧室门上不由眯起了眼睛，"你去哪里了？"

那种语气，很明显就是质问。

希晓抬眸，想如果此时说去找陆祈晨，无异于给他因工作疲累不堪的那颗心添堵，反正也没有什么事儿，她便干脆大大咧咧地转头："出去给外公寄钱了。"

她一向有每月给外公打生活费的习惯，而刚才回来的路上确实也给外公打了800块钱的生活费，仔细想想，也不算是欺瞒。

可李子睿的语气却更加生硬："打了多少？"

"你什么时候管起我的钱来了？"被他的口气噎得心中一疼，希晓毫不客气地回问于他，"李子睿，要是不经你批准，我还不能出去逛街吗？"

"我没说不可以。"李子睿突然轻笑出声，"反正你钱多，都打给你外公也没关系。我就是突然想起来咱们是夫妻，有些事情是不是也不该互相隐瞒，彼此透明才算公道？"

颜希晓斜他一眼，十分不明白这个人为什么突然间性情大变，以前都怨自己不给他隐私权，现在可好，主动要求将事情曝光于天下。越想越觉得蹊跷，颜希晓凑到他的跟前，夸张地在他眼前晃手："李子睿，你今天没事儿吧？"

他抓住她的手一分分握紧："我作为你的丈夫，想了解一下不过分吧？"

"相当不过分。"被他抓得生疼的颜希晓抬头，一双眸子在愤怒的浸染下生出倔犟的光，"李子睿，你干脆问我陆祈晨到底给了我多少钱好了。你是不是想问，我与陆祈晨的分离，到底是用多少人民币交换的？"

他那犹如燃着烈焰的眸光突然一灭，而声音却仍带着极强的威慑："不错，我就是想知道这些。"

"我不是告诉过你，李子睿，你难道不相信我吗？"她愤而转身，接着李子睿便看到了颜希晓生气时最爱做的动作——摔门。

"砰"的一声，仿佛是用了最大力气，简直是要将天花板都震下来。李子睿像是被震得垮塌了精神，颓然地坐在沙发里面。

他坐在沙发中一根又一根地抽着烟，不到一会儿，袅袅的烟雾便将他整个人笼罩起来，而身旁烟灰缸上的烟灰也已经厚厚一层，放眼过去，犹在散发焦灼的热气。李子睿也不知道自己是怎么了，下班回来看到颜希晓不在家，无端便涌上一股怒气。

看似是得到升迁，其实到现在为止，他才知道高处不胜寒的滋味儿。虽然他这个高，比起人家而言，还算是低起点。

承泽是拿下来了，可是陆祈晨非颜希晓策划不要，他们两个人像是生成了一种极微妙的默契，那案子上明明没写着颜希晓的名字，可陆祈晨却一下能辨清楚。这样看来，他李子睿辛辛苦苦组建的策划团队倒成了无用的摆设，忙碌一场，却还要在家停职的颜希晓拍板定案。

李子睿觉得，自己像是在用职位为代价，成全了陆祈晨与颜希晓的暗处来往。

他知道自己这样猜忌颜希晓是对她不公平了些，可是这样的想法犹如毒草，一旦萌芽，便在他心里疯狂地滋长蔓延。他知道颜希晓是一心为他，合同规定，若是多次不合甲方要求，两者的合同关系便会以磨合不够为由提前宣布失效。好不容易抢到这个项目，他并不希望重蹈千池百货的覆辙。

所以现在，真正有些举步维艰。

李子睿正沉浸在这样的苦闷中，只听得"砰"的一声，颜希晓不知道什么时候走了过来。回头看顾阿姨抱着孩子已到了卧室，她紧皱眉头在他身边坐下，指指那上面的银行卡："那是我全部的钱，你查查吧。"

"至于密码。"她有些不好意思地挠头，"是你的生日。"

她这样一做李子睿反而有些不好意思："希晓，你知道我并不是不信任……"

"我知道你的意思，"希晓指指那张卡，"但是你说得也对，我们既然是

夫妻，就得彼此透明。我不知道你的钱多少，但是我可以告诉你，我的钱就这些……”

他还未反应过来，便觉得手腕一热，颜希晓牵着他的手，把他往卧室里拽去：“你老实在这里站着。”

那说话感觉，真有几分母亲训儿子的气势。

颜希晓坐在电脑前，迅速打开一个银行账户：“看，这个是工行账户，里面有 25 万元。”

她又打开另一个银行账户，说道：“这个是我的另一个账户，有 90 万元。”

抬眸看她那双澄澈无波的眼睛，李子睿不由低声愧疚：“希晓，我不是有心气你……”

“有心没心的，两个人在一起原本就要过日子，25 万元是我以前积攒的工资和提成奖金，交完 60 万房款。”颜希晓收起银行卡，“陆祈晨给的所谓的 90 万元补偿款，是怎么也不能用的。那是给瞳瞳今后留着用的钱。李子睿，我可是把最大的秘密都告诉你了。”她叹道，“至于咱们以后的资金划分，是还按照 AA 制还是混一块儿花，你说了算。”

“还是各人留用各人的吧。”颜希晓比自己钱多出这么多，要是混一块儿花，难免有些占她便宜之嫌，何况以她的说法，不管怎么用，这钱都沉重得要命，都不好花出去。

一场莫名其妙的“金钱风波”就这样落下帷幕，李子睿察觉到自己太过敏感，这几天对颜希晓越发关怀备至，而承泽项目的逐渐开展也让他愈觉身心疲累，尽管又提了几个策划案，无奈做得都不让陆祈晨满意，十次策划有七次要颜希晓出手才能审核通过。

颜希晓原本以为这只是一时困难，慢慢经过一阵磨合，双方必定可以形成契合的合作关系。可是这样的思想显然是她的乐观想法，楚阳承泽项目策划团队做的东西越来越差强人意，每次都要经过希晓再三点拨才可以。

时间过得飞快，眼看着承泽就要进入第一个大宣传期：项目奠基。

其实 J 市项目多没有奠基的规矩，比起奠基这样实用性不大的脸面工程，开盘更是人们关注的焦点。可承泽现在一门心思关注于提高知名度与美誉度，因此奠基也成为他们宣传的重要噱头。

按照老规矩，在审交方案之前，李子睿先将案子带回家给颜希晓看一遍。

看着上面那显眼的“绝密”字样，希晓不由笑道：“你们现在的工作，也进入保密阶段了吧？”

“对。”李子睿无奈摊手，“负责承泽项目的是 C 组，配合 C 组独立出来的策划队伍，与嘉泰现在的凤凰城、天宸现在的御园，两不相干。”

“那我现在不是属于偷看你们机密了？”希晓眯起眼睛笑，“按照以前规定，我是属于嘉泰 A 组的。”

“那是以前，现在你属于停职，和任何组都没有关系。”李子睿理所当然道，“如果楚阳有人想要拿你看案子的事情做文章，那除非能做出比你更好的案子来服人。我倒是情愿有这么个人，从此不用麻烦你。”

“怪不得你不让我回去工作。”希晓扬眉，“就是因为回去，对这样私下里帮你很不方便？”

其实按照上次所签订的人事合同日期，希晓原本早就该回楚阳上班了，可是李子睿以孩子小为由，断然阻掉了她回去上班的决定。当时还觉得感激涕零，觉得他终于知道关心自己一次了，到现在才发觉，原来是为自己方便。

“那可不是？”李子睿毫不讳言，“一旦你回到楚阳，性质便截然不同了。嘉泰虽然是承泽的第二大股东，但是现在自己也有项目开展宣传，而且与承泽的房产类型相似，简直就是竞争对手。”说到这里，李子睿勾唇轻笑，慢慢偎到希晓身边摸她的长发，“老婆，我怕人家说闲话。”

“你是想让我成为你的私有劳动力吧？”希晓不满地看他一眼，扭头侧身，“我说呢，我要在楚阳还能有一月 5000 元的工资，在这儿白白地给你干事，什么也没有。”

“那些东西多俗！”李子睿笑嘻嘻地凑过来，“咱们来个高雅的，奖励一个吻！”

“一边儿去！”希晓笑骂道，“你就不怕承泽也拿这件事情做文章？我虽然不在楚阳，但毕竟不是你们的策划队伍里的人员，这样看成品的策划案，真的有盗创意之嫌啊。”

“他们要是介意早就介意了。”李子睿如同一个调情老手，唇不安分地在希晓耳边缱绻游移，轻微的呼吸声传入希晓耳畔，沙沙涩涩的，生出一种极诱人的质感，三下两下，便把希晓折腾得面红耳赤起来。

她强力安稳自己已经紊乱的心跳，猛地将李子睿推到一边：“老实一点，还要工作呢……”

“那个不急……”李子睿竟开始放肆地上下其手，“老婆，我下个星期一有可能要去香港出差，一想到和你要分开这么久，便觉得……”

他的话还没说完，颜希晓只觉得一阵恶心，继而翻天覆地的眩晕感觉袭来。她猛地拨开正凑在身上的李子睿，慌忙向床下伸头，干呕了两下之后，起身泪眼蒙眬地看着李子睿。

李子睿惊诧之余是满脸受伤表情：“希晓，我只不过……你这也太伤人了吧。”

因呕吐头晕到极致的希晓仍身处蒙眬的状态，可心里却一片清明。自己胃很好，晚上又没吃什么东西，怎么会平白无故地干呕起来？

心里一紧，突然有个念头涌上心头，难道是……

拨开因被打断情欲而一脸不满的李子睿，希晓慌慌忙忙地换上衣服，李子睿见她一副被狼追了似的着急模样，一把攥住她的胳膊：“到底怎么了？”

“出去买东西！”

“大晚上的你买什么东西？”

“试纸！”话音刚落，颜希晓已经穿好衣服，“砰”的一声关上了门。

只剩下身后一脸莫名的李子睿默念着她最后的两个字：“试纸……试纸……”，突然，心弦仿佛被什么拨动，李子睿抄起一旁的外套，也快速随希晓而去。

“怎么样？”

那个女人已经在洗手间坐了十分钟了。李子睿犹如客厅那个聒噪的壁钟，每过一段时间就神经兮兮地打开门：“希晓……”

越急越不容易酝酿情绪，听着外面不停的踱步声烦心，希晓猛地一踢门：“李子睿，你不知道什么叫非礼勿视吗？”

“两口子有什么礼不礼的……该看的都看过……”李子睿也知道自己太过不镇定了点，讪讪一笑说，“我只是着急嘛。”

“你急有什么用！”李子睿尴尬的笑声还未停止，只听门“吱呀”一声，颜希晓竟从里面走了出来，她手提试纸在他面前晃了两下，“看清楚了吗？”随即面无表情地扔回马桶里，利索冲下。

“哎……哎！”李子睿急于捕捉那被冲走的试纸，只伸头一看，它已被冲得无影无踪。他转过身，颇有些怒气地扳过希晓的身子，却在接触到那双平淡无波的眸子时，怒气无端消匿了下去。

“希晓……”看着这样的她，心中慢慢腾涌起不祥的预感，他的声音慢慢回归柔和与诱哄，“我只是随便那么一激动……你不用放在心上。”

“随便那么一激动？”希晓扬眸，眼瞳中突然亮起一抹极锐的炫色，“李子睿，革命征程开始，同志要多多赚钱才是！”

“什么？”李子睿心中已有几分预感，却偏偏不敢去触及那份激动，只能用追问来确认自己的情绪归属，“颜希晓，你把话说得明白些。”

“意思就是，李子睿，你要当爹了！”颜希晓转身，还未走到床边坐下，只觉得眼前一阵眩晕，李子睿竟将自己腾身抱起，连推带扑地将她压至床上，那双乌墨瞳眸犹若点燃了焰火一般放射出粲然的光芒，仿佛要灼透她的眼睛：“颜希晓，是真的？”

希晓再也不能忍住自己的笑意，情不自禁地揽住他的脖颈，唇角笑意慢慢加深：“是真的。”

“真的？”李子睿再也按捺不住内心的激动，冲上前去就在颜希晓左颊上猛亲一口，“亲爱的，几个月了？”

“不知道。”希晓垂眉掩住些许羞意，“这个要明天去医院检查，才能知道确切日子。”

“可是……”希晓抬眸，却发现他眸中刚刚燃起的喜悦竟然瞬时黯然下来，“你，能生吗？”

希晓一怔，随即意识到他在说什么问题，唇角微勾，她埋在他怀中微笑：“李子睿，就是不能生，我也要把他生下来。”

这是她与他一路走来的见证，既然上天让他们相逢，就让孩子作为感情的见证，永远地持久下去。

第二天，颜希晓还没从梦中醒来，便被李子睿唤醒，睁开眼睛的时候，发现他已经换好了衣服站在旁边，一只胳膊执著地拉着她的手，似是诱哄更像急迫：“希晓，起来。”

“干什么？”

“去医院。”李子睿爱怜地将还未彻底清醒的她拖起，“快点穿衣服，回来再睡。”

触及到他眸中无法压制的粲然光芒，颜希晓这才想起昨天发生的一切，借着他的气力爬起床，希晓这才发现今天并不是周末："你怎么还不去上班？"

"我5点就起来了，"李子睿英气的眉宇间竟流出几分内敛与羞涩，"已经给孙培东告了假，你穿上衣服，咱们就去医院。"

颜希晓几乎是害怕医院这个地方了：第一次来医院，告之她怀上陆祈晨的孩子，那时候便如晴天霹雳；第二次来，又告诉她不能流产，简直就是将她置于死地；第三次来，是因为她莫名摔倒还被李子睿的爹看到送进医院，那时候的他还不和他现在这样，但颜希晓至今还记得他的表情，狭长的眸子犹如结了一层冰，酷厉而又冷漠。那是希晓第一次怕他，心虚地害怕他舍弃她，害怕他从此不和她并肩走下去。

现在想来，那时候，或许情就已然生根。

第四次来医院就更不用说了，是生孩子。她当时也不知道是怎么想的，看到孩子的亲生父亲来到身旁，下意识地竟想起了那个时而暴躁、时而温情的男人。所以在疼得生死难料的那一刻，才想要死死抓紧那个人的手，仿佛这天底下只有他一个人，能带给她勇气。

即使他们的关系太多尴尬，即使他们的感情太多疏离，她颜希晓，终究是任由自己走上了这么一条从未料及的道路。

来到熟悉的妇科，颜希晓做了一系列检查之后被大夫叫到旁边："你怀孕三周了。"

希晓算算，三周二十一天，时间差不多合适。她这段时间老觉得累，再加之承泽项目的事情在里面折腾，成天工作的事儿都忙不过来，也没心思和李子睿做些夫妻活动。现在想想，倒是幸好没和以前似的那么运动频繁。

刚要向李子睿投去兴奋的目光，抬眸一看，医生的脸色却不正常，刹那间，那颗刚刚跳跃的心立即蹦至了谷底："怎么了大夫，有什么不对吗？'

"上一胎才刚刚产出不久吧？"医生皱眉看着刚刚出来的片子，"十个月？"

"九个月多，不足十月。"

"怪不得。"医生略有所思地看她一眼，又抬眸转向身旁的男人，"你是她丈夫？"

李子睿的脸色已如铁青一般的难看，似是自唇间挤出那声肯定，声音竟

艰涩无比 :“是。”

“你老婆情况不很乐观。”医生的两道眉越皱越紧，似是已经将众人的呼吸拧住，“她天生子宫壁过薄，生育一次已经经历了很大创伤，而且时间这么短，再怀孕一次无异于再创一次，你们现在好好想一想，是现在流掉还是……”

“我不流掉。”医生的话还没说完，希晓便坚决地应道，“医生，我死也不流这个孩子。”

“希晓……”一旁男人见她如此，情急之下扯她的衣服，却见希晓倔犟地拧头，一双亮眸仍执著地看着医生，“大夫，我一定要这个孩子，难道，非得流掉不可吗？”

“不流掉也可以，但是不要怪我不提醒你，以后风险可能会很大。”医生的眉皱得微微松缓一些，“如果你过几个月再想流掉孩子，那时候还要刮宫，还要做比较大型的人工流产手术，创伤更厉害。”

“如果我执意不流呢？”

“好好养胎也许没问题。”医生叹一口气，低头看有关她的诊断资料，“如果很想要孩子，那么好好调理休息应该没什么问题。说实话，我是不建议你们要这个孩子的，你们刚生过一胎……”

“大夫，那安全生下来的可能性有多少？”李子睿看着希晓情绪明显已经激动，只能用数字来衡量自己心中的安全系数，“两成？三成？”

他刻意将可能性说得很低，为的就是经受再大打击也会有心理准备。医生一抿唇，像是同情似的慢慢抹出一弯笑意:“也不是那么绝望，六成左右吧。”

听闻六成，颜希晓心中一跌。

这个数据，比绝望高出六十个百分点，却又距离安然无恙如此遥远。

从医院打车回到家中，来时一路的欢声笑语变为回家一路的无声叹息，希晓始终紧皱着眉头，走在李子睿的前面。她不敢去看那个男人的脸色，怕只是看一眼，就会被他眼底的无奈与苦楚灼伤。

走到家中，希晓扔下房间钥匙，转身捏正欲拐向卧室的李子睿的两颊:“老板着脸做什么？有了孩子不高兴是不是？”

他唇角微扯，笑容在此时看来竟有些凄楚与模糊 :“希晓……”

担心他再说什么泄气的话，颜希晓大大咧咧地转身 :“担心个头啊，不

还有六成希望嘛！你现在的任务是好好赚钱养儿子养女儿，而不是在这儿唉声叹气地咒我前途未卜！”

刚要在梳妆台前的凳子上坐下，身子却被一拖，再次反应过来的时候，已经身在李子睿的怀中，他紧紧地抱着她，像是要将她嵌入身体里那般用力：“希晓，”他深深呼吸，“咱们把这个孩子流掉吧……”

希晓猛然扭动身子，意识还没恢复话已经说出：“不要！”

“李子睿，你难道不想要一个自己的孩子吗？”颜希晓推开李子睿的身子，定定地看着他，“我知道你是为我好，我知道你是担心我，你放心，我一点事儿都没有。我在家老老实实地待着，咱不行就请两个保姆，我只管吃饱就睡行不行？”

她澄澈的眸子再也不见昔日的镇定自若，反而泛着一种让人心酸的哀戚，就那样可怜兮兮地看着他，像是在渴求他给她留一丝希冀，李子睿突然被这样的希晓弄得心中酸痛：“希晓，咱们理智地分析这个问题。”

“那医生说，你要是现在不流，过几个月一看事态发展不好再下手的话就会有很大危险。”想起医生的表情，李子睿便有些心寒，“所以希晓，我们有瞳瞳是一样的。你不用担心我，咱们一家三口，不也其乐融融过了这么多天了吗？”

“你别想医生那些鬼话。”希晓努力让自己唇角笑意加深，“你不知道医生有个别号叫做特级演员吗，他们最擅长见人说鬼话，见鬼说更鬼的话。至于那阴沉的表情，也是经过长时间坐诊培训出来的。他们就指望这点本事蒙骗百姓拿药看病呢！”

“颜希晓！”

“你放心，我自己的身体自己有数！”希晓不耐烦地转头，“上次去医院还说建议我不生呢，这不也把瞳瞳生出来了？李子睿，你我都是独生子女，这个孩子又不违反国家计划生育政策，当然要生下来。或者，就有一个不生下来的理由，那就是……”她看着他眨眨眼，“你养不起。”

“希晓……”他动动嘴唇，欲言又止了半天终于凝成一句话，“希晓，我想要孩子是不错，可我更想要你。”

“可怜的孩子！”希晓强压住这句话给她带来的情绪冲动，故意咧嘴一笑，将头埋在李子睿的胸膛里，“孩儿他爹，我保证这是双选题，会有两全其美的答案，好不好？”

16 恩断，情却未绝

颜希晓彻底成了重点保护动物，因为她有了身孕，李子睿向孙培东申请将原去香港半个月的行程硬硬缩短到了 4 天。

这下两人彻底成了夫妻恩爱的模范，认识他们的人都感叹于两人的造人能力，面对这样尴尬的话题，颜希晓只能笑而不答。

转眼间李子睿已经去了香港一天，仔细算来，大后天便是归期。希晓翻着手机，无聊地计算着以后的日程安排，总觉得他走了一天就像是已经去了半月。刚要叹息，只听顾阿姨在一旁好心地提醒："太太，先生说过的，不让您老用手机。"

这是李子睿临走前的交代，不让希晓用手机，不让希晓上网，甚至看电视也规定了时限，唯一的理由，就是这些东西都有辐射，对胎儿生长无益。

早前怀瞳瞳的时候虽见他也贴心，但并没有像现在似的发展到神经过敏的地步。希晓不由一笑，看来这男人，还是与自己的亲生骨肉亲。

这点是人之常情，她并没有立场去怪那个男人。

顾阿姨看她只顾愣神傻笑，再一次将李子睿的旨意传达到底："太太……"

"好好好，阿姨，我不看就是了。"她笑着拿起手机，刚要扔到一边，却听手机铃声突然大作，低头一看，竟是陆祈晨的号码。

心仿佛被硬石给硌了一下，颜希晓脸色瞬变，只是呆呆地看着手机幻灯炫动，却不回应。直到顾阿姨又好心地提醒了一声，她这才跳下床，转到客厅外的阳台上接电话。

看阳台门已经插好，颜希晓方才按下接听键："陆祈晨。"

话筒那边的男人不再像以往那般都要客套寒暄几句，直奔主题的速度让希晓兀地一惊，似是承受了很大的压力，他的声音渗透着疲惫的涩哑："颜希晓。"他微微一顿，"你怀孕了？"

希晓一怔，随即强作笑容道：“我又不是大明星，没想到我这平民百姓的小事儿，也传得这么快……”

“是你和李子睿的孩子？”

“陆祈晨，你这不是废话吗？”轻易地便从他的呼吸中琢磨到几分慌乱紧张，希晓轻笑，“当然是我丈夫的孩子。”

她特意加重了“丈夫”二字的重音，为的就是提醒他，他们现在已经不是往昔的关系。所以，她有没有孩子，与他都没有关系。

“希晓，我想要回我们的孩子。”睖睁半秒钟之后，陆祈晨突然吸气，“我想要瞳瞳的抚养权。”

颜希晓不由失声惊道：“陆祈晨，你没疯吧？我颜希晓的孩子，凭什么要给你抚养权？”

“我是这孩子的亲生父亲！”陆祈晨突然咬牙，“我不想让我的孩子管另一个男人叫爸爸！我不想让我的孩子活在别的男人的庇荫之下，我不想让我的孩子流落在继父的手中受折磨。”

“陆祈晨，谁要瞳瞳受折磨了？”颜希晓气极，“你收起你的小人心思！瞳瞳姓李，即使是你的孩子，在法律上却是我们的女儿！子睿更是对她好得很，至于继父不继父的，用不着你这个外人操心！”

“颜希晓……”

“陆祈晨，你只要再说一句这样的混账话，我就和你老死不相往来你信不信？”颜希晓冷哼，“到时候你别说要瞳瞳的抚养权，我会将她藏得严严实实的，让你们两个人面也见不到！”

“颜希晓。”面对她的威胁，话筒那边刚才还不可一世的男人突然声音降低，“你们已经有了个孩子，为什么还占着瞳瞳？你以为男人都是那么大公无私的吗？有了亲生的孩子，还会对与别人有血缘关系的那个孩子好吗？”

“陆祈晨，我告诉你，不是每个家庭，都和你们家一样。”希晓强迫自己平静呼吸，“李子睿是什么样的人，我清楚得很。至于你继母对你的态度，李子睿绝对不会。”

“再说了，你想要回瞳瞳，你身后的那个大家族肯吗？”希晓突然轻笑出声，“当初乔越是用什么代价让你跟在她身边的，我相信你没忘了。那么个千金大小姐，恨不得天天将你锁于股掌之中，能接受你突然有个外面女人生的孩子？”

这一句话显然戳到了陆祈晨的痛处，话筒那边传来嘶嘶的呼吸声，犹如压抑的豹子在做最后的挣扎。颜希晓心里一紧，突然觉得揪痛。

面对曾经爱过的男人，她也不忍用这样尖利的词句去戳他的最软肋处。可是事情终到如此尖锐的地步，她说的每一句话，是讽刺，也是无奈。

她不相信陆祈晨不知道眼前形势，他走到现在已经不易，如果一着不慎，绝对是满盘皆输的结局。

“陆祈晨，我会对瞳瞳很好，李子睿也会对瞳瞳好，我们就算是有了另一个孩子，也不会对她另眼相待。”想起陆祈晨唯一一次看瞳瞳的表情，颜希晓突然酸涩不已，“你会和乔越也有个孩子，所以……”她轻轻吸气，“你会慢慢忘了瞳瞳这个女儿。”

“陆祈晨，我现在很幸福，你也要幸福。”希晓紧紧咬唇，“当初咱们怎么说的不要忘了，你说你永远不会后悔……那么，也就别让我们成为你的牵绊阻碍。”

“所以，希望你永远都好。”希晓微微一笑，“再见。”

如果她没记错，这是她第一次在他前面说再见两个字。以前的颜希晓与陆祈晨，永远是男人先行分别礼，然后是女人附和一声，两两挂断。

他们曾经认为，这是最甜蜜的一种默契。

这一次的电话告别，不知道怎么竟给了她一种恩断义绝的感觉。这样的决绝，就是在他们分手那夜，也不曾出现得这么浓烈，明明没有看到陆祈晨的脸，可眼前却出现了那一双熟悉的眼瞳，渗着绝望的痕迹，一点点流出血来。

“太太，你没事儿吧？”顾阿姨突然奇怪地看回到屋中的希晓，颜希晓一愣，慌忙拂拭眼角，指头一片湿腻。她这才知道自己竟不知不觉流下泪来。

“啊，没事儿，”希晓抽抽鼻子，大大咧咧地回以微笑，“对了，这事儿不要和子睿说，我有个同学出事儿了，所以有点伤心。如果子睿知道了我平白无故地哭，又得说我。”

顾阿姨连连称是，抱着孩子转身进了房间。留下希晓一个人在客厅怔怔发呆，她的耳边再次回响起刚才电话的内容，心里突然有了一种不祥的感觉。

这是陆祈晨第一次如此直白地谈及瞳瞳的事，而且言辞激烈，口气强硬，虽然瞳瞳已经成为自己和李子睿名正言顺的女儿，可是她竟还有一种恐惧感，担心瞳瞳的归宿，是否会如今日这般尘埃落定。

而这样不祥的担心，竟在以后的生活中慢慢浮出水面。

希晓改好的奠基活动策划方案在李子睿从香港回来之后的第一天便呈交给承泽置业。在颜希晓看来，这个案子原本就没什么需要大改的问题。无非是因为媒体的诉求点及排期没有符合陆祈晨的心思。在以往她对陆祈晨的了解中，这奠基一定要做得足够有文化，足够有内涵，足够可以洗刷他曾经入狱的辛劳和耻辱。

可是这一点，那些策划助理们是不会知道的。因此在给整个案子的属性定位上，才产生了那么一些偏差。

希晓没有料到，她了解的那个陆祈晨只是以往的陆祈晨。

看到李子睿提着那策划案袋子回来的时候颜希晓已经吃惊："过啦？"

就算是再顺利，当场签下案子也是不可能的。关于预算，关于各种活动细节，都需要仔细翻阅一番才能了解。

颜希晓正在纳闷中，接着便见李子睿"啪"地一下甩下案子："过个头！"

希晓凑过去拿起来看，鲜红的"×"字符号跃然于提案封面，下面署着曾经熟悉的龙飞凤舞：陆祈晨。

她心里一惊，继而翻开提案内页细细翻看，崭新的页面，似乎没有翻动过的痕迹，更加纳闷道："这就是不过了？"

"不仅不过，反而直接打电话找了孙培东！"李子睿生气地坐到沙发上，"陆祈晨今天也不知道哪根筋搭错了，看了两眼就在那儿横眼睛竖眉毛，数落我的时候大概还顾及你的面子，并没有太出格。可是我只分辩了两句，没想到就直接找到了孙培东！说这个奠基案子已经改了两遍，奠基日期在即，如果再不通过的话，就撤销咱们的代理资格！"

"撤销代理资格？"颜希晓扬声，惊讶道，"这么严重？"

"其实也不怪他想得严重。"李子睿声音慢慢降低下来，"原本定的这个奠基日子就很近，按道理，现在都应该到了活动实施期了，而不是现在还在纸上做文章。"

"他这么一味推翻，给理由了吗？"

"给了，你还说他注重文化，"李子睿瞥她一眼，无奈道，"人家口味变了。"

"口味变了？"

“先前的是说打意念诉求重点，重点是渲染承泽的文化及背景氛围，向受众传达项目开发理念。可是今天，陆祈晨突然说他们耗不起这个折腾，如果奠基只讲究那虚无缥缈的文化品位的话，无异于浪费他们开发商的钱。”李子睿轻轻叹气，“他一个劲儿地和我说，现在金融危机，他们已经在里面投了不少钱，如果非要讲究奠基前大渲染再进主题，两大集团都受不了那个折腾。”

“那他的意思是直接奔商业主题，诉求项目的商业价值，上来就说卖点？”

“对，”李子睿点头，“就是这个意思，简单而言四个字：直奔主题！”

颜希晓猛地一拍案子：“这不是开玩笑吗！”

“就现在这疲软的房产市场，自奠基就开始喋喋不休地说项目卖点，等到真正项目销售期，难免会让受众产生厌烦心理。”颜希晓呼气，“有哪个人，可以忍受另一个人不停地在身边唠叨自己的产品有多么好的？”

“我们都知道这个道理，可是甲方不同意。”李子睿无奈挑眉，“我也说了，可陆祈晨的观点就是直奔主题，速战速决。”

“他的脑子是被门挤了吗？想吃回锅肉，也要等着猪杀好了再说啊！”颜希晓皱眉，怎么也想不通陆祈晨的意思，“当初他还时常在我耳边念叨，说什么案子都要循序渐进，策划看起来是个烧钱的工作，其实最必须记住的，还是欲速则不达。”

闭上眼睛，陆祈晨嘱咐她的话语还在耳畔流转。那时她刚入职场不久，他作为前辈总是喜欢对她循循善诱：“希晓，你要记住，我们策划一个活动，寻找一个创意，其实就是看它缓缓绽放的那个过程。至于结果，虽是终点，但并不可以太过强求。”

“如果中间那个过程运作好了，结果自然不成问题。”他仿若还在她耳边深深吸气，颜希晓竟生出几分回到从前的错觉，“你是个急性子，但是凡事要一步一步地来，策划更是急不得的。”

而今，就是那个教育她时刻要稳住步伐，按部就班地操作每一个案子的人，忽然让她转变战术，直达项目利益点。

她不否认直达利益点有什么不对，详细地罗列项目卖点铺展宣传，这是项目操作时都必须走的一步。可是现在是奠基的时候，上来便这么大张旗鼓地宣扬自己的所有优点，难免会招致同类项目的攀比，从而使自己陷入被恶性挤压的境地，就像是双方对抗，一方即使强盛，但上来就把自己的所有杀手武器陈于对手面前，到后来招致的，只能是险路。

这些道理还是陆祈晨告诉她的，怎么到了现在，反而自己推翻了自己的所有逻辑？

“你打算怎么办？”看着一旁愁眉不展的丈夫，颜希晓将思路收回，“重做？”

“不重做有什么办法？”李子睿苦笑，“甲方就是乙方的祖宗，现在祖宗觉得不满意了，孙子自然得孝顺祖宗直到人家顺心为止啊……”

“不行！我去给他打个电话去。”希晓越想越不顺心，忍不住埋怨道，“让你不接这个案子，你偏不听……”

“姑奶奶，拿下这个案子的时候你忘了提成有多少了？”李子睿听不惯希晓的消极，“上次是谁对着银行卡上的余额，笑靥如花的？”

“我……”

“我宁愿咱们闷不吭声地应下这件事儿也不想让你给他打电话。”李子睿皱眉，“快别啰唆了，你老公我好歹还因此升了职，全当是为升职交的学费了。”李子睿自身后掏出一沓资料，“颜希晓，就劳你大驾，把这给做下来怎么样？”

“我不。”希晓摇头，“我做的案子已经被他驳回来了，而且下一阶段，甲方所给乙方的资料全都是绝密内容，这已经到了项目最核心的保密运作阶段，我不是你们团队里的人，插手自然不合常理。”

“可是陆祈晨要求后天就呈报新方案……”李子睿站在她身边愁眉苦脸，“如果你觉得压力大，我让他们做前面部分，你只根据那些资料提供个大体框架，怎么样？”

“那一旦以这个思路进行下去，销售效果不好又是谁的责任？”希晓蹙眉，“现在为什么很多楼盘都卖得不好？就是因为开发商太过想当然，限制专业策划师的思路。到了最后，还把业绩不好的原因归到策划身上。”

“那就是他们的事情了，陆祈晨又不是不懂策划，不会太过分的。”李子睿愁得只顾应付眼下的困境，并不想过多延伸今后的内容，“希晓，咱们先把这关过了，如果实在是效果不好，陆祈晨自然会迷途知返。要知道，以后的开盘才是重点内容啊。”

希晓无奈，最终只能应下这个工作。其实即使不是李子睿阻拦，她也不

会将电话拨给陆祈晨。上次的单独见面，她至今还忘不了他眸子里刻意隐忍下的伤。那是一种压抑到极致的痛苦，仿佛一不小心，便会爆裂迸发。

她从未见过那样的陆祈晨。

不愧是进入项目正式操作阶段的资料，希晓大致翻了一下甲方素材，便发现了许多以前不为所知的内容。根据这个资料在以前的基础上作以调配整理，仔细地进行各数据模型的分析，再依照陆祈晨的意愿进行三大项目优势的阐述论证，经过对楚阳推荐的几个礼庆公司的资料对比，最终在他们之前对其他公司搞类似庆典的基础上，整合出了一套比较适合陆祈晨口味的案子。

这套方案整合完毕，希晓已经连续两天不眠不休，再加之身怀有孕，简直疲累到极点。

而李子睿带来的消息也是让人振奋，陆祈晨这个别扭的家伙终于通过了提案，当场签下意见，决定执行。

而细化执行的事情，由策划团队执行便可以了，用不着颜希晓自己动手。

希晓漫不经心地听着李子睿对呈交提案细节时的描述，唇角微勾："陆祈晨还说了什么？"

"没说什么，就说不愧是颜策划做的案子，思路缜密，诉求点分明。"李子睿声音突然轻扬，眉宇间竟带着几分戏谑，"最后说，麻烦你了，让你好好养胎。"

希晓一怔，凭她对陆祈晨的了解，怎么也不相信他会说出这样的客套话来。

可看李子睿如释重负的表情，疲累至极的颜希晓也没有多想，歪在床上便睡了过去。

下周一便是奠基日期，其实一旦总提案被审核完毕，下面的细化实施便是水到渠成的事情，但考虑到这是李子睿升职楚阳副总经理以来的第一个全权把控的项目，再加之也算是承泽项目第一次在公众面前出现的脸面，李子睿还是身先士卒，与楚阳其他职员一起，整日忙碌于其中。

看着李子睿忙得不可开交的身影，不知道怎么，颜希晓竟感觉后悔了。

她知道这样的心态或许很不应该，可是就是控制不了自己的情绪，拿下承泽项目固然让李子睿升了一级，在业界也更富有名气，但是与陆祈晨这样不能摆脱的关系，似乎有非自己意愿发展下去的趋势。

她原本不想再与他有任何关联，可是上天非要以这样的方式，将自己与他再捆绑在一起，现在竟不知不觉地有种骑虎难下的感觉。

即使陆祈晨义正词严地说自己是为项目考虑，即使眸光澄澈地说所做的一切都与他们的感情毫无关系，可是颜希晓仍然有些忐忑，冥冥之中似乎有一种不安的感觉靠近，可具体来源于哪里，又探寻不出。

这样的感觉，一直维持到出事的那天。

她原以为总提案构思通过，下面静待奠基成功的消息来便可以，可是没料到竟途生波折，就在基奠第二天便要开始的时候，李子睿回家扔给她一沓报纸。

"怎么了？"一看是《J市生活报》，希晓不解地抬头，看着李子睿暗青的脸色不由一惊。

"你自己看看。"

希晓大体翻阅了一下，还没有仔细阅读便已经心凉。这报纸上是关于天宸御园项目"二期"开盘的推广宣传，看来是投入了大量资金，房产版面均被御园占据。单是这些是不足为惧的，只是这项目宣传的各个角度，从户型归纳到景观园林特点，再从大市场的把控至市场受众的分析把握，每一点，都与希晓对承泽项目的分析极为相似！

就连最后的宣传文案，甚至都是同一种风格。

还未看到最后一页，希晓已经不敢再继续翻阅下去。那个最可怕的想法跃然于脑海，公司机密竟然泄露了！而且还泄露给了对手一方！

她强迫自己压下不安的心思："这个是什么时间发现的？已经发布了几期？"

她想，如果刚刚发布，她加班加点地再对承泽项目的主诉求卖点作些调整，或许还有转机的余地。房产项目大多只有那几种词汇宣传，真的要被逼得换下方案，除了麻烦点，也没什么大的风险。

这几乎是面对机密泄露唯一的法子。

可是李子睿轻轻摇头，往日充满英气的眉宇间竟流露出了几分颓丧的气息："没办法了，他们已经做了两期。"

"那怎么不早说？！"

"市场部的人疏忽！"李子睿不由得咬牙，"我们所投入的媒体是发行更大的《J市晚报》，因此那些人这几天都关注那个报纸，唯独忘了还有生活报，而且，前两期的广告并不像是今天这么明显，无非是提了什么时候开盘，再就是说了些具有煽动性的话作宣传用。那些什么盛大开幕之类的虚词儿，一向都是开盘万能用语，因此他们也没太在意，没想到今天一看……”

“别说了，这一看就是蓄意而为的。”颜希晓头疼得半闭眼睛，后又突然打开，“天宸项目不也是咱们楚阳代理的吗？是谁？”

“自从岳潼离职，楚阳又来了个袁总监。那个人没什么本事，满心思的业务，听说过段日子就会被调回去。”李子睿蹙眉思索，“不会是他干的，我和他除了工作没什么恩怨来往，而且他的策划团队与我的策划团队完全独立运作，现在也已经搬到了御园项目去驻场办公，平时连楚阳都很少来。”

“那你觉得是谁做的？”颜希晓突然一声冷笑，“你还常常怪我天真，这年头越闷头不说话的，心里越不知道想的什么龌龊主意。”

“我现在想的，不是追究是谁和我作对。”李子睿拧眉看她，“事情已经到了这个地步，就算是福尔摩斯在世也避免不了这个后果。颜希晓，我现在想的，是如何挽回这个局面。”

那双眸子的焦灼与担忧是如此明显，可颜希晓还是给了他一个让那一丝希冀也无情熄灭的答案：“从策划这点分析，没法挽回。”

她急不可耐，声音渐渐高了起来：“已经做好的成套方案被别人盗走，这个是没法说明白的事情，要是还有七天五天，别说那么多了，三天我也能给他整出一套新的方案来应付，可是现在呢？这明天就要活动了，现在案子被盗，恐怕我们在生活报上投的广告都已经印发好了，根本就是绝路！”

在颜希晓近乎低吼的声音中抬起头，李子睿苦笑了一声，随即起身。

“干什么去？”

“去负荆请罪。”李子睿唇间挤出一抹苦笑，“如果我没猜错的话，承泽项目的陆总正等着我自投罗网呢。”

这时却听李子睿的手机突然聒噪地响了起来。欢快的音乐在如此情境中出现，更添几分突兀与锐利，拿起手机，李子睿脸色突变。

只那一眼，颜希晓便知道是谁的号码。

果真，接通电话，希晓听到了那个称谓：“陆总。”

不知道陆祈晨在里面说了什么，只见李子睿的眉毛越皱越紧，简直郁积成一个不容解开的疙瘩。可能是怕她担心，说了几句他便转向阳台，他们的房间隔音效果很好，颜希晓身在外面，一点儿也听不见他们的谈话。

“陆祈晨的电话？”他一走出来，颜希晓便上前问道。

“对。”

“他怎么说？”

“让我马上去承泽一趟，评估损失，商讨对策。”李子睿说着，已经心事重重地拿起了外套向门口走去，却在刚要跨出门的时候被颜希晓拉住了胳膊：“等等，我也去。”

“你不用去，在家里等消息吧。”李子睿勉力向她一笑，“我去了也不是被他凌迟，用不着太担心。”

“不行！”颜希晓连拖带拽地将他扯到卧室，根本不容他有反抗的机会，“你就在这儿等着，我穿好衣服就和你一起走。”

看希晓就算是在家里也不安稳，李子睿低叹一声，只能带她一块儿前去承泽。

因为承泽的售楼厅正在筹建，所以陆祈晨他们现在只是在工地旁边租了一个小办公楼办公。刚刚走到那里，希晓就看到了一片热火朝天的开发景象，挖掘机，推土机轰鸣着运作着，很多工人都在搭着台子，很显然是在为奠基作准备。

李子睿将她带到会客室，轻轻附唇于她的耳边：“你先在这儿等着，那边就是陆总办公室，我去看看。”

“嗯。”想到他们毕竟是合作关系，而自己的身份也有些尴尬，颜希晓答应了一声，便抽出一旁的报纸看了起来。

已经过了25分钟，颜希晓朝陆祈晨办公室看去，仍然没有丝毫动静，非但如此，还陆陆续续地有几个人走了进去。颜希晓慢慢着急起来，甚至有冲进去一看究竟的冲动，但想来想去，还是理智战胜了冲动。

突然，只听“砰”的一声闷响，陆祈晨办公室的门打开，有三个人走了出来，过了几分钟，又走出来一个，几个人均紧抿嘴唇，面色阴郁。希晓算了算，里面应该只剩下陆祈晨和李子睿，想来是事情商量得差不多了，应该一会儿就能出来。

可是又等了20分钟，李子睿还没有出现。

颜希晓正在去与不去的冲动中艰难挣扎，耳边忽然响起“哗啦”一声，

似乎是什么东西砰然破碎。她心里一紧，想难道是陆祈晨与李子睿商讨不成开始砸东西？便再也没有犹豫，直直地冲了进去。

刚一打开门，两人的目光就直直地向她看来。

希晓不管其他，目光在李子睿身上来回游移发现无事之后才看向其他方向，这才发现秘书正在收拾地上的玻璃碎片，刚才的声音应该就是杯子破碎的声响。再一抬眸，正撞入陆祈晨深邃的眸瞳。希晓一直以为温润、澄澈、剔透这样的词儿才是来形容陆祈晨的，可是今天却在他眼里发现了那么浓浊的阴鸷与酷冷气息，仿若她是他看中的猎物，只拿一眼，便想将她困住。

李子睿尚在希晓的突然闯入中没回过神，耳边已然响起陆祈晨戏谑的声音，只见他唇角微勾，眸中却有着凌厉光芒："颜策划，来得好巧！"

"希晓，这儿没你的事情，你赶紧出去！"李子睿扯着希晓的胳膊，暗示她别加入其中，"我一会儿就走了，你在门口等我。"

希晓"嗯"了一声，也觉得贸然闯进来有些唐突。刚要反身出去，却在手触及到门把手的时候被身后冰冷声音唤住："既然来了，多一个人多一份智慧，颜策划也随着一块儿出出主意吧。"

希晓总觉得这身后的声音有些阴森滋味儿，丝毫不像以前那个阳光坦诚的陆祈晨，但是想现在也算进来了，再出去未免有逃避嫌疑，便微勾唇角，落落大方地坐在李子睿旁边的沙发上。

"依照颜策划的感觉，这事儿怎么定性？"

"公司机密被盗了。"希晓干脆利落地回答，"感觉像是蓄意而为。"

"那么责任呢？"

"事情还没水落石出之前，定性责任总是为时过早吧？"希晓努力让自己心绪平静，抬头微笑道，"难道陆总怀疑是我们泄露出去的机密？"

"你不觉得你们嫌疑很大吗？"陆祈晨紧紧握着手中钢笔，翻来覆去地转着圈儿，看似悠闲散漫的动作，此时他做出来，却有一种逼人的压迫，他的声音轻扬，如同戏谑更似嘲弄，"刚才我和李总在这儿划分责任问题，李总说现在责任还不应该归于他们。难道颜策划也是一样的意思？"

"嗯。"希晓点头，"我就是这个意思。"

"哈！"陆祈晨突然轻笑出声，"这年头犯了错的人都是这么理直气壮吗？明明是你们外泄了我承泽的，还这么一副大义凛然的样子！难道你们还要怪我们承泽遇人不淑，走到今天是我们瞎眼找错了广告公司？”

“陆总，我们这是在客观分析问题，请你不要在事情未能水落石出之前肆意栽赃。”李子睿脸色阴郁，寒幽瞳眸更是直直地看向那个戏谑的男人，“今天发生这事儿我们谁都不好受。说句实在话，您现在是在架子上烤着，我们也更是在蒸锅里熬着，与其现在咱们针锋相对地推卸责任，还不如想想后路该如何处理。”

“那么李总，您给我指一条明路。”只听“咣”的一声，陆祈晨竟然猛地摔下了手中的笔记本，“眼看奠基在即，我们承泽现在受了这么大损失，您倒是发挥您的聪明智慧，给我指条明路！

“说，是撤广告，改奠基日期，还是整个项目的建筑设计方案另行规划？”陆祈晨一声冷笑，“我真是后悔将所有的东西都给了你们，现在你们工作疏忽了，反倒要我给你们一个公平的结果，李子睿，你不觉得你们过分了吗？

“陆总。”一直沉默不语的颜希晓突然吱声，“奠基原本就不该直接告知那些机密数据，我们的第一策划方案也没有想拿那些东西做文章。所以我倒觉得，今天的事儿闹得如此严重，您也应该有一份责任。”

“您也曾经是策划人，还曾经教过我策划最需要循序渐进，只要一步不慎，都不会有好的结果，”颜希晓抿唇，“可是这一次，您却忙于在各种核心数据中做文章，上来就全盘希望将卖点都告诉公众，这原本就是不科学的宣传方法。”

“颜策划，我的策划方式，还不需要你来教导。”

“那同样的，你凭什么以为就是我们楚阳泄露的机密？”颜希晓利落回击，“既然我无权指导你的宣传方式，那么，您有什么资格说是我们楚阳在信息保密过程中出现了差池？”

“这还用说吗？”陆祈晨又是冷冷一笑，“以身份来看，我们是开发商，唐都是大股东的投资商，一旦这个项目的任何环节出现问题，受损失最大的就是我们！你们不会不知道我们唐都用什么代价才在承泽取得这个位置，说是将身家性命都抵在了上面也不为过，难道我们会如此愚蠢，拿着自己的命开玩笑吗？”

“那我们楚阳就是愚蠢了？”面对陆祈晨的咄咄逼人，希晓终是忍不住回击，“和您一样，我们费尽心思才拿下了您这个合同。您就算是身家性命

都赌在了上面，也是瘦死的骆驼比马大，可我们呢？一旦子睿要是因为你这个项目出现偏差而担负责任，我们遭受的就会是失业，不能解决的温饱，说不好听的，背井离乡再回C城这样的事儿也只能做了！”

“策划人拿着自己的每一个项目都当做吃饭家伙，尤其是您这么大项目，我们更是谨慎地走好每一步，不敢开任何玩笑。”她慢慢降低声音，“陆总，如果我们有任何不对的地方，大家可以坐下来谈，如果这样你一句我一句地针锋相对，我觉得不会解决任何问题。”

“那到底怎样可以解决？”陆祈晨却像是非要将此事执著到底，轻笑道，“颜策划不知道看了没有，天宸的案子与我们相似。据我所知，颜策划还策划过一阵子天宸的项目，对了，正是这个御园对不对？”

颜希晓脸色突然生变，却听陆祈晨笑容更透出玩味气息：“御园那个案子，听说还生出一大段波折，颜策划不会忘了吧？”

希晓再也控制不住，腾地一下站起身：“陆祈晨，你猜忌可以，但你不要乱咬人！”

“你不是说坐下来谈吗？我心平气和地说出我的观点，你激动些什么？”陆祈晨收起嘴角那抹笑意，慢慢正色道，“难道颜策划做贼心虚，自己觉得都说不过去了吗？”

颜希晓从没想到陆祈晨会变成今天这个样子，他的笑容，不再让人感觉温润谦和，反而像是利刃一般，狠狠扎入她的心。连他的眸瞳，都渗带了太多她没见过的阴酷，仿佛这一次，真的是她对不起他。

希晓觉得委屈不已，好端端的一盆脏水就倒在了自己身上。正要冲出房间，手腕突然被人抓住，只见李子睿牢牢地牵着她的手，一双利眸却直直地盯向那个男人：“陆总，我这次是很诚心地来解决问题的。但是陆总的看法，未免让人觉得不能接受，到底有什么原因让陆总以为我们就是那个故意泄露机密者？我们并不是为自己开脱责任，只是觉得有些纳闷，虽然了解陆总的心情，可是陆总不觉得您给别人扣脏帽子的速度与心情都太过迫切了吗？

“仿佛巴不得我们就是那个泄密者，这才急于将一盆子脏水都倒在我们头上。如果有这猜忌的工夫，我觉得还不如静下心来谈谈这事儿该怎么办，后事该如何处理更好。”

“我只有一个意见。”陆祈晨抬眸，“楚阳挽回我公司损失，并负此事全部责任，如果不行的话，我们只有走第二条路子：解约。”

李子睿一直阴冷的面容突然融出一丝微笑：“谢谢陆总告诉我们答案，我们先告辞了。”

说完，不等颜希晓反应，李子睿便扯着她离开。

颜希晓气愤不已，她一直没有料到陆祈晨会说出这样的话，仿若吃定了她会害他，连上次御园的事情都翻了出来。她狠狠地咬牙，回家之后便把拖鞋猛地踢到一边：“我今天就不该去这一趟！”

“也未必。”李子睿抿唇，紧促的眉毛仿佛又拧紧了一些，“陆祈晨不说我还没有想到，这件事情，确实像与天宸有关。”

“李子睿，如果与天宸有关，那么还是与我们有关！”颜希晓烦躁道，“天宸的广告代理权，也在我们楚阳这里！”

“这就对了，可天宸之前是谁接手的呢？”李子睿眸中流过一弯犀利，“颜希晓，你仔细想想，我们和楚阳的谁有过节？又将谁排挤到了一边？”

“岳潼！”希晓的眼睛蓦然瞪大，“你说这事儿是岳潼搞的鬼？”

“我也只是在猜测。”李子睿慢慢眯起眼睛，比起希晓过于外露的情绪，他的眸光一直深幽，却泛出让人心惊的光华，“希晓，如果有人在你在风生水起的时候把你赶出了角斗场，你会怎么办？”

“君子报仇，十年不晚。”

“对，我想，这段时间，就是岳潼的十年！”李子睿深深吸气，“你想想，当时他诱导你去做那些事情，利用天宸的姚总让你平白无故地有了行贿之名，这就说明岳潼这个人不光在楚阳有关系，在天宸也是不简单的。”

“他可是顶着亲皇派的头衔来到楚阳的。”李子睿轻笑，“背景可见一斑。”

“既然有这么大的能耐，干吗还设计害我？”希晓想起陆祈晨今日的表情，不由更气，“岳潼完全可以亮出身份独占天宸业务，反正这年头，利用亲属关系占便宜的人不在少数，何苦让我难堪，导出这么一大段戏！”

“我的傻希晓啊！”李子睿深究的表情在看她的时候突然转成了哭笑不得，“你怎么越活越不如之前了？当时咱们分析过的，他要的其实是拉我下马，统筹楚阳J市的业务，而不是为了天宸一家！”

“借刀杀人，借刀杀人你懂吗？”李子睿无奈笑道，“你就是那个把柄。只是他没料到你后来会用另一种方式反败为胜而已。”

希晓恍然大悟，这才闷闷低头："还是怨我当时太意气了，要不把他逼走，果真不给自己留后路……那你，打算怎么办？"

"不是你意气，岳潼那样的人，必定容不得我。他一个亲皇派，背景又好，要不做出些成绩，难免给人花架子的感觉，让人觉得靠家族吃饭，反而更不是好事。"李子睿勾唇浅笑，"遇到我这么个一步一个脚印爬上来的人，肯定视若眼中钉，又不能明着说，你李子睿这个穷光蛋，什么都不如我，赶紧滚回去养家糊口吧……即便他心里是这么想，说出来也不能服众啊。"

"嗯，现在看来是岳潼的问题了。"颜希晓蹙眉，"他上可与楚阳高层有关系，我们的策划案审交之前都要经孙培东过目，所以有可能拿到我们的策划案；下可与天宸有关联，天宸白白得到一份额外策划案实施，而且那个风格很适合开盘这样的大活动，更没有必要不用。"

"知道就好了，也不能给人就这么定罪。"李子睿突然叹气，"再说，现在说这个都是白搭。我们不是公安机关，可以调查。我只是在想，以后该怎么办？"

"没法办。"平静已久，颜希晓已恢复些许冷静，"事情已经犯了，我们不能忙于追究责任。还是要想想怎么和陆祈晨进行以后的合作才好。"

"听陆祈晨的语气，这次真的是被气急了，所以才想解约。"颜希晓紧紧皱起眉头，"可是李子睿，解约对我们的影响太大了，楚阳是属于个人问责制，一旦解约，光那些赔偿金，我们倾家荡产都赔付不起。"

"别想了，你也累了一天了，先睡会儿去。"李子睿拍拍她的肩膀，在她额头印下一吻之后方才转身，"没事儿的，有我在呢，我还得赚钱养咱们俩宝贝，还真能倾家荡产不成？"

知道他这话是在安慰自己，可希晓听了却真的安心许多，或许真是累了，不一会儿便沉沉睡去。

事情发展得超乎预料，尽管奠基依然是如期进行，但是影响还是扩大到了一定程度，天宸与承泽的广告相似度太高了，一时间对承泽项目的非议，不绝于耳。

加之陆祈晨之前有入狱的前科，很多人都在猜疑此次创意如此相似，是不是陆祈晨带领下的承泽项目有剽窃之举，一步走错步步生疑，一时间，陆祈晨再次被推到了风口浪尖上。

比陆祈晨还难熬的，是李子睿。

“李总，你觉得以这样的形势我们还有必要合作下去吗？”陆祈晨眸色暗淡，薄唇紧抿，透出浓浊的愤慨气息，“我的意思是解约，由于是你们的工作不慎造成此次疏漏，所以，解约所要赔偿的费用，需要你们来给。”

“另外，我将要求另赔付承泽因此所遭受的信誉损失。”陆祈晨唇弧微勾，“李子睿，你知道我是什么意思。”

“可是没有确凿证据证明是我们的环节出了问题。”

“那你以为是我做的喽？”陆祈晨笑意愈寒，“李总，你觉得我有可能吗？自己一个人费尽心思地导这么出戏，要搭上自己还未恢复的名誉，还要搭上自己的钱。最后我为的什么？就是为得到你们那点可怜的赔偿款吗？”

李子睿无语，虽然确定不是自己出的问题，可是却也无法举证到底是怎么回事。

沉思良久，李子睿抬头：“陆总，我会给你一个交代，给我自己一个说法。”

“好。”陆祈晨突然微笑，“最好是在我等得及之前。”

那一句“等得及”突然让李子睿有不祥之感，仿若有什么坏事注定将要发生。回家将此事传给颜希晓，却见她突然眯起眼睛，眸中透出犀利光芒：“他说最好要在他等得及之前？”

“嗯，对。”李子睿叹气，“我有一种不祥的感觉。”

“没什么好不祥的。”颜希晓定定地看着丈夫，“对了子睿，你和孙总说过没有，如果我们赔偿的话，不会总让我们两人分担吧？这事儿是公司的事情，总不能得了好处就是公司的，有了事情就是我们的，是不是？”

“孙总就算是想让我们全赔付我也不干啊，我们这样，只能是失职，会交一定的罚款，但不至于赔偿全额资金。”

“嗯。”

“你觉得大约是多少？”

“这不一定，是按照甲方所要求的赔偿额的一定比例算，我今天还专门查了查公司规章制度。”李子睿微勾出一弯苦笑，“是按照赔偿款的30%赔付。也就是说，如果陆祈晨的赔偿款要求是150万元，我们就要赔偿45万元。”

“哦。”

“你算这个干什么？”看颜希晓一副若有所思的样子，李子睿突然觉察

不对，“希晓……”

“我是说，真不行的话，咱们干脆花钱买平安得了。”颜希晓唇弧微勾，却让人感到薄凉，“这样的话，咱们再换一个地方干。凭你的资历我的本事，找口饭吃还是不难的。”

“你开什么玩笑！”见她无端兴起这个主意，李子睿不由得扬声，“希晓，就算你有钱，就算你觉得钱是小事，可是人的名誉是大问题，一旦我们承认这事儿是我们做的，就算是从楚阳出去，又有谁敢用？”

“机密外卖的罪责本来就大，而剽窃也好不了多少。”李子睿皱眉，“一旦两罪并立，颜希晓，别说养家糊口了，我们哭的地儿都没有。”

“我不就是随便一说吗。”颜希晓忙凑到李子睿身边，“我就是怕事情越扯越大，这世界上的事儿大多都有滚雪球效应，再这样下去，不是我们的错，最后也成我们的错了。”

“颜希晓，关于原则问题，千万不要一味息事宁人。”李子睿定定地看着她，认真道，“太过懦弱了就会被人理解成做贼心虚，事情总会有水落石出的时候，陆祈晨不是说最好在他等得及之前吗？那么说明他还有一些等待的时间，所以这段时间，我们一定要努力澄清自己，不到万不得已，不能认输。”

希晓点头：“好，我听你的。”

仿佛是不放心，李子睿在出门之前又嘱咐了颜希晓几句。希晓知道，李子睿现在压力极大，明明事情危机迭起，但却偏要做出一番安然无恙的样子。他一向是极有责任心的男人，自觉应该有能力庇护一家老小的和睦安泰，却不知道，这件事情，更大的责任是在于她。

所以颜希晓才在刚才的瞬间，看似莫名其妙地想起了以钱平息的主意。

不是懦弱，也不是想要就此认输，只是突然知道了这件事情的危机程度，如果硬拼下去，受伤的必然会是她与李子睿。

她自己倒无所谓，找个地方藏起来也就罢了，或者交上钱，就算是破财免灾再也不用去与那个人来往。可是李子睿不行，J市，是他梦想的起点，他不能，也舍不得离开这里。

所以她不能让自己成为他莫名的拖累。特别是在有了共同的孩子之后。

“顾阿姨！”想了很久，颜希晓将正看孩子的顾阿姨喊过来，“顾阿姨，我对你怎么样？”

“太太对我自然是没得说的。”

“那好。”颜希晓微一抿唇，“顾阿姨，我在这J市无亲无故的，麻烦您帮我做件事情，将孩子送到C市我外公家。外公最近想孩子了，可我偏偏没有空余时间回去。”

顾阿姨一愣：“这……”

“这2000块钱是先给你的。”颜希晓微微笑道，“如果你把孩子带到了，我再给您一万元，怎么样？”

“太太，我不是这个意思……”顾阿姨是个老实人，连忙挥手否定道，“我……”

“阿姨，我是这个意思。”颜希晓微蹙眉头，笑意却自唇角流出，“我就信您一个，还希望您帮我的忙。”

“一会儿我去楼下的售票处给您订机票，然后我让外公他们在机场候着您，您去了就知道了。”

亲眼看顾阿姨登机，希晓飞速打车奔回市区。

送走女儿，她下一步要做的，就是独自去找陆祈晨。

出租车直接将她带到上次去的承泽写字楼，颜希晓下车便直奔陆祈晨办公室，却没见他在那里，大约等了半小时，陆祈晨才在众人簇拥之下走了过来。

看颜希晓来，陆祈晨先是一惊，继而摆手示意一旁的人下去：“就那样办好了，等我说做的时候再做。”

那些人迭迭应声，继而唯唯诺诺地退了下去。

“你怎么来了？”陆祈晨走到自己的办公桌前坐下，颜希晓也随着跟了进来，而且，还主动将门关上。“你这样会让人觉得我们是有什么暧昧关系……”陆祈晨见她如此，嘲讽笑意慢慢溢出，“你不是说过吗？和我打死不相往来。”

希晓无意于他的调侃，在他面前的沙发上坐下，定定地看着他的眼睛：“不就是想做个交易吗？好吧，我来了。”

陆祈晨一怔：“你什么意思？”

“我什么意思你不清楚？”颜希晓轻笑，“陆祈晨你现在可真是高精尖的人物。多亏你现在还能想起这个主意来，你累不累啊？一个人连导带演的这么多日子。”

“你……”

“不错，我猜到了。”颜希晓轻轻一笑，“一整天我都在想，我是不是曾经爱上过这个人，我以前爱上过的那个人是不是眼前这个诡计多端、不择手段的家伙……陆祈晨，我承认我被你的演技折服了，以你的本领，绝对可以去拿金马奖与梁朝伟搭戏，而不是身在J市这个小笼子里窝屈您的大才！”

陆祈晨的表情终于由惊诧慢慢回归阴寒笑意，他拿着笔，又是习惯性地在指尖转动：“颜希晓，那你答不答应？”

“那你觉得我答不答应？”颜希晓冷冷一笑，“我要是不答应，不白费了您的一番心机了吗？”

“您如此耗尽心力地组织这么场表演，甚至把自己的名誉都搭了进去，而且还让事业受到这么大的风险，你就不怕偷鸡不成蚀把米吗？”颜希晓慢慢敛起唇边笑容，眸光似冰，“还是您这么有自信心，笃定我必然会就范？”

“希晓，我早前就教过你策划的两大法则，第一是按部就班，循序渐进；第二便是出其不意，夺人后路。可惜，你只记得前面的法则，不记得后面那一条的妙处。

“要置人于死地一般都用后面那条。”陆祈晨微微眯起眼睛，“你肯定也猜到了，我为什么故意只接受你做出的案子，为什么后来旁敲侧击地暗示李子睿案子不过，需要直接深入拿最关键的卖点做文章。我就是想要造成这样一种后果，你颜希晓虽不是策划团队人员，却从始至终地参与了我承泽项目的所有工作，尤其是最后的奠基活动案，没有与我们签订保密协议便看了我们的项目内容，还主导做出了这么一套精彩的活动方案，所以，这一场机密泄露，你具有最大嫌疑！

“与其你争我斗地熬不过，还不如下这么一剂猛料。事到如今，也由不得你不相信这案子是你做的……”陆祈晨轻轻一笑，“这就是我这个策划，嗯，你也可以说是阴谋的大体思路。至于代价，就是我的一点点信誉做了陪衬，其余的，丝毫没有耽误，不过信誉在这里，只是为真实性做注脚。”

“你……”

“你不信？”陆祈晨突然抽出一个文件夹，冷笑道，“颜希晓，我本来就没打算吊死在一棵树上，既然是我主导的剧本，我必然会将自己保护得最好。承泽是我的所有，所以我除了拿自己开玩笑，并不会拿它犯险。看到这个公司了没？”他指指上面的标志，“新成立的策划公司，附属于唐都门下，连乔越都不知道公司实体是谁，而我却用了它作为备用的底子。

“也就是说，在你们的案子泄露之后，这个公司的策划人员会出具一套新的方案及时挽救。诉求点，市场主体定位与你的截然不同，并不会耽误承泽的多少事情。而且，不知道你发现了没有？你的那个广告创意只在晚报上发布了一天，而那一天的内容，虽然与天宸御园的相似太多，但并没有指出我们的核心要害。”

“那几天的广告撤出，其实是你早安排好的？”虽然已经认为自己做了足够准备，颜希晓还是一惊，“你竟然……”

“对，你那老公李子睿还以为是自己的辛苦奔劳才换来的后几日的广告撤回，其实不然，一切都是我安排好的。”陆祈晨抿唇，“仅一天承泽受影响都这么大，我怎么舍得再做四天的牺牲？”

颜希晓只觉得心底一阵阵恶寒，在给岳潼打电话的时候，这里她已经料到了过程会是多么的坎坷艰辛，但是却从未料到，这个曾与自己缠绵缱绻的男子，这个曾经被自己认为是良人的男子，竟会如此阴险地算计她！

她的脸色控制不住地青了又白，像是听到了一个再恐怖不过的故事：“陆祈晨，你竟然如此……”

她还未对他下总结，陆祈晨却自顾自地说了下去，像是想要告诉她一切，他的声音渐渐不复刚才戏谑，反而充满了一种寒冷至极的平缓：“要问我为什么能这么顺利地进行这个策划，也要怪你们造孽太多……岳潼，你肯定是在岳潼那里知道这些事情的吧？谁让你们当时对岳潼那么毫不手软，这次有了这个机会，人家自然迫不及待地想要逼你们走上死路。

“岳潼上通楚阳，下通天宸，却被你们挤到了一边，自然心不平气不爽。而我只不过给他一个出气的机会，一个回到 J 市的希望，一旦你老公李子睿垮了，这 J 市的市场部，还是他当家。这样的互惠互利，他怎么会不大力帮助呢？”

“陆祈晨。”希晓勉力挤出微笑，“你告诉我，你从什么时候决定这样做的？”

“从你有了我们的孩子却告诉我从此我要和她没有关系开始！从我想要要回孩子的抚养权却被你断然阻绝开始！”他突然低声，剑眉却极其凌厉地

竖了起来，“随即你竟然有了李子睿的孩子，正是这个，逼我作的决断！”

“陆祈晨,你何必呢？”颜希晓微微摇头,“我从没忘记咱们分手的那一夜，你告诉我，从此我们的关系只能是路归路，桥归桥。你说，要和我做天底下最平行的平行线。而我一直都把这些话记在心里。”

“那是因为你喜欢上了别人，颜希晓。”他突然抬头，一双黑眸极厉地看着她，“你带着我的孩子，爱上了别的男人。”

“你凭什么不准我爱上别人？”希晓只觉得他的逻辑十分可笑，“陆祈晨，你有了你的如花美眷，还要劳我为你守贞？这天底下的理凭什么都是你说了算，说不能爱的也是你，说能爱的也要是你？”

“我……”

“你说，你到底要我怎么办？”希晓突然觉得疲累，“不是说是个交易吗？你要让我怎么做，你才收手？”

“我想要瞳瞳。”他的回答干脆利落，仿佛是酝酿很久才说出来，“我想要我的女儿，我不能忍受我的女儿管另一个男人叫爸爸。”

“果真还是这个理由。”颜希晓咬牙，“你休想。”

“那我们就走下去看好了。”陆祈晨眸中又恢复了那种漠然孤冷的气度，“你也许不知道我刚才去了哪里，对，是法院。一旦我提请申诉，颜希晓，你自个儿掂量一下自个儿的后果吧。”

“这就是你和子睿所说过的等不及吧？”希晓冷哼，“我就不明白了，你干吗对一个你没养育过的孩子这么有感情？你和你的乔越如果想生，可以生一大堆孩子，如果你不怕累，生一个集团军也能养得起。”

听闻她这话，那双没有表情的眸子倏然抬起：“如果我不呢？如果我只想要和你生的孩子呢？”

这话听起来实在是暧昧不堪，颜希晓刚要苦笑，却见他脸色黯然，声音蓦然低沉下来：“乔越不能生孩子。”

“啊？”

“你以为嘉泰会有这么好，会在将女儿嫁给我之后，还给唐都那么大的资金支持？”陆祈晨看着她，“我一直以为自己很聪明，是拿嘉泰作为棋子换回陆家家业。可是没料到，自己竟是嘉泰乔家的一枚玩弄的棋子，而这枚棋子的期限就是一生。

“世人都觉得乔越看上我是我的福分，其实呢？我却要为唐都付上我一辈子的代价。表面上我是娶了一个豪门千金大小姐，实际上褪下那层皮来看，就是一只不会孵蛋的鸡罢了。”

希晓从未想到乔越竟会不育，怪不得当时一个劲儿地追问自己肚子里的孩子是谁的问题。难道那个时候，就怕自己要以孩子为要挟，去赢得与陆祈晨的婚姻？

这也太可笑了。

她正沉浸在过去的回想之中，却听陆祈晨突然说道：“与乔越结婚之后，我一向认为自己没孩子命，和你当时……之后，也没想到你会有个孩子。看来，是上天不肯负我……你不仅怀了我的孩子，还悄悄地把她生了下来。颜希晓，你不知道我在看到瞳瞳的那一瞬间，心里有多激动……可是你却让她不要认我，你却让她管另一个男人叫父亲。”

正所谓得不到的更想要得到。陆祈晨原本并不是这么极端的人，却在孩子的诱惑下，策划了这么一场戏。

“可我不能把瞳瞳给你。”颜希晓深深吸气，“陆祈晨，我死也不会给你。”

“可是我是她的亲生父亲！”

“可是你有了家庭，我也有了家庭。孩子随我和李子睿很好，子睿也很愿意担当这个父亲的责任，我们其乐融融，并不需要血缘作为铺垫。”她看着他，“陆祈晨，我希望你收手，我可以以后容你看孩子几次，但是绝对不会将抚养权给你。”

“但是你有了与李子睿的孩子！”他紧蹙眉头，眼眸中似有悲痛之色，“颜希晓，你有了另一个男人的孩子，你还会再做母亲！”

“这是两码事情，陆祈晨！”希晓不由得失声喊出，“陆祈晨，麻烦你不要这么狭隘行不行？”

“那你可以出去了……”他的眸光倏然暗淡，“很抱歉，颜希晓，我们没有谈妥。”

“那你要做什么？”

“我要做我想做的事。”他抬头，“我告诉过你，我不喜欢我的孩子管别人叫父亲，可显然，你不同意。那么，我就要用我自己的方式来解决这个问题。”

话音刚落，只听一声“送客”，希晓便被赶出了门。

原以为能商讨出一个好的结果，没想到，竟是僵局。

希晓回家的时候，进门便看到心急如焚的李子睿。见她回来，几乎是用扑的姿势把她拥在了怀里，随即猛地推开她，气道："你一声不吭的，去哪里了？还有瞳瞳，瞳瞳怎么也没有了？我以为你们两个人被绑架了！就差报案了！"

希晓无力一笑："我没事。"

"瞳瞳呢？"

"去我外公家了。"

"我给你打了多少个电话你知道吗？"李子睿微微松了口气，"把我的手机都打没电了，你去哪里了？一个也没听见？"

希晓低头掏出手机，果真显示有17个未接来电，翻开一看，全是老公的。

"为什么突然想起把瞳瞳送回C市？"李子睿不由纳闷，"你让谁送的？"

"我让顾阿姨送的。"颜希晓坐回沙发，"没什么事儿，就是外公没见过瞳瞳，想瞳瞳了。"

眼前的颜希晓眸光闪躲不明，像是隐藏了很重的心事，却游移着不想让他看清楚。希晓虽然倔犟，但却不是善于撒谎的人，一旦心里藏事儿，必然会反映到脸色上。李子睿看着她这样子不由得皱眉，知道以她的倔脾气，再问下去也不会问出什么子丑寅卯来。

看她累成如此，李子睿低叹一声，刚要给她冲杯牛奶，却在走向厨房的一瞬间头脑一亮："希晓，你是不是发现什么事情了？"

遭遇的是她担忧中含带迷茫的眼光，李子睿心中一紧，知道自己所猜测的事情必然有些已成事实。"瞳瞳被你送回C城，你一下午没在家，颜希晓，是不是陆祈晨逼你做什么了？"

回答他的是一声低叹："李子睿，事情都是陆祈晨做的，他要的，只是瞳瞳。"

李子睿身子一垮，手中原本拿着的奶杯不由一松，"砰"地碎在地上。

千想万想，本以为是岳潼旧人寻仇，却没料到更大的仇家还在后面。陆祈晨竟然为了孩子，费尽心思地布了这么一场局。

"你是怎么想的？"听完她断断续续地讲述，良久，李子睿才开口。

"子睿，我不要把瞳瞳给他！"颜希晓突然像失去安全感一样猛地攥住他的袖子，大大的眼睛满是恐惧与渴求，“子睿，我们交钱好不好？我们息事宁人，走得远远的，我们带着瞳瞳和我们的孩子走，我们不回来了好不好？”

李子睿久久无声，这样压抑的静谧，几乎让希晓无力呼吸。

“李子睿，我知道我终于是连累你了……”她微微低头，竟有泪水从眼角流了下来，一滴一滴，溅落在他的手背上，“没有我，没有瞳瞳，没有人会对你这么做……你会在J市混得风生水起，你终会在这个地方出人头地，我知道，是我牵连你了。”

“即使交了钱，我知道我们在J市也很难混下去。我想过了，陆祈晨没料到我还会有钱，因为他的目的是瞳瞳，所以即使收到钱，他也会将加给我们的恶名传播出去。到时候我们在J市的广告界肯定是没法混了……”她抽了抽气，突然抬头看着一直沉默不语的男人，“李子睿，要不然，我们离婚吧！”

李子睿倏然抬头，一双利眸紧紧盯着她的眼睛：“颜希晓，你开什么玩笑？！”

“你知道我不是在开玩笑。”颜希晓微微一顿，泪水却不再像刚才那么汹涌，伸手抹了把泪水，她慢慢平稳因哭泣而急促的呼吸，“这事儿根本无从说起，好吧，就是去报案，去查清楚事情，可是咱们做的这行又是最注重时效和名誉的。等到查个水落石出，黄花菜也凉得透底了。

“何况这件事情牵扯的人都比我们有背景，有实力。李子睿，事到如今，我们是陷在了一个坑里。”她有些绝望地看着他，唇角却抿出苍白弧度，“要是论拖，我们拖不起。这个世界都同情原告，而我们被告方要想洗刷罪名，那要有很长的时间才行。

“何况，我们有最大的把柄落在了他们手里。”颜希晓抬眸，“你不要忘了，我其实负责了承泽案子的整个始终，每一次交付的案子几乎都是我牵头处理，可是我，却不是你们团队的人。

“团队的人都签订了保密协议，而我什么也没签却拿到了大量的资料，单从这一点，我就有着最大的嫌疑。”她微微一顿，“所以李子睿，我原本想以硬碰硬，却发现终究斗不过他。并且这样纠缠下去，还要搭上你。”

“我只是没想到陆祈晨心机能这么深。”李子睿叹息道。

“我也没想到。”颜希晓突然轻笑出声，“事到如今，我们不如弃卒保车。我们都是理智的人，危机当头，不如退后一步考虑。”

“谁是卒，谁是车？”李子睿抬眸，看着这个刚才还泪流满面现在却一脸倔犟的女人，“希晓，瞳瞳是卒吗？”

“我是卒。”希晓咬唇，“只要我们离婚后，我说事情都是因为我失职，与你半分无关，他们自然不会多为难你。陆祈晨只是不想看两点，一个是不想看瞳瞳管你叫父亲，再一个便是不想看我们在一起。那好，我们就如他的愿，我们分开……瞳瞳和我在一起，再也与你无关。他也不会再找你的事情。到时候，即使楚阳待不下去了，凭你的资历，在J市也不愁立足。”

“颜希晓，这就是你思考了这么半天解决问题的方案吗？”李子睿突然箍紧她的肩膀，逼迫她迎上他的眸光，“希晓，是你想逃回他身边，还是不想和我在一起？”

事情来得如此措手不及，一向理智的李子睿竟然话语失去逻辑，出口之后才发现，什么两种假设，其实说的就是一种结果。

那就是，她退却了，她要离开他。

李子睿心中突然生起那么酸楚的疼痛，他紧紧地箍着她，看着她因疼痛而秀眉蹙起，却依然感到她会从他指缝中流走：“希晓，你有了我的孩子。”

希晓一惊，虽然知道任何劝慰都没用，她还是希望他可以用各种理由来挽留她，比如说，“希晓，我爱你，你不要走。”比如说，“希晓，我们要生死在一起，你不要走。”比如说，“希晓，你走了，我怎么活……”

那些语气虽然恶俗，但却比这一句要让她柔软与安慰。

可是，他说她有了他的孩子，所以才不让她离开。

TMD，竟然又是因为孩子！

她颜希晓因为有了陆祈晨的孩子，所以才招陆祈晨记恨成这样，难道原本以为可以寄托一生的李子睿，到头来，也是因为她有了自己的孩子？

果真，有时候，实话要比其他所有的话要残酷和冰冷得多。

刹那间，所有理智的分析在她眼里都变得再可笑不过，知道自己过于偏执，希晓仰起头：“李子睿，那你告诉我一个解决问题的方式。”

“除了我们不分开，你告诉我一个解决问题的方式。”她定定地看着他，“你不会没有听说，陆祈晨要提起上诉，说我们泄露机密，造成承泽巨大损失吧？还有，即便他不提起上诉，我还担心天宸倒打一耙，他们的广告先发，我们的创意后行，如果一旦又戴上了抄袭的帽子，李子睿，你有没有想过我们以后的路该怎么走下去？”

“天宸不会那么简单地说我们抄袭。”李子睿低声，眸中却渗带着杂乱情绪，“法律不会依照发布时间而贸然断定案子创意前后顺序的。”

“好，即使是那样，那我们的名誉呢？”颜希晓拧眉，“还是那句话，等一切真相大白，我们还是会受到非议！李子睿，陆祈晨有了后路，可以重来。我们是无路可退，只有被逼上梁山！”

“所以说你的逼上梁山，就是要和我离婚？”李子睿突然爆发，看着她的眼睛像是簇起了烈焰，燃起无边的愤怨，“颜希晓，你是不是现在终于找到借口了，可以摆脱我，可以如愿到他身边是不是？你们一家三口，终于得以团圆是不是？”

“李子睿，你没良心，你胡说八道！”

这突如其来的骂声让失去理智的男人终于回归一丝清醒，他微微一怔，往日如墨的眸瞳此时却像是失去了光亮，黯然失神，那样无力地看着她，声音甚至都充满了无法操控的低涩：“希晓，是我不好。”

她的心突然被他的声音拨弄得酸涩：“我想了这么久，没有别的办法。”

李子睿低头，眼前看似有可以选择的两条路，其实走下去，却都是穷途。他一向认为颜希晓脑子不好，遇事儿迷糊却又冲动贸然，可是现在才发现，她分析的前景，确实理智而又残酷。

“不管怎么说，还不一定是死路一条。”气氛正在伤感的时候，李子睿却突然挑眉轻道，“这个世界上，还有柳暗花明一说。”

他的眸光灿烁分明，却不再是往日那种意气风发的自信之光。希晓知道，现在的李子睿，是强迫自己才凝出这几分淡然和镇定。

拼婚

17 我爱你，与婚姻无关

果真，第五天楚阳便收到法庭传讯。陆祈晨先前说的“等不及”终于来到了。

李子睿一大早便去周旋这个事情，接连几天，每次见他都是满怀希冀地出去，像是真的有了什么希望，却在夜晚黯然疲累回来，那一身的无力与困顿，希晓看了滋生出更多的不忍。

可李子睿却一直在和她说：“再等等，车到山前必有路。”

颜希晓又想到之前她和他的谈话，那一个弃卒保车的策略，至今仍是她想到的唯一办法。而李子睿也没有对此作出任何回应，看来也是束手无策，只是在用自己的意志作最后的挣扎。

她叹息一声，将早已打印好的文件放于茶几上。那是她在与陆祈晨谈话之后便准备好的东西，原本以为会用不到，可是没料到，这是解决问题的唯一方式。

想不到别的办法，所以这最差的一种方案，变成了救命的招数。

希晓回头又看了一眼，茶几之上，那黑色的离婚协议书五个字触目惊心。页尾处是她的签字，摇曳中带着点脆弱。

而在一旁同时摆着的，是开始并维系他们关系的协议书，从结婚到现在，时效竟只有一年半。

当时与他结婚，觉得三年已够长久，却没料到还是高估了彼此的能力。仅仅一年半的时间，就要成为陌路。

到承泽的时候，陆祈晨显然没料到她来，目光触到她的瞬间，挥手将一干人等都遣了下去。希晓进来后不由笑道：“这难道是承泽对付我们的庞大律师团？”

陆祈晨深黑色的眼瞳掠过一抹光，但是很快便又消逝：“你猜对了一部分，对不起希晓，我没了耐心。”

“不就是为了逼我交出孩子吗？”

“是，虽然‘逼’这个字眼不太中听。我更觉得父亲要回自己的孩子这一说法更加贴切。”

“随你。”颜希晓拿着在李子睿那儿复印好的申诉书，“在上面，承泽要求我们赔付 300 万元，果真是好大的胃口。而按照我们楚阳的原则，当事人只需被扣以工作不力罪名，承担 30% 的赔偿款，所以……”颜希晓轻轻一笑，“我算了一算，我只需拿出 90 万元。”

“我拿出 90 万元，这事儿就算是到此为止。”她眯起眼睛，“你去把诉状撤回，我们的恩怨算到此结束。”

“可李子睿今天早上还来问我该如何解决这件事情，你没告诉他你的方案？”

“和他没什么关系。”颜希晓扬眉，“你不就是看不惯孩子叫他爸爸，不就是看不惯我和他结婚吗？好，我让你顺心就是了。我们离婚，你可以继续去起诉，继续将泄露机密的事情传播得沸沸扬扬，反正都是我一个人的责任，和他没关系。”

“你决定将事情都一个人承担？”

“我说过，和他没关系。案子是我做的，保密协议也是我没有签，当然机密泄露的最大可能者就是我，和他有什么关系？”颜希晓轻轻一笑，“陆祈晨，你要是不怕玩出火来，继续下去这个游戏便是。”

“那这钱……”

“你也不用担心这钱是来自于李子睿，和他半分关系也没有。我有多少钱，陆祈晨你应该清楚。到今天，顶多是从哪儿来还回哪儿去，既然你这么对我，那仅有的一点偿赎也没必要稀罕。”

“颜希晓，你用了我的钱，用了你的名誉就是为了那个男人？”陆祈晨墨色瞳眸透出一弯冷冽，“你可真是有圣女之风！”

“随你怎么说，反正孩子我不会给你，你也别想打子睿的主意。”颜希晓转头，“陆祈晨，你最好想想你的后路，这世界上还有一句谚语，叫做秋后的蚂蚱，蹦跶不了几天。你现在的情形，无非就是那秋后的蚂蚱而已！”

她说完，旋即就要离开。

“颜希晓！”身后传来陆祈晨的声音，带着几分游移，还带着几分黯然的酸涩。

还未开口，就被开门的声音戛然打断。

希晓刚欲抬头，胳膊便被人猛地拉住。抬头一看，竟是李子睿与乔越并肩而来。

她正纳闷于他们偕同过来的原因，却听李子睿恨极地咬牙："颜希晓！你到底有没有听我的话？"

还未反应过来，身子便被一扯，李子睿看也不看陆祈晨一眼，便将她扯到了门外。

尚沉浸在莫名变化中的希晓冷静下来的时候，这才发现已跟着李子睿回到了家里。李子睿指着茶几上的离婚协议书哆嗦着说道："颜希晓，你现在长本事了啊，这就是你所谓的恩断义绝？这就是你想要的解决问题的方式？"

颜希晓低头，不言一语。

他像是承受了巨大的怨气，猛地摊在沙发上发泄脾气："我说一切有我，还说柳暗花明，你到底把你老公当做了什么？一个只会靠老婆解救的废物？"

希晓不想和他在这件事情上多作纠缠，她满脑子都是刚才乔越的表情，像是欲言又止，却又是满目愤怨："你怎么和乔越在一起？"

显然是没料到颜希晓会突然问起这个，李子睿一怔，慢慢才说了一句似是而非的话："你去找她老公谈条件，我便去找他老婆商讨结果。"

"什么意思？"

"陆祈晨这是昏了脑袋了，做出了这么荒唐的事，偏偏我们还束手无策！"李子睿抿唇，发泄似的猛砸沙发一下，"可是我们没办法，不代表乔家人也会任他玩弄于股掌！"

"我只告诉乔越三点：第一，陆祈晨把入狱的一切细节都告诉了希晓，如果要这样任其发展下去，不要怪我们气急伤人；第二，陆祈晨为什么穷追不舍，无非是想要孩子……而颜希晓也要和我离婚，如果你任其发展下去，不怕他们一家三口来个欢乐大重聚，到时候伤心的可就只有她；第三，陆祈晨已经把她不孕的事情告诉了颜希晓，颜希晓可是个善于策划生事的性子。此时不会有什么动作，必然也会有一天利用自己的专业手段，将这件事情渲染得纷纷扬扬。"说到这里，李子睿轻声一笑，"到时候，谁死得比较难看，自然有定论。”

“你竟然这样说？”

“嗯。”李子睿眸光微闪，突然低下头来看她，“这也是没办法的办法，既然他一路要我们死，那么就留一个念想也送他去西天。我们没有这个能力，可是，总有能牵制他陆祈晨的人，很不幸，乔越便是。”

“可是他的所作所为，难道乔越一直不知道吗？”颜希晓大惊，“这一场事情闹得如此风波，乔越能不知道？现在又来伸手帮助，不觉得太猫哭耗子了吗？”

“乔越一直认为陆祈晨是在通过楚阳挤兑天宸，何况她一向视你为情敌，巴不得你因为这件事儿牵扯进去，陆祈晨一向没有将他的真实目的告诉她，乔越一直不知道，他其实只是为了孩子。

“如果我没猜错的话，陆祈晨原本是想生米做成熟饭，一旦你将瞳瞳交给他之后，他会迅速地说这个孩子是他领养来的，到时候，乔越想要推脱都没有借口。所以，他这才费尽心思隐瞒。”

颜希晓若有所思地点头：“那你怎么想起去找乔越？”

“陆祈晨当时抛弃你只为了利益，到了现在，钱这些诱惑仍然是他的致命诱惑。而乔越，可以有最厉害的一招来制住他，嘉泰可以以各种理由撤股，只要撤一成，对唐都都是莫大的损害。”

“可是一样，陆祈晨可以用当时的代罪入狱一事儿来制住乔越。”颜希晓抿唇，“那也是不光彩的事情，尤其是对于这样的高门大户来说，我们觉得是耻辱的事情，简直就是他们的死穴。”

“事情不像你想的那么简单。”

李子睿没有说下去，只是将头埋在颜希晓脖颈间，像是经受了太大的疲累，连呼吸，都缠绕着一种让人无奈的轻缓。

直到后来，颜希晓才知道李子睿话语中的不那么简单是怎么回事。

承泽撤诉，言明事情只是一个误会，并没有过多涉及楚阳原因。历经几天的辛苦终于换来如今的结果，颜希晓只觉得自己像是重活了一次。

而李子睿似乎也是不耐几日颠簸，在事情尘埃落定之后，一向身体很好的他竟然发起高烧来。

希晓担心不已，自己将孩子给别人照顾，好不容易能喘口气，却还要费

尽心思地照顾他。在看到李子睿因药力陷入睡眠之后，颜希晓拨通顾阿姨电话，想让她再将瞳瞳帮着给接回来。

手机拨出去之后，竟然只是机械的回音，并无人接听。

颜希晓一下子害怕起来。

“子睿。”刚刚入睡的李子睿被摇醒，看到一脸惊慌的希晓吓了一跳：“怎么了？”

“给顾阿姨打电话，顾阿姨不接。”希晓声音已经带了哭腔，“我想把瞳瞳接回来……”

“什么？没人接？”

“是。”

李子睿也觉得事情不妙，当初送走瞳瞳的时候，他便怨颜希晓办事鲁莽毛躁，即便顾阿姨看起来人不错，但是也总不能将孩子完全交到她手里。要知道，这世界最多的便是知人知面不知心的人。

他腾地起身，不顾自己因发热而引起的头疼，套上外衣便要下床，却被颜希晓从身后扯住：“干什么去？”

“能干什么去？！”李子睿心急如焚，“去找孩子！”

“那我和你一块儿去！”

“那你快点。”李子睿转到客厅，嘴里还在嘟囔着颜希晓的没脑子，“不是我说你，你当时是怎么想的，找哪个地方藏孩子不行？找哪个人送孩子不行？非要找一个不……”

“不”字还没说完，门铃却突然大响。李子睿低声地咒了一句“越忙越添乱”。便疾步走去开门。

只是露了一个小门缝，李子睿便吃了一惊。

“我好了好了。”颜希晓换好衣服，一边拿包一边低头整理自己腰带上的扣结，“谁啊？”

“希晓，是我。”

竟是陆祈晨。

而他怀里抱着的，分明是他们的女儿瞳瞳，身后跟着的，是微微有胆怯之意的顾阿姨。

三人坐在茶几旁的沙发上，颇有几分三足鼎立的气势。颜希晓不止一次在梦里见过这样的情景，可是不是针锋相对，便是剑拔弩张，每一次都符合上一次他们差点走上法庭的情景，却没有一次像是这样。

前几日还有些嚣张的陆祈晨突然平和，那双墨色瞳眸却不再温润若昔，反倒多了几分无力与怅惘："颜希晓。"他看着她缓缓启唇，"孩子，我给你送回来了。"

"不是我的，终究不是我的。"陆祈晨微微勾唇，"看到你们因为她而心急如焚，我也不由担心。你还记得咱们分手那时候吗？你说了一句话，说我自作孽，不可活。"

希晓心里一颤，第一个反应就是去看李子睿，却见他眸色如常，仿佛说的不是关于他的事情，心里稍稍安定了些许。

"对，我真的是自作孽不可活。"他闷哼一笑，突然低头看向一旁的孩子，"入狱的事情，其实并不真的完全是代人受过。唐都那时候遭遇那种情况，我又怎么能在商业这个河流中，保持高洁的气节呢？

"因为那一步错，步步错，所以才让我走到了今天。"他忽而抬头，"颜希晓，最后一步，也是我走错了。

"当时虽然是我说的分手，却还是一直抱着能与你再回到之前的执念。所以才在知道你有孩子的时候，想要拼死进行最后一搏。唯独没有想到，你会如此依赖于这个人，仅仅一年，就会超越了我们在一起的那么多时间。"

"你们的一纸协议婚姻，竟然能维持这么久……能抵得过我们这么多日子。颜希晓，我该说你是忘得太简单，还是爱得太容易？"

希晓一直沉浸在他的话语中不言一语，到最后才猛然抬头，惊诧道："协议婚姻？"

陆祈晨点头。

希晓随即看向李子睿，却见李子睿也是一脸吃惊："你怎么知道的？"

"冉若珊，你的前女友冉若珊告诉我的。"陆祈晨看向李子睿，"自从那一天你们在瞳瞳满月宴上闹的那一出，我就知道你们几个人有什么不对，过了几日去找冉若珊，她告诉我，你们是协议婚姻，因为想要在J市落户才结的婚，对不对？"

希晓脸色倏然煞白。

"同样是拿婚姻做儿戏的人，一个成为弃妇，另一对却如此美满。"陆祈晨突然起身，“颜希晓，你真是幸运。”

他说完，随即走向门口，像是要离开。

希晓忙迎上去，却见他在触及门把手的时候再次转头：“事情过去了，我原本处心积虑地想要夺回孩子的行为，反倒成了对你们爱情的一种测试。基于这个功劳，颜希晓，你能不能试着放宽额度，容我一个月见上孩子一面？我不会影响她的生活，她也可以管……他叫父亲。我只要看她一眼，远远地看她一眼就好。”

他的眸中不再是强势的逼迫气息，反而充满了一丝乞求与消极的意味。颜希晓看着他，终于扯开唇角：“我想想。”

三个字的答案过后，只听“砰”的一声门响，陆祈晨离开。

事情平息一个月之后，李子睿终于辞职离开楚阳。

虽然没出什么问题，但是经过了几段风波，对他的非议已经超过了对他价值的认同。颜希晓也赞同李子睿跳槽这一做法，楚阳就算待遇不错，但不能老在那里做下去。

街道办医院来通知希晓要给瞳瞳打疫苗，希晓正忙于为瞳瞳穿衣服，刚要喊李子睿帮忙，却发现他拿着手机，走了出去。

“你干什么啊？”希晓不由得怨道，“瞳瞳越大越不老实，马上就要出去，也不帮我一把。”

李子睿只笑不语，伸臂熟练地接过瞳瞳，让希晓有换衣服的时间。

越想越觉得他刚才的微笑别有深意，希晓皱眉：“和谁打电话呢？这么个表情？”

“你猜。”

“冉若珊。”答案不假思索。

“……”李子睿做出语塞表情，看颜希晓急于知道的样子，闷闷地应了一句，“陆祈晨。”

“陆祈晨？”

“希晓，不管怎么说，他是孩子的父亲，父女天性要是就这样给泯灭，总有些不大公道。”李子睿抱着孩子，“远远地看一眼，我们没什么损失。”

他能为别人这样想已是难能可贵。颜希晓微微蹙眉，没再应声，临出门时却突然转身看他，眸光分明，像是思索了很久才说道：“李子睿，你老实回答我一个问题。”

“什么？”李子睿仿佛心情很好，“娘子问话，为夫保证知无不言，言无不尽。”

“我有了别人的孩子，你却还是容纳着我，是不是走到现在，我真的只是一时侥幸？”颜希晓咬唇，直直地看着他，“更直接地说，你其实并没有爱上我，而是习惯上了这样的婚姻，习惯上了有个在协约约束下的女人给你的温情？”

“颜希晓，你脑子进了酸奶是不是？”看她一本正经的表情，李子睿突然轻笑出声，“我们共度了这一年多，你却觉得我是出于习惯？”

“那是因为什么？”希晓又上了那股拗劲儿，“我们的婚姻，可是……”

“我爱你，与婚姻无关。”他定定地看着她，墨瞳亮起非凡璀璨，“关乎感情，却并不基于婚姻。不过现在，我却更愿意用婚姻将这样的感情束缚下去。”

颜希晓一愣，还沉浸在他话中的深刻含义的时候，却发现他抱着瞳瞳，已经走了很远。

她望着他挺拔的身影，眼前却不断回想起这一年多所发生的种种情景：婚宴时他的绅士儒雅，得知她有别人孩子的时候他努力隐忍下的暴怒，到最后指着她签好的离婚协议书时颤抖的手……一幕一幕，犹若电影般，在眼前重现。

曾经以为这样的婚姻只是末路，却没料想，属于他们的春天，才刚刚到来。

图书在版编目（CIP）数据

拼婚 / 妩冰著. —重庆：重庆出版社，2010.5
ISBN 978-7-229-01962-4

Ⅰ.①拼… Ⅱ.①妩… Ⅲ.①长篇小说－中国－当代
Ⅳ.①I247.5

中国版本图书馆CIP数据核字(2010)第051677号

拼婚
PIN HUN
妩冰 著

出 版 人：罗小卫
策　　划：北京文通天下图书有限公司
责任编辑：陶志宏　袁　宁
责任校对：杨　婧
装帧设计：道一设计 · 郭小军

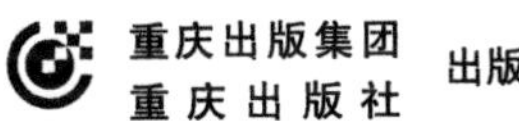

出版

重庆长江二路205号　邮政编码：400016　http://www.cqph.com

北京业和印务有限公司印刷
重庆出版集团图书发行有限公司发行
E-MAIL:fxchu@cqph.com　邮购电话：023-68809452
全国新华书店经销

开本：787mm×1092mm　1/16　印张：18.5　字数：257千
2010年5月第1版　2010年5月第1次印刷
定价：25.80元

如有印装问题，请向本集团图书发行有限公司调换：023-68706683